张万福/著

落下闳与华夏春节之谜

第一部

四川大学出版社
SICHUAN UNIVERSITY PRESS

项目策划：徐　燕
责任编辑：欧风偃
责任校对：黄蕴婷
封面设计：墨创文化
责任印制：王　炜

图书在版编目（CIP）数据

落下闳与华夏春节之谜. 第一部 / 张万福著. 一 成都：四川大学出版社，2021.5
ISBN 978-7-5690-4543-7

Ⅰ. ①落… Ⅱ. ①张… Ⅲ. ①长篇小说－中国－当代 Ⅳ. ① I247.5

中国版本图书馆CIP数据核字（2021）第070143号

书　名	落下闳与华夏春节之谜（第一部）
	Luoxia Hong yu Huaxia Chunjie zhi Mi（Di-Yi Bu）
著　者	张万福
出　版	四川大学出版社
地　址	成都市一环路南一段24号（610065）
发　行	四川大学出版社
书　号	ISBN 978-7-5690-4543-7
印前制作	四川胜翔数码印务设计有限公司
印　刷	四川盛图彩色印刷有限公司
成品尺寸	170mm×240mm
插　页	2
印　张	15.75
字　数	293千字
版　次	2021年5月第1版
印　次	2021年5月第1次印刷
定　价	66.00元

◆ 版权所有 ◆ 侵权必究

◆ 读者邮购本书，请与本社发行科联系。
　电话：（028）85408408/（028）85401670/
　（028）86408023　邮政编码：610065
◆ 本社图书如有印装质量问题，请寄回出版社调换。
◆ 网址：http://press.scu.edu.cn

四川大学出版社
微信公众号

让落下闳走进每一个人的心灵
（序一）

李一清

千百年来，面对任何一个国人，若问：春节，是个什么节日？恐怕一个涉世未深的孩子也能做出正确的回答！

若再问：中国春节源自何时？落下闳是谁？恐怕就很少有人将它说得很清楚，讲得很明白了！

落下闳出生于巴蜀阆中，是中国古代享誉世界的天文、历算学家。西汉元封年间（公元前一一〇年—公元前一〇五年），落下闳受汉武帝征聘，官居太史待诏。是他研制的《太初历》恒定以孟春正月为岁首，才始有今天的春节。

但在史书上，人们很难看到有关落下闳生平的详细介绍，当初他研制《太初历》的诸多情况也鲜有详细记载。一些史书上关于落下闳与《太初历》的少量文字，不是寥寥几笔轻轻带过，就是含混不清略微涉及，以致长时间来人们对此难有一个清晰的了解。

近年来，经过不断的发掘与研究，对落下闳的生平，人们逐渐有所了解。但是，很多文章仅仅停留在对落下闳过于简单化、概念化的介绍上，它们远不能满足人们更多了解落下闳生平故事、业绩影响的要求。

为在文学艺术作品中写出最真实的落下闳，从二〇一〇年开始，张万福先生即潜心收集资料，专注于落下闳的研究。不久，在成功创作出五幕大型历史歌舞剧《华夏巨星落下闳》的基础上，又开始了历史题材长篇小说《落下闳与华夏春节之谜》的创作。

落下闳是距今两千多年前的人物，要写好这样一个人物，首先必须弄清楚：落下闳到底是一个什么样的人？他当时是生活在一种怎样的历史环境中？在他那个时代都发生了一些什么样的大事件？这些事件对落下闳的人生产生了什么影响？落下闳面对这些历史事件时最可能做出一些怎样的反应？

在很长的一段时间里，张万福先生每天都在浩如烟海的历史资料中，探寻落下闳的人生轨迹，揣摩落下闳的人物形象。

功夫不负有心人，经过数年的艰辛努力，张万福先生终于成就了这部国内外第一次正面展现落下闳不平凡一生的长篇小说。

撰写关于落下闳的长篇小说，首先必须弄清落下闳生长的时代背景、特点，才能够编织出符合历史真实情境的故事情节，结构出符合时代特征的人物命运走向。

落下闳系西汉时期《太初历》的主要研制者。

《太初历》集夏、商、周以来传统历法之大成，首次将历法与时令节气结合起来，使二十四节气与人们的生活、生产息息相关，至今仍然对人们产生着巨大影响。落下闳测定了二十八宿赤道距离；首次提出交食周期，以一百三十五个月为"朔望之会"；制造观测星象的浑天仪，建立了我国最早的民间观星台，奠定了我国古代先进的宇宙结构理论基础，对于推动中国天文学的发展起到了极其重要的作用。

落下闳发明的"连分数（辗转相除）求渐进分数"的方法，现代学者称之为"落下闳算法"。它比印度数学家爱雅哈塔采用类似方法早六百年，比意大利数学家朋柏里提出连分数理论早一千六百年，影响了中国天文数学两千年。

由此，落下闳被人们公认为世界天文学领域一颗灿烂的明星。

与此同时，一个时期以来，很多人认为，落下闳长期蜗居在阆中一个偏远的乡旮旯里，经过长期埋头刻苦学习钻研，才使自己在天文、历算上获得了不起的学问，最后前往长安修历，并取得了惊人的成就，似乎落下闳的学问是"从天上掉下来的"一样。但在生活中这样的人与事应该是没有的。

落下闳最有可能是在怎样的环境中经历这个过程的呢？要回答这个问题，就必须认真弄清楚当时的历史大背景。在彻底弄明白这个历史大背景的基础上，才能够结构出较为真实的故事情节，才能够较为准确地把握人物命运的走向。

落下闳与汉武帝是同时代人，虽然这两个人一个出生于京城帝王世家，一个出生于鄙陋边远的大山旮旯里，一个天上一个地下，地位相差悬殊，但是他们却是在同一年（公元前一五六年）来到这个世界，在创造了千古不朽的《太初历》后，在同一年（公元前八七年）离开这个世界的。这是历史的巧合，还是老天爷的刻意安排？

公元前一四一年三月，十六岁的刘彻承继大统，登上西汉王朝的帝位后，"外事四夷"，南平两越，北伐匈奴，经营西域，通西南夷，东定朝鲜，使汉朝疆域空前辽阔，创造了汉帝国的极盛局面。这一历史时期最为显著的特点是：汉王朝北伐南征的战事不断。汉王朝全面反击匈奴的战争，由公元前一三三年的马邑之战揭开帷幕，在其后短短的时间内，汉武帝动员组织了数次大规模的对匈作战。此时，大批青壮年男子纷纷走向战场。十多年的对匈作战下来，"文景之治"时国富民强的太平局面已不复存在，朝廷深陷"海内虚耗，户口减半"的境况之中。

有关资料图表显示：从公元前二〇二年至公元前一三四年，西汉时期的户籍人口一直呈上升趋势，全国人口从秦亡时的一千六百万左右，迅速增长至三千六百万左右。在七十年间，全国人口增长了两千多万。但在公元前一三四年至公元前八七年的四十七年间，全国的人口不升反降，而且降得十分厉害。这恰是汉武帝全面对匈反击的时间段。长期的对匈作战，导致汉武帝执政时期人口急剧减少。如果加上这一时段正常出生的人口，在汉武帝统治期间全国人口大约锐减了一千五百万人；全国每四个人中，就可能有一个人因战争或其他原因丧失了性命。

这是一个非常令人震惊的数字。

在国家长期不断的战争中，作为大汉臣民的每一个人，一切都要服从战争的需要。青壮年男子大都要走向战场，为国家生存而战，为朝廷尊严而战。落下闳作为一个风华正茂的青年，自然也不会例外，他也必须服从朝廷的号令，走入军营，走向战场。

因此，落下闳对不同地域的天文现象的观察了解，只能是在走入军营之后才可能实现的事情。落下闳对不同地域的气象物候的认识研究，也只能在动荡的战争条件下进行。小说作者在构思文学作品时，对发生在落下闳身上的故事的叙述，对与此相关联的事件的描写，也必须符合这个大的历史背景才行，只有这样，所叙述的故事、描写的事件才符合当时的历史背景，也才使人感觉真实可信。

在号准了这样一个历史脉搏之后，作者才可以充分发挥自己的想象力，去结构丰富多彩的故事情节，去设计起伏跌宕的人物命运。今天我们欣喜地看到，在这部小说里，多条线索纵横穿插，人物命运相互交集纠结，故事情节不仅激动人心，而且扣人心弦，由这些情节组成的一幅又一幅生动而复杂的历史画面，实在是让人觉得新奇而震撼！

　　作者在二〇〇九年曾出版过全国第一部反映城市管理的长篇小说《洒满都市的阳光》，如果将《落下闳与华夏春节之谜》与其相比较，这后一部小说明显上了一个台阶。在这一部小说中，作者的笔触显得更加老到，其文风大开大合，收放自如，体现了作者把握历史故事、编织小说情节、结构人物命运走向的较为深厚的文学功底。

　　落下闳是中国古代享誉世界的天文、历算学家。这样一个人，睿智，是其身上最显著的特点。在整个人物的刻画中，时刻应将这一特点放在最突出的位置。在写作中，只要认真地将落下闳"睿智"的特点把握好、刻画好，这个人物的塑造就成功了一半！

　　围绕落下闳"睿智"这一特征，在小说中，作者从多个角度来进行展现。在小说一开篇，作者即以大段的文字明确地将这一特征向读者展现了出来。

　　在小说的第一章中作者就写道：

　　……在学堂，落下闳的四门学科成绩一直名列前茅，特别是算学、天文更是无人可以与之比肩。入学堂不久，在学业上，他就展露出与其他孩子不同的过人天赋。

　　……

　　落下闳是一个天资聪明的孩子，当他从先生那里学习到新的知识后，总能结合身边的事物进行由表及里的思索发挥。

　　这天深夜，身穿麻衣的落下闳独自一人在学堂庭院，面对着浩瀚的夜空，又一次陷入了沉思。

　　自从先生第一次向大家讲授了天象知识后，这无垠的苍穹就像一块磁石一样深深地吸引着他。他想，人们居住的这个地方也许只是无垠苍穹中的一颗星吧？一颗星星上就有着这么多的山川、河流、森林、大树，这满天繁星中，或许有一颗或几颗也会像这儿一样住着人吧？他们那里是否也长着花草、大树，是否也一样有这些房子？那里的人们可能也会饲养牛羊猪狗或鸡鸭吧？

落下闳常常在夜静人稀的时候，像这样仰望着星空，细细寻觅。

在叙述了落下闳对天象独特的兴趣与感知后，作者笔锋一转，又将落下闳在算学方面的独特能力展现在读者眼前。作者写道：

往日书声琅琅的学堂里，此时静悄悄的没有一丝响声。

过年了，学童们都回家了。可是，此时落下闳还在往日的课堂里，饶有兴致地面对着一大堆书简没有一丝倦意。

落下闳完全沉浸在书海里，就连稜馨儿来到他的身边，他也全然不知。

稜馨儿："怎么？还在求解那一道天算难题吗？"

接着，作者以稜馨儿与落下闳之间的一小段对话，通过前者提出的几道看似复杂，但在后者看来却极为简单的计算题的轻松解答，进一步表现了落下闳这种"睿智"的特点。"落下闳几乎不假思索地说出了答案，不由得稜馨儿不服。"接下来稜馨儿还想做一次努力，看看是否能将他难倒。当落下闳面对稜馨儿提出的问题，再一次轻松地给出正确回答的时候，"稜馨儿被落下闳的解答深深地折服了！她点点头满意地道：'算得巧，算得巧！看来，人们叫你"神算子"，真是名副其实呀！'"

落下闳从小就被同伴们誉为"神算子"，这足以证明他确实具有超出众人的独特才智。

通过这些不多的文字，作者不仅将落下闳与天文、历算联系了起来，也为在小说中进一步展现落下闳在天文、历算方面的超人智慧打开了方便之门。

在接下来的叙述中，落下闳不管是在北部抗匈前线，面对漠北天寒地冻的恶劣气候环境，还是在南下岭南途中，面对汉军突然遇到的诸多巨大困难，或是在对东西南北节令物候的观测感知、对天文知识的积累方面，都展现出这种"睿智"的特点。作者对此有很多令人意想不到的叙述与描写，从而使落下闳这个人物在书中从始至终闪耀着智慧的光芒。

此外，落下闳到底是一个睿智过人、博学多才、精通天文历法的博士呢，还是一个引导人们求仙得道、驱鬼捉妖、观阴阳看风水、相面占卜的方士或术士呢？

目前大多数研究者倾向于后者，认为落下闳是一个地地道道的方士，在生活中他应该是以观阴阳看风水、相面占卜为生的。但在小说中，作者却立足于前者，将落下闳塑造成了一个睿智过人、精通天文历法的智者，并以此为切入点描写刻画落下闳不同凡响的一生。小说作者的这个选择应该是正确的！因为，只有心怀天下的智者才会心系天下苍生的疾苦，才会有"为天地立心，为生民立命，为往圣继绝学，为万世开太平"的抱负与胸怀。为往圣继绝学，不仅需要智慧与实力，更需要来自心底的原动力。落下闳一生不留恋长安官场显赫奢华的排场，不羡慕纸醉金迷、荣华富贵的生活方式，他的内在动力在哪里？就在于他自始至终怀有一颗只有圣人才有的仁心！在小说中，落下闳从岭南返回长安，途经灵渠时，作者让落下闳发出了诸多含义深刻的感慨。

作者在第三十三章中写道：

历史上战功赫赫、青史留名的将军数不胜数，但如李冰、郑国、史禄这样成就一项造福百姓的工程而享誉后世的，却是屈指可数。

落下闳站在船头，望着滔滔河水，任凭雨丝向自己身上洒落。

古往今来，有多少人来到这个世界，有的如流星从天上匆匆划过，有的却如耀眼的星辰长留在苍茫的天际。华夏之邦如果有更多的人像李冰、郑国、史禄那样在自己活着的时候，也认真地去做一件或两件造福百姓的事情，天下百姓的疾苦是否会少一些，开心快慰的感受则会多一些呢？如果真的能够这样，华夏族人生存繁衍的这块土地上，将会是怎样的情景呢？

灵渠对落下闳内心的震撼是巨大的，这一夜他躺在船舱里久久不能入睡。

作者借落下闳的这些内心活动，比较充分地展示了人物的内心世界，也展示了落下闳一生孜孜不倦探索天象物候奥秘的内在动力所在！当小说结尾，落下闳最终完成影响中国人两千多年的《太初历》研制时，人们也相信了：只有像落下闳这样的智者，才能完成这样的伟业！

《太初历》之所以不朽，正是因为它的作者不朽！

《太初历》非落下闳莫属！

此外，作者对西汉时期推动南越国回归长安中央朝廷的功臣——南越国第三代国王赵婴齐的王后樛氏（也有称"樛氏"的），在书中用了较多篇幅来刻画。在书中，作者不仅给樛氏取了一个优美好听的名字——樛馨儿，而且将樛馨儿写成了一个从小就受到良好教育，从小到大在待人接物方面丝毫不存在任何轻佻浮躁情绪，总是显得那么严谨、稳重、得体的大家闺秀。作者对此所进行的一些研究判断，不仅是独特的，也是符合逻辑的。但是这些认知与判断，却与司马迁在《史记》中将樛氏描述成一个近似于娼妇、淫妇的文字截然不同。作者对有关史料这种颠覆性的突破，实属作者个人在深入研究分析基础上的大胆举动与有益尝试。对至今人们仍然争论不休的一代战神霍去病的死因，作者在书中也表述了自己的独特见解。

文学作品大多是虚构的故事，历史题材的文学作品，自然也不能等同于接近真实的历史教科书。但是，张万福先生在自己的小说创作中所做的相关工作，对人们进一步深入研究小说所涉及的相关史实，应该会起到很多积极作用。

现在当人们手捧着这部六十余万字的小说时，人们会欣喜地看到，在小说中，不仅落下闳的人物形象总是那么生动鲜活，而且与落下闳有关或无关的人物，也总是那么栩栩如生。

人们说：春节是中华民族最隆重的传统节日，它象征团结、兴旺、吉祥、喜庆、和谐、安宁、和平，是对未来寄托新希望的佳节。每年中国十四亿国人以及世界各地的华侨华人，与受汉文化影响的东亚、东南亚诸国人民，在全球各地一起辞旧迎新，辞冬迎春，充分体现了人们有礼节、讲仁爱、奉忠孝、爱和平、拜天地、敬生命的人文精神。努力挖掘春节文化资源，对弘扬传统文化、凝聚民族精神都具有十分重要的意义！

但是，中国人过了两千多年的春节，在这之前，却没有一部认真阐述华夏春节来龙去脉的文学书籍！泱泱华夏十四亿国人，却没有多少人能够将春节如何起源、发展的历史讲清楚；世界上有华裔血统的侨胞，一谈起华夏春节的由来，也是一头雾水；东亚、东南亚那些受汉文化影响的民族与国家，以及世界上所有的国家与民族，也大都不知道中国春节文化的渊源与由来！

如果人们连自己民族一年一度的春节文化都搞不清楚，何谈中华优秀传统文化的弘扬与传承！

眼下人们看到的这部《落下闳与华夏春节之谜》，应该是中国两千多年来第一部正面描述落下闳生平事迹、阐述华夏春节文化起源的小说。

这部小说，张万福先生从开始收集研究资料、动笔撰写，到今天完成，前后耗去了近十年时光。目前人们看到的小说，不仅对华夏春节的创立者落下闳以及中国的春节文化进行了有益的研究、探索与发掘，还对春秋战国时期建都于阆中，存续长达二百七十一年时间，历史上曾与巴国、蜀国旗鼓相当的充国的历史进行了诸多阐述，对巴蜀文化、巴蜀历史的深入研究、探索、发掘也做了一些有益的努力。同时，在小说中作者对以蛇为图腾的巴人是如何从蚩尤时代的濮人演变为夏王朝时代的崇人，春秋时代充国故地的崇人最终怎么演变为賨人的历史进行了有益的梳理。这对开阔人们对巴蜀历史的研究视野，激发人们进一步追寻巴蜀文化的历史源头，都具有十分积极的意义。

经过作者的辛勤耕耘，今天这部小说正试图努力将中华民族最盛大节日的来龙去脉，告诉全中国、全世界每一个人，以此，让每一个人都知道华夏春节的由来，让落下闳的仁心仁德为更多人熟知。

二〇一八年八月二十五日

李一清先生，男，籍贯四川西充。国家一级作家，享受国务院政府特殊津贴。曾在《人民文学》《当代》《四川文学》等刊物发表多篇中、短篇小说，后汇编为《山杠爷》《傻子一只眼》等文集出版；已出版的长篇小说有《父老乡亲》《农民》《木铎》等；有关作品曾两度获四川文学奖；根据中篇小说《山杠爷》改编的电影与同名戏剧，分别获多项国家级大奖。

曾担任四川省作协副主席、南充市作协主席。

将历史的"碎片"拼嵌成精美的画卷
（序二）

杨小平

在一些历史文化遗址或博物馆中，人们常常会看到一些文物古迹，刚刚从地下挖出来的时候，大都锈迹斑斑，残破不全。但在经过认真修复后，却又展现出原有的风采，成了一件件精美的艺术品。

此时，人们在赞叹这些文物古迹时，也感谢那些修复这些精品的人。是他们的辛勤劳动，才使得人们有幸目睹这些几百年乃至数千年前的文物古迹的原貌，感受到先民们不凡的智慧与创造力。

阅读张万福先生的长篇历史小说《落下闳与华夏春节之谜》时，也有类似的感受。

二〇一七年落下闳入选四川省十大历史文化名人后，在文化、艺术、史学等领域，一股研究落下闳的热潮迅速兴起。可落下闳是两千多年前的人物，史书中有关他的资料极其有限，他生前的事迹除了参与研制《太初历》外，其余的文献记载几乎一片空白。落下闳到底叫什么名字？他究竟出生在哪里？等等问题，像一团团迷雾，让人们感到困惑。

小说《落下闳与华夏春节之谜》描述落下闳生平事迹，至少向人们讲述了有关落下闳的三个方面的故事：

一是落下闳姓氏的由来与他的前世今生；

二是落下闳的满腹经纶与古老的充国文化；

三是华夏春节的时空标准与阆中的渊源。

一、落下闳姓氏的由来与他的前世今生

司马迁《史记》说落下闳，难以判断其姓，于是唐时有人便误认为落下闳姓黄；隋代、明代又有人把"落下闳"写作"洛下闳"；也有人说落下闳本姓"王"，等等。

小说推测说，落下家族在其远祖的时候，本姓罗。落下家族，与罗氏家族，可能原本是一家人。这是因为罗氏在巴蜀东北渝水一带一直是一个历史悠久的庞大家族，其家族渊源向上可追溯到数千年以前的巫罗在世时期。后来，由于罗氏族人随巴地賨人助秦统一天下、助汉建立西汉政权有功，而受到秦、汉两个朝廷一百多年来的赋税减免优待，族群繁衍更加迅速。

俗话说：树大分桠，儿大分家。此时，一些家族的成员便要离开传统的聚居地，寻找新的更有利于自己生存发展的地方。落下家的先祖便带着自己的儿孙离开了"罗"这个大家族，另外择地自立，也以自己的居住地为族群确定了新的姓氏符号，"落下"这个少见的复姓就由此产生了。中国人的姓最少的时候是母系氏族社会，仅有二十多个；最多时是近代社会，多达五六千个。这几千个姓氏都是在原来二十多个姓的基础上发展派生出来的。

小说对产生"落下"这个复姓的解释可能是合理的，也是符合中国姓氏演变发展规律的，作为文学创作也是可以理解的。

小说以传奇故事的方式，向人们讲述了落下闳的出生环境、成长故事、家庭生活，以及他与两个女人在感情上都有过怎样的纠葛，等等。尽管这些故事大都是虚构的，但由于它们符合历史的特定背景与特定环境，符合特定人物的特定身份，等等，所以让人感觉似乎又是十分真实的。

小说中落下闳这个人物不仅鲜活生动，而且可亲可敬。人们好像能够真切地听到他的声音、感觉到他的呼吸，其人物形象也似乎触手可及。

二、落下闳的满腹经纶与古老的充国文化

　　落下闳是世界天文领域中一颗灿烂的明星,是中国古代天文学史上一座令人高山仰止的丰碑。

　　落下闳如此高深的学问是怎么来的?他真的是一个生而知之的"神人"吗?

　　但生活中,任何人的学问都不可能是从天上掉下来的,世界上生而知之的人是不存在的。

　　于是,很多人认为,落下闳自幼睿智过人,他几十年如一日身居僻陋乡村苦钻苦学,最后被同乡阆中人谯隆推荐,远赴京师长安参加历法修订,从而一鸣惊人,似乎落下闳一辈子就是"两耳不闻窗外事,一心只读圣贤书"的一介文弱书生。这样的认识长期以来一直主导着人们对落下闳的研究。

　　小说大胆突破,将人物放到广阔的时代背景中,将落下闳写成了另外一个形象。落下闳自幼充满朝气、充满阳光,胸怀一腔热血,最后这个少年竟然从军戍边,在血与火的斗争中,他随着朝廷大军长途远征。一忽儿远行漠北,抗击匈奴;一忽儿南下番禺,参加平定南越国叛乱。正是这种北上南下的行动,丰富了他对各地天文星象的认知,增进了他对各地不同物候节令的观察了解,也为他日后研制《太初历》奠定了坚实的基础。

　　当然,如果仅仅如此,落下闳就具有了高深的学问,就足以担当起研制《太初历》的重任,那当然显得太肤浅、太简单了。任何时代的科学巨匠,都是站在前人的肩膀上,才可能以自己的睿智和才学引领时代风骚。在《落下闳与华夏春节之谜》中,落下闳同样也是如此。当他有幸跨入国家档案馆——天禄阁与石渠阁,接触到大量的典藏古籍与前朝的诸多历法简牍,又因故返回乡里,从父亲那里获得了家族中上几辈人积累下来的真知灼见后,落下闳才在天文历法的学习、积累与研究上,真正完成了"从

书本到实践,再到书本,再到实践"这样一个不断反复,不断去伪存真,不断去粗取精,不断由表及里的过程。

小说在描述这些错综复杂的情节时,又恰如其分地将充国的历史娓娓道来,借此将人们对落下闳的认识带入了更为广阔的时空。

充国,是东周时期从巴国分离出来,曾建都于阆中的一个诸侯国。小说借落下汉钦临终之言告诉落下闳,也告诉读者:落下闳天祖、高祖那几辈人,曾经一直在充国王侯们身边效力,是王宫里主管历法占卜的大臣。只是后来充国被秦军所灭,落下闳的高祖等人在战乱中,才拖儿带母从阆中城又重新回到落阳旮这个地方……从那个时候算起,落下家这一支族人,便已经在落阳旮繁衍生息了好几代人了。

在充国存续期间,落下闳天祖以上那几辈人很可能与司马迁的家庭有很多相似之处,也是世代在朝堂王宫里为大公国王们提供观天占卜服务的人。落下闳的祖上很可能就是充国王侯身边主管天文历法的臣僚。祖辈对天文天象长期的认知积累,到了落下闳这个时候才厚积薄发了。只有这样,才符合人们认识了解大自然的规律。只不过落下闳没有司马迁那么幸运,落下闳的前辈在他之前就早早地在天下巨变的王朝更迭中陨落而销声匿迹了。

小说中对古老充国文化虽着墨不是很多,但将落下闳与充国文化联系起来,却是一个非常有价值的研究设想。它为人们深入探寻落下闳满腹经纶的学习积累过程,也提供了丰富的想象空间。

三、 华夏春节的时空标准与阆中的渊源

公元前一〇四年,落下闳创制的《太初历》"以孟春正月为岁首",到冬季十二月底为岁末,并且,朝廷以立法的形式将其固定下来,从那时起,春节即成为中华民族最盛大的节日。

二〇一〇年二月四日,阆中被中国文艺家协会授予"中国春节文化之

乡"称号。但"春节文化之乡"并非"春节文化发源地"。人们以为，春节的形成有多种说法，不能够固定在某一种说法上；春节文化是中华民族共同的文化，不能由某一个地方专属独有；不能因为阆中人落下闳在长安创制了《太初历》，就说阆中是春节的发源地；等等。对这些说法，阆中人也似乎找不到任何理由来反驳。由此，阆中也不敢理直气壮地声称自己是"春节文化发源地"。

《落下闳与华夏春节之谜》中却大胆地指出：华夏春节的发源地不在别处，就在阆中！

在小说第四十五章，作者写道：

巴郡与蜀郡一样，一年冬、春、夏、秋四个季节十分明显。它不像塞外的漠北，长冬无夏，春秋两季难以分别，时间又十分短暂；它也不像岭南的南海郡、苍梧郡等地，长夏短冬，春秋两季时间不匀；更不像珠崖郡、儋耳郡以及南海上的其他诸多岛屿，全年都是夏天，一年到头都是一派热带风光。

南来的风徐徐吹过的时候，落阳旮里又逐渐呈现出一派生机。

此时，落下闳望着窗外逐渐开始消融的冰雪，心里突然又冒出那段文字来："正月：启蛰。雁北乡。……时有俊风。寒日涤冻涂。田鼠出。农率均田。"

《夏小正》上的这段话描绘的不正是眼下的情景吗？

春至节后，随着太阳从冬至日道下由南往北移动，大雁开始北归。此时，温暖的南风吹拂大地，阳气上升，在洞中蛰居了整整一个冬天的田鼠出洞活动了，山民们也可以下田劳作了。

哦，《夏小正》正月的时空节点，原来就在巴郡啊！

据说《夏小正》的创制者是夏王朝的第一位国王夏禹。

《史记·夏本纪》曰："夏禹，名曰文命。禹之父曰鲧，鲧之父曰帝颛顼，颛顼之父曰昌意，昌意之父曰黄帝。禹者，黄帝之玄孙而帝颛顼之孙也。"后来扬雄说：夏禹系汶山郡广柔县人，生于石纽，一个叫痢儿畔的地方。

当年，夏禹接受虞舜禅位，建立夏王朝后，依据尧舜时代的"观象授时"原则创立了夏朝的历法，但夏历的正月，却不是以夏王朝都邑所在的崇山地区的时间节点来设置的。

夏历的正月初一，大约在立春前后十天之内，此时，淮河与秦岭以北的地区，都还非常寒冷，所以，《夏小正》中的正月物候，不是说的北方地区；而南方的南海郡、合浦郡、珠崖郡、儋耳郡、苍梧郡，以及西南夷的滇国、夜郎国，东部沿海的闽越国等，这些地方的冬天一点也不寒冷，正月与其他月份的气候差异不大，《夏小正》中的正月物候，也不是说的南方地区。

前者在正月时，根本看不到田鼠出洞的迹象；后者正月时，山民也不可能刚要准备下田劳作。而这些情况，则完全可能出现在夏禹故乡——今天的四川一带。

落下闳自然不会忘记，儿时在阆中大象山读书时，每年冬天冬至一到，小伙伴们就开始数九，数上九天是一九，再数九天是二九，数到五九、六九时，渝水两岸就有人们三三两两出行，相约一起"五九六九沿河看柳"了。此时，寒冷到顶点的冬天马上要结束了，春天开始蠢动，世间万物也开始有了生气。

整个巴蜀大地，阳气上升，山川草木也都普遍发出新芽了。

呵呵！由此看来，夏历正月的时空节点，确定是在巴蜀无疑了。

巴蜀正接近南北分界线，而从汶山郡广柔县（今天汶川县附近）一直平行向东，正是阆中。也就是说，落下闳眼下所在的落阳旮村，正处在这个节点附近不远的地方。

《夏历》是一部以孟春正月初一为新年元日，一年只有十个月的历法。落下闳在创制新历法时，要让新一年的元日与《夏历》相同，就必须依据尧舜时代"观象授时"的原则，充分采纳古人遗留的《夏小正》文献标准来操作。

《夏历》是以夏禹的出生地汶山郡广柔县（今四川省汶川县）为标准节点的，那么落下闳也必须遵循这个原则来确定《太初历》的标准节点。汶川县"地理坐标为北纬30°45′～31°43′，东经102°51′～103°44′；落下闳故里阆中的地理坐标为北纬31°22′～31°51′，东经105°41′～106°24′"。

两者几乎处同一纬度上。

为此，小说第五十三章写道：

刘彻来到放置浑天仪、浑象表的日月台之上，仔细地察看这些用以观测天象的仪器后，转过头来向落下闳问道：

"这就是浑天仪？听说你就是用它来观测天象，用你独创的计算方法，厘清混沌，拨乱反正，再用浑象表来演示结果，最后制成了朝廷的新历法。是这样吗？"

落下闳听了刘彻的话，不禁惊讶地道："皇上日理万机，竟对微臣所做的这些小事了如指掌，实在令人敬仰啊！"

刘彻道："我还知道先生编制的新历法，恒定孟春正月初一为新年的第一天，这个标准时空点不是长安所在方位，而是你的家乡阆中所处方位！是吗？"

落下闳一听刘彻此言，犹如晴空一声霹雳在头上炸响，顿时三魂吓掉了两魂。所有在场的人，一听刘彻此话，顿时也显得惊恐不安。

落下闳立即扑倒在地，说道："启禀圣上！微臣即使有一万个胆子，也不敢如此胡作非为啊！新历法正月初一，实是微臣依据上古尧舜时期'观象授时'原则而确立的啊！微臣恳请圣上明察！"

刘彻听了落下闳的话，大手一挥，笑着说道："先生不必如此惊恐！我没有说这样做不好啊！古时夏朝历法，是以禹王的故乡汶山郡广柔县为标准时空点而确立正月初一的。而汶山郡广柔县距先生的家乡巴郡阆中并不太远，两地连线几乎为正东正西方向。朝廷新历法要四时合序，天人合一，不复归夏正怎么行呢？即使不是以长安所在的方位为标准时空点，那也是应该！先生说是这个道理吗？"

当然，书中的上述情节仅仅是虚构的故事，目的是向读者讲明春节的标准时空节点与阆中的渊源。

落下闳是阆中人，《太初历》是落下闳创制的，在《太初历》中落下闳恒定孟春正月初一为新年的第一天，也就是元旦（民国后称春节）。元旦（即今天的春节）的时间因此固定在正月初一。明白了华夏春节标准时空节点与阆中的渊源，人们自然也就会明白，华夏春节的发源地到底在哪里了！

史书上关于落下闳的资料实在是太少了！小说将有关落下闳的一些碎

片式的历史资料搜集、归拢、整理之后，终于拼嵌成了一幅如此精美的画卷。全书共六十余万字，张万福先生进行的这一工作，其间的艰难与辛劳是可想而知的。

二〇一八年十二月二日于鸰楼斋

杨小平先生，男，四川南充人，四川省落下闳研究中心副主任，四川省落下闳研究会副会长，西华师范大学国学院副院长，西华师范大学文学院教授、硕士生导师、汉语言文字学硕士点负责人，南充市文艺评论家协会秘书长，川北历史文化社科普及基地副主任。四川师范大学语言学及应用语言学专业硕士毕业，获文学硕士学位；四川大学汉语言文字学博士毕业，获文学博士学位；四川大学历史文献学博士后出站。

目 录

引　子	悠悠华夏数千载	汉武落下书华章	/1
第一章	少年英才落下郎	志存高远不寻常	/2
第二章	利刃高悬南越国	武帝轻松化危局	/12
第三章	阆苑仙葩佳人秀	王子邂逅稷馨儿	/21
第四章	未雨绸缪励兵马	汉家儿女勇承当	/33
第五章	社稷有难分忧愁	落阳旮里别亲人	/43
第六章	世间人事难预料	朝廷为汝定终身	/52
第七章	随军北上戍边关	雁门初战显身手	/61
第八章	变幻莫测戈壁天	南北人物不相宜	/69
第九章	强令突进遇暴雪	和某大漠无踪影	/79
第十章	奇思兴利革旧弊	遭人诬陷要处斩	/87
第十一章	京师战和争辩激	武帝廷议定反击	/98
第十二章	将军入夜归雁门	正本清源备战忙	/106
第十三章	大战前夕赴狼窝	戈壁寻踪匈奴人	/113
第十四章	不辱使命巧应对	引蛇出洞布诱饵	/121
第十五章	功亏一篑亮色在	巧车战场拒顽敌	/129
第十六章	马邑战后细盘点	制胜利器受夸赞	/136
第十七章	穷途末路天相助	穹庐情迷匈奴妇	/143
第十八章	北疆拒匈近十载	雁门车辙助反击	/151

第十九章	赵氏王室生事变	安国少季赴岭南	/158
第二十章	南越内属遇阻拦	少季怯懦难决断	/168
第二十一章	随军南行凶险多	一路坎坷进山谷	/179
第二十二章	吕嘉反叛南越乱	逃出王宫躲诛戮	/190
第二十三章	暗道藏匿绛泓苑	情势危艰时日难	/201
第二十四章	留守山谷间隙时	老少山洞论古今	/208
第二十五章	南进汉军遭伏击	谯隆突围险归来	/217
第二十六章	吕嘉逆行惊长安	天威震怒伐岭南	/225

引　子　悠悠华夏数千载
　　　汉武落下书华章

　　公元前一五六年—公元前八七年，西汉年间，中国出现了两位划时代的人物，他们在同一年降生，又在同一年逝去。

　　在这短短的七十年时间里，他们都创造了非凡的历史。

　　一位手握皇权，用自己的一生为中华民族开疆拓土，创造了"犯我强汉者，虽远必诛"的神话；

　　一位出身布衣，终生沉醉于天文历法研究。他创制的《太初历》上承夏制，延续至今；他以孟春之月的第一天为岁首，从此有了现在的春节；他首次将二十四节气纳入历法体系，使节令、物候与月份安排更为准确，至今对人们产生着巨大影响。

　　这两个人物：

　　一位是人们熟知的西汉王朝第七任皇帝——刘彻；

　　一位是人们不太熟悉的"浑天说"一代宗师——落下闳。

　　正是：

　　　　　　风华绝代贯长虹，千古流芳始到今。

第一章　少年英才落下郎　志存高远不寻常

汉景帝中元六年（公元前一四四年）春至时节，在阆中蟠龙山一带，一个叫落阳垈的小山村里"噼噼啪啪"的炸裂声一阵紧似一阵。

一节节爆竹在火塘里燃烧膨胀爆裂的声音，将这里节日的喜庆气氛渲染得异常浓烈。

汉高祖刘邦建政之初，汉承秦制，行《颛顼历》，一直将孟冬之月的第一天视为新一年的开始。可是在落阳垈里，人们却一直将孟春之月的第一天视为新年的开始。因此，季冬之月的最后一天即是人们辞旧迎新，与家人相聚团圆的日子。这一天吃年夜饭时，人们敬祖宗、燃爆竹，围坐案前，敬酒祈福，其乐融融，好不快活。

头一天，少年落下闳从县城学堂赶回来，仅仅在家里待了一天，今天又离开落阳垈匆匆往回赶。

阆中的山脉大多分列渝水东西两岸，渝水以东为大巴山脉，渝水以西为剑门山脉。地处蟠龙山腹地的落阳垈属于大巴山脉。大巴山高入云端，林海莽莽，落阳垈通向县城的路，大多是那种宛若蛇行的山间羊肠小道。来去一百多里地，对于一个十来岁的孩子来说，并不是一件轻松的事情。可不管路有多远，每年落下闳总要在季冬之月的最后一天从学堂赶回家来，陪着父母家人过节迎春，度过一个愉快的节日。

此时，季冬时节虽然过去，但孟春时节的山风还是那样让人感到凛冽刺骨。落下闳上身穿一件薄薄的夹袄中衣，外套一件本色麻布袍子，下身着一条紧口大裤。

西汉时期的织绣业较为发达，有钱人可以穿绫罗绸缎，一般的人家则穿短衣长裤，贫穷人家大都穿一种叫短褐的粗布短衣。

眼下，落下闳一边匆匆赶路，一边还在回味着在家与父母姐弟们欢聚的情景。

早在景帝中元四年（公元前一四六年），阆中县衙便奉朝廷诏令兴办起了官府学堂，吸收适龄聪慧好学的娃娃进入学堂学习。这一年落下闳十岁。能够进入官府学堂免费学习，落下闳的父母心里真是乐开了花。

阆中的官府学堂设在县城南门外风景秀丽的大象山上。在翠绿的山头上，远远地，人们就可以看到一处白壁粉墙、古色古香的崭新学馆掩映在林荫深处。

学堂内，典雅整洁的院落，明亮宽敞。

院内长廊曲回，院外古木参天。

站在大象山上，向远处望去，阆中城垣尽收眼底。

春天到来的时候，学堂内外，生机勃勃，气象万千。

落下闳从落阳旮回到学堂后，很快便又在这样的环境中，与一般大小的孩子们一起专心致志地读书学习。

"积土成山，风雨兴焉；积水成渊，蛟龙生焉；积善成德，而神明自得，圣心备焉。故不积跬步，无以至千里；不积小流，无以成江海。骐骥一跃，不能十步，驽马十驾，功在不舍。锲而舍之，朽木不折；锲而不舍，金石可镂。"

在如此宁静的环境中，大象山学堂中的孩子们正襟危坐，高声地背诵着荀子《劝学篇》中的这些警句。这里每天朗朗的读书声，此起彼伏，声声不息。

景帝时期，文翁入成都任蜀郡太守。他到任后，一方面继续前任尚未完成的都江堰配套施工，发展农耕；另一方面推行了"选吏子弟就学"的新政。

文翁认为，虽然古蜀国也曾创造过灿烂的文明，但在秦嬴政"焚书坑儒"中，天下典籍简牍大多毁于一旦，古巴蜀曾经的文明遭到践踏，周代倡导的那些人伦道德也遭到破坏，一些混沌初开之时遗留下来的蛮夷之气又会沉渣泛起。圣人讲：人弃常，则妖兴。任何时候，如果不讲伦理道德，天下就会大乱；任何情况下，如果伦常道德丧失，灾难就会降临。文翁遂将文化教育置于重要地位，选拔青年才俊亲自教育，并创办了成都石室官府学堂。

文翁的创举很快就得到了景帝的大力褒奖，官学也在天下推广开来。

巴郡很快比照蜀郡的样子，兴办了官府学堂。

汉朝时，中国的农学、医学、天文、算学四种学科发达，先生们每天给娃娃们讲授的知识，自然也是围绕着这些方面进行。在学堂，落下闳的四门学科成绩一直名列前茅，特别是算学、天文更是无人可以与之比肩。入学堂不久，在学业上，他就展露出与其他孩子不同的过人天赋。

此时，落下闳、稷馨儿、夕季财、庹峙富、鄂贵泉等众多一般大小的孩子们，正在专注地听先生讲授天文课程。只见这位老先生拖长声调向孩子们讲道："……所谓三垣、四相、二十八星宿，具体来说，三垣，即指紫微垣、太微垣、天市垣。四相，即指分别代表东西南北四个方向的青龙、白虎、朱雀、玄武四相。四相分布于黄道和白道近旁，每相又分成七段，称为'宿'，总共为二十八宿。你在观天时，只要按照三垣、四相、二十八宿划分的星区，去观测了解头上天空中的日、月、星辰，看似纷繁复杂的星空苍穹就会显得不那么神秘复杂了。"

落下闳是一个天资聪明的孩子，当他从先生那里学习到新的知识后，总能结合身边的事物进行由表及里的思索发挥。

这天深夜，身穿麻衣的落下闳独自一人在学堂庭院，面对着浩瀚的夜空，又一次陷入了沉思。

自从先生第一次向大家讲授了天象知识后，这无垠的苍穹就像一块磁石一样深深地吸引着他。他想，人们居住的这个地方也许只是无垠苍穹中的一颗星吧？一颗星星上就有着这么多的山川、河流、森林、大树，这满天繁星中，或许有一颗或几颗也会像这儿一样住着人吧？他们那里是否也长着花草、大树，是否也一样有这些房子？那里的人们可能也会饲养牛羊猪狗或鸡鸭吧？

落下闳常常在夜静人稀的时候，像这样仰望着星空，细细寻觅。

又一个夜晚，落下闳正仰望夜空时，稷馨儿正好路过这里。她见落下闳又望着夜空出神，便走过来与他搭讪。

稷馨儿身穿三角斜襟式曲裾，这种服饰上衣下裳相连，下裳部分较宽大，它与领、袖、襟缘作斜幅缝纫，并将后片衣襟加长，加长后的衣襟形成三角，穿时绕至背后，再用腰带系扎。女性身着这种曲裾，静立时衣面悬垂，自然贴体，走动时则裙裳部分膨大如伞，不束缚脚步。这种斜领连襟合成锐角的曲裾深衣，又被称为"绕衿裙"，是秦时深衣的变例，为秦汉时很流行的一种女性服饰。

稷馨儿道："夏弘兄，每到夜晚，你总喜欢这样望着头上这片夜空，你在数天上的星星吗？"

落下闳在落阳邨时，父亲为他取名"夏弘"，进入大象山官府学堂时，官府差人在竹简上一时竟将他的名字误写成"落下闳"。"弘"与"闳"虽然同音，但字意却有很大不同。但官府的意志难以违抗，实也无可奈何。但他多次向人表示，他喜欢"弘"而不喜欢"闳"，因此，与他亲近的人都经常叫他"夏弘"。

落下闳回头见是稷馨儿，又望着茫茫夜空若有所思地对她说道："你看天上那么多的星星，我想其中某一颗，一定也会长出这许多的参天大树，那些树上一定也会像我们这儿一样，林子里有着数不清的鸟儿吧？"

稷馨儿望望头上繁星闪烁的夜空，又看看落下闳，眨着水灵的眼睛，思索着，最后反问道："你说的这些事情，可能吗？"

正在落下闳与稷馨儿说话间，在阆中县衙官居县丞的谯隆正陪着来此造访的南越国太子赵婴齐走到这里。赵婴齐听了落下闳的话，好奇地走过来看看头上这片夜空后，对落下闳问道："哎，这位学弟，这天上的事情，你也能知道得这么清楚吗？"

落下闳与稷馨儿一见是谯隆与一个陌生人一同来此，连忙向谯隆施礼。

稷馨儿道："大哥，你怎么也来了啊？"

谯隆微微笑着答道："我怎么不能来啊？你们不是说，我是阆中县的父母官吗？这学堂里的事，也是我该管的啊。"

落下闳见谯隆如此说，便走上来认真地对谯隆躬身道："落下闳参见谯隆大人！"

谯隆笑道："哎，夏弘老弟，你别这么客气呀！刚才我是与我妹妹开玩笑的。"

谯隆在县衙做事，年纪并不大，官宦世家出生的他，有着良好的涵养与品行。落下闳与稷馨儿是同窗，又是学堂里出类拔萃的学子，谯隆对他自然也客气三分。

赵婴齐盯着眼前这个被谯隆称作妹妹的稷馨儿，一时竟有些走神了，半晌才回过神来道："谯隆大人，我有一事不明白，不知道当问不当问啊？"

谯隆道："怎么了？有什么问题，您尽管问好了。"

赵婴齐道："你我是一起来到这里的，这位姑娘怎么一下子就成了您的妹妹呢？"

是啊！稷馨儿姓稷，谯隆姓谯，这两个似乎八竿子都打不着的人怎么一下子就成了兄妹呢？

赵婴齐此时提出这个问题，不仅可以弄清心中这个疑惑，也可以借此拉近他与稷馨儿之间的距离。很明显，稷馨儿身上那股只有聪颖美丽的少女才特有的灵动气息深深地吸引着他。

见赵婴齐这样说，谯隆不禁微笑道："严格说来，稷馨儿应该叫我表兄；我应该叫稷馨儿表妹！因为她的母亲与我的父亲是亲兄妹，是我姑母。稷馨儿姓稷，可她的母亲却姓谯啊！我与稷馨儿自然也就是表兄表妹了！"

赵婴齐道："唉！我真是羡慕您啊！竟有这么一个端庄秀丽的妹妹！"

赵婴齐是南越国的太子。南越国与邻近的闽越国、东瓯国等小王国是汉朝初建时，高祖刘邦分封的一些少数民族异姓诸侯国。闽越立国后，大兴冶炼业，推广铁器具，促进了经济迅速发展，其军力也变得日益强大起来。闽越国王郢基自称是战国越王勾践的后裔。此时，郢基仗着自己不断增长的实力，公然宣称，要恢复祖先勾践曾经的霸业。

地处岭南的南越国在赵佗时期，曾有过一段辉煌的历史。当时南越国雄踞东南一带，周边的闽越国、东瓯国、夜郎国、滇国等小国无一不感到畏惧。但赵佗死后，其孙子赵胡即赵婴齐的父亲临朝时，国力逐渐衰弱，自然不是闽越国的对手。面对着越来越咄咄逼人的闽越国，赵胡要想生存下去，唯一的办法就是将一切希望寄托于长安朝廷。

为此，赵胡承继南越国王位后，便早早地将自己的儿子——赵婴齐派来长安，以此换取长安朝廷对南越国的信任与庇护。

汉武帝刘彻即位之后，在内政外交方面面临着一系列棘手的问题。

汉初，高祖刘邦在中央实行郡县制，地方实行分封制，让侯国享有封地内的税收管辖权，让王国拥有独立的政治和军事权力，日久，埋下一系列的隐患。朝廷的轻徭薄赋政策令地方一些豪强势力日渐膨胀，对中央朝廷的"大一统"权威形成了很大挑战。

华夏族自古便具有强烈的"大一统"观念。人们认为：一个中央大帝国，必须占据特定的地域，才可能拥有向四周发号施令进行征伐的权力。这一特定地域便是中原地区。因此，"逐鹿中原"一直是英雄强人们追逐的目标。只要中原统治势力稍有削弱，四周豪强便拼命想跻身中原，攫取中央朝廷控制权。

刘彻即位时，国家政治形势相对稳定，经济状况很好，但各种分裂因素却也在滋生蔓延。

刘彻遂采纳主父偃的建议，颁布"推恩令"，大力削弱诸侯国势力，强化中央集权。

此时，王国析为侯国，就是王国的缩小和朝廷直辖区的扩大，而侯国隶属于郡，地位与县相当。这样，朝廷不行黜陟，而由藩国自析。

"推恩令"在名义上没有进行削藩，实际上却使诸侯王国封地大幅缩小，权力大幅削减，巧妙地避免了诸侯王武装反抗的可能，中央集权也得以强化。

在基本处理好这些问题后，刘彻便将更多精力投入到对"北南问题"的关注上来了。

什么是"北南问题"？

即北方匈奴的威胁，以及南方异姓诸侯国的反叛分离。这两个问题不处理好，其他一切问题都将变得棘手，难以解决。

赵婴齐是南越国王赵胡的长子，名正言顺的南越国太子，是未来王位的继承人。赵婴齐常驻长安，不正是酝酿解决南越国问题的好时机吗？

为此，朝廷给了赵婴齐足够多的优待，还派专人陪着他到各地巡游玩耍。这样做有两个目的：一是让这位太子消磨时光，二是让他感受大汉强盛的国力。

赵婴齐来到阆中后便被官府安排在大象山的驿馆住下，该驿馆距学堂不远，赵婴齐对大象山这么漂亮的学堂怎能不看呢？晚饭后，便在谯隆的陪伴下来到了学堂。没想到，在这里他竟与落下闳、稷馨儿不期而遇了。

赵婴齐与谯隆的突然出现，让落下闳与稷馨儿都感觉有点意外。

赵婴齐转过头来对落下闳道："你刚才说'天上的某一颗星，可能也会长出这许多的参天大树'，你怎么会有这么奇特的想法呢？"

落下闳向对方略施以礼后，客气地道："哦，我的说法让您见笑了。我是想啊，这么大的苍穹，有着数不清的星星，总不会只有我们这个地方，才有生命，才有草木生长吧！"

谯隆听落下闳如此话语后，此时也认真地望望天上，再回头看看眼前这个英气勃勃的小伙子，眼里不禁透出一丝赞许的目光。

可是这个赵婴齐却再次向他发问道："据我所知，你的这个说法，这学堂里的先生没教，书上也没写啊！"

落下闳又礼貌地说道："书上没写，但我们可以把自己知道的东西写上去呀！"

赵婴齐一听，立刻认真道："圣贤之书，可是神明之物啊！你能随便写上去吗？"

落下闳道："圣贤之书是神明之物，可它也不是无本之木、无根之草啊！"

此时，谯隆终于开口了。他赞许道："说得有理！学问这个东西，总是从无到有，从少到多的……"

赵婴齐听谯隆如是说，终于笑道："谯隆大人，看来中原之地真是藏龙卧虎啊！这位学弟有如此惊世骇俗之想法，不简单！不简单啊！"

谯隆听赵婴齐如此说，便道："谢谢您夸奖！"

随即谯隆又转过头来对落下闳道："落下闳，快过来谢过这位先生吧！"

落下闳即走过来对赵婴齐道："您过奖了！落下闳谢过先生！"

赵婴齐一听面前这个少年的名字，不禁问道："什么？你的名字叫'落霞红'？"

赵婴齐一边问一边用手在空中书写着这几个字说："'落霞红'是你的名字？"

"落下闳"这几个字与赵婴齐说的"落霞红"几个字音十分相近，看来这个先生显然是搞混淆了。

落下闳赶紧纠正道："回禀这位先生：我的名字叫'落下闳'，而不是您说的'落霞红'。"

可赵婴齐听了不以为意地说道："哦，'落霞红'——多么美妙的名字啊！在那遥远的天边，落下一片片美丽的彩虹。啊！这是多美的景象啊！这样的名字富含浓郁的诗意，显得十分绚丽浪漫。这是一个多么美妙的名字啊！"

谯隆见赵婴齐对落下闳的名字如此感兴趣，而落下闳对此又不予认可，便走过来打圆场道："呵呵，殿下的想象力实在是丰富得很啊！在我看来：'落下闳'与'落霞红'都很美妙，都充满着丰富的色彩。"

随即谯隆将话题一转道："先生，我们出来得太久了，该回驿馆了吧！"

说着，谯隆拉着赵婴齐的胳膊，就要将他拽走。

赵婴齐走了几步，又回过头来，对落下闳道："落霞红！这个名字好大的气魄啊！真是有些大气磅礴啊！"

望着他俩远去的背影，落下闳不禁向稷馨儿问道："这位先生到底是个什么人啊？"

稷馨儿与谯隆是表兄妹，平时接触较多，偶尔也会从谯隆那里听到一些县衙里的事情，对赵婴齐的情况也就略知一二了。

稷馨儿对落下闳道："他是从京城长安来的……不知他听谁说，阆中城是天下珍稀之地。他从长安游历到邯郸之后，就非要来这里来看看。"

落下闳一听稷馨儿这么说，不禁自语道："啊！京城来的！可他来这干啥呢？"

稷馨儿道："说是巡游啊！"

秾馨儿对落下闳说这话的时候，根本没想到，就是这次与赵婴齐的偶然相遇，却改变了她一生的命运，让落下闳与这个赵婴齐也有了一些人生牵连。

冬天又来了。

漫天纷纷扬扬的雪花，让大象山银装素裹，放眼望去，一片白茫茫的天地下面，万籁俱寂。往日那许多在天上飞翔的鸟儿一只也看不见了。

往日书声琅琅的学堂里，此时静悄悄的没有一丝响声。

过年了，学童们都回家了。可是，此时落下闳还在往日的课堂里，饶有兴致地面对着一大堆书简没有一丝倦意。

落下闳完全沉浸在书海里，就连秾馨儿来到他的身边，他也全然不知。

秾馨儿："怎么？还在求解那一道天算难题吗？"

落下闳："哦！是秾馨儿啊！大家都回家准备过年了，你怎么还不走呢？"

秾馨儿笑着道："这倒是我要问你的问题呀！要过年了，你怎么还不回家去呢？"

落下闳见对方这样问，便笑着对她说道："我不回去，但是每年春至节到来时，我总是要回去的。我们落阳旮，把孟春之月的第一天称为春至节，更热闹。"

秾馨儿听了他的话便道："哦，春至节更热闹？怪不得每年这时，你总要提前回到你们的落阳旮去啊！"

落下闳笑着道："是的！春至节到来时，也是春天降临的日子，落阳旮真是热闹又喜庆！你若不相信，最好到我们落阳旮去看看，就知道了！"

秾馨儿一脸疑惑不解，也只好点点头应承下来。

落下闳看着秾馨儿憨态可掬的样子，忍不住笑了起来，道："噢，还有什么问题吗？"

秾馨儿见对方问自己，这才想起了来此的初衷，道："有一个问题，我想问问你这个'神算子'，可以吗？"

落下闳："什么问题？你说吧！"

秾馨儿："今有一物不知其数，三三数之剩二，五五数之剩三，七七数之剩二。请问物有几何？"

秾馨儿刚把题说完，落下闳的答案就出来了："二十三啊！"

落下闳几乎不假思索地说出了答案，不由得秾馨儿不服。接下来秾馨儿又提了几个难度更大的算题要他作答，落下闳都非常轻巧地一口说出了答案。

秭馨儿被落下闳的解答深深地折服了！她点点头满意地道："算得巧，算得巧！看来，人们叫你'神算子'，真是名副其实呀！"

落下闳道："哦，那都是大伙儿说着玩儿的，你可千万别这么说呀！"

此时，学堂外面隐隐传来一阵阵稀稀落落的爆竹声，一些孩子断断续续地唱着儿歌的声音从远处隐隐传来："新年到新年到，冬天过年好热闹。爆竹声声连天响，敲锣打鼓踩高跷。"

落下闳面对此情此景，却没有丝毫兴奋的表情，反而长叹一声："唉——"

秭馨儿见落下闳如此神情，便道："过年了，应该高兴才是！夏弘兄为何这般唉声叹气呢？"

落下闳道："冬天是一年当中天气最冷的时候。此时，到处一片冰霜，天地一派萧瑟景象，为何还要这般敲锣打鼓庆贺呢？俗话说：一年一岁一枯荣。元正节，即是旧一年终结、新一年开始的节日，这么一个具有喜庆色彩的节日，为什么非要定在冬天，而不定在春至节这一天呢？"

秭馨儿道："哎！你说得有道理呀！每年双寒过后，就是春天，此时大地复苏，草木新绿。旧一年结束，新一年开始，应在冬去春来的时节，才合乎四季时序的呀！"

落下闳道："先生说：夏代称年为'岁'，商代改岁为'祀'，周朝才称之为'年'。夏朝时，以寅月为岁首，四时合序；可商汤伐夏，改丑月为岁首；周武王伐纣，改子月为岁首；到战国秦昭王时，又改亥月为岁首。自商经周至秦，历经三代，各将岁首向前移动一个月，如此一来，新年与新春不在一起，年与岁就有些混乱了！"

秭馨儿一边思考着一边说道："嗯，可不是吗？年岁与四时不一致，迎接新年与迎接春天，两者不在一起，历纪与天象不合，这确实是个大问题啊！"

落下闳道："是啊！春至时节，霜寒衰竭。春天到来时，暖阳初升，多有雨水，山川草木皆又重长，长天万里又展欢颜，大地处处重披新装。白昼渐长，气温渐高。假如春至节这一天过年，就是春天的节日，新一轮播种开始了，收获的季节也就不远了，人们也有足够的理由载歌载舞来迎接这个节日了！"

秭馨儿高兴地拍着手遐想着道："嗯！春至时节过大年，这真是一个奇妙的想法啊！如此一来，这个新年就不仅仅是辞旧迎新的时日，它也是春天的节日啊！——那个时候，除旧的爆竹，送走的就是这漫天的霜雪！这贺岁的欢歌，迎来的就是那希望的春天啊！这样一来，这个节日，就更有年味儿了！可是，年节时令，这是皇历上定好的，可不是什么人随便可以改的哟！"

落下闳道："怎么就不可以改呢？只要对天下苍生有好处，就应该改过来。不过，要改皇历，其间的难度，是比登天还难的啊！"

稷馨儿道："不知道哪一天我们的皇上愿意将这一切改过来。"

落下闳道："好的事情，总需要有人去做；有利于天下苍生的建言，皇上还是会采纳的吧！"

落下闳自幼就不是那种迂腐呆气的人，从小他就是那种动静相宜，充满阳光，对未知领域有着强烈好奇心的少年。

汉朝时，尚武之风盛行，在街头不时就能看见锻造兵器的铁匠铺与贩卖刀枪剑戟的小摊贩。刘彻继位之后更是大力在国民中提倡推行习武强身活动。在学堂饱读圣贤之书的同时，落下闳也很注重身体素质与体能的锻炼。

每个月末，学堂有一两天休整的时间，放娃娃们回家与亲人团聚。但此时，落下闳总不愿意离开。在学堂后院的演练场上，总能看到他时而手持着棍棒与鄂贵泉等人对打，时而一个人手持刀剑在那里腾空跃起，健步翻飞。

正是：

天下九州家国安，小荷初露渐成材。

第二章　利刃高悬南越国
　　　　武帝轻松化危局

西汉初,经历了秦末农民战争和数年的楚汉之争后,中原经济受到严重破坏。此时,士卒疲于征战,人民嗷嗷待哺,国库极度空虚。而北方匈奴军事力量却日益强大,经常南下烧杀抢掠。

到汉武帝刘彻登基时,汉朝经过六十余年的休养生息后,百姓生活富足,国力得到很大恢复。

刘彻亲政后,在不断加强中央专制集权的同时,也加强了军事力量建设。朝廷在各州郡的所有官府学堂都增设了军事技能训练课程。学堂里的所有学子平时除了研习竹简木牍上的学问外,还必须进行个人体能训练,掌握一些刀枪剑戟之类的攻防格斗技能。朝廷认为,这样不仅可以让学堂里这些娃娃增强体能,得到多方面发展,也可为建设强大威武的汉军培养、储备人才。

负责教授大象山学堂军武课的教官,由驻扎在阆中灵山脚下的汉军校尉范翼龙担任。

范翼龙来大象山教授军武课,而平时就喜欢舞刀弄棍的小妹范美凤总是跟在他的屁股后面。这样范美凤也自然成了哥哥授课的小帮手。

范氏兄妹是范目的后人,其先祖就是秦汉之际大名鼎鼎的范三侯。

西楚初年,范目第一次与刘邦相见时,就建议对方征召巴地賨人组建劲旅,入秦川以"北定三秦"。

刘邦早闻賨人勇武,遂将征召巴地賨人建新军的事委任范目执行。范目系阆中一带威望非常高的巴人部族长。他很快便组建起了一支由七个姓氏的巴人组成的精锐部队。

其后刘邦"明修栈道,暗度陈仓",指令范目率军从汉中以西通过陈仓道进入关中,以迅雷不及掩耳之势,打败了咸阳地区雍王章邯、翼王董翳、塞王司马欣，迅速平定了雄踞八百里秦川多年的三个大军阀，为刘邦最终打败项羽奠定了基础。

刘邦夺取天下后，便以建章乡侯、慈凫乡侯、渡沔县侯奖赏范目。同时，对以范目为首的巴地罗、夕、庹、昝、鄂、龚、朴七姓，不输租赋。

因此，几十年来，阆中一带七大姓氏的族人迅速繁衍。而范目的后人，也英雄辈出，光耀先祖。

这一天学堂里几百个学生娃整整齐齐地在后院的演练场上排开。落下闵、夕季财、庹峙富、鄂贵泉、龚永安等人精神抖擞地站在队列里，所有人的目光都齐刷刷地盯着演练场前方的军武教官范翼龙，以及他身边的小帮手范美凤。

范翼龙对大家道："我大汉朝自开国以来，皇上英明，天下太平，百姓富足，但我们的北部边塞却一刻也没安宁过，北方匈奴的南侵，从未停止过。为强固江山社稷，捍卫大汉百姓的安宁生活，每一个大汉男子都要具备强健的肌体，熟练掌握攻防技能。好男儿要有担当，当朝廷有事的时候，就要当仁不让地走到最前面。要随时准备，当兵入军列，上阵杀敌人。"

范翼龙说毕，便让妹妹范美凤来领着大家演练。

年纪与这些学子几乎一样大小的范美凤在哥哥的示意下像模像样地走上来，领着场下的学子们高喊道："强健臂膀，效忠吾皇！力量超强，一个顶俩！"

此时在大象山的驿馆里，赵婴齐却在书房里心神不安地走来走去。一旁的侍女看着主人心情烦躁的样子，也不好打扰，只好静静地站立在一边随时听候差遣。

赵婴齐在等候来自南边的消息。在他离开京城之前，刘彻派遣的十万汉军南下增援南越国，离开长安就已经有一些时日了，眼下应该是有一些大军消息的时候了。汉军南下战事的顺利与否事关南越国的生死存亡，赵婴齐不得不时刻挂在心上。

南越国是在秦末战乱中冒出来的异姓诸侯国，当年秦始皇统一天下后，在岭南地区设置了桂林、南海、象郡，并从中原迁徙了大批百姓进入当地与越人杂居，使中原人与越人逐渐融合。

秦始皇三十七年（公元前二一〇年），秦始皇在巡游途中得病，行至沙丘宫病死。赵高勾结少子胡亥及李斯，伪造遗诏立胡亥为太子。次年胡亥继位，是为秦二世。

秦二世当政后，老谋深算的南海郡尉任嚣，眼见其昏庸无能，中原大地一片混乱，便想借机带领岭南的旧部人马比照中原义军脱离秦王朝，自立旗帜，独霸一方。但整个事情正在秘密准备之中时，任嚣却突然旧病复发。他自知时日不多，便招来龙川县令赵佗交代后事。

与南海郡的番禺、博罗、四会等县相比，龙川县地理位置与军事价值极为重要，故任嚣当年特委任心腹赵佗任龙川县令。赵佗一到龙川便辟地筑城，强化对县域的管理，既致力防范越人反抗，又采取多种措施安抚越人。他劝导士兵在当地娶妻养儿育女，促进汉越同化；又积极倡导中原居民迁居南越与之融合。为此，赵佗很得任嚣器重与信任。

任嚣躺在病床上拉着赵佗的手道："秦二世暴虐无道，世人痛恨。眼下中原各地英雄拥兵自立，齐力倒秦。陈胜、吴广起兵后，又有项羽和刘邦等豪杰攻伐争夺，中原大地已是四处烽烟，不知何时才能平息。岭南之地得天独厚，这里地势险要，关隘重重。南海郡东西纵横数千里地，而且还有许多从中原过来的人相辅助，我们完全可以不参与中原的争斗，就在南海建立一个独立的王国。但我已经不行了，一切都只有靠你了，你是有能力领着大家办成这件事的。"

任嚣说完这些话，拿出伪造好的诏书，对外宣称：秦二世封赵佗接替他的南海郡尉职务，统管本郡政治、军事、监察。

赵佗是中原真定人。任嚣一死，赵佗正式继任，并立即移送檄文到横浦关、阳山关、湟谿关等几处关隘。

这几处关隘是从中原翻越五岭进入岭南的必经之道，一开始是秦始皇为加强中原与岭南联系而设置的。中原战乱时，任嚣、赵佗为防止中原乱兵和难民涌入，已经派重兵在此守卫。赵佗当时即告知守军：一旦发现北边的乱兵前来，所有关隘一律关闭，绝对不允许一个乱兵与难民通过关隘进入南海郡。由此，原来沟通南北的交通枢纽，此时已经完全变成了防止北边乱军南侵的军事要塞。

赵佗派人将檄文送到这几个关口的秦朝守吏手中，说：中原反叛的盗匪们很快就要攻打到南海郡了，必须马上断绝与中原的道路，南海郡的将士们将在关卡南侧聚兵自守。

赵佗切断了南北之间的联系，为建立南越独立王国创造了条件，随后又逐步将秦朝在南海郡任命的一些官员全部换成自己的人，对那些不听话的官员则一概诛杀，由此掌握了南海郡的军政大权。

秦亡之后，赵佗更加有恃无恐，他拥兵自重，在南方发起了兼并战争，将桂林郡、象郡也变成了他的势力范围。由此，赵佗统一了岭南，割据固守，并自立为南越武王。

汉朝建立后，高祖刘邦为了集中力量巩固新生的大汉政权，无法抽身去攻打南越，只好先采取容忍的态度。但是岭南一带毕竟属于中央王朝的版图，硬的不行，便来软的。高祖十一年（公元前一九六年），刘邦派遣使臣陆贾带着诏书、南越王印和丰厚的礼物去招抚赵佗，让他团结南方百越各诸侯国，不要做祸害边境的事情。

赵佗当时雄霸一方，心满意足，就连穿戴也换成了越人的服饰。他左袒梳髻，傲慢地面对着从长安来的使臣陆贾。

陆贾第一次来到南越，以前与赵佗也没有什么交往。他见赵佗态度如此傲慢，还是晓以大义，喻以利害，耐心地将一些道理说与他听。

陆贾对赵佗说："你是从中原来到南越的人，你的亲戚、兄弟的坟墓现在都还在真定。如今你背叛父母之邦，忘记骨肉之情，放弃了中原的服饰，想对抗大汉天子而成为父母之邦的敌人，你这样做必将大祸临头。朝廷听说你在南越自立为王，本想发大军前来征伐的，但是，'城门失火殃及池鱼'，如果大军前来讨伐，必然连累普通百姓。所以朝廷特意让我前来向你讲明这些道理，并给你送来南越王印，正式立你为南越王。现在你应该用臣下的礼节来迎接皇上的诏书。如果大王抗拒皇上，不服从朝廷，那么皇上一定先掘了你祖宗的坟墓，灭了你的宗族，到时候再派大军南下前来问罪。踏平你这个小小的南越诸侯国，对于朝廷来讲，只像是翻翻手那样容易的事情。"

赵佗觉得陆贾说的也很在理，再想：眼下长安的汉朝廷已经完全掌控了中原局势，先前烽烟四起的大地已经逐步平静下来，如果此时惹恼了长安，肯定是一件凶多吉少的事情。想到这里，赵佗不免有些紧张起来，便向陆贾道歉说："我在这个蛮夷之地住了很久了，一时忽略了中原的礼节，请大人见谅。"

于是，赵佗恭敬地从陆贾手中接过南越王印，从此便做了汉朝的异姓诸侯国，奉守汉朝约法。

陆贾在番禺期间受到赵佗的热情款待。两人相处时，陆贾向赵佗讲了很多发生在秦末战争中的故事，从而使赵佗对高祖有了很多认识。几个月后，陆贾要回长安述职，便去向赵佗告辞。赵佗拉着陆贾的手半天不忍放下，感叹地说："先生这一走，寡人在越地真的再也没有可以谈心的人了。"为了表达他对高祖的崇敬之情，他托陆贾将九颗硕大的珍珠带回长安呈送给皇帝，同时又专门送给陆贾价值千金的礼物。

从此后，赵佗安心地做起了汉朝的南越王。此后一段时间虽然番禺与长安的来往不是很多，但整个南方在刘邦统治期内，也算是安宁的。

刘邦病逝后，汉朝的大权掌握在皇后吕雉的手里。她认为虽然南越王是高祖封的，但那只是一个外臣国，不受朝廷的直接统治，因此她一向不将南越国作为中原的诸侯看待。

在吕雉临朝的第四年，朝廷根据吕氏旨意，禁止中原与南越的铁器贸易。吕雉想彻底制服南越，便在长沙国通往南越国的地界上设立了重重关卡，严格检查禁运的货物，明令禁止中原把铜铁等金属制品以及铁农具输入南越。就连向南越输入牲畜，也只能是雄性的，如果有人胆敢违令向南越出售母马、母牛、母羊等，一律斩首示众。

南越人从中原人那里买不到铁器，后来就连他们日常所需要的一些用品也买不到，不仅生活很不方便，而且直接影响了整个王国的经济发展。面对此情况，赵佗也没有办法，自己有求于人，只好三番五次派人专程去向吕雉上奏章，承认过错，请求通好。可是，吕雉对赵佗的请求根本不予理睬，不仅如此，还将赵佗派去的几个使者统统扣留了下来。

赵佗再也忍不住了，他愤怒地对左右说："当时高祖立我为南越王时，曾承诺互通财物，相互使者来往沟通。现在吕雉当权，听信谗言，把我们南越当作野蛮人来对待，断绝了来往，禁运货物，妄图将整个南越国推入绝境。长沙国王更是阴险歹毒，他仗着吕雉给他撑腰，妄图借此兼并我南越，我们怎能坐以待毙，束手就擒！"

由此，赵佗和长安彻底翻脸。他去掉先前高祖给他的封号，自立为南越武帝。

吕后八年（公元前一八〇年），赵佗公开发兵反汉，他首先向汉朝在南越北部设置的缓冲国——长沙国，发起了攻击。

南越官兵个个激情似火，在攻打长沙国的战斗中奋勇当先，攻势如虹。很快，长沙国边境的几座县城就被南越人占领了。长沙王吴回眼见自己不是赵佗的对手，便派人飞马将情况报告于吕雉，并请求长安火速发兵驰援。

吕雉得知赵佗公开反叛的消息后，不禁怒火中烧，便命令手下掘了赵佗在中原的祖坟，并在第二年派出隆虑侯周灶将军率领汉军前去攻打南越。

周灶率领汉军跋山涉水，急速南行。但前往南越的道路实在是崎岖坎坷，汉军走了几个月才到达长沙国。这一年天气酷热闷湿，从中原远道而来的汉军将士们水土不服，又染上疫病，汉军在前往岭南的路上转来转去就耗去了一年多时间。到第二年七月，吕雉病死，新继位的文帝刘恒见周灶率领的汉军还未到达番禺，便下达了退兵的命令。

经过这次变故，赵佗在南方小诸侯国中威望大振。人们想到多年前赵佗一举剿灭安阳国的事情，一些小国面对日益强盛的南越国更是不寒而栗。

面对着数十年来赵佗在南越一带的所作所为，以及赵佗麾下那些骁勇善战的军队，南方诸多小国更是充满了敬畏。赵佗便借此用财物笼络东边的闽越国与西边的西瓯国等越族小国，使南越国的势力范围扩张达东西万余里。赵佗此时公开比照长安天子的仪仗，出入王宫乘坐黄车左纛，并临朝称帝，与汉朝对峙。

面对如此情况，刘恒不得不再次对南越采取安抚的策略。

汉文帝元年（公元前一七九年）六月，朝廷下令修缮赵佗在真定的祖坟，并在坟边设置采邑，按季节祭祀。同时刘恒又征召赵佗的宗族兄弟，给予他们高官和丰厚的赏赐，并再次派陆贾出使南越安抚赵佗。陆贾到南越后，责备赵佗不报告朝廷而自立为帝，并呈上了刘恒写给赵佗的亲笔信。刘恒信中措辞恩威并加，加之陆贾晓以利害，使赵佗幡然醒悟。

赵佗拿着刘恒的信对陆贾道："皇上真是个忠厚的长者，他这么虚心又诚恳地待我，我怎么会与他对抗呢？"

赵佗是一个精明的人，他心中害怕汉朝廷再次发兵前来攻打他，便借此台阶下来，避免了整个南越国陷入战火之中。他再次请陆贾向长安转呈，自己愿意作为长安的藩臣，遵奉贡职，并向南越国民通令说："如今的皇帝是个贤能的天子，从今以后南越国去除帝号和天子之仪，愿意长为汉朝藩臣。"

当时，赵佗在写给刘恒的信中，用词谦卑，言辞恳切。刘恒听了陆贾的报告，看到赵佗的亲笔来信后，心中的一块石头这才落了地。

一直到景帝即位，南越国都向汉朝称臣，定期派遣使者到长安报告情况，如同长安设立的诸侯国一样。

赵佗享年一百零三岁，在位时间长达六十六年，是中国历史上寿命最长的一位国王。他去世时，其儿子早已在他之前就死了，王位便由他的孙子赵胡继承。

赵胡多病，不爱问事，一般事务大多交由丞相吕嘉处理。这样一来赵胡声望就成问题了，从而引起了闽越王郢基的觊觎。

郢基是个很有野心的诸侯王。赵佗垂暮之时，郢基便认为自己的机会来了。而当病恹恹的赵胡被立为南越王之后，他更是没将这位羸弱的国王放在眼里，便主动发兵攻打南越国的边邑。

赵胡心中明白眼下的南越国已经不如往昔了，自己虽然是一代雄主赵佗的孙子，但是，身上全然没有赵佗的一星半点英雄气。南越国往日称雄南方的日子已经一去不复返了，眼下的南越国要想平安无事只有仰仗长安朝廷的庇护。

为此，赵胡利用各种机会与途径极力向汉朝廷表露心迹，尽一切手段让长安知道自己一心效忠朝廷的心思。

赵婴齐来长安后不久，国内的坏消息就不断传来。此时，闽越国王郢基不仅发兵向邻近的东瓯国进攻，诛杀了东瓯王，还不断地向南越国边境屯兵，企图挑起更大的战事。面对岌岌可危的局面，赵胡一面吩咐官兵们依据关隘坚守，绝不主动出击；一面又责成赵婴齐当面将情况向刘彻禀报，请求朝廷尽快派遣汉军阻止闽越国的鲁莽行为。

刘彻接到赵婴齐的报告后，立即调遣十万汉军前往岭南讨伐闽越王。

大军出征南方后，赵婴齐为了缓解连日来紧张而疲惫的精神状况，这才来到了阆中城。

可赵婴齐人在阆中，心里却仍然时时关注着南越国的局势。

此时，贴身侍卫郄宗边跑边克制着自己兴奋的情绪，对着赵婴齐禀报道："好消息！好消息啊！"

待郄宗来到他面前，赵婴齐迫不及待地问道："怎么个情况？快说。"

只见郄宗气喘吁吁地道："退兵了！退兵了！闽越国的大军全撤了！"

赵婴齐似乎有些不相信地道："撤了？闽越国真的撤军了啊？"

郄宗明确地回禀道："当闽越王得知朝廷的讨伐大军已经过了长沙国，不日即将抵达岭南后，便立即命令已经进入南越国的闽越大军停止对我南越国边邑的进攻。闽越军已经不断地从我南越国撤出，我南越国的危机已经完全解除了！"

赵婴齐听到这个情况，近来一直悬着的一颗心才终于落了下来。此时他长长地舒出一口气来道："啊，这下我的父王与南越国的百姓们终于又可以睡个安稳觉了。"

此时，学堂里的阵阵吼声又从窗外传来。

赵婴齐转过身来到窗前，远远地望着学堂演练场上那群生龙活虎的学生娃娃。

郄宗也走过来，向远处学堂里观望。

刚刚经历过一段紧张而焦灼的煎熬后，眼下赵婴齐的心情格外轻松。

他望着窗外，眼前又浮现出在灵山充国王家陵园祭祀时所看到的情景。

灵山，原名为梁山。

先秦时期，阆中曾是充国的都城。充国是从巴国分离出来的一个国家。

充国当初从巴国分离出来后，巴国不断对其进行讨伐。充国的賨人虽然勇猛善战，也经不住实力强大的巴国的屡次攻击，刚刚建立的充国面临着生死存亡的威胁。为了保全还十分脆弱的新王国，充国王公便主动向蜀国王公示好，以获得蜀国的同情与支持。

蜀国与巴国均是四川盆地内十分古老的国家。相传，上古时期，居住在青藏高原的古羌族人向东南迁居，进入岷江河谷与成都平原。人们将居住在岷山地区的人称为蜀山氏。后来，黄帝之子昌意娶蜀山氏女为妻，生下儿子蚕丛，蚕丛在成都平原建立了古蜀国。往后，古蜀国分别经历了蚕丛氏、柏灌氏、鱼凫氏、开明氏诸族统领的时代。

到蜀国丞相鳖灵取代望帝杜宇出任蜀国国君时，为治理水患，鳖灵足迹踏遍盆地山山水水，终至劳累过度，不幸病逝，并安葬于阆中。

受到巴国巨大威胁的充国，不得不时常请求蜀国出面调停充、巴矛盾。此时的蜀王也乐于充当好人，经常奔波于阆中与江州之间为两国充当说客。

后来，充国君王为感激蜀国对充国长时期以来的巨大帮助与支持，便将当年安葬在阆中的蜀王鳖灵坟冢，按本国最隆重的礼仪移葬于梁山自己的王家陵园内。

梁山，也就在这个时候，改名为"灵山"了。

灵山有充国、蜀国两国君王的陵寝，从此香火更加旺盛。此后很长一段时间里，多有充、蜀两国的达官贵人专程前来阆中敬香。即使在数百年后也有不少王公贵戚的子孙，不远千里来到这里祭祀充、蜀两国诸王亡灵。

赵婴齐来到阆中，前往灵山祭祀自然也是不可缺少的一项重要行程。

这一天，他在谯隆的陪同下，在灵山祭祀之后，站在山巅极目远眺。只见远处汉军兵营旗旌招展，校场上，那些威武矫健、身手敏捷的汉军官兵身跨战马，正你来我往地在飞奔操练。

赵婴齐无意中看到的这一幕情景，在他的心底引起了深深的震撼。他内心顿时升腾起这样一种感觉：今日之大汉，真的是更加非比寻常了啊！

眼下他听着学堂里这些学生娃们的呐喊声，不禁深深地叹息道："闽越国可以不把我南越国放在眼里，但是他如果无视长安朝廷的存在，那他闽越国王郢基在世的日子则将是屈指可数的了。"

一旁的郄宗随即附和道："殿下说得太对了！据说今上承继大统后，中原所有的官府学堂都增开了军武课程。"

赵婴齐听了此话，回头看了郄宗一眼，沉默半晌后又自语道："当今朝廷的这位天子，虽然年纪不大，但确实不同凡响。日后我们同朝廷打交道，需更加小心谨慎才是啊。"

学堂演练场上，学子们在军武教官范翼龙的指挥下，又开始了拳操演练。只见落下闳等人一边有力地挥舞着拳头，一边发出排山倒海的吼声。

正是：

南越弱小国力衰，大汉为其保安宁。

第三章　阆苑仙葩佳人秀
　　　　王子邂逅稤馨儿

　　约二万五千年前，四川盆地就开始出现人类文明，并在新石器时代晚期形成了高度发达的古蜀文明。

　　古蜀文明与华夏文明、良渚文明并称中国上古三大文明。

　　夏商时期，蜀人部落由岷江上游一带迁徙至盆地西部平原。公元前一〇四五年，古蜀国杜宇王朝建立，定都于鱼凫。其时，杜宇王朝向周边国家发动兼并战争，其势力基本覆盖了大半个四川盆地。

　　而在盆地东部，源于荆楚之地的巴人，却沿长江逆流而上，在今大巴山一带建立了自己的奴隶制国家。

　　周定王十九年（公元前五八八年），巴国一分为二，充国脱离巴国自立。

　　巴国，始创于先夏时期，之后加入夏王朝，成为它的一个诸侯国。

　　在殷商时期，巴国与商朝不睦，相互之间时有攻伐。殷商武丁临朝时，武丁和妇好都曾亲率大军征讨巴国。

　　但巴人生性顽强乐观，作战勇猛，史称神兵天将。在巴国承续的几百年中，周边的强大部族一直对其虎视眈眈，巴人却在极为艰难困苦的条件下，在荒莽的大巴山、秦岭山麓中，自强不息，世代繁衍。

　　夏王朝的第一个君主禹的出生地在汶山石纽，石纽之北百余里为崇山，崇山即是崇人的发源地。

　　崇人作为夏部落联盟成员之一，部族势力一度十分强大，被称为盆地东北部最古老的部族。

　　阆中的崇人在不同的历史时期有不同的称呼。炎黄时期，称"濮人"；夏商时，称"崇人"；在周武王发起的讨伐商纣王的行动中，由于这些崇人后裔在战斗中使用一种被称为"彭排"，即"板楯"的盾牌，故又称"板楯蛮"；到秦汉时期，才演变为"賨人"或"七姓蛮"。

在漫长的历史岁月中，崇人繁衍不断，生生不息。崇人体格壮实，生性勇猛，擅长奔走与猎射。在历史上多次王朝更替的重大战争中，这些崇人所向披靡，勇猛善战，成为闻名天下的勇武之师。

公元前一〇四六年，周武王发动了推翻商纣王残暴统治的牧野之战。

据《尚书·牧誓》记载，当年参与周武王"伐纣"会盟的有濮、庸、蜀、羌、髳、微、卢、彭等族群，濮人即崇人。而能参与这种会盟者，必须具有诸侯国资格。由此推断，阆中一带的崇人后裔在当时已经建立了自己的奴隶制国家。

在交战中，来自阆中的崇人将士们一手持长矛或短剑，一手持彭排。走在前面的高唱着战歌，紧跟在后面的则挥舞着手中的武器，相互敲击着，和着战歌的节奏，发出滚雷般的吼声。殷商军见状，疑为天神降临，吓得失魂落魄倒戈后撤，致使相互践踏死伤无数。

殷纣王眼见大势已去，遂登鹿台投火自焚而死。

周王朝建立后，周武王鉴于崇人的突出表现，便封早已与崇人融为一体的巴为子国。因首领为巴子，即叫巴国，都城设在江州。

巴国鼎盛时，其疆域囊括了今天重庆全境、川东北、川东南、湖南西北、湖北西南、陕西之南、贵州之北等地。

此时，居住在渝水、宕渠一带的崇人后裔，虽然早已与江州一带的巴人融为一体，也被称为巴人，但他们所崇拜的图腾却是不一样的。江州一带的巴人以白虎为图腾，渝水、宕渠一带的巴人却是以龙蛇为图腾。冥冥之中似乎注定尚蛇巴人与尚虎巴人最终将走向分离。

公元前五八八年，尚蛇巴人摆脱江州尚虎巴人的控制，自立充国。

充国从巴国分立出来后，在盆地境内其势力范围一度达到今天南充全境、巴中西南、广安之西以及绵阳东南的部分地方。

充国跨越了春秋战国两个时期，前期国君称"公"，后期国君称"王"，计传十四代王。

前六代大公在位的时间及封号分别为：

公元前五八八年—公元前五六三年，太公，千秋王，在位二十五年（封号为后代君王追封，下同）；

公元前五六二年—公元前五三四年，卫公，义丰王，在位二十九年；

公元前五三四年—公元前五二一年，恒公，太华王，在位十三年；

公元前五二〇年—公元前四九八年，庄公，太庆王，在位二十三年；

公元前四九八年—公元前四七七年，纠公，永梁王，在位二十一年；

公元前四七七年—公元前四七四年，惠公，江陵王，在位仅四年。

后七代君王在位的时间及封号分别为：

公元前四七三—公元前四五六年，万安王，在位十八年；

公元前四五六—公元前四四五年，群德王，在位十一年；

公元前四四四—公元前四二二年，平裕王，在位二十二年；

公元前四二二—公元前四二〇年，天宝王，在位仅三年；

公元前四一九—公元前四〇一年，文兴王，在位十九年；

公元前四〇一—公元前三六五年，保宁王，在位三十六年；

公元前三六四—公元前三三四年，镇王公，在位三十年；

公元前三三四—公元前三一八年，合定王，在位十六年。

充国从立国之初的太公千秋王算起，到末代合定王灭国，一共存续二百七十一年时间。

当时，充国的都城就设在阆中，今天阆中古城的另一个名字——保宁镇，即是沿袭充国在位时间长达三十六年的第十二代王——保宁王的名字而来。

充国出现后，盆地内虽先后有平周国、苴国、郜国、鄩国、冉駹国、夥国、那国、僰国等一些中小诸侯国存在，但巴国、蜀国、充国始终是疆域最大、实力最强、存续时间最长的三个国家。由此盆地内也一度形成巴、蜀、充三雄并立的局面。

周慎靓王三年（公元前三一八年），战国中期，秦惠文王北扫义渠，东出函谷，南下商於之时，巴国主动招引早已成为虎狼之师的秦军进入盆地攻打蜀国，而巴军则趁势攻打宿敌充国，最终充军寡不敌众，阆中城陷，充王被俘，充国由此覆灭。

中国的历史悠远绵长，数千年来，很多往事都被淹没在漫长历史的潮涨潮落之中。

秦王朝在一统天下的征战中，对新吞并国家的历史档案、文字典籍肆意焚毁，致使充国人曾经创造的辉煌，也被彻底勾销。

当年充国脱离巴国，正是周王朝从镐京东迁到洛邑后，"周失纲纪"，王室威望低落，政治地位每况愈下之时。战国中期，各地诸侯各自为王，为扩张势力，彼此兵戎相见，干戈相向，杀伐得红眉绿眼。中原大地一时间血流成河，纷乱不堪。相比之下，刚刚成立的充国，地处西南盆地，因远离中原战火，在和平安宁的环境中持续发展，国力大幅增强，迅速成为盆地内三个最重要的大国之一。一直到周慎靓王五年（公元前三一六年）秦惠文王命人凿通金牛道，秦军在大将军司马错、丞相张仪的率领下蜂拥进入盆地，一举吞并巴、蜀、充三国为止，在长达近三百年时间里，仰仗盆地内独特的地理环境与源远流长的文化传统，充国的国力与国家形象得到极大提升。

此时，作为充国都城的阆中，城邑建设得到很大发展，大小街道多达数十条，城邑内的亭台楼阁先后矗立起来，被誉为神仙住地的"五城十二楼"在此时显现雏形，城邑人口也一度达到数万人。由此，阆中也成为西南与蜀国都城成都、巴国都城江州齐名的三个最大、最为繁华的城邑。

巴国在秦国的配合下灭掉充国后，巴王亲临阆中，看到充国都城系一处龙凤呈祥的上佳吉地。秦岭山势形成的"龙脉"分支，从大巴山出帐，由北向南蜿蜒相连，途经古苴国昭化城的大黑山、烟峰山一路绵延逶迤，与地处阆中的大小蟠龙山一脉贯通。建在蟠龙山脚下渝水边冲积扇滩地上的充国城，犹如腾龙从昆仑山奔涌而至。

在阆中城邑外，有大小凤凰山两座。大凤凰山头形似鸟首，山湾似雀颈，整个山势形似凤凰东南飞。

大小蟠龙山与大小凤凰山，如双龙奔海，双凤朝阳，使龙凤呈祥之态实至名归。

此外，城邑四周九条山脉，恰似九条蛟龙向此会集，呈现出天下少有的"九龙捧圣"形态。

这一切，大有揽渝水胜境，集天下风水之势。

巴王倾心于阆中得天独厚的地理环境，仰慕充国都城"五城十二楼"美若梦幻的城邑建设，遂决定将都城从江州迁往阆中。

阆中的"阆"这个字，是充国的第一任国王——千秋王选定的。

阆中，这两个字怎么解释？

当年，充国的千秋王在选这个字的时候，是经过了一番认真考究的！

传说，"阆"，外面的"门"字，即告诉人们渝水在此呈"U"形，环绕这座城邑滚滚流过；中间的"良"字，即表示良好、善良。

"门"与"良"两个字组合起来，即告诉人们：在这个北面高山耸立，东、西、南面有碧绿的渝水环绕，碧水之外皆有群山护佑的地方，居住着天底下最善良、勤劳、勇敢的充国人。

《荀子·大略篇》说："王者必居天下之中，礼也。"王者居于天下的中间，是因为环绕在王者身边的臣民可以保卫、护卫王者，也有利于居于中间的王者向四周臣民发号施令。

春秋时期，"天下第一相"齐国丞相管仲说："主尊臣卑，上威下敬，令行人服，理之至也。"专制时代，王者至尊在上，臣民卑微在下；臣民敬畏王者的权威，服从王者的政令，这是自周天子以来定下的礼数、规矩。

阆中，作为充国都邑，为当时充国最高权力中心，系充国的王侯将相们居住的地方，阆中的"中"字，就是这样得来的。而"阆"字的发音，即是模拟了年复一年、日复一日绕城而过的渝水浪涛声。

阆中，两个字读起来，音韵亮响，朗朗上口，充满了美好的期许与祝福。它明白无误地告诉人们，这里曾经就是充国长达两百七十一年的国都。

阆中，土地肥沃、宽广。她依山傍水，早在新石器时代，便是先民们选择聚落的理想基址。

《吴越春秋》云："鲧筑城以卫君，造郭以守民。"《周易》说："天险，不可升也。地险，山川丘陵也。王公设险，以守其国。"

阆中地处水陆交通要冲，城郭又由四围重重大山形成的天然屏障合护而成金汤之固，这也是当年充国的王公们长期将阆中作为国都的重要原因。

汉字的"国"字，从字面上解释，就是城邑的意思。

用城墙合围护卫起来的街道，也就是"国"。阆中城内的楼宇亭阁、街巷城郭的规划布局，就是这种城市最生动的典范。它四面都有城墙护卫，东南西北各有一道城门，除西门迎山接水外，其余三门皆建有瓮城。

古时，瓮城是为了加强城堡或关隘的防守，一般在城门外修建的半圆形或方形的护门小城，属于古代城市城墙的一部分。瓮城两侧与城墙连在一起，设有箭楼、门闸、雉堞等防御设施。阆中的瓮城门与城门错位，不在同一直线上。四座城门及三座瓮城，各建有轩昂门楼。

作为充国都城的阆中，始建时即严格按照前朝后市，左宗右社的模式布局。

坐北朝南的城邑，前半部分是充国王公上朝听政的殿堂，后半部分是市场——繁华的商业交易处所。围绕朝堂，左边的宗庙，是国君祭祀祖先之处；右边的社稷，是国王祭祀土地和五谷之神的地方。

今天阆中城邑的形状，犹如一张规整的棋盘。在这张棋盘上，南楼、玉皇楼、火神楼、财神楼、凤凰楼等楼台亭阁镶嵌其间。一些或小巧，或宽敞的四合院内的木结构穿斗、双檩双挂、木柱檩梁、粉墙青瓦，精美异常；屋内一些或长或方或圆形状的板棂窗、格扇、隔断等，精工雕琢的花鸟虫鱼、什锦嵌花，各具特色。一些房檐、斗拱、照壁、神龛、门窗等物件，除了造型逼真外，构思也非常奇特。笔直的街道纵横交错，呈"井"字形排列。

城郭外，波浪滚滚的渝水，经年不息地流淌着。

连绵起伏的大巴山脉，由于山体长期受河流切割，峡谷众多，谷坡陡峭。位于阆中城南对面的锦屏山，花木似锦，壁立千仞。

风景秀丽的古城，郊外，是一片如诗如画的田园。

这一天，落下闳与夕季财、庹峙富三人正骑马狂奔，你追我赶，互不相让。一会儿，紧催骏马的夕季财、庹峙富一前一后跑到落下闳的前面去了。正在他俩得意地回头望着落下闳的时候，只见落下闳轻轻地甩了两个响鞭，他胯下的骏马顿时像离弦的箭一样又冲到了夕季财、庹峙富的前头。

落下闳飞奔到云台山下，跳下马来就向山上飞跑，夕季财、庹峙富二人奔到山脚下后，也立即跳下马来向山上紧追不舍。一会儿落下闳跑到了山头，回头望着掉在后面老远的夕季财与庹峙富。只见他们二人气喘吁吁地一边往山上爬，一边大口大口地喘着粗气。终于爬上山头的夕季财，一爬上来就瘫坐在一块大石头上不想动弹了。

夕季财坐下后，一边喘着粗气一边捡起旁边的一块小石子儿，顺手在地上写下了"夏闳"这两个字后道："夏闳，你真行！看来我俩确实比不过你……"

落下闳看着夕季财在地上写下的这两个字后，不由得有些不高兴地道："我跟你说过多少次了，别将我的名字写成'夏闳'好不好！"

夕季财一看落下闳如此认真，有些不明白地道："'夏闳'有什么不好，为什么非要叫'夏弘'呢？在学堂里，有时候学伴们不也都将你的名字写成'夏闳'吗？"

落下闳只是狠狠地瞪了对方一眼，没好气地道："在学堂里，偶尔是有一些学伴将我的名字写成'夏闳'，可你不是也看见，当他们这样写我的名字时，我总是在认真地给予纠正吗？"

夕季财还是有些不明白地道："'闳'与'弘'两个字写法不同，读音却完全一样，干吗这样认真呢？"

落下闳更加不高兴地道："你说呢？"

庹峙富这时上气不接下气地走过来坐下道："哎呀，真是累死我了！"

落下闳转过头来，没好气地对庹峙富与夕季财二人道："你们两个，这一下子该服气了吧？"

夕季财一边喘气一边道："嗯，是服气了啊！"

庹峙富也上气不接下气地道："唉！真是服气了啊！"

落下闳道："平时多操练，别偷懒，你的体能、耐力才会更好。"

夕季财道："我怎么会偷懒呢？我知道学堂里的体能训练重要。可是，家父的手艺也需要我花一些时间去学习的啊。"

庹峙富道："可不是吗！我爹也是这样对我说的哟！"

落下闳道："哦，我知道，你夕季财家是远近闻名的巧木匠，你爸的手艺需要你去传承；你庹峙富家里的铁匠铺也是兴隆得很，需要你去打理。你们俩成天都有事情，都是大忙人啊。只有我不忙，因为我家父亲不是手艺人，我的家在蟠龙山麓的落阳旮里。"

夕季财听了落下闳的话，赶忙解释道："我可不是这个意思……"

夕季财、庹峙富二人还想说什么，但是看看已经走到前面去的落下闳，最终还是没有说出来。

云台山位于城郊东北面，是一处海拔六百多米的山丘。站在这里放眼眺望，只见从北面汹涌而下的滔滔渝水在群山的阻挡下，沿着城边回旋了一个大圈后，又从东面转而向南流去了。

落下闳站在山头手指着渝水对岸向夕季财问道："那儿，是哪里？你知道吗？"

夕季财看看对岸，回头望着他不解地道："渝水南岸啊。"

落下闳道："远古时，这波涛汹涌的渝水经常泛滥成灾，这里到处是一片沙洲沼泽，这周围的蟠龙山、长青山、大象山、印斗山林木茂盛，有许多的飞禽走兽。栖息在这里的华胥氏由于能够得到丰富的食物，部族十分兴旺。有一天华胥氏追逐一只野鹿来到渝水南岸，突然发现地上有一只巨大的脚印。华胥氏想：是什么人的脚印这样巨大啊？她好奇地用自己的脚去丈量这只巨大的脚印时，顿时感到眼前霞光灿烂，彩虹环绕。此时，她好像觉得自己的身子被什么东西触动了。从此，她就有了身孕，先后在这里生下了伏羲、女娲兄妹两人。"

华胥氏是传说中华夏民族母系氏族社会杰出的部落女首领，是炎帝和黄帝的远祖。在约八千多年前，为了生存，华胥氏带领部族民众不断游徙，足迹踏遍了中华大地的山山水水，巴蜀的阆中、齐鲁的任城、关中的成纪、雍州的翟国等地都曾留下过她的足迹。

落下闳讲的故事生动离奇，夕季财、庹峙富二人听了惊奇异常，但他们一点也不相信这是真的。

　　庹峙富不禁说道："夏弘，你是在编故事吧？"

　　落下闳道："这个故事《山海经》上都有明确记载，不信，你自己查去。"

　　落下闳说完，自顾自地向山下走去。

　　此时，庹峙富追上来道："照你这么说，女娲造人的故事也发生在我们这里了？"

　　落下闳此时停下脚步，指着渝水对岸那一片高高隆起的坝子对庹峙富道："很早很早以前那一块地方叫南池坝，在它的旁边有一块方圆六七里地的黄土坡，传说就是女娲抟土造人的地方。灵山脚下东河里，静卧着的那些大量的五彩石，据说就是女娲炼五彩石补天留下的残物。"

　　落下闳说的这些对于庹峙富来说，真有点石破天惊的感觉！此时，他倒吸一口冷气，吃惊地张着大口道："这是真的吗？"

　　落下闳道："是不是真的，你倒是打开书简查去啊！"

　　此时，夕季财也从后面追上来，边跑边道："夏弘，有个问题想问你一下。"

　　落下闳见夕季财气喘吁吁的样子，只好停下脚步来等他。

　　夕季财跑上来道："如果有一个人就这样一直不停地往前走，你说他最后可能走到哪里去呢？"

　　不等落下闳回答，庹峙富抢先答道："你傻呀你！这还用问吗？一直往前，不到了渝水南岸的南池坝、黄土坡吗？"

　　夕季财又道："过了渝水，到了南池坝、黄土坡之后，还是一直往前往前往前，反正就这样一直走下去……"

　　见夕季财这样说，落下闳与庹峙富这时都听明白了他的意思。落下闳正要开口，可庹峙富又抢先开口答道："一直往前往前往前走，到最后他一定会掉到悬崖下边去的！"

　　夕季财听庹峙富这样说，显然不同意他的说法，便问道："你就说得这么肯定吗？"

　　庹峙富不假思索地道："古人说'天圆如张盖，地方如棋盘'，这个'棋盘'再大它总有个边缘啊！你这样一直往前往前往前走，不掉到悬崖下面去，还能到哪儿去呢？"

　　夕季财不服气地道："可是，在很早很早以前，有一个寓言故事是这样说的：有一个人，坐着马车在大路上飞跑。他的朋友看见了，问他：'你上哪儿去呀！'他回答说：'我到楚国去。'朋友很奇怪，提醒他说：'楚国在南边，你怎么往北走呀？'他说：'没关系，我的马跑得快。'朋友说：'马跑得越快，楚国不是越远了吗？'他说：'没关系，我的车夫是个好把式！'朋友又说：'那你哪一天才能到楚国呀！'他说：'没关系，不怕时间久，我带的盘缠多。'……这个故事中的古人根本就没有考虑有一天他是否会掉到悬崖下面去的问题。这是为什么？"

落下闳听夕季财这么说后，便道："夕三狗这个问题提得好啊！这是一个大家都十分熟悉的寓言故事。从这个寓言中，我们感到故事的主人翁是根本不相信'天圆地方'这样一个说法的。他肯定觉得我们脚下这块土地，我们所居住的这个地方，一定是一个类似于球形的东西。因此，他才会认为，只要他不停地一直往前往前往前走，最后就应该能回到原点，并且也是可以到达楚国的。只是这样时间久一些而已。由此看来，他的朋友肯定也知道大地是圆的，所以他才那样问他。朋友担心的是他什么时候到楚国的问题，而不是能不能到楚国的问题。可见那时候的古人早就知道大地是圆的了。"

夕季财、庹峙富见落下闳这样说，也都十分赞同他的说法。

当落下闳、夕季财、庹峙富三人从云台山下来的时候，在渝水一侧的山坡上正巧遇上稷馨儿与两个一般大小的姑娘在追逐一只色彩斑斓的蝴蝶。只见蝴蝶忽上忽下，忽左忽右，一会儿就飞远了。稷馨儿望着渐渐远去的蝴蝶不无遗憾地道："多美的一只蝴蝶啊！"

此时，附近一户农家正在杀鸡宰鹅。

一农妇模样的女人站在门外，正清理着粘在手上的鸡毛。这些鸡毛经飘荡在山里的微风轻轻一吹，徐徐地向稷馨儿飘来。一根色彩斑斓的鸡毛像刚才那只蝴蝶一样飘到稷馨儿面前，在她眼前晃来晃去，半天不肯落下，也不飞走。稷馨儿顿时觉得这根鸡毛挺好玩的。于是，她一会儿对着这根彩色的鸡毛轻轻吹气，一会儿又用手掌轻轻地扇动着这根鸡毛。于是这根彩色的鸡毛随着风力又轻轻地向上飞了起来。可是，仅仅过了一会儿这根鸡毛又慢慢地飘落下来了。

落下闳远远地看着，眼看这根鸡毛就要落到地面了，急忙从后面跑上来帮忙。

鸡毛很快就要接触到地面了，落下闳只好用脚将它轻轻地踢起来。稷馨儿与刚刚赶上来的夕季财、庹峙富见状，也学着落下闳的样子，左一脚右一脚地向这根鸡毛踢去。这根鸡毛就这样在他们之间一上一下地飘过来飘过去。此时，落下闳站在一旁看着稷馨儿用脚又将鸡毛踢起，不禁灵机一动，他将地上的几根鸡毛捡起来绑成一束后，用脚轻轻地踢起来。

这绑成一束的鸡毛比那一根鸡毛就好踢多了。

稷馨儿等人看到落下闳踢起这一束鸡毛是那样的轻松、轻盈，便也跑过来踢。就这样，几个人围着这束鸡毛你一脚我一脚地踢个不停。这束鸡毛像被人赋予了生命一样在他们中间不停地飞来飞去，几个人不时发出阵阵欢快的笑声。

当天，落下闳拿着这束鸡毛回到自己的小屋，对这一束鸡毛又做了许多改进，最后竟将这一束鸡毛变成了插在一节鸡毛筒子里的鸡毛毽了。

由一束鸡毛变异而成的鸡毛毽子，最后竟变成了人们的一种运动娱乐器具。

落下闳做了这个鸡毛毽后，学堂里的孩子们纷纷仿效，踢鸡毛毽子最后竟成了孩子们十分喜欢的一种娱乐形式。由此，鸡毛毽迅速在阆中城年轻人中间普及开来，鸡毛毽子的踢法也逐渐变得丰富多彩。

这一天在驿馆里，卫士郄宗拿着驿馆方面当晚准备为赵婴齐侍寝的姑娘名单来向赵婴齐禀告。

在中国的封建时代，地方官府为来访的重要宾客提供特殊服务，这一惯例的历史，可以追溯到春秋战国时期。

战国时代，管仲出任齐国丞相时，率先设立娼妓制度。

旧时的妓女大致分为五种：宫妓、官妓、军妓、家妓、私妓。

皇权社会里的宫妓、官妓、军妓按一定等级享受朝廷及官府俸禄，等同于官府序列内人员。

眼下大象山驿馆准备的当晚为赵婴齐侍寝的姑娘，就是官府长期蓄养的官妓。

大象山驿馆，是阆中接待官府重要宾客的处所。这里不仅古柏参天，绿树成荫，奇花异草四季盛开，而且内外戒备森严，管理严谨规范。驿馆里常年备有十多名年轻貌美的官妓，可以随时为宾客提供服务。

可是自从见到稷馨儿后，赵婴齐顿时感觉如沐清风，内心充满了欣喜，一种强烈的渴求总在他胸中翻滚涌动。

眼下郄宗将写有晚上侍寝姑娘名字的竹简片送到他面前时，他竟然连瞥都不瞥一眼，仍然将自己全部的心思凝聚在他手中的这支画笔上。

赵婴齐正在一幅绢缎上精心地绘制一个美丽女子的肖像。只见随着他的画笔移动，一个端庄美丽、俊俏可人的女孩儿轮廓逐渐清晰起来。

郄宗见赵婴齐不搭理他，遂将注意力转到赵婴齐的画笔上来。此时，他不禁脱口赞叹道："啊！真是太像了！"

赵婴齐听了郄宗的话，不禁抬起头来问道："你说什么？太像了？那你说说，她像谁呢？"

郄宗不加思索地道："太子妃呀！殿下来到中原就与太子妃分离了，如果殿下愿意，何不将太子妃接来长安与殿下团聚呢？"

赵婴齐对郄宗的话，不肯定也不否定，就这样盯着面前这画上的女子半天不说话。郄宗见赵婴齐一直不吭声，终于忍不住小声问道："殿下画的不是太子妃？那这画上的人，她是谁啊？"

赵婴齐回过头盯着眼前这位多年来一直忠心耿耿跟随着他、保护着他的郄宗道："在邯郸的时候，我也曾见过这个姑娘，那个时候人们叫她稯姑娘。来到阆苑城后，我才知道她叫馨儿！哦，她叫稯馨儿！"

稯馨儿的父亲在巴郡为官，但祖籍却是邯郸。因此，稯馨儿偶尔也会在邯郸与阆中之间走动。稯馨儿姊妹虽多，却是家族中年龄最小的一个。父亲为她取名稯馨儿，人们有时候也叫她馨儿。

郄宗听赵婴齐这样说，心中暗暗对自己的主子佩服得五体投地。他不知道赵婴齐怎么一下子将稯馨儿的情况搞得如此清楚，但此时他却明白了赵婴齐的心思，便说道："哦，哦哦！您是说稯姑娘啊？她叫稯馨儿！这好办啊！"

赵婴齐急忙问道："怎么个好办法？你说说！"

郄宗道："将她弄来就是啊！只要您吱一声，我今晚就可以将这件事办了。"

赵婴齐道："你以为这是在岭南呀？这里可是大汉朝的腹地。稯馨儿可是谯隆的亲表妹，真正的官宦人家子女！"

郄宗觉得赵婴齐说得有道理，便道："听殿下的口气，莫非想将这个稯馨儿明媒正娶啊？"

自从闽越国十万大军欲犯南越国边境，南越国几乎命悬一线，长安朝廷一出手，一场重大的危机便被轻而易举地化解后，这个南越国太子就更加明确地意识到：南越国是离不开长安朝廷的庇护的。怎样更妥当地加强与朝廷的紧密联系呢？于是他便想到了"和亲联姻"，娶一位中原女子回南越国做太子妃。

谁能做他的太子妃呢？稯馨儿当然是最合适不过的。

自从第一次见到稷馨儿后,她说话的声音犹如银铃般脆响,她俊俏的脸庞总在他眼前浮现。赵婴齐的心现在已经被稷馨儿填得满满的,再容不下其他人了。

赵婴齐此时明确地对郤宗道:"为什么不可以呢?不过,这事要长安朝廷准许才行啊!"

郤宗道:"这好办啊!我们上报朝廷,请大汉天子赐婚便是啊!"

此时,一位侍女上来禀报道:"太子殿下……"

赵婴齐听来人称呼他"太子殿下",不禁有些生气地怒视对方道:"叫先生!"

侍女一听,连忙躬身道:"奴婢罪该万死!"

赵婴齐道:"什么事,你说吧!"

侍女连忙禀道:"谯隆大人到了!"

赵婴齐道:"什么?谯隆大人到了?!快快有请!"

郤宗待侍女走后,急忙走到赵婴齐身边道:"殿下啊,看来,这真是上天赐予的姻缘啊!眼下正好将稷馨儿的事向对方提出,请谯隆大人转呈长安,想必朝廷一定会答应的。"

赵婴齐盯着郤宗隐隐含笑,口中却不语。这表明在他心中已经接受了郤宗的主张。

正是:

春秋战国风云激,渝水环绕有灵犀。

第四章　未雨绸缪励兵马
　　　　汉家儿女勇承当

　　这一天，在阆中西城门附近，稷馨儿正在教一些小姑娘玩踢鸡毛毽儿。她们一边唱着儿歌，一边将鸡毛毽儿高高踢起。

　　稷馨儿与这些姑娘们唱道："一锅底，二锅盖，三酒盅，四牙筷，五钉锤，六烧卖，七兰花，八把抓，九上脸，十打花。"其中一个姑娘随着小伙伴的歌词节奏，唱一句，踢一下，做一个动作，让踢起的鸡毛毽子依次落在：伸直的手心里，伸直的手背上，五指窝成的"酒盅"里，伸直的食指与中指上，握紧的拳头上，撮起的手掌中，手指有曲有伸的"兰花瓣"上，抓取的手心中，仰着的脸上，跳起的一只脚上。

　　稷馨儿不时与大家一起为踢鸡毛毽的姑娘喝彩鼓掌。

　　在距稷馨儿她们不远的一个小土堆旁，落下闳、夕季财、庹峙富等几个人正坐在那里，谈论着时下人们最关心的一些话题。

　　西汉初，北方匈奴对汉朝来说始终是一个威胁。人们时不时地总会得知从北边传来的坏消息。眼下，人们得知匈奴人的铁骑又在北部边境大肆烧杀抢掠，北部边镇的百姓一时死伤无数，哀鸿遍野。提起这些匈奴人的暴行，每一个汉朝臣民心情总是难以平静。

　　落下闳与夕季财、庹峙富几个人，此时也谈起了匈奴人屡犯汉边的事情。大家在一起不说匈奴倒也罢了，一说起匈奴来，个个显得义愤填膺。

　　落下闳道："这匈奴人也太可恨了！当年高祖出击匈奴，却被其困于平城，还差点丢了性命。从那时起匈奴人就不把我大汉放在眼里，经常发兵南下强行入塞杀我朝廷官兵，掳我百姓畜产。这些匈奴人真乃我朝心腹大患啊！"

　　夕季财道："听说匈奴人的弯刀削铁如泥，他们的马可以日行千里，这些人长期生活在戈壁大漠，个个彪悍如牛啊！狗日的，厉害得很啊！"

落下闳道:"北方匈奴如此猖獗,东南沿海的一些诸侯藩国也趁机捣乱。真是又可气,又可笑!"

庹峤富道:"从前朝天下大乱那时起,我朝疆域即不断收缩,眼下这些异族蛮夷,又欺我皇是个少年天子,所以才敢如此胆大妄为呀。"

文帝、景帝时期,朝廷信奉黄老学说,倡导"无为而治",主张效法自然,以德化民。这样经过几十年的努力,到景帝晚年的时候,汉朝已经摆脱了立国初期国力积弱的境况,实现了九州富足,天下太平的局面。

景帝之后,继承大统的刘彻年仅十六岁,却有着过人的胆识与韬略。

面对北方匈奴不断的骚扰侵袭,刘彻心中总感到十分的压抑与憋屈。他特别反感与北方匈奴和亲,觉得匈奴人想娶汉家公主的时候,就上门来主动说和示好;一旦将汉家公主娶回去之后,就翻脸不认账,照样还是要不断地南下犯汉边境,杀汉边民,抢掠汉边民财物。眼下汉朝与匈奴的和亲已经没有任何实质性意义了。刘彻认为:大汉朝已经今非昔比,不用再忍气吞声地与匈奴人相处。汉匈之间已经到了公开摊牌的时候。

刘彻真的想彻底废弃与匈奴人的"和亲政策"。

可当他这些想法刚刚提出的时候,便立即遭到来自窦太皇太后一干人的反对。窦太皇太后侍奉文帝多年,深受其黄老思想影响。这时候她仍然坚持朝廷的大政方针不能违背"无为而治"思想,认为大汉朝能有眼下的太平盛世,就是文景两帝坚持黄老学说无为而治的结果。因此,"无为而治"这一既定治国方略是绝对不能轻易更改的。

刘彻哪敢不听来自太皇太后的意见呢?因此,刚刚想一展抱负的他遭到来自奶奶的训斥后,便再也不敢公开地实施自己诸多强国梦想了。可是,公开的、大张旗鼓的虽不能搞,暗地里刘彻却仍然有条不紊地按照自己心中既定的目标行动。

刘彻只做不说,默默地埋头实施自己诸多强国强军举措。

他颁布的第一道法令是关于适婚年龄的诏令,昭告天下百姓:女孩年满十五岁,男孩年满十八岁后,就应结婚生子。到了适婚年龄的青年男女不结婚的,官府将给予最高不超过六百钱的罚款。这是朝廷第一次对百姓的婚娶习俗进行统一的硬性规定。这一道法令看似普通,却蕴含着刘彻深思熟虑的谋略。在他看来,眼下大汉朝确实十分富足,人口户数比之高祖时代也有成倍的增长。相比之下,在大汉朝西边的大月氏、乌孙、大宛、大夏、康居等国家,人口多的不过几十万,少的只有十几万人;天山南北那些小国,像今天塔里木盆地南缘的楼兰、菇羌、且末、于阗、莎车等南道诸国,盆地北缘的姑师、尉犁、焉耆、龟兹、温宿、姑墨、疏勒等北道诸国,以及天山北麓的蒲额、且弥等小国,它们不仅国土面积不大,人口更是不多。这些小国多的一般两三万人,最大的龟兹也才八万多人,更小的"袖珍国家"人口仅有一二千人。对汉朝威胁最大的匈奴,虽然国土面积辽阔,但与大汉比起来,不仅物产单一,物资短缺,人口也只有三百多万,仅仅是汉朝的十分之一。

国与国之间的战争拼的是消耗,这种消耗不单单是粮草物资上的消耗,更重要的是人力资源上的消耗。一旦与匈奴这样的对手打起仗来,可能一时半会儿就很难消停得下来。战场上你来我往,打的是刀枪,最终拼的还是性命。一场战事下来,没有新的兵员补充,就很可能输掉整个战争。俗话说:兵马未动,粮草先行;战事将起,兵源备足。

未雨绸缪,为不可避免的汉匈之战储备足够的财物是必要的,但在战争中,比财物更重要的是人力资源。一旦打起仗来,只要汉朝有足够的兵员源源不断地满足前线需要,最后的胜利必然属于位居中原之大汉。

当然,这部法令的这些言外之意是没有写在字面上的,刘彻这些盘算也只有他自己内心明白,他是绝对不会将自己心底这些考虑向朝中其他人明示的。人们明白的只是:国家富足了,人丁也应该兴旺;一个家族人口多了,财富才会像活水一样源源不断地涌来。

为此,刘彻的第一个法令也得到了窦太皇太后的大加赞许。

窦太皇太后眼瞅着孙儿刘彻像模像样地干了几件事之后,也没觉得哪里有什么不好,再说自己年事已高了,逐渐地也就懒得再管朝廷上的事情了。

逐渐掌握了实权的刘彻,不久动作频频。在朝政上,他接连发布的一些文告、推出的一些举措让人们一点也看不透他的心机所在。

先是公开发布文告招募天下英才出使西域各国。张骞应募任使者,出陇西,西行至大宛,经康居,抵达大月氏,再至大夏,历经数年后返回。派遣张骞出使西域到底要干什么?是想联合大月氏等国共击匈奴吗?一些人心中在揣摩刘彻的心思。

随后,刘彻又诏告天下:朝廷保护汉匈边界正常的民间贸易。

尽管每逢秋季,汉匈边界的一些地方仍有匈奴的铁骑侵扰,但每年春夏季节,在很多地方,汉匈之间还是有一些边民没有中断相互的贸易往来与交流。对于汉边民与匈奴人之间的这些物资交流,汉朝廷也并未加以阻止与干涉。

这些人见皇帝对汉匈边界的管理持如此态度,也就不好再胡思乱想了。

可不久刘彻又颁布了一条法令。

这条法令是关于男子从军服役的规定。秦王朝时期，征兵以郡县为单位。从事农田劳作的百姓既是国家主要的劳动力，也是兵员的主要来源。文景两朝，奉行休养生息，国民不论贵贱，男子年满二十三岁之后才在官府登记，并根据三年耕一年储的原则服兵役，直至五十六岁止。在适龄期间，除每年农闲时接受必要的军事训练外，每个男子一生至少要服两次兵役，每次一年。一次在地方上，称"正卒"；一次在边疆或京城，称"戍卒"或"卫士"。

刘彻颁布的这条法令，将文景二帝规定的男子服役年龄一下子便提前了三年，隔了不久又将年龄提前两年，最后将服兵役的年龄定在十六岁，并规定：凡大汉子民，每一个家庭，都应按照"两男取一，三男取二"的原则正式入列从军。一旦适龄男子招募为士兵，其全家就可以长期免除地方上各式各样的徭役和赋税。

大汉朝的百姓平平安安地过了几十年，哪一个家庭不是子嗣满堂。此令一出，几乎所有家庭都有孩子可能走入军营。各家各户有几个男孩几个女孩，官府早就给你记得清清楚楚，只要你的孩子到了岁数，官府就会将应征的牍本文告送到你家来。

面对北边匈奴咄咄逼人的态势，朝廷加强汉军建设本是护卫江山社稷所必须采取的行动，对此人们也并不觉得有什么不妥。

因此，落下闳等几个人正愤愤不平地诉说着匈奴人暴行的时候，庹峙富却哭丧着脸不开腔不说话了。

落下闳见此，转过头来道："怎么了？毛娃咋突然不吭声了？"

"毛娃、毛子"都是庹峙富的小名，"三狗"是夕季财的小名。在生活中，只有在最亲近的朋友之间，人们有时候才在私下里称呼对方的小名。

庹峙富道："过了年，我就要入营吃兵粮去了。上战场也是迟早的事情了。"

夕季财听了不以为意地道："我当是什么大不了的事啊！我不也一样吗？这个年过了也要当兵去了。官府的文告也送到家里了。"

落下闳道："庹毛娃你忘了，我们三个人是同年生的呀！过了这个年我们都到了服兵役的年龄了！自然我也是要入军营的啊！"

庹峙富听二人如此一说，马上转忧为喜，说道："哎呀，你看我怎么把这些都给忘记了呢？这么说我们几个还是可以在一起，不会分开的了。"

落下闳道："匈奴一日不灭，我大汉则可能一日也不会安宁。当兵入列，正是我大汉男儿无悔的选择！"

夕季财道："有国才有家，国家安宁，家才能圆全。国家有事，我辈岂能袖手旁观！"

庚峙富道："你们说得太好了！让我们一起入列从军，上战场与狗匈奴血战一拼吧！"

夕季财此时也挥舞着拳头附和道："对，我们从军上前线，杀匈奴，保边关。不真刀真枪地与狗匈奴干，它硬是不将我大汉放在眼里了。"

落下闳见庚峙富与夕季财态度都这么坚决鲜明，很是高兴。

这时，鄂贵泉正好路过这里。

今天鄂贵泉外出狩猎，运气很好，马背上尽是他猎获的山鸡、野兔。满载而归的他骑着马，昂着头，犹如打了胜仗凯旋一般。

一些孩子见鄂贵泉马背上那么多的山鸡野兔，都跑过来看热闹。鄂贵泉就这样被一群孩子簇拥着来到了城门口。此时，他远远地看到了落下闳、夕季财、庚峙富、穄馨儿等人，即高兴地将手里的山鸡与野兔高高举起来喊道："嗨嗨，你们看——"

穄馨儿一见满载而归的鄂贵泉，忙着高兴地应答道："呵呵，你们看，他今天真是收获满满呐！"

穄馨儿又回头对着一旁的落下闳、夕季财、庚峙富道："你们看，这个鄂贵泉今天真是出彩了啊！"

鄂贵泉来到穄馨儿面前，翻身下马。他从马背上那只五彩斑斓的山鸡身上扯下一支羽毛，递到穄馨儿面前说道："看，多漂亮的羽毛啊！"

穄馨儿接过这支羽毛赞道："嗯，确实很美呀！"

此时，夕季财走上来道："哦，看来你今天运气不错，头一回见你猎获了这么多的山货，是该显摆显摆啊！"

鄂贵泉转过身来，将手中那只野兔递给走过来的夕季财说："这只野兔送给你，拿回家让你爸妈也尝尝这野味吧！"

夕季财见鄂贵泉得意扬扬的样子，心中有些不快，便想败败他的兴致。此时他撇撇嘴道："咱稀罕你这东西吗？谁不能打到这些山鸡野兔啊。"

鄂贵泉道："呵呵！是吗？那我们可要比试比试了啊！"

夕季财道："比？怎么比？"

鄂贵泉道："比箭术啊！"

说着，鄂贵泉不待夕季财同意，就取下自己身上的弓和箭。他四下里望了望，天上没有飞鸟，地上也没有野兔，射什么呢？此时，他见不远处一破败荒芜许久，已无人居住的经营小店门前，挂着一只灯笼，在风中摇摆不定，便张弓搭箭向那只破旧的灯笼射去。随着鄂贵泉的箭飞出，远处，那只灯笼应声而破。接着，鄂贵泉又连发两箭，飞箭都擦着那个灯笼飞过。鄂贵泉高超的射术，一时激起旁边看热闹的孩子们一阵喝彩。

鄂贵泉得意地回过头来，将弓箭递到夕季财面前说道："现在该你了。来吧！"

鄂贵泉的箭术确实不错，看来今天夕季财必输无疑了。

此时，稷馨儿以及所有人的目光都盯着夕季财。夕季财见大家都盯着他，心中有些胆怯了。他担心在这么多的人面前，如果自己真的败在鄂贵泉手里，那实在是没面子。但是，他又不愿意认输，怎么办呢？正在无计可施的时候，突然，他灵机一动，便推开鄂贵泉递过来的弓与箭，用手指着仍然远远地坐在那个土堆上的落下闳道："你先别与我比，你先将他比赢了，我俩再比。"

鄂贵泉听了他的话，便来到落下闳的面前道："夏弘，你愿意帮帮三狗兄弟，代他同我比试一下吗？"

落下闳本不想与鄂贵泉一般见识，看到这个鄂贵泉盛气凌人的样子，感到又好气又好笑。正在落下闳犹豫不决的时候，鄂贵泉见对方半天都不接他的招，只好又走到夕季财面前道："看来你找的替身也不敢与我一比高下了啊！"

鄂贵泉一边说一边收起自己的弓与箭。

夕季财一听鄂贵泉竟然说出这种话来，急忙跑到落下闳的面前道："夏弘，你看看这个人狂到了什么地步，你真的也不敢与他比试吗？"

鄂贵泉此时得意地斜眼看着他俩。受鄂贵泉这种神情的刺激，落下闳终于站起身来道："鄂贵泉，你这样说话，不太合适吧。"

鄂贵泉见落下闳起身走来，便迎上去道："夏弘，你真的要替三狗来与我比试？"

落下闳道："不可以吗？"

鄂贵泉忙道："可以，可以啊。"

说着急忙将自己的弓箭从身上取下来欲递给对方。

落下闳道："我岂能用你的弓箭呢？"

鄂贵泉诧异地问道："难道你有自己的弓箭？"

落下闳道："没有。"

鄂贵泉道："那你怎么比呀？"

落下闳道："我自有我自己的方法，与你比试。"

说着，落下闳将地上的一块并不很大的土疙瘩抓起来，扔给夕季财。夕季财会意地急忙将这块土疙瘩放到远处的一个树丫中间，随后又跑回来站在落下闳身边。落下闳不慌不忙地捡起地上的一颗圆圆的小石子。对鄂贵泉说道："你可要看好了啊！"

在落下闳说话之间，他手中的石子早已飞了出去，石子正正中中打在刚才那个土疙瘩上，激起土块飞溅。刚才树丫中间那块土疙瘩此时早已不见了踪影。这时候落下闳才回头来向鄂贵泉问道："你看这样行吗？"

鄂贵泉此时完全被落下闳的举动镇住了，听到落下闳在问他，才忙着回答道："行！行啊！"

落下闳此时一边与鄂贵泉说话，一边又漫不经心地捡起两颗圆圆的小石子，向刚才那棵树上的枝条击去。石子重重地击打在树枝上，震动得树枝摇曳不停，树上的黄叶纷纷扬扬地飘落下来。最后一颗石子竟将一枝树梢打折了，掉落了下来。

落下闳一连串的动作，惊得一些围观的孩子目瞪口呆。

稷馨儿此时也兴奋地鼓起掌来喊道："啊！真是太棒了啊！"

鄂贵泉对落下闳如此绝技也深深地折服。此时，他竖起大拇指对他说道："夏弘兄弟身怀如此绝技，真是想不到啊！"

落下闳此时也不客气地回道："鄂贵泉，你想不到的事情还多着呢！"

自从那天赵婴齐正式向谯隆表露了希望迎娶稷馨儿为太子妃后，谯隆觉得此事非同小可，便立即将此事上报到了长安，回头又将此事转而告诉了他的姑母——稷馨儿的母亲。从谯隆的内心来讲，他并不想自己至亲至爱的表妹外嫁到千里之外的南越国去。但是，作为朝廷命官，谯隆不能仅仅站在个人立场上来看问题、想事情。赵婴齐是南越国太子，是将来王位的继承人，一旦他与稷馨儿结婚，将来的南越国王就是朝廷的女婿，稷馨儿与赵婴齐所生育的后代也就有可能成为将来的南越国王。这样的婚姻对维护边关安宁与国家统一是有百利而无一害的。

谯氏家族在巴郡一带是远近闻名的望族。从前朝算起，谯隆的高祖、曾祖、爷爷几代人都是合家而居，一个大家族几十口人同居一个屋檐下，同在一口锅里舀饭吃。这样的家庭在外人看来不可思议，不好相处，但在谯家人眼里却十分正常，因为几代谯家人都与诗书为伴，他们明理懂理。在官场上为官者，清正廉明，一身正气，受人拥戴；在学堂做先生者，为人师表，桃李天下，受人敬仰。以勤奋博取功名，以德操培养后人，是谯家人的治家理念。

秭馨儿的父亲虽然原籍是邯郸，但自从在巴郡为官，与秭馨儿的母亲成家后，就经常出入于谯氏大院。谯氏族人的家风家训早已深入他的骨髓，他与谯氏家族的人一样，在任何时候都是能够分清家事国事孰轻孰重的。

当秭馨儿的父母知晓赵婴齐希望迎娶自己的小女儿时，他们一时难以完全接受。他们明白秭馨儿如果外嫁到南越国，他们的宝贝女儿从此就将永远离开阆中，远走他乡。

此时，秭馨儿的父母一点儿也搞不明白，在阆中城这个地方怎么就突然冒出了一个南越国太子呢？这个南越国太子怎么就偏偏看上了他们的女儿呢？俗话说："豪门深似海，无情帝王家。"今后自己的宝贝女儿远离了家乡，做父母的不能每天看到女儿了，不能经常守护着自己的女儿了，想见千里之外的女儿也许就只能在梦中了。

想到这些情景，秭馨儿的母亲时常以泪洗面，伤心极了。她问谯隆：有什么办法改变这一切吗？谯隆说：没有！谯隆告诉他们：赵婴齐与秭馨儿的婚姻，是国家大事，事关国家利益，阆中衙门早已经将此事正式上报到朝廷里去了。

对正在发生的这一切，开初秭馨儿并不知情。她每天都还像往常一样自由自在地出入自家院落，无忧无虑地与邻近的姑娘们玩耍。直到这天有人告诉她，有一位南越国的太子看上她了，她有可能远嫁到千里之外的异族别国，她真的吓坏了，她紧紧地拉着母亲的手，死活也要娘亲告诉她：谁是南越国太子，这个南越国太子怎么就偏偏看上她了呢？直到她知道那个赵婴齐就是南越国太子，就是在学堂那个夜色如黛的夜晚，她与赵婴齐的偶然相遇，注定了他们的姻缘后，她才开始冷静下来。

赵婴齐三十岁出头，年长秭馨儿十多岁，年纪并不是很大。从那天晚上的一面之交来看，此人也算随和，并不令人讨厌。赵婴齐喜欢她，可她秭馨儿并不喜欢这个赵婴齐啊。

这一年，秭馨儿刚刚十五岁，心中对异性的情愫正在萌动。可是，她是心有所属的呀。

在学堂这几年，她与落下闳一直都很接近。落下闳聪明好学，虽然他的家境远不及秭馨儿家，但像落下闳这样阳光睿智的青年才俊，在阆中这个地方还是不多见的。这种勤奋好学的青年是符合秭家人选择女婿的标准的。

由此，谯隆对稷馨儿与落下闳之间的事情明里暗里也是默许的。在谯隆看来，落下闳今后一定能够博取功名，成为国家栋梁之材。可是，现在怎么突然冒出一个南越国太子，突然就要带走她呢？

在别人看来，稷馨儿被一国太子看上了，这可是多少女孩子求之不得的事情，她应该高兴才是啊。可眼下的稷馨儿却是愁肠百结，一点也高兴不起来。听表哥说，赵婴齐迎娶中原姑娘，朝廷一定会支持赞同，此事几乎已经是铁板钉钉无可更改的了。稷馨儿知道，朝廷一旦认可，她一生的命运就无法更改了，她与落下闳之间今后就绝不可能再有任何可以企盼的美好未来了。

一想到这些，稷馨儿的心就悲伤到了极点。

刘彻得知正在阆中游玩的赵婴齐看中了当地的一位姑娘，并打算明媒正娶这位姑娘时，心中真是太高兴了。南越国内属长安朝廷，一直是刘彻十分关切的一件事情，与南越国的赵氏王室通婚和亲正是朝廷求之不得的事情。

阆中官府呈送朝廷的奏章，很快便得到长安的回复。

不久，刘彻同意赐婚予南越国太子的诏书，也以最快的速度分别送达阆中官府与赵婴齐所在的驿馆。随后，朝廷负责边疆事务的行政机关——大行令，也委派安国少季等人亲临阆中帮助筹划整个婚事。

安国少季在大行令担任行人官职，专职负责中原与周边少数民族方面的一些交际礼仪以及朝聘宾客、使命往来等事务。这时的安国少季不到三十，身高近八尺，一张国字形的脸膛，显得仪表堂堂，气宇轩昂。其说话做事，爽快利落，凡与之接触过的人，对他总有好的评价与印象。

刘彻安排安国少季这样的人负责稷馨儿与赵婴齐的婚事，似乎是一个恰当的选择。

安国少季来到阆中，在向稷家人宣读了皇帝的圣旨后，就将朝廷关于婚娶的细节向稷、谯两家人一一知会。

在谯隆的协助下，没费多少周折，安国少季就将方方面面的工作安排得妥妥当当。

看到安国少季对稷、谯两家人恭敬有加，且成天马不停蹄地忙前忙后的样子，稷、谯两家的人内心着实充满了感激。稷馨儿的父母先前愁眉不展的脸开始舒展开来，稷馨儿的心情也似乎好了许多。毕竟很多事情是不管稷家人还是谯家人都左右不了的，在这样的时候，任何个人都只有服从。

在"朕即国家，朕即朝廷"的时代，服从皇上的意志，就是服从国家的意志。

在安国少季的操持下，婚事筹办也进展得非常顺利。

对此，赵婴齐非常高兴。他按照阆中当地习俗，首先向稣馨儿的父母送去了大单彩礼，随后便经常来往进出于稣、谯两家，极力拉近与稣、谯两家人的距离，博取稣馨儿的欢心。

按照朝廷的安排，稣馨儿在嫁入南越国之前要册封为公主，这样，大汉朝的公主与南越国太子的婚姻就不仅符合南越国礼仪，也显示出汉朝皇帝对南越国王室的关切与厚爱。

从这一天开始，稣馨儿就将自己彻底地关闭在自己的闺房里，再也不便走出自家大院去与昔日的伙伴们相会玩耍了，自然她也不能再去与落下闳相见了。稣馨儿知道，在自己不能主宰自己命运的情况下，处理她与落下闳关系的最好办法，也许就是让对方尽快忘却自己。

正是：

　　　　天下时局多诡异，武帝筹谋暗布局。

第五章　社稷有难分忧愁
　　　　落阳旮里别亲人

几个月的时间，转眼就过去了。

新年一过，落下闳等人早已按官府要求进入了军营，成为大汉军中的一员士卒。

新近加入汉军的落下闳等人，每天在军营里闭门强化训练。本来就有很好体能与身体素质的年轻人，经过军营里的磨炼后，几乎个个都成了军营里不可小觑的汉军战士。

阆中的汉军营房地处灵山脚下。

灵山，在阆中城东约十里。它山势不高，顶多不过三四百米，渝水与其支流在山脚附近交汇。灵山山势奇特，像一头鳄鱼俯卧江边，一面是悬崖绝壁，一面是滔滔江水。山上的青松苍柏等林木常年郁郁葱葱，青翠欲滴。

灵山脚下不远处，一条小溪，顺着山势叮叮咚咚地流淌过来。

小溪旁，落下闳正在洗涤着自己的衣物。突然，夕季财从远处跑过来，老远便对他喊道："夏弘！夏弘！你怎么还在这儿呢？"

落下闳见夕季财惊乍乍地大呼小叫，知道他也没什么大事，便漫不经心地道："咋了？"

夕季财走上前来道："庹峙富、龚永安他们几个人都走了，你咋还不走呢？"

落下闳道："他们几个回家娶亲的娶亲，看媳妇的看媳妇，我急着回家去干什么呢？"

夕季财显然不同意他的说法，走过来蹲在落下闳的面前道："你是真不明白，还是假不明白啊？"

落下闳停住手中的活儿，有些不解地道："怎么了？"

夕季财道:"你还没看出来吗?自从咱们进入了军营后,将军们就在大小不同场合多次提醒我们说:没有媳妇的趁早找,找好了媳妇的赶快回家成亲。这一段时间范翼龙将军更是点名催促一些没娶媳妇的,赶快回家娶媳妇呀!"

落下闳不以为意地道:"怎么?你的意思无非是,我们队伍很可能就要向北开拔了吧?"

夕季财道:"是啊!一旦上了战场与匈奴人这么真刀真枪地干起来,能否安全地回来,谁也不知道啊!"

落下闳道:"所以将军们才反复催促没有娶亲的,赶快回家娶亲,是吗?"

夕季财道:"是啊!战场不是训练场,到了北边咱们与匈奴人真刀真枪地干起来,万一丢了性命……可娶了亲,生了娃,自己死了还有娃在呀!"

落下闳觉得夕季财说得很是在理,但他一想到自己的情况,又觉得很为难,便说道:"可是,在落阳谷我又没有可以成亲的人,我回去干什么呢?"

夕季财知道落下闳与稷馨儿俩人之间的事情,他一时也不知道怎么恰当地回答他的问题。但是,夕季财心中对此不是没有自己的想法。他欲言又止,二人一时都不说话了。但仅仅过了一会儿,夕季财还是鼓足勇气对落下闳劝说道:"夏弘,我知道你与稷馨儿在学堂这几年一直都非常地投缘,可是,稷馨儿是官宦世家出身,而你出身于蟠龙山里,你们两个人……有点……不对等,恐怕……恐怕你们难有结果吧!"

落下闳一听夕季财这样说话,一下子很不高兴起来,便道:"你住嘴!我就知道,你这张狗嘴是不会说出什么好话来的……"

夕季财道:"我说的这个情况,大伙儿都明白,你这么聪明的人咋就不明白呢?我刚才说的话,你不要不爱听,但它却是实情啊!这一段时间你不是说一直就没有见到稷馨儿了吗?你知道她在干什么吗?"

夕季财这话击中了落下闳心中那一根敏感的神经,落下闳一时不知如何回答。半晌过后,落下闳才对夕季财道:"好了,好了。你赶快回家去娶你的新媳妇吧!不要在这里烦我,好吗?"

夕季财道:"我知道一提起这事,你就心烦,可你总是这样一味地回避,也不是个解决问题的办法呀!"

二人正说着,却被骑马路过这里的范翼龙将军看到。范翼龙远远地对他俩喊道:"夕季财,你不是要回家相亲去吗?怎么还在这里不走呢?"

夕季财站起身来回答道:"报告将军,我马上就要走的!"

随后,范翼龙又对落下闳道:"落下闳,你也回家去吧,大军开拔之前,凡是年满十六岁的兵士都应该娶老婆生孩子，这是朝廷的规矩。再说了，回家看看老娘、老爹也是应该的呀！二老养你这么大不容易，赶快回家尽尽自己的孝道，如果今后真的为国尽忠了，心中也无遗憾啊！你们落阳旮不是时兴过春至节吗？现在春至节也快到了，回去看看，过了春至节再回来，不很好吗？"

落下闳与夕季财二人道："多谢将军！我们马上就动身回家去。"

范翼龙又道："好！抓紧时间，回家看看去吧！指不定哪天我们就离开阆中城了啊！"

落下闳见范翼龙也这样说，便对夕季财道："还是将军说得对，顺便回去，过了春至节再回来！嗯，看来，你说得也对，我是该回家去看一下。哦，你也赶紧走吧！咱们该干啥干啥去。看来我们距开往北边的日子真的不远了啊！"

距阆中城七十余里地的落阳滩地处蟠龙山麓一处低洼的地方。该地由于处于落阳山下河边的滩涂一带，故名落阳滩。

落阳旮系落阳滩的一个村落。

只见落阳旮那一片风景如画的田园里，山川间远远近近散落着的一些农舍。这些农舍大都属于巴郡那些传统的农家院落，而落下闳的家也是那种典型的巴郡农家小院。几栋简易平房的前面，是干净整洁的用于晾晒粮食的院坝，在坐北朝南的小院的南面有一堵不高的山墙围着。

院落外面的山坡上，青山翠竹，桑林遍野。

落下闳回到自己家里后，如鱼得水，很快便随着母亲游素芬的节奏一起忙着家里的农活。

华夏族人的种桑养蚕之法，相传源于黄帝的妻子嫘祖。在巴郡，种桑养蚕历来系阆中百姓的一项重要技艺，此地自古也就有了丝绸之乡的美名。

随着冬天即将结束，春蚕饲养的季节就要来临，蟠龙山里的农家们有的便也早早地忙着为此做着准备了。

此时，落下闳正扛着几根青竹从山坡上下来。

母亲游素芬希望开春后增加春蚕饲养数量，蚕箔是一定不能少的。落下闳按母亲的要求接连几天都在编制这些竹制的蚕箔。现在他又砍了几根青竹回来，决定帮已经出了嫁的姐姐家也编制几个蚕箔。

落下闳的母亲游素芬是一个贤惠能干的农家妇女，此时，她正与落下闳的姐姐落下春华收拾整理着蚕房里的一些杂物。

姐姐一见落下闳又砍回几根青竹，高兴地对着母亲道："哎呀！母亲呀！你看夏弘从军营回来这两天就没闲着，没几天工夫，就编制了十几张蚕箔，今年我们家的春蚕一定会比去年强很多呀！夏弘弟弟真的能干得很啊！"

游素芬道："是啊，你的夏弘弟弟是能干得很呀！我希望你们个个都能干，都超过我与你们的爸爸，就好了！"

落下闳的母亲生育了落下家兄弟姐妹四个，姐姐落下春华，落下夏弘、小弟落下秋石、小妹落下冬婵。他们名字的中间正好是一年之中的四个季节。

华夏族人的姓氏文化有着漫长的发展演化过程。

上古时候，人类处在母系社会，姓是母系氏族的族号。到父系社会，男子也需要有姓，就产生了氏。氏是姓的分支。在部落时代，男女部落取姓氏，或以图腾为姓氏，或以族号为姓氏，或以所居住的地名为姓氏。

以国名或食邑名为姓氏，实际上也是"以地为姓"的表现形式。

战国时期，姓氏发生较大改变，变成较为固定的形式。

随着族群子孙的繁衍，最早的一个家族分成若干支，散居各地，每一支都有一个特殊的记号作为标志。

落下家族与阆中的"七姓蛮"有着十分密切的关系。"七姓蛮"中，罗氏系七姓部族中的第一大姓，这个罗氏与落下家族实际上为同一祖宗血脉。

罗氏，是一个非常古老的部族。罗，最早出现在甲骨文中。《说文解字》说："罗，以丝罟鸟也，从网从维，古者芒氏初作罗。"

远古时，人们发明罗网来捕鸟狩猎。罗氏的远祖，就是善于制造罗网，并用之捕捉飞鸟的人。

罗人是夏商时代芈部落的一个分支，和荆楚同祖。大约在殷高宗武丁时，芈族系诸部落遭到殷人的征伐，罗人即由豫州一带的罗山迁避到雍州北豳，建立罗国。

春秋初期，楚武王熊通当政时，国势强盛。楚国不断向汉水以东和以北扩展，罗国遭到楚国的不断侵凌。公元前六九一年时，罗国为楚国所灭，罗国君主万通与次子苍噩逃至襄阳黄龙洞避隐，而长子芳噩则率领部分子民向西越过神农架，进入巴蜀东北部的阆中定居。一百多年后，以芳噩为首的罗人逐渐成为当地一支人口众多、实力强盛的部族。被天下人誉为"神兵天将"的阆中七姓板楯蛮，其最能征善战者，就是由罗姓部族组成的"罗氏军团"。

阆中的罗氏族人身上流淌有罗国第二十四世君主万通的血脉，落下家族也是罗国君主万通长子芳噩的后裔。

斗转星移，罗人在巴山渝水间繁衍生息，自然也被视为尚蛇巴人。

"罗"与"落"两个字，今天在语音学家看来虽然不同调，但在普通老百姓眼中，它们的读音却是相通相近的。因此，当初落阳滩的人常常将两者混用，并未觉得有什么不妥。

渝水、宕渠一带的巴人自受到秦、汉两朝百多年来的赋税减免优待后，族群繁衍迅速，尤其是曾经的板楯蛮七大姓氏家族人口数量增长更快。罗氏是七姓中的第一大姓，族群人口繁衍的速度尤其明显。古人说：树大分桠，儿大分家。随着族群繁衍，一些家族的成员越来越多，人们便要离开传统的聚居地，寻找新的更有利于自己生存发展的地方。落下家的先祖便带着自己的儿孙离开了"罗"这个大家族，另外择地自立。这时候为了便于区别，人们便常常将居住在落阳滩落阳旮这一处低洼地带的人家，称为"罗下家"；将居住在那些大山顶上的人家，称为"罗上家"；居住在老地方的人家，则叫"老罗家"。久而久之，"罗下家"变成了"落下家"，"落下"这个少见的复姓也就成为阆中蟠龙山中的一个新姓氏。

两千多年来，在华夏族人中，像"落下"这样的双字复姓，最多时一度达到两千多例，不仅如此，三字复姓也较为普遍，四字、五字复姓的也大有人在。人们不仅这样以自己的居住地为姓为名，也常常以自己身边的事、物为姓为名。

对节令物候比较熟悉的落下闳的父亲为自己的孩子取名字，以一年之中的四个季节为轴也就不奇怪了。

落下家族系复姓。姐姐落下春华，春华也即春花，华同花。春天来了，气温回升了，冰雪消融，万物开始复苏，人们挥汗耕耘，播下了春天的种子，也播下了收获的希望。落下闳出生的时候，父亲为他取名落下夏弘，夏弘也是夏红的意思。夏天是一年之中雨水、阳光最充沛的季节，也是万物生长最旺盛的时期。此时，一切生灵的生命力处于最活跃的阶段，到处都是一派红红火火的景象。在落阳旮序堂学习时，家里人一直叫他夏弘。只是后来，到大象山学堂读书时，差役来为其办理官学手续，用狼毫毛笔在竹简上顺手画下的几个字，竟让后来人将他的名字误读写成了"落下闳"。由此他便由原来"落下夏弘"这个复姓双名，变成了"落下闳"这个复姓单名。后两个字虽然字意相差很大，但它们读音相同，因此，即使名字改了以后，不管是家里人，还是外边的亲戚朋友，也都经常"夏弘夏弘"地称呼他。小弟落下秋石，秋石即秋实。秋天到了，收获的季节来临了，人们辛苦了一年，最终也收获了劳动的果实。小妹落下冬婵，冬婵即冬藏。冬天到了，一些候鸟要开始长途跋涉从寒冷的北方飞往温暖的南方越冬，一些兽类要开始蛰伏冬眠，而人们则要将收获的果实贮藏起来，准备度过漫长的冬季。

　　落下闳的父亲知道《鬼谷子·持枢》有"持枢，谓春生、夏长、秋收、冬藏，天之正也。不可干而逆之，逆之者，虽成必败"这样一句话。春生夏长，秋收冬藏，不仅是一种天地节律，也是人们行动做事的规律。人们只有遵循天象物候运行发展的节律行事，才能取得成功。如果背离天地运行节律，即使成功一时，也终究会失败的。

　　父亲为自己的孩子取这样的名字，也是希望他们在生活中顺应天地节律做事做人，努力使自己少吃亏，少跌跤，少走弯路。

　　落下闳此时听姐姐这样说，便道："姐啊，你可真会夸人啊！"

　　落下春华一边笑着与母亲说话，一边过来帮落下闳卸下肩上的几根青竹。

　　此时，姐姐又道："哎，夏弘，你知道吗，与你一道进入汉军大营的龚永安也回来了，别人是专门回来娶媳妇的。你什么时候才把我的凝香妹妹娶进屋呢？"

　　落下闳不解地道："你在说啥呀？谁是凝香啊？"

　　落下春华见他这样说，不禁道："哎，你看看，又揣着明白装糊涂不是？上一次我到灵山你们军营去时，不就专门给你提过吗？你与龚永安这次从汉军大营回落阳旮来，不就是按照官府要求，专门回家来办喜事的吗？"

　　落下闳稍稍有些不悦地道："姐，我不着急呀！"

　　落下春华也不示弱地道："夏弘啊！你是我的亲弟弟呀！你不是我的亲弟弟，我才懒得管你的事呢！不是我说你啊，你不急，可咱娘急！咱爸急呀！男大当婚，女大当嫁。再说了，大军即将开往前线，在这之前，凡是入列的兵士都得按照朝廷的规矩娶妻生子，你怎么能说不急呢？"

　　落下闳见姐姐这样说，只好不吭声了。此时，一直未吭声的母亲终于发话了。

　　游素芬道："夏弘，母亲知道你的心气高，一般的女孩子你看不上，可是你瞧得上的，人家的父母认可吗？别人家里长辈不同意，到头来你不是竹篮打水一场空吗？你姐给你说的这个凝香姑娘，可是个不错的姑娘啊！"

　　落下闳看着母亲又显得苍老了许多的面容。他记得当初自己刚离开落阳旮进入学堂那会儿，母亲多精神啊！那时母亲的头上一丝白发也没有，一头的乌发高高地拢在头上。当时母亲是那样年轻，那样精神，可是现在才四十多岁的母亲身体就这样羸弱，让人看着就止不住地心疼。

　　落下闳此时柔声地对母亲说道："娘，您说得有理，孩儿心里记住了！"

游素芬道:"你记住了就好!娘就怕你不明白。人家都说,夏弘是一个少有的聪明孩子呀,可怎么在这件事情上就这么傻了呢?"

落下闳见母亲这样说,便不好再说什么了。

这时母亲又对落下闳说道:"刚才你姐说的那个龚永安,他也是与你一起进大营吃兵粮的,人家后天娶亲,请我们过去吃酒,你也一起去看看吧!兴许凝香姑娘一家人也会去的。"

落下春华道:"对对对,听说凝香姑娘与龚永安这个媳妇是一个村的人,这两个女子可是蟠龙山一带出了名的美人胚子。夏弘,怎么在这件事情上你就这么不开窍呢?"

落下闳与母亲、姐姐正说着,屋外传来小弟、小妹的喊声。

小弟落下秋石喊道:"夏弘哥哥!夏弘哥哥!快来给我们讲故事吧!"

小妹落下冬婵也喊道:"夏弘哥哥!夏弘哥哥!快点过来呀!"

游素芬道:"你这一走,不知道什么时候才能又见到你的弟弟、妹妹了……你去陪陪他们吧!"

落下闳点点头,走出蚕房。弟弟、妹妹们立刻扑上来缠住了他。

小弟落下秋石道:"夏弘哥,今天一定要再讲一个非常好听的故事。"

落下闳:"好好好!我讲,我讲!"

小妹落下冬婵忙搬来一个小木墩道:"夏弘哥哥快坐下!"

落下闳很高兴地道:"今天讲什么呢?嗯,好!我们昨天讲的是夏商时代,巴山渝水间一支夏部族人与巴人逐渐融合的故事,今天我们就讲讲他们儿孙的故事,好吗?"

小弟落下秋石、小妹落下冬婵高兴地鼓着掌道:"好好好!"

落下闳一本正经地对着面前的弟弟、妹妹讲道:"话说夏商时代,在巴山渝水间有一支被称为'崇人'的夏部族人。在大禹治水时期,崇人与巴人逐渐融合。崇人虽然演变成了巴人,却没有任何力量可以改变他们对龙蛇的崇拜与敬仰。周朝时,巴国的统治权掌握在尚虎巴人手中,尚蛇巴人作为被奴役者,长期受到尚虎巴人的驱使与压迫。为反抗尚虎巴人的统治,居住在渝水、宕渠一带的尚蛇巴人对江州巴人,时有一些规模不小的反抗。而此时,江州巴王总会大动干戈,迅速出兵,无情镇压。大约在春秋中期,江州巴王在一次平息尚蛇巴人反抗的行动中,将一位年轻美貌的尚蛇巴人女子带回江州封为妃子。不久,该女子为巴王生下一个小王子后,遭到了没有生育子女的巴王后的嫉妒。不久,巴王与新妃相继去世,不甘忍受屈辱的小王子,为免遭来自巴王后的陷害，在一个月黑风高的夜晚，趁人不备，带着自己身边的亲兵逃出了江州城。他历尽艰辛，终于回到了他母亲的故乡。这一天，小王子来到渝水中游的一处平坝，一看这里三面环水，一面靠山，实属一处绝佳的风水宝地，便决定在这里建立尚蛇巴人自己的国家。小王子在新建立的国家里，积极传播中原夏人的农耕技术，按《夏历》安排农耕，很快便使渝水中游一带成了巴山渝水间农耕开始最早的地方。人们安居乐业，勤于耕耘，秋来时节粮食丰产了，王国的仓廪也非常充实。由于国民大都系崇人后裔，小王子便将国号取为'充'，意为'仓廪充实的崇人国'。充国变得十分富足，国力由此大增，面对巴国的围剿毫不畏惧。无奈之下，江州巴王只好违心地承认：充国是一个完全独立的新国家。充国的出现，意味着尚蛇巴人彻底摆脱了尚虎巴人的奴役，真正拥有了属于自己的国家。从此，尚蛇巴人彻底抛弃了尚虎巴人的虎头旗，将自己的龙蛇旗举得更高了。"

　　落下闳绘声绘色的讲述，深深地吸引着身旁的弟弟妹妹。他讲得投入，弟弟妹妹听得也十分入神。

　　在落下闳给弟弟妹妹讲故事的时候，他们的父亲落下汉钦肩上扛着犁头，手牵着一头大水牛，与一个姓裴的小个子村民交谈着走来。

　　此时，他们正走到自家院墙外面，二人就站在那里交谈着。

　　裴老头这时不解地向落下闳的父亲发问道："大兄弟啊，大家都知道，在农田里你是落阳滩一带远近闻名的一把好手，你看你家田地里每年长出来的那个稻谷啊，谷穗又大又长，今年眼瞅着又是一个丰收年，可你看我那田里啊，那种的哪是稻谷啊……"

　　落下汉钦道："他大叔啊，种庄稼，也是一门手艺活儿，马虎不得啊！"

　　裴老头道："没马虎呀！春播的时候我是严格按历书做的呀！"

　　落下汉钦道："他大叔，你刚才说的历书，到底是哪一种历书呢？现在流行几种历书，一种是《夏历》，一种是《殷历》，一种是《秦历》。《秦历》也就是《颛顼历》。这几种历书，眼下人们都在使用啊！"

　　裴老头道："我说的历法当然是《颛顼历》啊！《夏历》朝廷不是禁止使用吗？而《颛顼历》相距时间最近，它不也是朝廷眼下最为推崇的历法吗！"

　　落下汉钦道："《颛顼历》是朝廷最为推崇的历法，可《颛顼历》恰恰是一部错乱较多的历法。完全照搬，一定是要出问题的。"

　　裴老头此时懊丧万分地对落下汉钦道："哎呀！他大叔啊！十里八乡的人都知道你们落下家，从上几辈人开始就上知天文，下知地理。可是，落阳耷的乡亲们大都是不识几个字的人，有几个乡亲能像你们落下家这样，将历法、节气、节令弄得这么明白呢？今年这农活儿又干不好，来年我也只好沿乡乞讨去了啊！"

落下汉钦与裴老头儿在院墙外面的谈话，院墙里的落下闳与小弟、小妹听得清清楚楚。这时小弟不禁向落下闳问道："夏弘哥，你刚才不是说按照《夏历》的节令时序安排农耕生产就能获得好收成吗？可裴大叔他怎么偏偏还要使用《颛顼历》呢？"

落下闳面对着小弟的发问，点点头道："嗯，小弟真聪明……"

小弟落下秋石又道："这个《颛顼历》，有那么多的错误，朝廷怎么还硬要让大家使用呢？"

小妹落下冬婵也道："是呀！"

落下闳道："嗯，《颛顼历》是存在很多错误。"

小弟落下秋石道："既然知道有这么多错误，为什么没人来纠正呢？这些错误已经让乡亲们受到了太多的伤害呀！"

小妹落下冬婵道："是啊！"

小弟落下秋石又道："夏弘哥哥，你能帮帮乡亲们，将《颛顼历》中的错误改过来吗？"

小妹落下冬婵也道："夏弘哥哥，你能吗？"

落下闳看看小弟、小妹二人充满无限期盼的眼神，再看看院墙外裴老头那无奈的神情，一时竟说不出话来。

正是：

　　　　落罗难分渊源长，皇历弊多人惆怅。

第六章　世间人事难预料　朝廷为汝定终身

　　当又一个春至节即将到来的时候，龚永安的婚礼在家乡如期举行。
　　先秦之前，列国相对独立，加之各地气候不尽相同，人们使用的历法也不尽相同。当时通行的历法，除了《颛顼历》外，还有《殷历》《夏历》《周历》《鲁历》等。当时，巴蜀各地通行《夏历》，而秦嬴政统一六国后，却大力推行《颛顼历》。
　　巴郡阆中，地处大巴山麓，与蜀郡相邻，而蜀郡在远古时则系夏王大禹的故乡。这便是为什么在秦汉普遍推行《颛顼历》时，却仍然存在两种截然不同的历法的原因：《颛顼历》在上层、在官府、在城镇人群中时兴，而《夏历》却仍然在巴蜀的下层、在民间，特别是在一些大山旮里流行。
　　在落阳旮，每一年当春至节即将到来的时候，家家户户张灯结彩，杀猪宰羊，好不热闹。
　　在这里，人们将过年的热情全部留在了春至节。人们觉得过年时天寒地冻，大地还处于冰冻时期，此时过节，想高兴也很难高兴起来。而春至节到来时，大地回春，气温逐渐升高，一片暖阳，人的心情也异常爽快。
　　每到这个时候落阳旮里处处充满喜悦的气氛，人们也乐于在这个时候兴办各种喜事、好事。龚永安的父母将他的婚礼放在这个时候来办，就是这个原因。
　　汉时，传统的婚姻习俗中，"六礼"是人们普遍恪守的基本形式，也是人们缔结婚姻关系的六个步骤。它包括：纳采、问名、纳吉、纳征、请期、亲迎。而在正式的婚礼仪式中，又必须经过九个程序，即入喜堂、赞者颂辞、沃盥礼、对席礼、同牢礼、合卺礼、解缨礼、结发礼、拜堂礼。进行完这些程序后，一对新人才算成为真正的一家人。

落下闳与龚永安是同乡，两家人相隔不远。当天，落下一家人都去参加了龚家的婚礼。

　　落下家在落阳滩一带是受人敬仰的，落下闳父母便被龚家请到首席就座。

　　看到龚家人为儿子大办喜事，欢天喜地地将一个俊俏可爱的姑娘迎娶进门，落下闳的父母心里非常羡慕。

　　可是，他们知道儿子早已心有所属，怎么好再去多说什么呢？儿子是到了适婚的年龄，也该娶亲成家了，但落下家人却无法像寻常人家那样去向女方纳采、问名等，亲迎当然也无从谈起。

　　落下家在落阳滩一带虽然受人敬重，但与穄家比起来，财富与地位还是无法相提并论。

　　落下汉钦心里非常清楚自己的儿子与穄馨儿的这桩婚事成功的希望微乎其微，此时，他心里盘算着，该用怎样的方式，让儿子放弃心中那不切实际的奢望呢？

　　坐在酒席上，身处在龚永安欢天喜地的婚礼气氛中，落下闳心里也是五味杂陈。他不便与人过多说什么，便只顾埋头扒着自己碗里的饭。

　　姐姐落下春华也在想着自己的心事。

　　弟弟落下闳是家里的长子，是落下家的传人，正到应该娶妻生子的年龄了，可是，过了这个春至节，他就要随大军赶赴抗击匈奴的北疆战场。眼下，该以怎样的方式来撮合他与凝香姑娘的终身大事呢？

　　正在落下春华这样想的时候，只见作为新娘子莲香伴娘的凝香随新郎龚永安与新娘莲香一起来到席间宾客中，一一向大家施礼敬酒。

　　此时，落下春华心中一喜，急忙对着正埋头吃饭的弟弟落下闳道："来了，来了！夏弘，你看她来了！"

　　落下闳并不知道姐姐在说什么，一时感觉很是茫然，半晌才道："你说什么？谁来了啊？"

　　落下春华急忙道："新郎、新娘给大家施礼来了啊！"

　　随后，落下春华又凑到落下闳的耳边小声地对他道："你看见新娘莲香身边的伴娘了吗？她就是我给你说的凝香啊！"

　　落下闳听姐姐又说起了这个凝香，忍不住抬起头来，不经意地向宾客中的新郎、新娘那个方向望去。

　　落下闳就这么很随意地仅仅瞥了一眼，随即就将自己的目光收了回来。可刚刚将目光收回来后，他不自觉地又抬起头来向那边望去。

落下闳这一望不打紧,他对凝香一个至关重要的看法在心底产生了:哦,这个凝香姑娘正如姐姐所说的那样,还真是不赖的啊!

只见这个名叫凝香的姑娘一张形如满月的脸庞上,两条清晰的柳叶眉下面,似乎长着一双会说话的眼睛。此时,凝香随新郎、新娘一家走到哪里,哪里都发出一片赞叹,一片笑声。

看着落下闳这些细微的表情与变化,落下春华似乎知道自己下一步该怎么做了。

眼下落下春华什么也不说了,她只是一个劲儿地将一些最富落阳夼特色的菜肴,如苕干炒腊肉、烟熏腊排骨等,夹到落下闳的碗里。她知道这些落阳夼村民们日常生活中最喜欢吃的东西,也是弟弟平时最爱吃的。

春至节一过,落下闳就要重返军营,以后不知道这个弟弟又要到什么才能回到落阳夼来啊!

在落阳夼接下来的几天里,落下闳的人与时间完全被姐姐落下春华掌握了。落下汉钦与游素芬也完全按照姐姐落下春华的要求去做,就这样三下五除二,没怎么费功夫,姐姐落下春华就将落下闳的事情搞定了。对此,落下闳无可奈何,毫无办法应对来自姐姐以及宗族亲友的压力。

假期一到,他便不声不响地按规定又回到了灵山脚下的汉军营地。

可是这一天,落下闳一进入军营,就感到有些不对劲儿。

一些人明里暗里总在那里兴致很高地议论着什么。一打听,才知道人们议论的都是同一件事情。

阆中城里最近发生了一件非同寻常的大事。

这件大事就是城里的一位富家姑娘,居然被长安朝廷册封为汉家皇室的婉南公主。为了永远纪念阆中城这位姑娘被皇上册封为公主,感谢皇帝隆恩,官府已经将城北那条街——就是朝廷的使臣首先进入城里的那条街,更名为"迎恩街"了。

到底是谁家的姑娘这么了不起?为什么被朝廷册封为婉南公主呢?

正巧此时,夕季财迎面跑来找到他,急切地对他说,这个已经被皇帝册封为公主的姑娘正是穄馨儿,眼下穄馨儿已经与赵婴齐正式订婚,不久,就要嫁入岭南,成为南越国的太子妃了!

一听到这个消息,落下闳犹如五雷轰顶,顿时感到天旋地转。落下闳与穄馨儿之间虽未明确相互向对方表露心迹,但几年来他们相互爱慕,相互欣赏,两个人的心是真正相通的。他们都毫不怀疑地认定对方就是自己可以托付终身的人。几年来，俩人也有不在一起的时候，但他们相互之间不曾怀疑不在一起的这一段时间对方是否会将自己忘记。因此，当他们再次见面的时候，相互一定会主动地将分开的这段时间的很多事情，向对方认真诉说。心与心相通，心与心之间没有距离，就能产生完全的信任，就能产生最可靠的友情。

知道了夕季财说的这些情况，落下闳这才意识到：怪不得这一段时间来，一直未见到穊馨儿的影子，原来竟发生了这么多重大的事情。

面对突如其来的变故，自己该怎样办？落下闳一时竟没了主意。眼下他完全像傻了一样，脸上全然没有一点表情，没有一点反应，就这么愣在那里。

俗话说：旁观者清。夕季财是局外人，他一见落下闳这个样子便提醒他说："朝廷正在长安为南越国太子筹办盛大婚礼。穊馨儿马上就要离开阆中城了。你还是去见见她吧，不然一旦穊馨儿远嫁到千里之外的南越国，你们天各一方，今后恐怕一辈子都难以再见面了。"

落下闳一听夕季财这话，仿佛从梦中惊醒过来，立刻就向军营外面跑去。

从灵山脚下往阆中城去，有好几里地。落下闳冲出营门就往城里的方向飞奔。他穿过大街，跑过小巷，当他飞也似的来到穊馨儿家大门附近的时候，眼前的一片情景使他感到：穊馨儿已经不再是以前那个可以与他同在一个学堂读书，同在一个课堂一起听先生讲课的少年玩伴了。以前他们经常在一起玩耍说笑的情景，今后可能永远也不会再出现了。

穊家门口披红挂彩，七八辆马车停在门口，一些刚来贺喜送行的官员，以及护送婉南公主进京的安国少季等官员、侍女正在进进出出忙着马车起驾前的最后准备。

阆中的姑娘被朝廷册封为公主是开天辟地的第一次，这个姑娘远嫁南越国王室也是全城老百姓所关注的大喜事。很多老百姓都赶来送行看热闹。穊家门前今天人头攒动，十分拥挤，官府也特意派遣了一些军士，前来加强警戒。一切不相干的人等，都不得靠近大门一步。

受几个军士的阻挡，落下闳只能远远地站在那里望着穊家大门口，此时，他明白自己已经回天无术，只能任由事情发展了。自己唯一能做的，就是在穊馨儿离开之前，看能不能与她说说心中很多想对她说的话。如果不能与她说话，多看她一眼也是可以的。但是，负责警戒的军士们根本不让人靠近，他们将穊家大门周边来看热闹的人赶得远远的。

此时，人群中不知谁连声说道："出来了！出来了！"就见几个侍女簇拥着一个美丽的人儿，从大门里款款飘出。

稬馨儿出来后，站在大门前的台阶上，并没有急着上车。她饱含深情地望着稬家大门前这里三层外三层围观的街坊邻里。在这些人群中有满头白发的大娘、大伯，也有与自己一般大小的少男少女。这些人中间有的自己认识，也有的自己不太认识。但此时在稬馨儿眼中，他们每一个人的面孔都是那样的熟悉，那样的亲切。稬馨儿觉得，自从母亲将她带到这个世界，她降生在阆中城里，这些人就与她的生命息息相关，自己每一天的生活就与这些人相伴在一起。这些人虽然与自己不存在什么血缘关系，但由于自己是出身稬家大院的女孩子，因此，不管她走到哪里，人们都对她这个气质高贵、举止优雅的女孩儿报以和善的态度与友好的笑脸。在阆中人眼中，稬馨儿早已是他们心目中的"公主"了。眼下这个往日城邑的"公主"被朝廷册封为真正的公主了，阆中城里的百姓们怎么会不高兴呢？

　　今天来看热闹的人个个显得兴奋异常，但稬馨儿此时心中却异常酸楚，她知道只要自己一旦踏上门前这辆马车离开这里，就离这个整洁的犹如花园般的美丽城池越来越远了，以后自己可能永远也难以再见到眼前这些熟悉与不熟悉的面孔。想到这里，她的泪珠儿禁不住扑簌簌地一个劲地往下掉。

　　马上就要离开自己的家乡，面对这些曾经与自己朝夕相伴的父老乡亲们，稬馨儿心里似乎有一些话想与他们聊一聊，但一时她又不知与谁聊，聊什么。于是，她只好这样久久地站在那里深情地望着这些大婶、大伯，以及自己往日的玩伴。面对着这些人群，她似乎在以这样的方式，告诉他们自己对家乡的依恋与不舍。

　　她再一次仔细地向人群里张望着，她希望自己心中最在乎的那个人也能出现在眼前的人群中。他，不是别人，就是她在大象山时的学伴——落下闳。

　　很久没见到他了，在离开阆中城之前，能见一见自己最在乎的人，成了稬馨儿眼下唯一的奢望。

　　落下闳一看到稬馨儿走出门来，就拼命地向前挤，但两个军士阻挡在他面前，使他根本无法向前靠近一步。此时，稬馨儿好像也发现了人群中她要寻找的人，她的脸上顿时露出了一丝久违的笑容，她迈开脚步向他走去。可是她走了两步之后，突然却停在那里，再也不向前走了。稬馨儿似乎明白自己不能这样做，眼下自己不仅是朝廷的婉南公主，也即将是南越国的太子妃，在这么多人的围观下，怎么能随便去与一个青年男子说话呢？这样做不仅是对南越国王室的大不敬，也会惹怒朝廷，为稬、谯两家人带来杀身之祸。

　　作为一个在稬家这样的环境中生长的女孩子，稬馨儿从小便受到良好的教育，因此她始终保持着很好的素养。父亲稷氏出身官宦世家，母亲谯氏的家族在阆中更是名门望族，稷、谯两家祖上都有"治国平天下，自齐家始"的家训。她的母亲懂得：天下太平的根本是儿女的教育。从八岁开始，稷馨儿便在母亲的指导下，开始学习《礼》，女子的德行、智慧、才德、谨行、积善这些修身的要求，以及人际关系的处理和持家之道，她十分熟悉。她懂得"乾道成男，坤道成女"，即男人处世，要像天一样坚韧刚毅，自立自强，不避艰险；女子之德要效法大地，度量宽厚，气度雍容，无所不载。这些古训她时刻铭记在心。她知道在特定的环境下，哪些事情是应该做的，哪些事情是不该做的。稷馨儿明白现在自己唯一能做的就是听从命运的安排，服从朝廷的决定，做好一个婉南公主应该做的事情。

当然，作为一个即将远离故土的人，多看一看曾经养育自己的这座城池，还是可以的。此时，她只好久久地望着被几个军士阻挡在那里的落下闳，眼里饱含着幽怨。

官府派来阆中迎送婉南公主进京的几辆马车，已经做好了起驾的准备。此时，谯隆与朝廷专程前来阆中负责筹措婚礼的专员安国少季以及阆中官府的人，陪同着稷馨儿的父母、哥哥稷乐与稷、谯两家一大帮人从院内出来，向前来贺喜、送行的府衙大人们作最后的道别。

几辆披红挂彩、装饰一新的马车就要启程了，稷馨儿的母亲见女儿还愣在那里不动，便让一旁的侍女走过去催促她道："公主殿下，该上车了！"

稷馨儿这才无可奈何地走回到马车跟前，在侍女的搀扶下，登上了即将启程的马车。

随着车夫们轻轻地挥动着鞭子，几辆载着婉南公主与众官员、亲友们的马车缓缓地启动了。当这些马车穿城而过的时候，全城空巷，所有的人都跑来为婉南公主送行，一些小孩子兴奋地一路追着马车奔跑。而在这些人中间，有一个不是小孩子的人，也一直在马车后面追着跑。

马车出了城，那些跟在后面的小孩子跑不动了，追不上了，可落下闳一个人还在后面紧追不舍。

马车里面的稷馨儿发现了一直追来的落下闳，她撩开窗帘深情地注视着在后面拼命追赶的这个人。她多么想让马车停下来，带上落下闳与自己一起到京城去啊！可是理智再一次告诉她：不能这样做。如果这样做，不仅会害了落下闳，害了自己，更会给稷、谯两家人带来弥天大祸。

马车跑得越来越快，跟在马车后面奔跑的人影越来越小，现在几乎什么也看不到了。穄馨儿这时才万般不忍地慢慢放下马车后面的窗帘。

此时,穄馨儿无奈地回转过身来,目光落在手中捧着的鸡毛毽上,这个鸡毛毽是落下闳曾经送给她的礼物。就是这个小小的鸡毛毽,曾给她带来了多少令人难以忘却的欢笑与快乐啊!自然,这个鸡毛毽也是她与落下闳友情的最好见证。

现在,穄馨儿从阆中城带走的与落下闳唯一有一点点联系的,就是这个鸡毛毽了。

想起许多往事,穄馨儿不禁涌出泪来。

落下闳就这样一直跟在马车后面追着、跑着。他不知道这样追、这样跑,能有什么结果,但是此时他只能这样做。如果不这样做,他是绝不会甘心的。

眼下他的眼前已是一片荒野,穄馨儿他们的马车几乎已经看不见了,落下闳也已经跑得精疲力竭了。此时,他终于意识到,再这样追下去、再这样跑下去,也绝不会有任何结果。这样的念头在他的脑子里一浮现出来,他的整个精神状态就垮塌了下来。此时,他再也跑不动了,只能拼尽全身的力气绝望地对着越来越远的马车呼喊:"穄——馨——儿——"

他的呼喊在空旷的荒野上空久久回响着。

他跌跌撞撞地企图继续向远去的马车追去,可是,体力几乎耗尽的他,腿脚已经完全不听使唤了。他只觉得脚下好像被什么东西绊了一下,整个身子就这么重重跌倒在地上,昏厥过去了。

过了几个时辰,旷野里的阵阵冷风将他吹醒。他躺在地上,望着灰白的天空,只觉得浑身发凉。他艰难地撑起身来往四下里一看,周围不见一个人影。在这样的环境下,不可能有人过来帮助他,给他送上一句安慰的话语。如果在这里继续躺下去,到了夜晚,自己完全有可能成为那些饿狼野狗的口中之食。想到这里,他只有咬紧牙关撑起身来,强打起精神,拖着疲软的双腿艰难地往回走。

先前摔下去,跌得真是不轻,头上留下了个鸡蛋大的青包疙瘩,此时头一阵阵剧痛,脚像踩在棉花堆里,深一脚浅一脚的。

当落下闳听了夕季财的话,一阵风似的向穄家奔去的时候,夕季财以为他去看看穄馨儿后,马上就会回来。可是等到下午了,还不见落下闳归来的影子。这一下夕季财才急了,赶紧约上庹峙富,骑上马,四下里寻找。

眼看着天色已渐渐暗下来了,还不见落下闳的踪影,两个人更是心急火燎。最后有人告诉他俩说,上午有一个小伙子一直追着婉南公主的马车跑,好像还一直跑出城去了，他们这才抱着一线希望，循着马车向北的车辙向城外的旷野找来。

夕季财与庹峙富一边紧催着胯下的骏马，一边对着一片荒凉的旷野高声地呼喊着落下闳的名字。远远地，他俩终于发现，在车辙的尽头有一个人影正跌跌撞撞地向这边走来。他们急忙打马上前一看，果然是落下闳。

夕季财来到近前，跳下马来冲到落下闳面前，双手紧紧抓住他的肩头兴奋地道："哎呀！夏弘啊！终于找到你了啊！"

落下闳已经一天没有进食了，加之体力极度地消耗，整个人此时已经完全虚脱了。他见到夕季财、庹峙富突然出现在面前，反应似乎也显得木然迟钝，但口中还是对他俩含混不清地嘟噜道："哦，你们来了？"

说完这几个字，只见他双腿一软，整个身子一下子就歪倒了下去。

夕季财在庹峙富的协助下将落下闳扶上自己的马背后，就急着一路往回赶。

夕季财一边走一边对身后的落下闳劝说道："……过去你与稯馨儿走得近一些，那是因为大家都在一个学堂里念书，都在一起听先生讲学，都是学堂里的学子。天天见面，同在一个屋檐下相处，她与我们基本都还处在一个层面上，要说有差距，这个差距也不是很大。可是现在人家稯馨儿贵为婉南公主，身份变了，一切都可能不一样了。眼下她是在天上，你是在地上。她与我们的距离远了，你就不能还像以前那样来看待你们俩人之间的关系了。你如果转不过来这个弯，认死理，是要吃亏的哟！"

落下闳伏在夕季财的背上，微闭着眼睛，对他说的这些话似听非听。一旁的庹峙富听了夕季财这话，也说道："夕季财啊！什么时候轮到你教训起夏弘来了啊？你说的这些道理，夏弘还不懂吗？"

夕季财："我还不是为夏弘好嘛！"

庹峙富："俗话说得好：无情未必真男儿，有情才是大丈夫。你懂吗？"

夕季财此时也道："你说得没错，有情有义，乃我阆中男儿本色也！"

几个人回到军营时，天色已经晚了。落下闳此时已经缓过一些劲来，便主动从夕季财的马背上下来走进自己的营区住房。进到房里，他刚刚一挨着床沿便直挺挺地向后倒了下去。

今天对落下闳来说可真是刻骨铭心的一天，从早上太阳自地平线上升起，到眼下夜色朦胧的这几个时辰里，他似乎经历了人生中最漫长的时刻。在这短短的时间里，他的情感一会儿好像处在异常激动兴奋的状态中，一会儿又好像处在呼天不应呼地不灵的万般无助的绝望之中。情感上经历这样大起大落的折腾，遇到那些情感丰富而内心又比较脆弱的人，完全可能造成整个人精神的崩溃。落下闳是一个感情丰富的人，但他的内心却不是那么的脆弱。在情感上，虽然眼下他正经历着人生中最为沉重的挫折，但他知道自己不能就此一蹶不振，自己不能就此倒下。想到这里，他翻过身来，从床上坐起来。

恰在此时，范翼龙将军正好不声不响地进来了。落下闳知道在无任何人准许的情况下，自己擅离军营一整天，这是有违军规的。范翼龙将军此时绝不会无缘无故来到这里，他一定是来兴师问罪的。因此，落下闳一见满脸怒容的范翼龙将军出现在自己面前，便立刻一个激灵翻身跳下床来，笔挺地站在那里。但由于动作过猛，不觉眼前金星乱飞，一片漆黑。他的脑子一阵眩晕，差一点又倒了下去。一旁的夕季财见状急忙上来一把扶住他。夕季财想让他坐下来，但落下闳却倔强地挺立在那里，一动也不肯动。

范翼龙见往日这个虎虎生威的小伙子此时竟然如此虚弱，顿时一股父辈般的怜爱之情从心底涌起。但他仍然沉着脸道："看看你现在这个样子，风都吹得倒，哪像一个即将上战场与匈奴拼杀的汉军将士啊！"

落下闳一听这话立即又强打精神，挺着胸脯高声应道："属下知错，请将军责罚！"

范翼龙道："怎么责罚？擅离军营一整天，起码该当责罚二十军棍。你现在这个样子能承受这二十军棍吗？"

范翼龙与稘馨儿的表哥谯隆是至交，虽然两个人一个在军界，一个在政界，但他们都是朝廷的官员，二人平时因公因私都接触较多。对落下闳与稘馨儿之间的事情，范翼龙多多少少也是了解的。范翼龙虽然是个出身行伍的武将，但也不是一个不通情理之人。此时，他便说道："你先歇着吧！这二十军棍先给你记着，日后再补。"说完扭头走出房门。

夕季财开始还提心吊胆地站在一旁，心中在想：落下闳这副模样要是责罚二十军棍，那还不把人给打死啊！现在一听范翼龙将军这样说，忙不迭地替落下闳应承道："啊！好好好，先记着，日后再补！属下在这里先替落下闳谢谢将军不罚之恩了！"

范翼龙走到门口，回过头来对跟在身后面的夕季财道："你马上去伙房给他先弄点稀粥喝吧！空着肚子一整天了，能撑得住吗？"

夕季财连声应承道："好好好，我马上就去！"

正是：

　　　　阒然婉拒凝香后，突知馨儿要远行。

第七章　随军北上戍边关　雁门初战显身手

当落下闳正为人生第一次遭遇到的男女私情而痛苦不堪的时候，北部边境再次传来噩耗。

匈奴十四万铁骑在长达一个月的时间里相继在汉境四座边镇烧杀奸淫。

消息传到阆中，汉军将士大为震动。

面对骄横傲慢的匈奴人对北部边境年复一年的肆意骚扰，刘彻决心彻底废除已经实施了七十余年的和亲政策，转而对匈奴实施军事打击。至此，朝廷一方面对边境的军事统帅进行大幅调整，一方面又将后方的兵士大量调往北部边关。

落下闳所在的军队也接到了向北开拔的命令，在范翼龙的率领下，浩浩荡荡地向北进发。军士们高举着标有"汉"或"范"字的军旗，军旗迎风招展。刚刚出征的汉军士气高昂，一身轻松。落下闳、夕季财、庹崎富、鄂贵泉、龚永安几个人一路走一路说笑。

夕季财此时向落下闳问道："夏弘，这下好了，与你这个懂天文、知物候的人在一起，我们行军打仗，不管走到哪里，都不会迷失方向了，是吧？"

庹崎富道："夏弘，白天辨方向，看日出日落就知道，可阴雨天、晚上要准确知晓东西南北，就太难了啊！"

鄂贵泉听了夕季财的话，不等落下闳回答便抢过话头道："阴雨天可以看野外树木或石头上的苔藓状态来获知你的方位。树叶生长茂盛的一边一定是南方，稍次一些的就应该是北方了。"

庹崎富听了点点头道："呵呵，你知道得这么清楚！那晚上呢？你说说。"

鄂贵泉指了指落下闳说："你这个'铁匠娃子'想知道哇，还是去问这个'天象师'吧！"

落下闳笑笑，道："晚上当然就是利用星宿来辨识方位了。只要你准确地找到天上最亮的那几颗星星的位置，你就知道自己所在的准确方位了。"

庹峙富听了落下闳的话后，笑着道："反正这一路，我都跟着你这个'天象师'走，保准不会迷失方向。"

夕季财也道："对！这样不管走到哪里，我们都知道自己在什么地方！"

范翼龙将军听到这几个人的议论后，转过头来对跟在自己身后同样一身戎装的小妹范美凤道："你看看，这几个肚里有'墨水'的兵，就是不一样啊！"

范翼龙不会忘记当年他家先祖范目率领阆中的七姓賨人，帮助高祖初定汉室天下的壮举。自那以后，不仅范氏族人受其先祖的庇荫而族群兴旺，而且罗、庹、夕、龚、朴、昝、鄂七姓族人也是遍地开花结果，一派蓬勃发达的景象。时下作为阆中一代豪杰范氏家族的后人，范翼龙带着小妹范美凤又步先祖后尘，率领阆中子弟兵向着战争的最前线奔去。

随着战马奔驰，范翼龙心潮起伏。匈奴人固然彪悍凶狠，但是汉家的边关要塞也不是不设防的土地，绝不是谁想来就可以来，想走就可以随便走的。战争固然是残酷的，但为了江山的完整，为了朝廷的尊严，为了天下苍生的安宁，作为一个军人，一定是要用自己的血肉之躯去战斗的。只要一息尚存，就绝不容许匈奴强盗随意南下占我土地！烧我房屋！杀我父兄！辱我姐妹！夺我牛羊！

范翼龙的心声也是汉军全体将士的誓言，眼下他们为了一个共同的目标出征，明天即使战死疆场，也绝不会有一丝一毫悔意在心！

事实也正是这样，与落下闳一起离开阆中的这些人，最后几乎死的死，伤的伤，残的残，真正安全地重回故乡的人很少很少。

范美凤与落下闳他们差不多一般年纪，姑娘心中对与自己一般大小的男子总是会有所关注的，她对落下闳、夕季财几个人也颇有好感。听了哥哥的话，她回头朝落下闳他们看了看后，说道："嗯！军营中多些这样的读书人，那才好啊！"

一路上，邻近几个县过来的汉军兄弟与落下闳他们的队伍会合一处后，便一路向北。

越往北走，气温越低，风沙越大。从北方大漠吹来的风越来越冷。

强劲的西北风扬起的沙尘，见缝就钻，让这些从南方过来的汉军官兵们的领口里、袖口里、鼻孔里全是沙尘。

这些从北部大漠随风飘来的沙尘，最后随着风力的减弱，在地上留下厚厚的一层黄沙。如此长年累月，便在高原上形成了一大片一大片的极易被雨水再次带走的黄土地。

在这里，风暴、沙尘、雨水就这样周而复始地运动，疏松的黄土一次一次地被冲刷着，久了，地上便形成了许许多多纵横的沟壑。

经过几个月的长途跋涉，落下闳他们终于来到了雁门郡，成为雁门郡守李息将军麾下汉军的一部分。

李息出生于北地郡郁郅县，少年即从军戍边。在景帝刘启时，李息奉命镇守边邑，多次率军抵挡匈奴大军的骚扰侵袭。

李息治军严格，行军打仗也非常谨慎。部队出战时，他总是要求将士们处在人不解甲、马不卸鞍的戒备状态。他的军队开初多以步兵为主，因此行军较慢，但整个军队的攻守却很坚实。凡是他率军作战，前面一定有前哨打探情况，部队左右一定有掩护，整个部队互相呼应、照看，安营扎寨也很有章法。军队行动起来，步调一致；扎下营来，敌人也很难撼动。在与匈奴的交手中，他很少让匈奴人占上风。

李息应当算是较为稳重的将领，天下人都知道他的鼎鼎大名，他多战不败，经常有捷报传回。

落下闳对李息将军仰慕已久，眼下终于成为将军队伍中名副其实的一员士卒，他十分兴奋。他觉得跟着这样的将军，一定会有许多将来令人回味的经历等着去创造、去书写。

雁门城正北是汉军前哨部队的宿营地，这里距雁门关很近。只见坐落于勾注山脊的雁门关，群峰挺拔，地势十分险要。

雁门关东西山岩峭拔，道路盘旋崎岖，它南控中原，北扼大漠，确有"一夫当关，万夫莫开"之实。从战国赵武灵王时起，人们就把此地看作一个十分重要的战略要地。当年赵武灵王进行胡服骑射军事改革后，军力大幅提升，从而在与林胡、楼烦的战役中，屡挫对方的入侵，由此建立了云中、雁门、代郡。后来赵国李牧将军奉命常驻雁门，为防匈奴进犯赵国，选用精兵良马，巧设奇阵，诱敌深入，大破匈奴十万骑兵，使匈奴人在很长的时间里都不敢轻易南下进犯赵国。

汉朝之初，匈奴人曾越过雁门关，直逼晋阳。高祖刘邦面对来犯之敌，于公元前二〇一年，亲率三十万大军抵达平城，抗击匈奴，却误入匈奴人的圈套，被困于平城。最后高祖不得不用重金贿赂匈奴单于身边的人，承诺与匈奴单于和亲，才换取了匈奴人停止对汉朝边境的骚扰与侵袭。

一提起和亲，落下闳的心情就很不平静。如果不是匈奴骄横，朝廷愿意将汉家皇室的公主往匈奴单于的被窝里送吗？自从与匈奴人首开和亲先例后，和亲就成了朝廷一种经常使用的手段，对强敌匈奴采用和亲的办法去缓解冲突，化解危机，对一些边远的诸侯小国也采用和亲的手段去笼络王室成员。落下闳以为，如果朝廷早一些废止和亲之策，樛馨儿或许就不可能成为南越国赵婴齐的女人了。

一想起这些事，落下闳心中总有一种悲愤的情绪在胸中泛起。这种悲愤的情绪时刻都在撞击着他的心扉，使他总有一种冲动，一种想与匈奴早一点真刀真枪干一场的冲动。

当然，年轻的落下闳也知道，朝廷与匈奴之间的战争绝不是儿戏，汉匈之间一旦撕破脸皮开起战来，就不是一时半会儿能够停得下来的。因此，朝廷对同匈奴到底是战是和，一直都处在一种犹豫与徘徊的状态中。朝廷调巴蜀等地的汉军来雁门关，也仅仅是充实边镇防守力量，加强对匈奴人的防范。真正要与匈奴人彻底决裂，开展大规模的战斗，仅靠眼下在边关的这点军队是远远不够的。

落下闳所在的汉军在雁门关驻扎下来后，每天的主要任务就是进行反复的、不知疲倦的强化操练。面对强悍的匈奴人，刘彻十分注重汉军的体能与技能的强化训练。汉军各部的将士们也意识到，超强的体能与一流的刀枪剑戟攻防能力，是取得战斗胜利的基本保障。

范翼龙是一个尽职尽责的将军，每天清晨，天还没亮，他就催促着手下的士卒们早早地从炕上爬起来，在雁门城外进行长时间的奔袭拉练。饭后，照例又是对抗性的拼刺操练。在雁门郡各地的军营演兵场，在山川河谷的宿营地里，人们不时可以看到挥汗如雨进行超强整训的汉军官兵。

时间过得很快，初春又早早地来到了雁门关。

这一天范翼龙奉李息将军之命，带着落下闳一帮人，陪同监军御史和见仁及军中监察官到各军营巡查。事毕，和见仁似乎意犹未尽，他觉得在太阳光的照射下，眼前这逶迤绵延的巍巍群山，以及蜿蜒于山巅的长城，显得格外壮丽，便一时兴起，带着人就往勾注山上的雁门关策马奔去。

一过关口，和见仁只觉得视线所及，天苍苍，野茫茫，风萧萧，漠北草原如此壮阔，他还真是生平头一次见到。此时，万物正在复苏，往昔在这样的草原，应该有无数的牛羊以及挥动着鞭子的放牧人。但眼下这里什么也没有，为了躲避战祸，双方的边民早已跑得远远的了。虽然是大白天，灿烂的阳光洒在无际的草原，但这里却是死一般的沉寂，没有一丝声音，这正是暴风雨即将到来时才有的情景。

和见仁在宫中生活了半辈子，刚从宫中出来，一切对于他来说，都是那样的新鲜。在这样的环境中，他完全忘记了，这是在与匈奴接壤的北部边塞草原。他不但没感觉到危险，反而显得无比兴奋，一过关口，他就放开缰绳，任由骏马在草原上尽情地飞奔。

范翼龙一看，顿时被和见仁的行动吓得脸色煞白。和见仁是朝廷的监军御史，是当今皇帝身边最信任的大内宫人，此次来雁门关，他是代表皇上前来监督边关军队的，万一有个什么闪失，那范翼龙等人的脑袋可就难保了。和见仁刚才策马过雁门关时，范翼龙就曾劝阻过他。可和见仁哪会将一个小小校尉的话放在心上呢？现在他又放马在草原上狂奔，须知这看似平静如水的草原，其实是暗流涌动，随时都可能遭遇到匈奴人的袭击。

范翼龙一边命令落下闳赶紧回去向李息报告，一边策马向和见仁追去，并大声向他喊道:．"和大人，慢点！小心！"可这个和见仁根本不理会范翼龙善意的劝阻，仍然打马向前飞驰，范翼龙只好在后面紧追不舍。过了不多久，和见仁跑累了，自己在前方停了下来。

范翼龙带着众人终于追到和见仁面前，忙对他劝说道："和大人，这里是敌我交战的最前沿，随时都可能出现难以预测的情况，我们还是赶快回去吧！"

对范翼龙的好意，和见仁并不领情。他斜着眼瞧瞧眼前这位与他说话的校尉，不以为然地道："怎么，你是被匈奴人吓破胆了吗？"

范翼龙见对方如此说话，一时语塞，忙解释道："大人是朝廷派来的监军御史，我要为大人的安全负责啊！"

和见仁像没有听到范翼龙这些话似的，仍然昂着头盯着眼前这一望无际的草原。突然，他发现远处有三个移动的黑点，便用马鞭指着远处那三个移动的目标道："你们看，那是三个什么东西？"

范翼龙是一个经验十分丰富的军人，虽然来到雁门不久，但是对这里的情况已经非常熟悉了。从远处那三个移动的黑点行动的状态来看，他顿时敏锐地做出判断道："这一定是三个匈奴人！"

和见仁一听遇到了匈奴人，而且只有三个人，顿时更加来劲了。他心想：这真是天助我和某人也。第一次上前线巡察，就遇到了这等好机会。抓住这三个匈奴人，不但可以向皇上邀功请赏，和见仁也会就此名扬天下的啊！他立即对跟在身边的这些军士们道："这三个匈奴人一定是奸细，快去，将他们抓来问个明白!"

不等范翼龙开口说话,和见仁便督促着几十个汉军骑兵冲了下去。在他看来,三个匈奴人纵然是有三头六臂,也挡不住几十名汉军精兵,何怕之有!

可是,随即发生的情况却不是他想的那么简单。三个匈奴人面对来势汹汹的汉军骑兵,一点也不慌张。他们迅速地向一处地势较高的土坡奔去,边跑边回头向冲过来的汉军射箭。三个匈奴人好像个个都是神射手,他们射出的箭像长了眼睛似的,没有一支箭落空,箭箭都射向了冲过来的汉军骑兵要害。很快,几十名汉军骑兵就所剩无几了。

范翼龙一见这要命的情景,立即一面不顾生死地冲过去挡在和见仁的前面,一面命令大家立即撤退。匈奴人一见汉军不再追赶了,便见好就收,赶紧飞也似的逃去了。

范翼龙领着剩下的人护着和见仁往回赶时,恰好与正匆匆赶来的李息将军相遇。李息得知监军御史和见仁带着人出了雁门关之后,担心他遭遇不测,便立即带着人赶了过来,半道上正好遇到飞马回来报信的落下闳,他们便一路赶了过来。

李息知道他们的情况后,倒吸一口冷气道:"你们一定是遇到匈奴人的射雕手了!还好,只要和大人安全无恙,便是万幸了!"

匈奴射雕手是其军队中射箭最好的力士。草原上雕飞得高,射雕的人不仅箭要射得准,还要拉得动强弓,才能射到雕。这种人不但射箭技术精湛,而且有很敏捷的躲箭能力。这就是刚才这三个匈奴人射杀了多名汉军骑兵,而汉军骑兵们射出的箭却对他们毫发无伤的原因。

李息立即带着大家向三个匈奴人逃去的方向急追。匈奴人没有马,徒步行走,走了几十里后,才被李息等人追上。为了防备再次出现先前那种情况,李息命令大家拉开距离,从三个方向朝匈奴人逼近,以此尽量分散对方的视线。落下闳与众汉军将士们立即拉开距离,呈扇形向三个匈奴人包抄过去,并分别从不同角度射出支支利箭。

众军士们不断放出的利箭,完全吸引了匈奴人的注意力,此时李息正好以逸待劳迅速抽出自己的强弓利箭,准备给对方以迎头痛击。突然,在众军士中一个十分活跃的身影映入他的眼中,使得他不得不对此人留意观察起来。只见一个个子并不是很高大的军士在射击中出手极快,别人射出两支箭,他却已经射出三支箭了,而且命中率出奇地高。再定睛一看,这小子不就是刚才报信的那个叫落下闳的小子吗!

李息见此情景,不由得在心中赞叹道:"这小子,动作好利索啊!"

三个匈奴人虽然是武艺高强的射雕人,具有超强的躲箭本领,但面对从不同方向纷纷射来的利箭,他躲得了这一支却不容易躲过那一支。就在匈奴人忙不迭地躲避这如雨点般的利箭时,李息拉动强弓,连发两箭,很快便射杀了两个匈奴人。

剩下最后一个匈奴人知道自己遇到对手了,只好丢下手中的弓箭高高地举起了双手。见此情景,范翼龙等人立即一拥而上,将此人捆绑起来。

待他们将俘虏放上马背,正欲撤离的时候,突然发现远处黑压压的一片人马正向这边飞驰而来。

不好!匈奴的大队人马冲过来了。

落下闼、范翼龙第一次见到这么多的匈奴骑兵,面对着敌众我寡的局面,所有人心中都不免有些惧怕恐慌。可是,李息此时却镇静地对大家道:"大家不要慌乱!现在我们离自己的营地较远,如果就这样匆匆往回跑,匈奴人便会放马过来追赶射杀,这样,我们所有的人都会完蛋。如果我们不跑,就这样镇定自若地留下来,匈奴人一定会以为我们是前来引诱他们的诱饵,这样他们便不敢轻易地袭击我们……"

接着,李息要大家正对着迎面而来的匈奴人,并命令大家向匈奴人来的方向前进!待跟随他的一百多汉军骑兵行进到距匈奴人阵地只有约二里地距离时,李息这才又下令道:"下马解鞍!"

范翼龙一听李息让大家下马解鞍,还以为自己的耳朵听错了,便立即不解地小声对李息道:"敌人这么多,又距离我们这么近,万一出现紧急情况,那怎么办啊?"

李息胸有成竹地道:"敌众我寡,匈奴人一定认为我们会逃。现在我们下马解鞍,就明白无误地向敌人表明:我们不走了。这样敌人就会更加相信我们是来诱敌的!"

数千骄横的匈奴骑兵,面对着眼前从容不迫的一小股汉军,此时,真不知道是该出击呢,还是该放弃不管。

正在这个时候,匈奴军中一位骑着黑马的将军举起自己的右手,示意所有的人停止前进。可是他的命令却遭到另一位骑着白马的匈奴将军反对。只见这位白马将军对着黑马将军叽里咕噜地叫个不停。看他那架势,好像是在督促这位黑马将军立即冲过去,将面前这一股汉军全部斩杀干净。

李息将军好像看出了两个匈奴将军之间的分歧。因此,他毫不迟疑地翻身上马，迎面向这位骑着白马的匈奴将军飞奔过去。范翼龙、落下闳二人见此也立即拍马跟随李息向前冲过去。没等这位白马将军反应过来，李息、落下闳、范翼龙等人拉开强弓，只听得"嗖嗖嗖"，几支利箭已经飞了过去，白马将军随即便应声落马而亡。这一切，急如星火，快似闪电。没等匈奴人反应过来，李息、落下闳、范翼龙等人又已回到刚才的地方。他们重新解下马鞍，放开马缰，又在草地上随意躺卧下来。

匈奴人没展开任何攻势，就已经折损了一员大将，而近在咫尺的这些汉军好像丝毫没有要挪动的意思。匈奴人便越发觉得奇怪，他们实在是搞不清楚眼前这一小股汉军的真实意图。越是这样，匈奴人也就越不敢贸然行动了。

天渐渐黑下了下来。

半夜里，草原上不见一颗星星，天上地下黑咕隆咚一片，四周漆黑一团。不知虚实的匈奴人唯恐汉军伏兵突然杀来，最后只好趁着黑夜的掩护，悄悄地全部撤走了。

在李息的指挥下，范翼龙、落下闳等人一直静静地待在那里，一颗高高悬着的心一直不敢放下来。尽管每一个人都非常地疲惫，但大家都没有一点睡意。每一个人都一直瞪大了眼睛，死盯着对面的动静。

夜，寂静无声。

匈奴人所待的地方也出奇地听不到一点声音。此时，落下闳觉得好像对面有一些异样的情况，禁不住偷偷地摸到近前去一看：怎么回事啊！先前匈奴人待的地方，此时，连鬼都没有一个了。

落下闳急忙跑回来兴奋地对李息将军报告："将军！将军！匈奴人没了！匈奴人全跑了！"

李息一听，立即从草地上撑起身来道："什么？一个匈奴人也没了？他们跑了？"

借着天边渐渐发白的亮光，李息一看，昨天那数千匈奴骑兵确实一个都不见了。这时他才深深地吁了一口气道："哎呀，他们再不走，我真的也快撑不住了啊！"

李息说完，爽朗地放声大笑起来。

正是：

　　　　平时练就好武艺，战时对敌不畏惧。

第八章　变幻莫测戈壁天
　　　　南北人物不相宜

　　李息以区区一百多骑兵逼退匈奴数千骑兵的故事，在军中很快就传开了，京城长安的一些艺人还将它编写成了唱词，在舞台上演出。就这样，故事一传十，十传百，迅速在中原大地流传。它不仅鼓舞了百姓，也鼓舞了朝廷，使人们对反击匈奴充满了信心。

　　在这次与匈奴人的遭遇战中，李息极为赏识几位来自巴郡的官兵，尤其是那个叫落下闳的青年军士，他不仅武艺好，而且据说对天象物候运行节律也很是熟悉，还精于数术运算。李息得知，落下闳在踏入军营前，就是阆中学堂里数一数二的高才生后，深感像落下闳这样的人在军中是犹如凤毛麟角的人才。于是，他决定让卫兵立刻去将这个落下闳找来，他要亲自考察一下，看看此人是否真的如人们所言的那样出类拔萃。

　　落下闳外出执行任务回到大营，正打算回营房好好休息一下。可进得屋来，却见一些人正围坐着听夕季财讲述那天的战斗情况。

　　只见夕季财拉开架势，正绘声绘色地对身边的几个兵卒说道："你们知道这三个匈奴人为什么这样厉害吗？为什么在这之前他们能射杀了我们那么多人，而他们自己却毫发未伤吗？他们可都是匈奴人中间一流的神射手啊！这些人不但箭术精湛，而且躲箭的能力非常强，平时专门负责执行特殊任务，比如侦探、放冷箭、杀敌手等等。所以一般的匈奴射雕手在战斗中，他可以轻而易举地对付你几十人、上百人。还有就是他们用的箭往往也是不一般的箭，它的准头高，射程远，杀伤力极强，箭头大都是用锋利的金属或坚硬的动物骨头所制。更为险恶的是匈奴人大都会将箭头沾上马粪，被这种沾上马粪的'脏箭'射伤的人，轻则伤口难愈，重则染上破伤风，非常难以治愈！匈奴人可边快速奔跑边施放这些箭矢,而且精确度极高。这不是说匈奴人就很了不起,就很强大,而是说这些匈奴人的传统战法就是,打了就逃,在你追他的时候,他再转过身来把你射死。"

庹峙富听夕季财这么说,似乎有些不服气,就对刚刚走进屋来的落下闳道:"夏弘,三狗把匈奴人说得这么厉害,那为什么李息将军一出手,就射死了两个匈奴人呢?"

落下闳正欲答话,可夕季财却抢先说道:"这你就不懂了,匈奴人的弓硬,箭法好,可将军的弓更硬,箭法比他们更好啊!"

落下闳此时转过头来也说道:"对!是将军的武艺高强,箭法比他们更好。这就是人们常说的'魔高一尺,道高一丈',强中更有强中手……"

大家谈得兴致正浓的时候,突然有人进来喊道:"落下闳,李息将军唤你马上去一下!"

一听说李息将军召见,落下闳二话没说,立即出门跨上一旁的战马,向将军行辕直奔而去。

来到将军行辕门前,落下闳跳下马便向大门奔去。进入辕门,一卫兵便迎了过来,将他带至将军书房后,回过头对他道:"将军让你在这里稍等一会儿,他待会儿便会过来。"

落下闳在书房坐下,第一次被将军亲自召见,内心难免有些忐忑。但是等了一会儿仍不见将军归来,这时刚才有些紧张拘束的感觉才逐渐松弛下来。此时,书房里就只有落下闳一人,四周静悄悄的没有一点声音。将军的书房真是名副其实,书架上几乎被书简占满了。仔细看去,落下闳惊奇地发现,这位驰骋疆场多年的将军的书房里,竟然收藏了很多珍贵的典籍。案桌上两卷打开的书简,一卷是夏朝人编撰的《夏小正》,另一卷是春秋战国时编写的《吕氏春秋·十二纪》。这些古天文历法方面的书简十分珍贵且稀少,以前他只是在学堂里听先生说起过,但从未见到过全本。现在他在这里意外地发现这两部书简,真是觉得格外地惊喜。他不由自主地来到将军刚才坐过的书案前打开那卷名为《夏小正》的书简。

随即竹简上一段文字跳入他的眼眶:"正月:启蛰。言始发蛰也。雁北乡。先言雁而后言乡者,何也?见雁而后数其乡也。乡者,何也?乡其居也,雁以北方为居。何以谓之居?生且长焉尔。'九月遭鸿雁',先言遭而后言鸿雁,何也?见遭而后数之,则鸿雁也。何不谓南乡也?曰:非其居也,故不谓南乡。记鸿雁之遭也,如不记其乡,何也?曰:鸿不必当小正之遭者也。……时有俊风。俊者,大也。大风,南风也。何大于南风也?曰:合冰必于南风,解冰必于南风;生必于南风,收必于南风;故大之也。寒日涤冻涂。涤也者,变也,变而暖也。冻涂也者,冻下而泽上多也。田鼠出。田鼠者,嗛鼠也,记时也。农率均田。……"

这段文字他是熟悉的。它说的是正月,随着太阳从冬至日道(即南回归线)由南往北移动,在南方过冬的大雁也开始北归,从南边吹拂过来的不再寒冷的风也开始在大地回荡,天气由此逐渐变得暖和起来。在洞中蜗居了一整个冬天的田鼠,也开始出洞活动了。此时,从事农耕的人们也可以下田劳作了。

正在他全神贯注地翻阅这些书简的时候,李息将军进来了。他一看落下闳对书简如此着迷,不忍打扰眼前这位年轻人,便轻轻地走过来在一旁看着。过了好一会儿,落下闳猛地发现了一旁的将军,立即惶恐地站起身来道:"哦,请将军恕罪!我不该翻看您的这些书简……"

李息好像没有听到对方说这些话似的,只是定睛上下打量着自己军营里这个名不见经传的小兵。他发现这个叫落下闳的小伙子是那样地帅气、阳光,便漫不经心地随口问道:"你是落下闳?可人们经常又叫你'夏弘'。"

落下闳恭敬地回答道:"是的,将军!"

李息明知故问地道:"'弘'与'闳'这两个字,你觉得它们有什么区别吗?"

落下闳认真地道:"有区别呀!'闳'字从门,厷声。'厷',字形上为'公'的变形,字音继承自'公',字义同'公',即'公共''公用'。'门'与'厷'联合起来表示'一条里巷的公共大门',本义为'巷门';而'弘'即'大'的意思。"

李息听了微笑着道:"可是'弘'与'闳',字音、声调相同,人们很容易搞混淆的啊!"

落下闳道:"是的!"

李息道:"一个人的名字,其实就是一个符号,没有必要那么认真的吧。"

李息说的似乎有一些道理,但落下闳却不太赞同,便道:"将军!虽然这两个字字音、声调相同,但是,此'闳'非彼'弘'。'夏弘'这两个字,是我刚刚出生的时候,父亲为我取的名字。而'落下闳'则是我在进入阆中学堂时,被人误写而成的一个名字。因此,就'弘'与'闳'两个字而言,我更喜欢'弘',而非'闳'。"

李息将军听对方这样说,只觉得这个小小的兵士骨子里那一股倔强的劲头展露无遗，便微微笑了一下将话锋一转道："听说你在当兵前，是县官学里最出类拔萃的学子？对于看过的书籍，你可以过目不忘？"

落下闳不卑不亢地回答道："将军过奖了。不过，我喜欢读书。"

李息问道："喜欢读书？为什么呢？"

落下闳道："书，是前人知识的积累，是人们智慧经验的结晶。像这卷夏朝时编写的第一本历书《夏小正》，仅四百余字，但内容却十分丰富，它按一年十二个月分别记载了古人对天文、物候的许多观测研究成果，是一千多年来人们对天象物候的研究积累和历史总结；而《吕氏春秋·十二纪》，也按春夏秋冬四季的顺序，记载编纂了历史上很多天象物候的特殊事件。正是我们的祖先这样年复一年，一丝不苟地对天象物候作观测记录，我们才能在前人的基础上，对一年四季十二个月中的诸多节气与物候现象有许多新的发现。"

李息见落下闳一说起书上的东西，便显得那样胸有成竹，从容不迫；一谈起天象物候来，竟然像在盘点自己家里的宝贝疙瘩一样娓娓道来，便更加觉得眼前这个年轻人正如人们所说的那样，确实是一个难得一遇的人才。此时他不忍打断他说话，就这样盯着眼前这个年轻的小伙子，任由这个刚刚二十岁出头的人慢慢道来。

落下闳说完，突然觉得自己在将军面前是否太随便了，说得太多了，于是赶紧止住话头道："哦，对不起！将军，我说得太多了！请将军恕罪！"

可李息却对落下闳和善地道："你继续说下去。"

说实话，李息此时已经被落下闳的才气征服了，他还从未见过有哪一个这般年纪的人，有这样的学识与水平呢！

落下闳见李息将军如此客气，他似乎已不觉得面前这位李息将军就是雁门前线汉军的最高统帅。他觉得将军更像自己的父辈、兄长。于是，他将话锋一转，向李息将军问道："将军，我能问您一个问题吗？"

李息道："当然可以。你问吧！"

落下闳道："在人们的印象里，像您这样的将军，书房里应该全都是像《齐孙子》《吴孙子兵法》《六韬》《尉缭子》《司马法》这样的书籍啊！为什么将军却对天文历法、气象物候之类的书简这么感兴趣呢？"

李息道："农夫在田间地头耕耘，必须了解节气变化，根据时令要求播撒种子，移栽农苗，才能在秋黄时节有所收获。同样，军人行军打仗，必须熟悉了解战区内的雨雪风云变化，必须根据冬春夏秋气象的运行周期排兵布阵。在北部边疆与匈奴这样的强敌交手，在大漠草原这样的环境中，战斗经常在纵横几千里的地方进行，如果忽视外部环境中的气象变化，我们就很难掌握战场上的主动权。"

落下闳被李息将军的一席话深深地打动了，此时，他望着眼前这位被人誉为"才气过人，军中巨擘"的将军，眼里饱含着敬佩的神情。

李息道："可是，戈壁大漠里的天气，总是变幻莫测，让人难以捉摸。我们要想取得战斗的胜利，就必须更多、更深入地研究了解掌握漠北天象气候的变化节律，在战斗中尽量避免和减少风霜雪雨给大军带来的伤亡与损失。"

将军的一席话，使落下闳深受感动。他绝对想不到，这样一个威震敌胆的将军，为了保障战斗的胜利，对一些看似与打仗毫不相关的问题，想得却是这样的细，这样的深。这样一个铁骨铮铮的硬汉，在一副威猛刚毅的外表下面，内心对自己手下官兵的命运却是如此关爱。

当落下闳正在想着这些问题的时候，李息又对他说道："我书房里的这些书，如果你喜欢，尽可以来拿去看。不过这些书，你也不能白看！看了之后，你要把你的感悟心得，随时告知于我。这样有两个好处：一是这些书放着也是放着，多一个人喜欢看，喜欢读，总是好事，可以让这些书物尽其用；二是也可以让你很好地熟悉了解漠北地区特殊的气象，帮助我军掌握大漠变幻莫测的天气，使我们在与匈奴人的战斗中掌握更多的主动。"

落下闳道："将军的话，属下铭记在心了！"

落下闳没有想到，李息将军会将自己的书房，向他敞开大门。从这之后，一有空闲时间他就泡在李息将军的书房里。很快他就把一房间的书全都读了一个遍。读完这些书，他又对照着书上的一些东西观察着雁门关一带天上地下的一些细微变化，特别是对漠北的风云变化，他逐渐由表及里，有了更多了解。之后，他将这些观察与感悟认真地拟写一份文稿，呈送给了李息。李息看到落下闳这份关于漠北前线天象气候的文稿后非常高兴，特别是当他从面前这篇文稿的字里行间感受到落下闳那谨密的逻辑思维，看到文稿中许多翔实的数据时，他一边看一边禁不住拍案叫好。他心里在说：这个小伙子真的还不是那种只会说不会做的绣花枕头呢！他的脑子里确实是装着很多人所不能想象的东西啊！

每年九月，雁门关的天空上，总是可以看到浩浩荡荡的大雁从北方飞来。从白露开始一直到寒露，整整一个月，大雁不停地一直往南迁徙。

雁是冬候鸟。雁的种类，除了在一些地方经常看到的灰色大雁外，还有鸿雁、豆雁、黑雁、雪雁、斑头雁、白额雁、小白额雁、红胸黑雁等。由于雁的种类和繁殖地点不一样，生活习性也有差异，所以它们迁徙的路线也有所不同。每当秋冬季节，这些大雁就从老远老远的北方成群结队地向南飞迁。

俗话说："八月雁门开，雁儿脚下带霜来。"随着阵阵秋风至，树上的黄叶纷纷扬扬地落下，在地上刮起"沙沙沙"的响声。天，一天比一天冷；风，一天比一天大。雁门城的大街上，不见一个人影儿。随着冬天的到来，天上的雪花也渐渐地开始飘落下来了。

这一天，只见龚永安缩着头顶着凛冽的北风，一个人行走在冷冷清清的大街上。

他来到"喜来酒家"门前，掀开门帘拐了进去。

酒店内，几个军士正在那里喝酒海侃。一个满脸胡须的汉子，喝了一口酒后道："大漠的冬天，说变就变，刚才还是阳光普照，说不定一会儿就是飞沙走石，暴雪降临。而匈奴人世代生活在这样的环境中，他们早已经习惯了这种多变的恶劣气候环境。这些人从小生活在马背上，机动性很强，即使在气候条件十分恶劣的情况下，他们也有很强的生存能力。而我们汉军呢？大多数人长期生活在南方，对漠北这种严寒的气候环境难以适应。因此，对每一个来自南方的官兵来说，要想战胜强悍的匈奴人，必须首先战胜眼下正在渐渐临近的冰风雪雨。"

龚永安来到酒店柜台前，从怀中摸出一个小酒瓶和一枚小钱，对柜台里的人道："掌柜的，老规矩，灌满！"

酒店掌柜见又是这位个头瘦小的军士来照顾他的生意，态度十分殷勤，一会儿便将灌满的酒瓶拿过来，并招呼道："军爷，您的酒打好了！"

龚永安接过酒瓶，马上就往嘴里倒了一口，他回头望了望那几个正在海侃的人后，又跨出了酒店。

回到军营，夕季财见龚永安又是满嘴的酒气，就劝道："永安！看你整天喝得醉醺醺的，小心被将军发现，赏你二十军棍啊！"

一旁的庹峙富见夕季财又在数落龚永安，忙过来插在他俩中间道："你也别老是这样说他了，他这是以酒暖身啊！唉，这也难怪啊，眼看着天气一天比一天冷，可我堂堂汉军还穿着这一身夏天的行头啊！"

夕季财见庹峙富如此说，也附和道："唉，这也是啊！两个月前，朝廷就已经将给雁门前线的粮草补给发过来了。可押运粮草的这一拨人在过黄河之前，却遭遇不祥之灾，所有辎重物资在一场大火中全部化为灰烬。结果这些负责押运粮草的倒霉蛋，全被朝廷砍了脑袋。"

庹峙富道："唉，这些倒霉蛋可怜是可怜啊！可这下却害苦了我们这些身陷漠北的人啊！还不知道朝廷补救的粮草哪年哪月才能到雁门关啊！"

夕季财道："等着吧！这一下可就要等到猴年马月去了！"

龚永安此时无可奈何地道："唉，我也不想喝这寡酒啊！可是，我天生怕冷不怕热啊，冬天，对我来说就好像是地狱！我最怕过冬天的啊！"

龚永安的情况在前线的汉军中，并不是个别。在一天冷似一天的北部边塞，眼下汉军最大的敌人不是北边虎视眈眈的匈奴人，而是这冰天雪地的冬季。为祛除严寒对军士们的伤害，将领们觉得，最好的办法就是加大操练强度。这样既可以提高兵士们的单兵对抗水平，又可以强身健体，增强兵士们的抗寒能力。但这样做终究是不能解决根本问题的，随着北方冷空气的不断南下，未有冬装御寒的汉军，犹如掉进了一个巨大的冰窖里，每一个平常的时日，对他们来说都是一次严峻的考验。

寒冬腊月，草原上万物凋零，戈壁滩上可供牛羊食用的野草大都早已经枯黄了。

整整一个冬季，难得有几个晴好的日子，这种时候的漠北草原不管是对人、对牲畜来说，都是比较难捱的。而中原各地不仅物产种类较多，而且产品丰富，处于鼎盛时期的汉朝百姓们生活很是富足。中原人所拥有的一些生活必需品，匈奴人不仅不具有，而且他们所处的环境条件也不可能容许他们同中原人一样生产出品种繁多的必需品。因此，每一个匈奴人常常是在梦中都对中原地区百姓们拥有的诸多消费品垂涎三尺。为了满足自己这种与日俱增的欲望，他们便经常将各个部落的青壮汉子集中起来，每年秋季南下汉境，从手无寸铁的汉朝边民手中，用武力抢夺他们所需要的各种物资与财富。

自从汉军按照武帝的部署向北部边关增兵以来，匈奴人对边关城镇的烧杀抢夺有了一些收敛。可豺狼改变不了吃人的本性。匈奴人不敢在雁门关一带骚扰，便将自己的抢夺目标转移到他处，且利用自己机动性强的优势，采取长途奔袭的方式，对汉边境城镇进行突然袭击。一些匈奴骑兵往往会在你意想不到的某一个夜晚，突然降临汉朝的某一个边境城镇进行烧杀抢夺。而当汉军得到报警，赶往事发之地时，这些匈奴人早已干完坏事，跑得无影无踪了。

建元六年（公元前一三五年）九月下旬，有消息说：匈奴人不久将出动铁骑南下，对云中、定襄一带的边镇进行骚扰。李息得知这个消息后，一方面立马通过有关渠道核实情报的真伪，一方面又将情况迅速向朝廷报告，请求皇上降旨明示。

不久，匈奴内部的眼线反馈说：匈奴人准备偷袭的消息准确无误。李息一方面立即积极采取措施防范，另一方面又静候朝廷消息。李息心里明白，眼下大汉与匈奴的关系非常微妙，不久前，匈奴还向朝廷请求"和亲"，表示要友好相处，希望汉匈共同维护边境安宁，减少武装摩擦。因此，虽然最近朝廷一直往边境调兵，但这只是保护边民不受伤害、保护边镇安全的一种防范措施。

对匈奴到底是战是和，朝廷中一直有两种声音，而武帝一时也难以决断。想打，匈奴的军事实力确实不容小觑，如果不能完胜，势必产生更多后患；想和，面对匈奴这个言而无信、凶狠残忍的邻邦，长久地这么处下去，实在是一种耻辱，也是一种隐患。

为此，皇帝一方面向边境增兵加强防范，一方面又加强了对边镇用兵的管制，向各边关加派了像和见仁这样的监军御史，以此加强对边关军事统帅的制衡，防止边镇统帅们轻率对匈奴用兵，触发汉匈两国间更大的冲突。

可是，监军御史和见仁得知匈奴人将对云中、定襄骚扰的消息后，马上找到李息，要他率领雁门关的几千骑兵主动出击，对这股来犯的匈奴铁骑加以阻击。

面对和见仁这个要求，李息盯着他半天不吭声。他心中觉得：朝廷与匈奴目前并未正式开战，依我李息的个性，早就想主动出击，狠狠地与匈奴人近距离地干他几仗，杀杀匈奴人的嚣张气焰，但是，这样做不妥啊！

军队的主帅是整个部队的灵魂，愈是非常时刻，愈是要冷静清醒，切不可逞一时之勇，泄一时之愤。雁门关的部队出不出动，还必须听从朝廷的决断。

和见仁见李息半天不表态，便继续说道："据悉，这次匈奴人出动的人马不多，我们正好抓住这千载难逢的机会，给匈奴人一次有力的打击，也让匈奴人知道我大汉军队的厉害。"

李息听和见仁如此说，心里觉得：看来这个和见仁也是一个很容易冲动的人啊，他不属于那种沉得住气的人。但转念又想：据说这次匈奴人出动的人马是不太多，如果能趁其不备搞他一下，何尝不是一件很划算的事情呢？

和见仁建功心切，他认为眼下这个机会实属难得，如果成功重创了匈奴人，从此自己便可以成为大汉反击匈奴的第一英雄。如果不成功，"嘿嘿，军事统帅是他李息，打仗的事与他关系密切，这就与我和见仁没什么关系了"。

想到这里，和见仁再次对李息说道："李将军，我们尽管大胆出击，朝廷里的事你别担心，出了什么问题我负责向皇上解释。"

李息并不是那种胆小怕事的人，他早就想与匈奴人面对面地干，苦于朝廷一直没有明确态度，他一直克制着自己。现在听和见仁这么说，心想既然如此，那就借着这次机会与匈奴人正面接触一下吧。

这一天，天气看上去很好。李息首先自带两千骑兵，作为先头部队向雁门关西北面的云中奔袭。在行军几十里后，突然发现匈奴左贤王率领的一万余骑兵出现在自己正前方。对方一看李息身后所带兵马不多，自己的兵马是对方的好几倍，便立即指挥队伍对汉军合围过来。面对着漫山遍野的匈奴人，汉军兵士们个个吓得面如土色。大家心想：这一下肯定完了，面对强悍的匈奴人，今天的结局一定是一个"死"字了。可是，李息此时却仍然神态自若，他对紧跟在自己身后的范翼龙、范美凤、落下闳等人道："军人，只要将生死置之度外，就再也没有什么可以感到害怕的事情。两军相遇的时候，胜利只属于最勇敢的一方！现在我们必须要在对方立足未稳之前，给他们来一个下马威。范将军，你知道该怎么做吗？"

没待李息说完，范翼龙马上接过话头道："将军，您放心，我知道该怎么做。"

随即，范翼龙对一旁的落下闳、鄂贵泉、夕季财、庹峙富等人说道："大家听好了，都跟着我一起上！"

说着，范翼龙带着落下闳等人，率先拍马对着匈奴骑兵冲过去。一身戎装的范美凤也不示弱，一拍胯下的坐骑，紧跟着冲了出去。紧接着，一些汉军勇士也随即跟在他们的后面向前冲过去。这几十个汉军骑兵直穿正在排兵布阵的匈奴大军，随后范翼龙、范美凤、落下闳又各率一些汉军骑兵分别从其左右两翼突出来。面对这一小股汉军的突然举动，匈奴人一时没明白他们的意图，这些汉军就又回到了先前那块坡地上。

范翼龙跑到李息面前报告道："将军，匈奴人也不过如此而已呀！"

落下闳也道："是啊！匈奴人也没什么可怕的啊！"

汉军官兵目睹了刚才的情景，这才安下心来。

面对着渐渐合围过来的匈奴大军，李息要所有的汉军骑兵成圆形兵阵迎战。此时，双方用箭攻防，相互射击，箭如雨下。汉军将士在不断飞来的箭阵中，根本无法躲避。只见两千骑兵不断被对方的箭射倒，一些汉军将士的马浑身是箭，汉军的人、马身上流出的血，在将士们脚下流淌，殷红的鲜血洒满阵地。但是，在这种情况下，汉军将士们仍然顽强地抵抗，不让周围犹如蝼蚁的匈奴人靠近一步。随着战斗的进行，双方的伤亡都很惨重。在这样的消耗战中，在数量上不占优势的汉军，很快兵力已经折损了一半多，箭也快用完了，如果这样继续拼下去，最终的结局是可想而知的。为此，李息将军及时调整战术，他要求大家：拉满弓，对准敌人要害放箭，力争一箭毙命，决不放空箭！而他自己则在兵士们的护卫下用特制的大黄弩专射敌人的将军。

落下闳身上现在仅剩两支箭了，射完这两支箭他就不能参加战斗了。在这危急时刻，他突然灵机一动，跳下马来，将脚下一块脸盆大的石头搬到自己面前。龚永安一见落下闳的行动，顿时心领神会地来到他的身边。只见龚永安与落下闳同时将手掌举过头顶，一运气，他们的手掌就像两把砍刀一样向石头劈去。随着"咔咔咔"几声响，一眨眼的工夫，那块石头便在他们的手里变成一团裂开的小石块，成为几十个拳头大小的石子。

龚永安此时双手捡起两块拳头大小的石子，递到落下闳面前道："夏弘，现在是你大显身手的时候啊！快，照准那几个当官的狠狠地打！"

落下闳望着龚永安，听着他的这番话，没想到这个龚永安平时不怎么说话，可此时心里想的却与他完全是一个心思。于是落下闳接过龚永安递过来的石子，二话没说挥动着手臂，学着李息将军的样子，将这些石子专门向匈奴人的将领掷去。结果一颗石子击中一个匈奴人，个个命中要害。真是：石到之处，倒毙一人。一旁的范美凤见落下闳投掷出去的石子全无虚发，颗颗命中目标，便也跑过来学着落下闳的样子，捡起地上的石子向匈奴人狠命地砸过去，可是她的石子不仅没有击中一个匈奴人，而且连匈奴人阵营的边也没有触及。无奈，她只有学着龚永安的样子，一边给落下闳递着石子，一边为落下闳加油鼓劲。

就这样，落下闳更加来劲，越发勇猛地将更多的石块向敌人砸去，直打得匈奴人鬼哭狼嚎。

匈奴人眼见着自己的将领们转眼就倒下了好几个，顿时乱了进攻的阵形。他们急忙停止了进攻，转而拼命去保护自己的头领。

恰在这时，汉军的增援部队不断飞驰而来。匈奴人一看这阵势，赶快收拢队伍向大漠深处退去。

正是：

　　　　将军青睐好男儿，亦文亦武展才华。

第九章　强令突进遇暴雪
　　　　和某大漠无踪影

在李息的指挥下，汉军将士们以一当十，顽强地顶住了敌人的进攻，使匈奴人受到较大伤亡。但是，"杀敌三千，自损八百"，此役下来，李息所带的两千骑兵也折损不少。

战斗结束，草原上到处都是敌我双方倒毙的尸体。这些尸体足以使刚刚赶来的人，感觉到先前发生在这里的战斗是何等的惨烈。

但随着大部队赶来的监军御史和见仁对这一切却视而不见，他一到这里，便指着远去的匈奴人对李息质问道："为什么不乘胜追击？为什么？李将军，你回答我！"

经过刚才的激战，李息将军此时已是满脸鲜血，疲惫不堪地正坐在一块石头上喘气。他一听对方这样说话，便没好气地道："和大人，经过刚才的战斗，我两千多将士差一点全部为朝廷尽忠了，我们还怎么追击啊！"

和见仁见李息这样说，更加盛气凌人地道："李将军，你怎么这样说话？我大汉朝国运鼎盛，吾朝天子威震四海！乘胜追击溃逃的匈奴人，从而一举将其全歼，正是皇上所希望看到的结果！难道这些还要我来告诉你吗？"

李息明白这个监军御史的来历。这个和见仁是皇上身边的红人，朝廷委派这样的人来前线充当监军，就是来代替皇上监督前线官兵的。此时，和见仁一口一个皇上，如果与他顶撞下去，最终吃亏的还是自己。于是李息无奈地强撑起身来道："好！我们追！"

一旁的范翼龙、范美凤、落下闳目睹两人对话，都为李息将军抱不平。他们知道，在战场上，疲劳作战乃兵家大忌，如果一味地长途奔袭追击，后果必然凶多吉少。但连李息将军都拧不过这个和见仁，他们此时也就更不敢发声了。

李息见范翼龙、落下闳二人欲言又止的样子，似乎知道他俩想说什么，但面对这样一个对军事一窍不通，而又被朝廷授予实权的人，一切正确的意见都是没有用处的。此时，他无奈地对范翼龙道："传我命令，立即向着溃逃的匈奴军队，全速追击！"

军令如山。刚刚赶来的几千汉军骑兵立足未稳，便又向大漠深处飞驰。

可是，当他们追了不多久后，刚才还看到的匈奴大军，此时却像遁入地下一般，只见几个零星的人影子在那里四处奔逃。

匈奴国是由北方大漠里许多大小不同的氏族部落组成的。这些氏族部落"时大时小，别离分散"，"各分散居溪谷，自幼军长……"主要分布在东北亚草原上的喇木伦河、老哈河、色楞格河等流域和贝加尔湖以西，以及阴山南北一带。他们从小就在一种军事化管理的状态中生长，随水草而居，常年分散居住在草原的溪谷间、山川里。需要采取重大军事行动时，人们便会从四面八方聚集起来，形成一支人数众多的军队；不需要时，则又化整为零，分散回到不同的部落里。

眼下出现的就是这种情况。这种瞬间的变化，令汉军将士一时不知如何应对，整个追击的大军便在草原上停滞下来。尾随而至的和见仁一见大家停滞不前，又对李息咆哮道："怎么停止不前了？赶快向前追击啊！"

李息回过头来反问他道："和大人，这里什么也没有，你要我们向前追什么呢？"

和见仁听李息这样说，这才认真地四下看看后自语道："哎！什么也没有？怎么会什么也没有呢？刚才那么多的匈奴人跑哪里去了？"

过了一会儿他又道："分头搜索吧，寻找匈奴人的残余，一定要把他们消灭掉！"

分头寻找匈奴残余？在这茫茫的草原上谈何容易，何况汉军的兵力并不多，一旦对方喘过气来，重新聚齐更多的兵马，汉军现在的几千人马很容易被匈奴人一举歼灭。

就在刚才人们全力追击时，天上的云正在聚集，在人们的头顶上，最初出现的是一些薄薄的卷云，它仿佛给天空蒙上了一层白色的绸幕。随着这些卷云慢慢地向前推进，云层就显得越来越低，越来越厚，使刚才还有些许晴朗的天空一下子变得灰暗起来。

落下闳刚才与大家只顾一路狂奔，对天空这些云层的变化一点也没在意，眼下一见这些暗灰色的云块密密层层地布满了整个天空，心中不禁大吃一惊。他赶紧跑到李息将军面前禀报道："将军，大事不好，草原上的暴风雪很可能就要来了。"

和见仁见落下闳在这关键的时刻竟然说出这样的话来，立即对他呵斥道："你是何人？竟敢在此时说出这样蛊惑人心的话来？"

按理在监军御史与军事长官商议大军行动方向的时候，落下闳作为一个下级军士是不该插话的。但是天上正在聚集变化的云层，毕竟正在酝酿着一场对整个军队都存在着巨大影响的突变啊！落下闳看出了天空正在发生变化的云层所蕴含的危机，这个时候，他如果还保持沉默，那就是犯罪。

落下闳没有理睬对着他咆哮的和见仁。他手指着天上越来越密的云层对李息道："现在这些大片暗灰色的云层，正向我们头上聚集，当这些云层越积越多，越积越厚，一旦形成草原上的雹雨云层，铺天盖地的暴风雪也许很快就会降临了。"

和见仁见落下闳居然对他的话充耳不闻，更加上火了，便对他吼道："你竟敢在这里妖言惑众，动摇军心，我杀了你。"

说着，和见仁拔出身上的佩剑，向着落下闳刺过来。只见落下闳从容镇定，就只是这么轻轻一闪，便让对方扑了一个空。

面对发了疯一般的和见仁，李息大声地对他喝止道："和大人，休得鲁莽！"

李息看看天上的云层，再看看落下闳那自信而坚定的神色，觉得落下闳的判断很可能是正确的。熟知大漠风云变幻的匈奴人，也许就是预知有一场暴风雪即将来临，才统统遁入各自老巢躲避去了。现在几千汉军如果仍然在这荒无人烟的旷野里待着，一旦暴风雪降临，后果必将不堪设想。

眼下汉军唯一可行的就是：尽快撤离。

于是，李息以不容置疑的语气道："和大人，草原上的冰雪雹子马上就要来了，我军再不撤退，就晚了！"

和见仁听李息如此说，再抬头看看头顶上那越积越厚的云层，再无话可说了。

汉军急如星火地奔驰了上百里地后，眼下又要急速地掉头回撤，这样来回地折腾，即使人不困，马也乏了。

一支军队一旦解除了战斗状态，人们脑子里那根一直绷紧的弦一旦松弛下来，精神上便会处于完全的松懈状态。这时候人们对一些潜在威胁的感知，就显得麻木迟缓。眼下回撤的汉军就处于这种状态,尽管整个大军都在回撤,但是人们的行动并不像刚才那样急迫迅速。

一路上落下闳看在眼里急在心里,他在人群中找到李息道:"将军,我们必须加快回撤的速度啊!如果在大面积的暴风雪降临前,我们还没有撤回到安全地带,这对我军是非常危险的啊!"

越来越多的雪花纷纷扬扬地飘落下来,地上开始积雪,气温开始迅速下降。李息对塞北的情况是熟悉的,他看看阵阵刮来的北风,对面前的落下闳道:"你说得对!眼下我军最大的敌人不是匈奴人,而是这即将到来的暴风雪啊!"说着,他回头对范翼龙道:"范将军,立即传令全军,加快速度回撤,一定要赶在暴风雪到来之前,撤离这该死的地方!"

范翼龙高声应道:"是!将军!"

汉军将士们立刻振作了起来,纷纷扬鞭催马奋然前行。一时间草原上万马奔腾。

马蹄飞过,雪水四溅,人和马在由雪水织成的白色尘雾中若隐若现。

和见仁看见这越来越坏的天气,似乎也相信一场大的暴风雪可能马上就要来了,他也一路扬鞭,紧催战马,埋头狂奔。

李息见和见仁一路埋头狂奔,忙对着他喊道:"和大人,看清方向,不要乱跑!"

草原上已是一片银白色的世界,越刮越猛的西北风,将军旗吹得"哗啦啦"作响,只见一军士奋力地手擎着被狂风吹得东倒西歪的军旗,顶着暴雪催马前行。此时,狂风将地上的雪刮起来,使回撤的汉军似乎被一团巨大的白色烟幕包裹着,很难辨识方向。李息从这个军士手中抓过军旗,对跟上来的落下闳喊道:"你举着这面军旗到前面去,看清方向,引导大家撤离!"

落下闳接过军旗,看看眼前的情况,点点头道:"是!将军!"

落下闳一面将军旗高高举起,一面顶着呼啸的狂风对大家喊道:"弟兄们,跟着我来,看清方向,不要乱跑……"

不多时,像铅板一样的乌云,遮天盖地地压过来了。霎时间,这荒凉的草原上一片昏天黑地,周围的一切都被裹进风雪里了。狂风在身边呼啸而过,发出的那种刺耳的尖锐的声音足以使人感到惊慌失措,一些战马受到来势凶猛的暴风雪的惊吓,也显得狂躁不安,发出阵阵嘶鸣。

本来就比较瘦弱的龚永安怎能抵抗得了这严寒,经过这一天的征战奔袭,他的体能已经处于严重透支的状态。他昏昏沉沉地骑在马上,神智好像也有一些不太清醒，任由胯下的坐骑顺风而行。

龚永安竟一下子从马上栽了下来。本已受到惊吓的马，失去了主人的控制后，很快便消失在了暴风雪里了，而从马上跌落下来的龚永安也渐渐被飘落的雪花掩埋了起来。

当风雪中的人和马都不知道东西南北的时候，这些被风雪裹挟的汉军就只有一个选择——顺风而行。落下闳一见这种情况，立即策马冲过去，挡住那些已经跑错了方向的官兵，并用他已经嘶哑的嗓音高声向大家呼喊道："看清方向前进，不要顺风跑！"但是由于风太大，他的喊声几乎完全被狂风淹没。

在混乱的队伍里，落下闳突然发现夕季财、鄂贵泉、庹峙富几个人顶着狂风在跑，唯独不见龚永安，便急忙问道："三狗，怎么龚永安没与你们在一起啊！"

见落下闳提起龚永安，夕季财才发现刚才一直在一道走的龚永安不见了。"刚才还在啊！怎么现在不见了啊！"

落下闳见龚永安不见了，看看被暴风雪刮得一塌糊涂的人们，便将手中军旗递给夕季财道："你举着军旗往前面走，领着大家一直向正南方前进，我与庹峙富去找找龚永安……"

夕季财接过军旗道："好！你们也要注意安全啊……"

落下闳与庹峙富策马向后面的人群中寻去，一些人顶不住狂风的袭击，就又顺着风向跑了。落下闳便再次冲到这些人前面，向他们喊道："一定要盯着前面的军旗，一个接着一个往前走。如果顺着风向走，不仅永远不能到达安全地带，而且还有可能误入匈奴人的营地，成为匈奴人的俘虏，或者被他们消灭。"

黑夜渐渐降临，墨黑的夜色犹如蒙住了人们的眼睛一样，人们在几步之外便什么也看不清了。风雪一点也没有减弱的样子，落下闳的脸颊上、手背上、脊背上汗水和雪片凝成了一层冰片，可他仍咬紧牙关坚持在风雪中四处搜寻。他用已经完全嘶哑的嗓音拼命地一遍又一遍地呼喊着龚永安的名字：

"龚永安——龚永安你在哪里啊！"

落下闳希望在这漆黑的夜里能出现奇迹，发现龚永安的身影。

正在他焦急无奈的时候，突然一个微弱的声音传来：

"夏……弘……"这声音像是把头蒙在被窝里发出的一样。

尽管声音很小、很弱，落下闳仍然对它十分熟悉。庹峙富也十分兴奋地道："是龚永安的声音！"

落下闳立刻喊道:"龚永安,你在哪儿?"

"我在这儿啊!"

落下闳、庹峙富循着声音,定睛一看,就在距他俩不远的地方,龚永安像一袋沙子一样躺卧在那里。他俩急忙跑过去扒掉堆在他身上的积雪,将他从雪堆里拉起来,扶上马背。

一路上落下闳驮着龚永安往回跑,他一边跑一边安慰鼓励着身后这个与他同生死共患难的同乡兄弟。可是此时依附在他背上的龚永安犹如一块冰坨子,一点热气也没有,整个人奄奄一息,命如游丝。

龚永安依附在落下闳的背上,此时,他的魂魄似乎正在一点一点地离开他的身躯,向天外飞去。耳边那些呼啸而去的狂风,他仿佛一点也感觉不到了,现在他唯一能听到的似乎只有当初他迎娶媳妇时,那悠悠扬扬充满无限喜悦的具有浓厚巴郡地方特色的唢呐声。

龚永安是一个平凡得实在不能再平凡的青年,在他二十年的生命旅程中,实在没有什么能够引起旁人关注,或让自己感到自豪的事情。但是,他当初的新婚仪式却让人们津津乐道了很长时间。由于这个新婚仪式是桥楼滩一带的人们严格按照当时官府倡导的形式举办的,在他之后,桥楼滩一带的乡民们都纷纷依葫芦画瓢,比照他的例子举办新婚仪式,一时间龚永安的大名也在阆中城乡广为人知。龚永安个头不高,也没什么过人之处,但他的媳妇莲香却长得又白又美。在那一次婚礼上,人们见识了龚永安漂亮的媳妇莲香后,都说这两个人不相配,在一起不合适。可就是这样一个美丽的女孩儿,却心甘情愿地做了龚家的媳妇,给龚永安当了老婆。每每想起自己家中漂亮温柔的媳妇莲香,睡梦中的龚永安常常都会开心地笑出声来。

来到雁门关不久,龚永安得知莲香怀孕了,可能过不了多久就会给他生下一个健康可爱的孩子来。媳妇在家对公公婆婆十分地孝顺。龚永安一天到晚心里都是美滋滋的,也体会到了从未有过的满足。他逢人便骄傲地告知人家:我龚永安马上就是要当爸爸的人了!此时,他的心里常常怀着这样一个念头:为了自己父母、媳妇、孩子的安宁生活,自己作为一个男人有责任、有义务同大家一起,在朝廷需要的时候,站到最前沿去阻击来犯的敌人。因此,面对着野蛮的匈奴人,在战斗中龚永安从来就没有一点惧怕的感觉。他觉得即使自己在战斗中"不在了",也是值得的、无憾的。正是这样,看似平凡、瘦弱的龚永安在同伴们中间也赢得了尊重。

落下闳小心翼翼地背负着奄奄一息的龚永安,奋力前行,他觉得,只要回到了雁门关营地，一切都会好的。可是，此时龚永安的生命却像那一截燃烧殆尽的蜡烛，火苗正慢慢地变得越来越小。他的魂魄似乎正在渐渐地无可挽回地向远处飞去，飞向那遥远的地处巴郡阆中的蟠龙山麓中的落阳旮……

第二天接近中午时分，风还在继续刮着，但雪原、丘陵的轮廓已经显现出来。李息将军所率领的几千人马与暴风雪搏斗了一夜，才终于看到了自己的营地。几乎耗尽最后一点力气的将士们陆续地回到自己的营区驻地。

看到了营地，就是看到了希望。回到营地，这一天一夜噩梦般的征战也就结束了。

落下闳一边紧催战马，一边兴奋地道："龚永安，坚持，再坚持一会儿。你看，我们已经可以看到自己的营地了！你看哪！我们已经到家了啊！"

可是，任凭落下闳怎么喊，怎么说，龚永安一点反应也没有。落下闳似乎感觉有点不对劲儿，忙侧身来看身后这个人，结果龚永安的整个身子竟再一次从马背上栽了下去。

龚永安早已没了呼吸。落下闳跳下马来将龚永安抱起，大声地呼喊着："龚永安，你醒醒！你醒醒啊——"

一直跟随在落下闳身后的庾峙富，也跳下马，冲过来对着龚永安喊道："龚永安，你不能走，你不能走啊——"

风仍然没有完全停息，雪还在下个不停。一些还未归来的汉军将士还在风雪中顽强地挣扎着前行。在汉军的归途中，远远近近一路都有倒下的将士，随着纷纷扬扬的雪花飘落，最后，这些将士都被大雪掩埋了。

在雁门关的将军行辕里，望着渐渐停息的风雪，李息将军在等待着消息。几天了，还未见到监军御史和见仁归来。已经派出几批次人马返回草原搜寻，带回的都是坏消息，这个和见仁像是人间蒸发了一般，既未见到活人，也未见到死尸。

李息在将军行辕的书屋里，站在窗前望着纷纷扬扬的雪花，心中很不平静。在大汉的北疆与匈奴交界的这一带，一年时间里降水很少，寒暑变化剧烈。冬季寒冷而漫长，夏季温热而短暂，许多地区仅有一个月左右夏季，部分地区根本就没有夏季。在匈奴一侧，越往北，气候变化越是难以捉摸。此时，李息走到书桌前，随手翻看着桌上的《夏小正》与《颛顼历》这些书简，他企图从这些历书中找到关于气象变化的一丝答案。

可是他马上就失望了，不管是《夏小正》还是《颛顼历》，都不可能有一个明确的答案来明白无误地告诉任何人，何时何地的气象将发生怎样的变化。

何况这些前朝人编写的历书已经过去很长时间了，一些时令节气不仅存在很多明显的错漏，而且，人们在编制这些历书时，主要是以中原地区的天象物候的变化情况为依据的，压根儿就没有涵盖这漠北的气象变化情况。想到这里，李息将军只有失望地掩上已经翻开的书简。

李息将军此时的情绪十分沮丧，他就这样不停地在大帐里走过去走过来。这次他率领汉军出动的诸多细节，像梦一样在他的脑子里一一呈现出来。此时，一个汉军将士的身影越来越清晰地在他眼前浮现出来，哦，这个人不就是那个来自巴郡阆中名叫落下闳的军士吗？

对，就是这个落下闳！在这一次的战斗中，作为一个小小的什长，从头至尾他表现得是那样的活跃、机灵。这时，他觉得自己眼前仿佛出现了一抹明亮的色彩，心里顿时充满了连日来少有的畅快。

他突然觉得，这个落下闳似乎是上天赏赐给他的一个宝贝。为什么不将这小子破格重用起来呢？虽然落下闳这小子目前仅仅是一个手下只有十多个人的什长，人微位低，几乎没有人将他放在眼里，但是这小子身怀绝技，脑子睿智明白，才学出类拔萃，特别是他对风云天象的敏锐感知更是无人能及。来到北部边疆不到两年时间，落下闳便迅速了解熟悉了这里的季节气候变化常识，对大漠里风云雷电来去的运行节律，他似乎比任何人都知道得多一些。这一次若不是落下闳在暴风雪来临之前适时地发出警告，说不定几千汉军此时早已经全部葬身在这一场突如其来的暴风雪里了。

李息陡然觉得，落下闳这小子是雁门关军中一个不可多得的人才，适当的时候是应该将他放在合适的地方加以提拔重用才好。

正是：

钦差擅权入歧途，暴雪肆虐汉军哭。

第十章　奇思兴利革旧弊
　　　　遭人诬陷要处斩

　　汉军遭受如此重创，人们的心里都不好受。龚永安的离去对落下闳来说也是一个不小的打击。虽然在战场上死人的事不可避免，但龚永安与他是同乡，俩人是在同一个村落长大的伙伴，曾经朝夕相处的兄弟，那么鲜活的一个人，转眼间就没了，让人一下子很难接受。

　　人的生命真是太脆弱了，特别是在战场上，脆弱的生命，犹如一张薄薄的纸片，丢在火盆里，转眼就化为灰烬了。

　　当然落下闳也清楚，在与匈奴人的对决中，流血与牺牲是避免不了的。可是，能否在战斗中，以较少的流血与牺牲，取得战斗的胜利呢？

　　匈奴与汉朝相比，虽然国土面积辽阔，但人口与物产却不如汉朝一个郡。人们长期生活在戈壁大漠，劳动力匮乏，物产十分贫瘠。主要产业——游牧业，受自然环境影响，长期呈现出生产落后、效率低下的状况。在战斗中，它唯一有优势的就是它的骑兵部队。匈奴人在马背上长大，从小就开始骑马作战，他们组成的骑兵是周边几个大国中机动性最高，反应最迅速、最敏捷，最具攻击力的军队。汉军对匈奴的反击，战斗大多在戈壁滩进行，匈奴军队必占据天时地利。而汉军将士大部分来自中原各地，北部大漠对汉军来说是一个完全陌生的环境。要打赢与匈奴人的战争，就要尽可能地克敌之长，补己之短。

　　这一次与匈奴人的遭遇，汉军几千人马非死即伤，最后安全返回营地的人大多受到严寒的伤害。此时，往日生气勃勃的军营里，到处都是一些手脚裹着绷带亟待痊愈的人。

　　这一天是一个难得的好天气，冬日的阳光洒满营区内外。鄂贵泉拄着拐杖从屋里出来，望着这充满暖意的阳光。他在门口坐下后，又用手去不停地挠着发痒的脚趾。他的动作刚好被从屋里走出来的庾峙富看到。

庹峙富便对他说道:"冻伤的脚趾发痒,说明伤口正在愈合,这个时候你老是用手去挠它,会影响伤口恢复的。正确的做法是,用手轻轻地去揉搓周边的皮肤,这样做可以帮助腿部的血液流动,帮助你脚趾的伤口尽快愈合,知道吗?"

庹峙富一边说一边蹲下来给他示范。鄂贵泉感受着对方轻柔的动作,心里着实非常感动,但他却用调侃的语调道:"嘿嘿,还真看不出来,我们的铁匠兄弟这手,还真的像个大姑娘的手啊,这么柔软舒服啊!"

庹峙富一听他这么说,忙将他的腿一推道:"去,不看在你这冻伤的脚趾上,我才懒得管你呢!"

庹峙富这个动作可能稍稍有点猛,碰到了对方的伤口,鄂贵泉急忙大叫起来:"哎哟!哎——哟!我的脚趾呀!"

此时,已调至兵车营担任什长的夕季财听到鄂贵泉的叫声,从屋里走出来,看到鄂贵泉疼痛难忍的样子,知道刚才庹峙富可能真的手重了一些,便关切地道:"怎么?真的有那么疼吗?不过也好,这让你也长点记性,今后好管住你这张嘴!"

鄂贵泉似乎有点不服气地道:"开开玩笑嘛,何必这么认真呢!"

夕季财笑笑道:"我还有事走了,夏弘还在等我呢。"

庹峙富看着夕季财来去匆匆的样子,问道:"看你与夏弘整天神秘兮兮的样子,你们到底在搞什么啊?"

夕季财手里拿着一支木条尺子,一边急匆匆地向营门外走去,一边回头对他们说道:"夏弘告诫说:这个事情,现在还不好说的。"

鄂贵泉知道夕季财刚调到了兵车营担任什长,正在兴头上,对他的话没有在意。他抚摸着自己的腿又叹道:"唉,这下我真的惨了,我这两个脚趾真的没救了啊!好几天来,它一点知觉也没有哇!"

庹峙富对夕季财的话疑惑不解,他盯着夕季财远去的身影,一脸茫然的神情。鄂贵泉的叫声,又让他转过身来。他看着鄂贵泉道:

"你还算好,很多人手脚都冻没了,成了终身残疾。终身残疾你知道吗?那就再也上不了战场了啊!"

鄂贵泉听了这话有些不服气地道:"哎哟!你说我们几个人,你们都是好好的,怎么就我的腿脚成了这个样子呢?我怎么这么倒霉啊!"

庹峙富道:"一开始就叫你多用手去搓这些冻伤的脚趾、手指,你就不听啊,现在后悔也晚了。"

这时夕季财找到落下闳，随即二人拐进一个堆放木料的工棚，在一堆看似无用的材料里翻找着一些有用的东西。

与一般年纪的人比起来，落下闳这样的人确实极为少见。来到雁门这两年，这怪异的气候常常使他感到困惑。他之前所接触到的一些天象物候知识，显然不能涵盖这里的情况；曾经接触的典籍中也并未见到涉及塞北的相关记录。要认真摸透这大漠的风霜雨雪来去的规律，在短时间内显然是一件非常困难的事情。就说在野外行军打仗怎样辨识东南西北这个最基本的问题吧，原来以为白天看日出日落，阴雨天查看野外草木的生长情况，就可以得出比较准确的答案，但在茫茫大漠遇上狂风暴雪，霎时间天昏地暗，天地浑然一体，成了一片黑咕隆咚的世界，不要说观察草木的生长情况，就连一起行走的同伴的眉眼都看不清楚了，你还怎么来辨识哪是东西，哪是南北呢？

正是如此，这次遭遇突如其来的暴风雪之后，落下闳心里突然产生了很多奇异的想法。每天夜晚在睡梦中，他的脑子里总是萦绕着各种一时理不清想不明的头绪。在很长的时间里，他的眼前总是浮现出数千汉军将士在那一场突然而至的暴风雪中无奈又无助的神情，在漆黑一团的草原上数千手持刀、枪、剑、戟的汉军将士们相互碰撞乱作一团的情景。他的耳边总是在回响着暴风雪中狂风尖锐的呼啸、失控的战马引颈仰天嘶鸣的叫声、在遮天蔽日的漫天飞雪中人们相互呼唤的吼叫。这些东西长久地出现在他的眼前，塞满他的头脑，使他慢慢地觉得：自己是否可以做点什么，再次遇到这种情况的时候，帮助大家摆脱困扰呢？

渐渐地，落下闳将目光停留在军中利器——战车上。连日来，落下闳总是盯着战车出神，他极力开动着自己的大脑思索着，他觉得可以对战车的某些部位加以改进，以此让战车在今后的战役中发挥更大的作用。

在战场上，胜败是兵家常事。而对于一支训练有素的军队来说，做到胜不骄，败不馁，是其最基本的特质。这次战斗失利在全军将士心中留下了些许阴影，眼下军士们最需要做的就是消除阴影，振作精神，随时准备投入新的战斗。而对于一个指挥官来说，却是要认真找出失利的原因，以避免在今后的战斗中重蹈覆辙。

这一天李息将军与范翼龙在一起交谈，话题自然又离不开对这次战斗的反省。

李息道："古人云：'文官死谏，武官死战，国之幸也。'为了国家兴亡安危，以死上谏君王，是文官的职责；而当战争发生，战死沙场，为国捐躯，是武官的最高境界。作为一个军人，我为朝廷戍边已二十多年，我的生命早已不属于自己了。但是，我自己不怕死，并不意味着可以不爱惜、不珍惜每一个士兵的生命。与匈奴交手，我军必须以己之长，克敌之短。这样我们才能牢牢掌握战场上的主动权，将战斗的伤亡降到最低。"

范翼龙道："是啊，'知彼知己，百战不殆'。在戈壁大漠作战，我军将士本身就存在'水土不服'的问题，再加之监军御史的瞎指挥，导致我军错误地盲目深入大漠腹地……最后出现诸多预料之外的情况也就难以避免了。"

李息听范翼龙又说起监军御史来，脸上突然流露出一种难以言状的神情，虽然这种神情转瞬即逝，让人难以察觉，但是范翼龙似乎还是能够感觉到李息此时的心情。

于是范翼龙又接着说道："像和见仁这种人，长期出入宫廷，一个大内宫人，从来没在军队待过，没有一次实战的经历，可对军队里的大事小事他都要管，都要插手……"

李息道："唉！这个和见仁是皇上身边的红人！皇上信任他，胜过信任我们。所以，他的话，有时候明知是错的，也不得不听啊！"

范翼龙十分理解对方的话，因此也郁郁地说道："唉，皇上这样做，在战斗中，我军怎么能不出现这些不必要的伤亡呢？"

说到这里，李息才猛然想起，和见仁在战场失踪，至今不知是死是活，这些情况应该尽快让幕僚撰写一份文书上报皇上才对，毕竟他是朝廷派来的钦差大臣啊！

和见仁在暴风雪中失踪久未归来，军中监察官邢置对此很是失落。

自和见仁作为监军御史来到雁门关后，邢置与和见仁一直就走得特别近，二人成天打得火热。毕竟和见仁是皇上身边的人，是从皇城根下来的，靠近和见仁就是靠近朝廷，就距离皇上更近一些，自己今后升官发财的机会肯定也会更多一些。为此，和见仁来到雁门关的这几个月，邢置总是屁颠屁颠地跟在和见仁的左右，无论大事小事，只要和见仁鼻子里哼一声，他总是跑在最前面。他天天陪着和见仁吃喝玩乐，从不吝惜自己腰包里的钱。

眼下和见仁就这样悄无声息地消失了，这让邢置一时很难接受。他之前在和见仁身上的投入打了水漂，他的如意算盘落空了。他越想就越不是滋味，从椅子上腾地一下站起来，对着一旁的桌子一脚踢去。他心中实在感到憋屈得要死，他真是恨不得与谁打一架来出出自己心中这口闷气！

正在这时，突然门口闪进一个人来。来人系他手下的兵卒。只见此人进来后警惕地向四周瞅了一眼,见确实没有外人,便凑到邢置耳边神秘兮兮地对他说着什么。邢置一听对方说的情况,一下子变得十分警觉,道:"你说的是真的吗?"

兵卒道:"千真万确啊!"

邢置道:"你干得好!继续给我盯紧这两个人,一定要人赃俱获,将这件事坐实!抓他们个现行!"

邢置说着,兵卒不断机械地点头应承着道:"好好好!一定要将它坐实!抓他们个现行!"

话说李息这天与范翼龙交谈后,就接到刘彻的秘密诏令,动身返回长安去了。

临行前,李息将雁门关的日常管理全权交付给了副将颜赟与范翼龙二人。此后很长一段时间,人们在雁门关营地就再也没看见李息将军的影子了。

而恰在这个时候,落下闳改装战车的诸多设想,经过一段时间的精心准备,可以付诸实施了。他给战车设计制作了一套全新的传动装置,正急着想找一辆战车来,作拆卸改装的尝试。

由于心里没底,落下闳不知道自己的这些设想能否行得通,便不想张扬,也不愿向长官呈报。他想偷偷地找一辆战车来,私下进行自己的尝试。

这天,落下闳来到夕季财所在的兵车营,围着一辆战车左看右瞧,他俩一会儿蹲在地上对着战车的车轱辘左比右划,一会儿又站起身来量比着车身的高度与长度。

夕季财看着落下闳那个样子,不禁用怀疑的口吻问道:"夏弘,你的这个想法好是好,可是凭着车轱辘的转动就可以让车上的指示箭头始终指向一个方向,这也太玄乎了吧?"

落下闳一听对方如此说,便道:"你不知道吧,早在远古黄帝时期,古人就曾造出过一种可以明示方向的车子。据说当时黄帝就曾凭着它在大雾弥漫的战场上指示方向,战胜了蚩尤。周文王时,来访的南方越棠氏人因为回国迷了路,周文王也是用这种可以指示方向的车子,护送越棠氏使臣顺利返回故国的。"

随后,落下闳指着面前这辆战车又耐心地向对方讲解道:"你看这每一辆战车都有左右两个或四个巨大的车轮是吧?"

夕季财认真地盯着对方道:"是啊,没有车轮,那就不是车了嘛!"

落下闳没管对方怎样怀疑,仍然对他讲道:"车轮不停地转动,驱动战车不停地前进。这样我们可以借助车轮产生的动力,在车上设置一套可以自己离合的转动机件。当战车行进中偏离了设置的方向……哦,这个方向就设置为正南方向吧。"

夕季财马上赞成地说道:"正南方向好!匈奴居北,我朝居南,就设置为正南方向。"

落下闳道:"当战车行进中偏离了正南方向,向东(左)转弯时,东辕前端向左移动,而后端向右(向西)移动,即将右侧传动齿轮放落,使车轮的转动能带动车上的指针下方的大齿轮向右转动,恰好抵消车辆向左转弯的影响,使战车上的指示箭头仍然指向南方。"

夕季财似乎听懂了他的话,也学着落下闳的样子,向相反的方向比画着道:"哦,反过来说:当战车向西(右)转弯时,则左侧的传动齿轮放落下来,使大齿轮向左转动,以抵消车子右转的影响……"

落下闳见夕季财听懂了自己的话,脸上露出微笑,继续说道:"对啊!我这一说,你就懂了,真不愧是咱大象山学堂出来的秀才郎啊!"

夕季财也笑着道:"别夸我!我不是在向你学嘛!"

落下闳道:"好,我们继续往下说。当战车向正前方行进时,由于车轮与齿轮呈分离状态,战车上的指示箭头所指的方向便不会受车轮转动的影响。这样,不管战车的运动方向是东西,还是南北,或不断变化,战车上的指针将始终指向南方,从而起着指引方向的作用。"

夕季财听完他的设想,不禁大为赞叹地道:"啊!我的个妈呀!你这个设想简直是太绝妙了啊!"

落下闳一听夕季财这样说,立即纠正道:"哎哎,这可不是我的发明啊!我刚才也说了这样的车子古人就有过的哟!"

夕季财不待落下闳解释,又道:"就算古人有过,那不都是很久很久以前的事情,早已不知道是怎么一回事了吗?谁知道到底怎么做呢?你做的这个传动装置不都是你自己独立设计完成的吗?嗨!有了这样的战车,今后与匈奴打仗,就再也不会在戈壁大漠中迷失方向了啊!"

落下闳听对方这样说,也非常高兴地道:"是的!如果我们的战车具有在戈壁大漠中辨识方向的功能,我们在与匈奴人的战斗中就有了更多获取胜利的保障!"

夕季财道:"是呀!原来一辆普通的战车,装上了你这个传动装置以后,就变成了可以指示方向的新型战车!这真是太好了!"

落下闳高兴地道:"对!这样的战车是完全不同于以前的战车的。"

二人一时很是兴奋,仿佛一辆能指示方向的战车已经出现在了他们面前一样。

夕季财不等落下闳再说什么,急忙将这辆战车掀起来,动手就去拆卸战车的车轮。就在他俩干得正欢的时候,突然从一旁闯来几个全副武装的汉军士卒,对他俩凶神恶煞地厉声呵斥道:"住手!不许乱动!高举双手!"

落下闳、夕季财一时愣在那里,没回过神来。

这些士卒一脸严肃,怒目相视,再次对他俩高声呵斥道:"说你俩啊!还愣着干什么?!"

此时,阴沉着面容的邢置走过来对他俩道:"你们两个在这里鬼鬼祟祟地干什么?毁损军事装备,破坏军中战斗器械!知道这是什么行为吗?这可是杀头之罪啊!难道你们不知道这里是雁门关最前线?!难道不知道毁损的这些战车,是大军与匈奴人浴血战斗最重要的武器装备吗?"

落下闳一听对方这么说一下子急了,连忙站起来申辩道:"我们没有……"

还没有待落下闳将话讲完,就在他站起来的那一刻,后面一个虎背熊腰的大个军士一军棍便打了过来。落下闳"哎哟"大叫一声,他手捂着的臂膀处一股殷红的鲜血也慢慢地渗透了出来。

此时,邢置转过头来道:"你没有?老实告诉你,你们两人的行为,我们已经注意很久了!"

夕季财见此状况,也面对着邢置申辩道:"长官,不能这样冤枉人啊!我们怎么会搞什么破坏呢?"

没等夕季财说完,一直阴沉着脸的邢置走过去,夺过旁边一军士手中的军棍就朝夕季财头上砸去道:"抓了个现行,人证物证俱在!还敢狡辩!"

由于出手太狠,下手太重,只见头上鲜血长流的夕季财两眼一黑,便晕倒在地上。

汉朝时,朝廷对各级官吏的监管异常严格,对军队的监管也一样严苛。当时,刘彻制定的监管法规称为"六条问事",是中国最早的系统性监察法规,是行使监管权的法律依据。朝廷选拔任用的各级监察官吏一般都铁面无私、疾恶如仇、不畏权贵。

邢置一看夕季财倒下了,一点也不怜悯,随即对身边的几个随从喊道:"将这两个匈奴奸细关起来,报告将军准备问斩!"

这时身边的随从提醒他道:"长官,李息将军好像最近不在雁门关啊!"

邢置自负地道:"主帅不在,不是还有颜赟副帅吗?"

说着几个人将落下闳提起来押下去,晕倒的夕季财不能自己行走,便由两个军士一左一右抬着送到关押室。

落下闳、夕季财被视为匈奴奸细逮了个现行,已被抓捕候审,可能问斩一事,一时间在军中传得沸沸扬扬。

当范翼龙知道事情的原委之后,异常震惊。落下闳、夕季财怎么可能是奸细呢?这不是胡闹吗!可当范翼龙急匆匆地来到将军营帐,找到雁门关前线临时主事的副帅颜赟要求释放落下闳二人时,却遭到颜赟的严词拒绝。

范翼龙认真地对其说道:"颜将军!落下闳、夕季财二人都是从小接受朝廷恩惠润泽长大的娃娃,他们当年在阆中官府学堂读书的时候,我经常与他们在一起,这两个人是我看着长大的,他们俩怎么会是匈奴奸细呢?"

颜赟听了范翼龙的话不以为然地道:"范将军可不要被一些假象迷惑了双眼。不说雁门关处于汉匈军事对峙的最前沿,匈奴奸细无处不在,即使按照朝廷律法,你我也无权干涉军中监察官履行职责。即使朝中的皇亲国戚犯了死罪,不也是要按照律法砍脑袋的吗?"

范翼龙当然知道颜赟说的是刘彻诛杀亲外甥加女婿昭平君的事。

昭平君系刘彻的亲妹妹隆虑公主的儿子,后来与刘彻的女儿夷安公主结为夫妻。这虽不符合近亲不得结婚的法意,且会影响后代的健康,但当时人们显然不懂这些道理,也就乐于"亲上加亲,喜上加喜"了。可是,昭平君仗着自己出身皇族,平时骄纵蛮横,经常惹是生非,常常使隆虑公主处于担惊受怕、提心吊胆的状态中。隆虑公主身弱体虚,常年处于病痛之中。临终之时,刘彻前来探望她,隆虑公主即以黄金千两以及万贯家财为昭平君预赎死罪。

"赎",是西汉朝廷诉讼法的一项重要规定。举凡达官贵人犯了罪,除有特别规定外,都可以金钱赎抵罪刑。隆虑公主的请求自然得到了刘彻的同意。

后来昭平君真的犯了死罪,廷尉将判决结果呈报刘彻审议。当时,人们都劝刘彻要信守自己对妹妹隆虑公主的承诺,动用赦免权免除昭平君的死罪。但是,太中大夫东方朔则力陈在律法面前一视同仁的大义,最后,刘彻不得不亲自批准诛杀了昭平君。

刘彻严格依照律法惩处了亲外甥加女婿昭平君,一时震动朝野,从此,再也没有人敢将朝廷的律法当儿戏了。因此,面对邢置平时的所作所为,颜赟也不愿意轻易说三道四。

此时,颜赟又道:"要知道这两个人可是军中监察官在现场抓获的,人赃俱获，这还有什么可说的呢？"

范翼龙听对方这样说，一时语塞，便只有无奈地道："将军啊！说其他人是奸细，我也无话可说，可说这两个人是奸细，打死我也难以相信呀！"

颜赟见范翼龙这样说，似乎有一些不耐烦，道："好了！范将军，作为一个身处抗匈前线的军人，可不能像一个妇道人家那样对潜在的敌人有半点仁慈之心啊！再说了，监察官依据朝廷'六条问事'办事，你我也是无权干预的！"

颜赟说的，也有道理。朝廷的"六条问事"规定严明，负责监管的官吏按程序办案时，其他人员是不能插手干涉的。

在范翼龙与颜赟交涉的时候，落下闳、夕季财正在监察官的审讯房里，遭到严刑拷问。

范翼龙从颜赟那儿出来，路过监察官审讯房时，从那两间房里传出来的阵阵哀号声，让他顿觉心如刀绞。

在一间阴暗潮湿的审讯房内，两个彪形军士正在提审夕季财。

夕季财被捆绑在一张椅子上，头部已有伤痛的他早已是浑身血迹，气息奄奄。此时，夕季财脑袋低垂，面对着严刑逼供，唯一能做的就是在疼痛难忍发出号叫。

在另一间光线暗淡的审讯房内，落下闳被捆绑在房内的一根柱子上，邢置正指使着两个同样腰圆膀粗的军士对落下闳用刑。

只见那个大个军士一边挥舞着皮鞭一边厉声喝问道："说！你是不是匈奴的奸细？！"

面对如此逼供，落下闳说什么对方也听不进去。已被对方打得皮开肉绽的落下闳忍着疼痛，只好艰难地一次又一次地申辩道："我不是奸细！我不是奸细！"

邢置听落下闳始终重复地说着这一句话，显得很不耐烦，便道："落下闳你真是不见棺材不掉泪啊！这时候你还这么嘴硬！你不是匈奴人的奸细，你为什么要破坏军中的战车呢？你为什么要毁损前线军队的战斗装备呢？"

正在这时，另一边提审夕季财的军士兴冲冲地走进来，面露喜色地对邢置道："长官，那小子自己招了！您看这是他的供词！"

这位军士将一张白色绢帛递到邢置面前，只见这张血迹斑斑的所谓供词上，密密麻麻地书写着一些并不太清晰的文字，最重要的是在文字的下方，标记罪犯名字的地方，重重地印着夕季财一个硕大、血红的手印。

仅从这张满是污迹的供词来看，邢置心中完全明白，这绝非夕季财心甘情愿地认罪伏法。没有外部的强大压力，没有他手下的严刑拷打，夕季财怎么会自己去按下这个决定自己生死的手印呢！

但邢置已经管不了这么多了，只要有了夕季财这个手印，就足以表明罪犯本人已经供认不讳，完全认罪伏法了。邢置也就可以合理合法地为其定罪，并对罪犯本人及其同伙加以严厉制裁了。

邢置拿着这张所谓供词得意扬扬地来到落下闳面前道："你看看，你不招，你的同伙已经招了啊！就凭这个白底黑字的供词也照样可以定你的死罪！你这个落下闳啊！都说你是个聪明人，我看你一点也不聪明！你这样冥顽不化，死硬对抗，又将罪加一等！这一回你可是死定了啊！"

落下闳艰难地从半昏迷的状态中，睁开眼睛，无奈地看着对方。

邢置来到隔壁审讯房内，他手里拿着那份供词得意忘形地来到夕季财的面前说道："小子，你是个聪明人，俗话说'长痛不如短痛'。你做得好，这样大家都省事，这多好啊！"

一个兵卒提着一个装有饭菜的提篮走进来，将一些好酒好菜摆在夕季财面前。

邢置道："你也有两天没吃东西了吧？这些好酒好菜快吃吧，吃好了，喝好了，我送你们两个上路的时间也就到了！"

夕季财一听此话，顿时异常暴怒地道："你这混账狗官，陷害忠良，枉杀无辜，不得好死！"

夕季财说完，飞起一脚，将刚刚摆在面前的那些好酒好菜踢得老远。

落下闳想为战车设置一套传动装置，借用战车轮子的动力，带动齿轮自如离合，进而为其指引正确方向，这是多么好的一个想法呀！可是落下闳事前并没有将自己要做的事正式地向将军报告，仅仅是私下里向范翼龙将军说了一下，却并没说要怎样付诸实施。

当时，范翼龙只觉得他的想法太大胆、太离奇了。他虽然知道落下闳确实是一个与众不同的人，但在机械传动原理方面，范翼龙弄不明白，不太清楚，他也不了解落下闳到底是什么水平。因此，范翼龙也没有将落下闳准备要做的事情放在心上。

眼下当范翼龙看到落下闳因改装战车的事为自己带来如此大难时，他觉得即使有天大的困难，自己也要帮助落下闳逃过这一劫。他觉得，此时此刻只有自己才能协助落下闳洗清"匈奴奸细"这一罪名。

范翼龙认为，自己的这些企望不是没有可能的，李息将军是雁门关的最高长官，只要李息将军归来，落下闳的"匈奴奸细案"一定有反转的可能。

正是：

匈奴奸细罪名至，命悬一线盼反转。

第十章 奇思兴利革旧弊 遭人诬陷要处斩

第十一章　京师战和争辩激　武帝廷议定反击

此时,李息将军正在返回雁门关前线的路上。

两个月前,李息按照皇上的秘密诏令,返回长安议事。

接到皇上的圣旨后,李息就立马赶回京城去了。

李息戎马一生,长期在军队为朝廷效力,他知道,眼下朝廷虽然在北部边境加强了防范,汉军与匈奴军队偶尔也有小规模的军事冲突,但对匈奴到底应采取一种什么样的态度,皇帝一直没有一个明确的态度。在"战"与"和"之间皇上一直忽左忽右,犹豫不决。朝中大臣也存有"主战"与"主和"两种截然不同的意见。

这一年,匈奴军臣单于又派使臣到长安向朝廷要求和亲。面对匈奴使臣提出的要求,刚刚登基不久的刘彻一时不知道到底是该接受对方的和亲要求,还是该明确地给予拒绝。少年天子刘彻初继大统时,由于缺少执政经验,朝廷中的很多大事都由他的母亲王太后决断。但武帝亲政后不甘屈辱,总想用武力对匈奴进行反击,可他心中实在又没有多少取胜的把握。为广泛听取各方面的意见,刘彻决定在宫内外开辟一些专门场所,让朝臣们与京城的学士们就"战"与"和"问题,在一定的范围内进行一些有益的交流与辩说。

朝廷内的这个交流辩说场所就设在未央宫的广明阁。

此后,在广明阁内,人们经常可以看到一些文武大臣就对匈奴是"战"是"和"的问题进行公开的交流与辩说。一些人竭力为自己的见解辩护,常常为此争得面红耳赤。在这些争论中,主战派以大行令王恢为代表,主和派以御史大夫韩安国为代表。

大行令王恢是燕国人,曾长期在边关担任职务,对匈奴的情况比较了解。前不久,他因闽越国再一次企图兼并东瓯小国,奉命率十万大军南下平叛。此时，刚刚从前线胜利归来的王恢豪气在胸，言谈语气免不了有一些狂傲盛气。

这一天，在广明阁内，待宫人们将阁内收拾停当，将茶水烧开后，一些朝臣也三三两两地来了。朝中大臣们关于"战"与"和"的交流辩说在这里又要开始了。

王恢最先来到这里。他喝了一阵茶水之后，看看来到广明阁的人也差不多了，他便站起来向人们拱拱手说道："各位大人：大家都是朝廷栋梁，皇上让大家在这里就对匈奴是'战'是'和'之事广开言路，这里我先就'战'的问题谈一些看法。从以往多次和亲的情况来看，匈奴与我朝保持友好相处也不过几年时间，过后照样南下对我边民烧杀抢夺，我朝边境仍不断受到匈奴的威胁。由于在'战'与'和'的问题上没有明确的态度，前线将士们对匈奴的骚扰侵袭，不能放开手脚给予坚决还击。在这种情况下，面对匈奴的铁骑，我边关的兵民们往往伤亡很是惨重。要避免这种情况再次发生，只有对匈奴人狠狠地惩罚还击，'以战止战'是我们眼下唯一可行的选择。"

御史大夫韩安国听了王恢的意见，当即底气十足地反驳道："从高皇帝以来的几代先皇，在对匈奴'战'与'和'这个问题上历来都是很慎重的。孝惠帝时期，匈奴的冒顿单于曾经出言不逊，写信侮辱我朝，吕太后非常生气，也召集大臣们来商议这件事。当时上将军樊哙便说：'愿带领十万人马，横扫匈奴。'满朝文武大臣为迎合吕太后心意，都很赞同支持。可中郎将季布却当面反驳道：'说这话的樊哙当该斩首！当年，高皇帝率领四十万大军尚且被围困平城，如今你樊哙怎么能用十万人马就能横扫匈奴呢？这是当面撒谎！难道樊哙将军这样当面阿谀逢迎，真的是想要使天下又陷入动荡不安的局面不成？'当时吕太后听了劝阻，也就不再议论攻打匈奴的事了。匈奴人拥有强健的体魄和高超的骑射功夫，最擅长在千里沙漠中作战，而我军在这样的环境中，却是弊多利少，不易取得胜利。匈奴的精锐骑兵具有很强的战斗力，匈奴单于凭借这种独具的优势，怀着不易满足的贪婪心理，四处侵掠，在弱肉强食的法则面前，他们是战场上难以战胜的强者。如果派大军反击，我军必先驰驱数千里路程，这样就是不与匈奴人交战，人马也早已疲惫不堪。所以，对匈奴的不断南侵偷袭，我朝还是应以和为贵，坚持'和亲'做法，尽量避免与匈奴国发生大规模战争才好。"

韩安国是一位老资格的大臣，他性格沉稳，遇事不急不躁，他的意见历来备受朝中大臣们的推崇。韩安国一说完，立刻得到人们的一致附和。

事后，当丞相窦婴将广明阁的情况报告皇上后，刘彻也不好多说什么。随后，便违心地将自己的亲姐姐南宫公主嫁给了军臣单于。

军臣单于成了皇上的亲姐夫，并不意味着皇上还会像以前那样对匈奴在边境的骚扰掠夺无限制地忍让、妥协。但如果马上对匈奴实施军事打击，两个有着漫长边境线的相邻国家势必进入全面的战争状态。

刘彻想结束几十年来对匈奴的忍让、妥协，彻底与匈奴摊牌决裂，那么与匈奴的第一仗，就必须要打好，首战必胜，这样才能掌握整个战争的主动权。

怎样才能首战必胜呢？刘彻一直在等待这样一个机会。

随着广明阁关于"战"与"和"的辩说隔三岔五地进行，朝廷中那些原来主张继续坚持"黄老思想"，坚持"和亲"的主和派也逐渐开始分化，主战派的意见也得到越来越多的人的认同与响应。

正巧，雁门郡马邑县的大商人聂翁壹谋划了一个引狼入室、关门歼狼的计策。他找到曾经长期在北疆戍边的王恢说："几十年来，朝廷一直对匈奴采取'和亲'的政策，可是匈奴人仍然对我边境骚扰侵犯，这个祸根不除，朝廷北部边关永无宁日。眼下趁匈奴刚刚与朝廷和亲的机会，设计将他们引进来，打他一个伏击，一定能取得胜利。"

王恢问他道："你有什么好的办法，可以将匈奴人引进来？"

聂翁壹道："我经常在边界上做生意，匈奴人都认识我，我对他们也非常熟悉，了解他们的心思。我可以做买卖为掩护，前往匈奴腹地，利用财物引诱军臣单于南下马邑。匈奴人贪图我朝财物，一定会领兵前来。到时候我们的大军提前埋伏在附近的地方，只等匈奴人一到，将军就可以截断他们的后路，将进入'口袋'的匈奴军队全部歼灭，活捉单于。"

王恢觉得聂翁壹这个想法可取，回头立刻将其计谋向皇上做了报告。刘彻也觉得此计甚好，于是决定把文武百官召集到宫中，密商是否对匈奴进行武力还击。

李息这次应诏回京，就是前来参加这次秘密御前会议的。

为了防止这次重要的朝廷会议被朝中主和派主导，刘彻一开始便对满朝文武大臣说道：

"长期以来，我大汉朝对匈奴，坚持与邻和善相伴的思想，匈奴单于要求和亲，朕便将汉室公主嫁他，还送给他许多的钱币、丝帛、锦绣。可是，匈奴国终究是个蛮夷之邦，其单于仍然那般傲慢无礼。和亲之后，过不了多久又会背信弃义，照样对我边关烧杀抢掠，使得北部边关多年来一直受其骚扰。眼下朕打算对其出兵反击，大家对此可以谈谈自己看法。"

大行令王恢一听刘彻明确地表示想对匈奴用兵，心中很是高兴，便立即从大臣队列中走出来道："陛下圣明，臣想谈谈自己的想法。"

王恢是朝廷中"主战派"的第一人，刘彻自然明白他想说什么，便点点头，让他第一个发言。

王恢得到了刘彻的青睐，便从容地将自己反复思考后的一些想法认真地讲了出来。他说道："一百多年前，匈奴就已经很强大了，而那时候中原大地却是群雄逐鹿，大小诸侯征伐连年，东西南北战乱不休。当时十分弱小的代国，它的前后左右都是一些比它大很多的国家。这些国家随时都可以很容易地将它吞并。但代国在这些大国的夹击中，励精图治，上下一心，国民勤劳，仓廪充实，使得外敌不敢轻易冒犯。而眼下我大汉朝，所辖疆域是当年代国的几十倍，所辖户籍人口是当年代国的几百倍，陛下所统军队，更是当年代国不可相提并论的。但匈奴的侵略为什么仍然是这样无休无止呢？这里没有其他的原因，就在于匈奴单于眼中长期无视我大汉王朝。所以，臣以为：我朝已经到了用武力回击教训匈奴的时候了。"

王恢充满激情的一席话，正对刘彻的心思。

可此时，御史大夫韩安国仍然站出来反对。

韩安国对刘彻道："大行令慷慨陈词，精神可嘉，但话理欠妥！不错，北方匈奴屡犯我边境，是让人生气。但考虑国家大事，切不可意气用事。自高皇帝首开与匈奴'和亲'之例以来，已六十余年，先后已有几代人受益，这是天下皆知的事实。孝文皇帝时期，朝廷也曾经调动天下精兵，企图一举歼灭入侵的匈奴。结果大军北调，国内空虚，就出现了济北王发兵袭击荥阳，企图夺取朝廷政权的大事。为此，孝文皇帝看到盲目对外用兵的凶险，才反过来又同匈奴和亲。臣以为是否对北方匈奴用兵，还是谨慎考虑为好。"

刘彻听了韩安国的话，一时间沉吟不语，他心中充满了矛盾。以前高帝和文帝对匈奴的两次用兵都以失败而告终，万一自己对匈奴用兵再次失败，那所产生的后果，则将难以估量了。刘彻不由得对自己是否应该对匈奴大规模地用兵产生了怀疑。

此时，王恢见刘彻听了韩安国的话后一脸的犹豫，生怕刘彻临到头来改变想法，便对韩安国反驳道："古人云：五帝的礼仪互不相袭，三王的礼乐不相重复。由此可见，廷议政务，决策国事，应该因时制宜才好。高皇帝从事战争几十年，戎马倥偬，之所以忍辱负重，不报复平城之围的屈辱，不是高皇帝不想报仇，而是高皇帝当时审时度势，顺应天下苍生愿望，与民休养生息的结果。眼下大汉民富国强，其国民蕴含的伟力与当年已不可同日而语。既然'和亲'不能解决问题，我朝完全可以拒绝和亲，以武力对匈奴进行有力的还击，这是朝廷时下最好的选择！"

韩安国也不示弱，继续辩解道："孙子曰：'兵者，国之大事也，死生之地，存之之道，不可不察也。''合于利而动，不合于利则止。'在决定是否选择战争前，应该认真衡量是否符合朝廷的利益，是否有完全取胜的把握。如果国家没有遭受到严重的危机，就要慎重对待战争。匈奴系马背上的民族，其马匹精良，其军队来如疾风，去如闪电，轻快凶悍。这些人世代逐水草而居，畜牧射猎，居住无常，以农耕为主的大汉，是很难将他们制服的。所以臣下坚持认为一定不要轻易与匈奴兵戎相见。"

韩安国的话在朝堂上一时引起一些大臣的共鸣，一时间人们纷纷发出赞同支持的声音。此时，刘彻似乎对武力还击匈奴的想法开始有些动摇。

但是，王恢不甘心就此罢休，他再次站出来反驳道："陛下，臣知道，行军打仗，治国理政，都是要善于借助时机的。韩大人一定知道，当年的秦国是怎样从一个只有方圆三百里的小地方发展起来的吧？当年秦穆公任用百里奚、蹇叔、由余为谋臣，击败晋国，俘获晋惠公，剿灭梁国、芮国、滑国等。当时秦地西边生活着许多戎狄部落小国，他们常常突袭秦的边地，抢掠粮食、牲畜，掳夺子女，给秦人造成很大的苦难。秦穆公不失时机地借助时势的变化，采取先强后弱的策略向西发展，逐渐使秦国变得强大起来，最终使得匈奴不敢南下牧马。前朝之事证明，匈奴只可以百倍的武力威服，而不可以仁慈之心善待。眼下中原强盛，万倍于秦。只要用一些力量去攻击匈奴，是一定能够取得成功的。"

王恢的这一段话不无道理，朝堂上的人听了，也都觉得王恢说得对，说得好。刘彻听了不禁也连连点头，对抗击匈奴似乎有了更多的信心。

但是韩安国对王恢的这些说辞却仍然不予赞同。他也知道刘彻有心抗击匈奴，但韩安国向来就是一个以稳健著称的人。此时，他仍在做最后的努力，企图把武帝劝说回来。

韩安国道："'非利不动；非得不用；非危不战。'善于用兵的人能够以饱待饥，以治待乱，以逸待劳，才能够每战必胜。如果庞大的军队轻易出击，长驱深入，则是很难取得成功的。臣以为，在武力反击匈奴这个问题上，还是慎重考虑为好。"

韩安国是个聪明人，在廷议中，他似乎感觉刘彻对出兵反击匈奴的心意已决,在极谏之后,他见事不济,也就不再像刚开始那样态度坚决,语气强硬了。

刘彻见"主战"与"主和"两方面的意见都说得差不多了,便把目光投向同样长期驻守在北部边关的将军程不识道:

"程爱卿!你长期驻守在边关,对匈奴的民俗风物甚为了解,将你知道的情况给大家讲讲吧!"

程不识见刘彻点名要他介绍匈奴的情况,便站出来向刘彻施礼后,对大家道:"匈奴是一个以游牧为主的民族,他们逐水草而居,与我们以农耕为主的国民不一样。他们养的牲畜主要是马、牛、羊,还有骆驼等,这些牲畜是他们的主要食物,也是他们的财富,更是他们的生命。一百多年前,在漠北辽阔的草原上,匈奴人中间出现了一个很不一般的首领,其人名叫冒顿,该人头脑睿智,政治眼光高远。在他的领导下,北部草原出现了统一的匈奴军事政权。这个政权的机构分三部分:单于庭,是它的首脑部,直辖地区在匈奴中部,其南面对着代郡和云中郡;其次是左贤王庭,管辖的地区在匈奴东部,其南面对着上谷郡,东面连接濊貊;再次是右贤王庭,管辖的地区在匈奴西部,其南面对着上郡,西面连接月氏、羌。在匈奴,单于是最高首领,匈奴语称为'撑犁孤涂单于',其字面含义相当于'天子',军政及对外大权由其总揽。左右贤王是地方最高长官。匈奴人尚左,单于以下即以左贤王最尊贵。左右贤王以下,还有左右蠡王、日逐王等号。再往下是左右大将、左右大都尉、左右大当户等高官。匈奴男子,平常游牧于部落,战时即按部落编为军队。此时,所有各级官员都是大大小小的军事首长,除了单于自己统领军队、亲临战阵外,自左右贤王以下,直至大当户,也都分别统军指挥作战,多者万骑,少者数千。统领万骑的二十四个军事首领之下,各置有千骑长、百骑长、什骑长、裨小王、相封、都尉、当户、且渠等,都是中下级带兵的官员。匈奴人在游牧生活中养成了剽悍善战、争强好胜的性格。他们从小练习骑射,成年后平时从事畜牧生产,战时随军出征。匈奴长兵执弓矢,短兵执刀鋋。他们的弓多为木质,长度可达四尺,箭镞多样,有铜、铁、骨三种质地。刀剑多以铁制成,有弧背弧刃、弧背直刃、直背直刃等几种。在行军打仗中,他们没有繁重的辎重,牛羊就是他们会走路的财富,也是他们军队的后勤供给。这也就是匈奴人总是善于长途奔袭作战的奥秘所在。"

王恢见刘彻让程不识在这样的朝会上,向群臣们详细述说匈奴的情况,而程不识将军又对匈奴的社会结构、军队构成、武器装备等情况做了如此详细的介绍，心中便已经完全了解了刘彻对匈奴到底是"战"还是"和"的心思了。于是，他便再次站出来对刘彻说道：

"陛下，臣先前所说的进击匈奴，并不是要深入敌境，而是想把单于引诱到边境上来，我们以精锐的骑兵和数倍于对方的强健精兵，选择有利地形，事先设置埋伏，做好准备，是一定可以擒获匈奴单于的。"

刘彻听了王恢的话，赞许地点点头，又将目光转向一旁，对一直站在那里一言不发的李息问道："李爱卿，你在雁门关驻守多年，经常与匈奴人打交道，前不久，你们又与匈奴人不大不小地干了一仗，对于'战'与'不战'，你最有发言权。说说你的意见吧！"

李息明白，彻底改变朝廷与匈奴目前这种屈辱的关系，是当今皇上最大的心愿，于是便凭着自己对匈奴人的了解说道：

"'战，是为了止战。'看似强悍的匈奴人，存在着致命的弱点。从长远看，我大汉的国力远胜于匈奴国。我朝立国之初，确曾民贫国弱，但以农耕为业的大国一旦安定下来，国力的恢复和壮大非常迅速。我朝疆域气候温暖，土地肥沃，一百亩土地即能养活一个数口之家。而处于大漠戈壁的匈奴人所居高寒地带，降水稀少，难以发展更多且有效的经营生产，只能从事单一的游牧业。加之土地瘠薄，几十亩草原才能养活一头羊，三四百头羊才能维持一个家庭的基本生活开销。一个以游牧业为主要生产形式的家庭，至少需要六七千亩土地才能满足其基本的生存需求。匈奴无法改变的自然条件，最终决定了其人口规模永远也无法接近，更无法超越我大汉。因此，匈奴虽然国土辽阔，但是它的物资却十分贫瘠，人口也仅仅只有我大汉朝的十分之一。匈奴的骑兵看似机动性高，攻击性强，但匈奴人大多有脑无心，他们的防御能力十分脆弱，他们在进攻中一般不注重阵形，不懂得整体合作与相互配合的重要性。最重要的战略资源和生产能力都占据着绝对优势的大汉，其战争的实力必将远超匈奴。匈奴人垂涎我中原的财富，我们正可以利用这一点诱其深入侵掳，以伏兵袭击之。如此，我朝是应该可以获得胜利的！"

刘彻一开始就给这次辩论定下了主战的调子，王恢又强调了反击的好处和诱敌的必胜结果，现在李息的话又说得入情入理。加之在这次公开的廷议中，主和派与主战派双方都充分地发表了自己的意见，观点陈述充分，廷议中大家对是"战"是"和"讨论得很是深入，刘彻似乎也从这次廷议的讨论中，找到了出兵反击匈奴的充足理由与依据，最后当即拍板决定采纳王恢的建议，调集三十万精兵，在马邑打一个伏击战，并派王恢、韩安国、李息、公孙贺、李广等将军各自领兵出战,整个大军听由韩安国节制。

韩安国久负贤能之名,他年轻时研读过韩非的《杂说》,学以致用,很有心得。在平定吴楚七国之乱时,作为梁国的将军,他协助梁王刘武抵抗住了叛军的猖狂进攻。这以后,他又做过梁国的内史,是梁国实际上的治理者。梁王刘武争储不成,暗杀袁盎等十多位大臣,当景帝对此事严加追查时,是韩安国给梁王出主意杀掉两个手下主谋,这才保住了梁王刘武的性命。随后,韩安国又以使者的身份,往返于京师长安和梁国之间,才使得梁国这个地方诸侯国与长安朝廷之间的裂缝逐渐弥合。

当初,刘彻即位后,田蚡出任丞相,向他推荐了韩安国。刘彻即将他召用为北地都尉,后来又升迁为大司农。

刘彻觉得由韩安国来统领三十万大军是稳妥的。

现在李息必须以最快的速度赶回雁门关,并按照朝廷的要求,做好伏击战前的相关准备。

正是:

君王决意抗匈奴,李息匆匆返边关。

第十二章　将军入夜归雁门　正本清源备战忙

李息一行回到雁门关时，天色已经很晚了。

当范翼龙向他报告，落下闳等人改装的战车，可以明确指示方向，李息立刻意识到，落下闳搞的这个东西，对于即将进行的伏击战来说，绝对是个好消息。

李息立即要范翼龙将落下闳找来见他。这时候范翼龙才将落下闳目前的遭遇详细地告诉了他。

李息一听立即说道："落下闳这个小伙子我是了解的，他怎么会是奸细呢？目前正是朝廷用人之际，这个邢置怎么能这么做呢？"

二人正说着，邢置不请自到。他是来呈请李息诛杀落下闳手谕的，其结果可想而知，当即便遭到李息的训斥。

李息很是生气地道："你什么也别说了！我知道你要说什么！落下闳是军中奸细，你要我准许你赶快将他杀了！是吗？你说谁是奸细我都信，你说落下闳是奸细，我就不相信！你，我命令你，立即、马上将人给我放了！大敌当前，你却要我诛杀落下闳这样的奇才！你这不是要我的命吗？你这样做谁最高兴？当然是匈奴人最高兴啊！你赶快将落下闳完好无损地交给范翼龙将军！赶快！听到了吗？"

李息又对范翼龙道："落下闳这个人做事有脑子，我相信他要做的事一定是有道理的。你现在什么也别忙着做了，马上抽调人手立即去帮助落下闳将这个新式战车改装的事情搞好。"

范翼龙面露喜色地道："遵命！"

李息随即又转过头来对邢置道："哦，你，也一样！大战将起，一切服从备战！带着你的人去协助范将军做事吧。"

邢置还想说什么，没等他开口，李息便正色道："怎么？我刚才说的话，你没听明白？"

邢置见李息如此说，立即身板一挺，答道："属下明白！"

落下闳、夕季财从邢置的刑讯室出来，在范翼龙的帮助下立即展开了对战车的调试改装。

夕季财的伤痛虽然还未痊愈，却也坚持全程参加，他与落下闳一道对前来协助他们的兵士们认真地给以指导。

此时，研制新式战车的很多事情比过去好办多了。只要落下闳需要，军中的财物、后勤等，一切无条件满足。

尽管调试改装工作时有反复，但在落下闳与大家的努力下，这个新式战车的雏形越来越趋于完善，经过反复调试，最后终于达到了最初设想的效果。

这天晚上，范翼龙兴奋地来到李息的行辕，向他报告说：明天上午，请他检验经多次测试，已取得成功的新式战车。

李息听后微笑着道："看把你高兴的。"

范翼龙笑嘻嘻地："怎么能不高兴呢？连日来大家不都盼着这一天吗？"

李息意味深长地问道："可以达到他们最初设想的效果了？"

范翼龙肯定地道："是的，眼下完全可以达到最初设想的效果了！"

李息脸上隐隐含笑，又问道："可以见客了？"

范翼龙道："不管怎么说，丑媳妇总得见公婆啊！"

李息此时点点头，略一沉吟后，对范翼龙道："那好，我看用不着明天吧！就现在，你立即安排人，通知落下闳他们，我现在就看……"

范翼龙一听李息这话，便提醒道："现在？夜已经很深了，四周一片漆黑，还是明天看吧！"

李息却道："它不是可以自己辨识方向的新式战车吗？一片漆黑，正好检验这个车的虚实啊！"

看李息一脸严肃认真的样子，范翼龙心想："早点看也好，反正是要过将军这一关的。"

范翼龙叫传令官进帐。李息示意他近前，附耳交代几句，便回头对范翼龙道："走！"

范翼龙骑上马随李息出了将军行辕，一路疾驰。可是越走范翼龙心里越不踏实。将军不是要看新式战车吗？可为啥不向落下闳他们附近的兵车营去，反而南辕北辙，越跑越远？这怎么能看得到新式战车呢？

范翼龙不禁对李息道："将军，我们这是往哪儿去啊？"

李息道："你不是说，不管在什么情况下，这个新式战车都不会迷失方向吗？就让落下闳他们驾着他的新式战车来找我们吧！"

范翼龙听了李息的话，不禁在心中叹道：呵呵！将军可真是老谋深算啊！这样一来，对落下闳就是一个考验了，是骡子是马，牵出来这么一遛，一切不都清楚了吗？此时范翼龙微笑着道："哎，将军这个办法也对啊。"

负责警卫的军士们手里高高地擎着火把，将前行的路照得雪亮。李息在人们的簇拥下一路狂奔。他们辗转来到城外旷野的一处土丘旁停了下来。李息抬头望望漆黑的夜空道："今天晚上天上一颗星星也没有，我们正好检验一下落下闳搞的这个东西是真是假。"

范翼龙道："不知落下闳的新式战车能否找到这个地方啊！"

李息道："如果这个新式战车真能找到这个地方，那他们就应该算是成功了！"

当落下闳接到李息将军的命令时，既高兴，又有点紧张。高兴的是，早也盼，晚也盼，终于盼到将军亲自检验这一天。新式战车如果得到将军的首肯，那这么长时间来的心血，就真的没有白费了。如果新式战车在军中推广，用于实战，那么以后，汉军在大漠与匈奴作战，再次遭遇到恶劣的天气，就再也不会出现迷失方向的问题了。以前由于不辨东西南北，在战斗中出现大量伤亡的情况，今后也许就不会再发生了。紧张的是，在这样一个漆黑的夜晚，将军要他驾着车去找，这分明就是对他的新式战车的一个检验啊！

但落下闳转念又想，不管怎样，将军这一关总是要过的，如果新式战车有问题，实现不了自动辨识方向的初衷，那就趁早收起在这方面的一切念头，以免今后因此产生不好的影响。如果这个新式战车在任何情况下都能够辨清东西南北，明确指示方向，那么这对于身处前线的汉军来说就应该算是一件大大的好事、喜事！

自新式战车基本定型下来，落下闳不就是盼着将军亲自检验这个凝聚着自己心血的新式战车吗？可是如果今天晚上这个新式战车稍稍出一点点问题，将军这一关过不去，前面所做的一切努力就可能全部打水漂了。

但落下闳随后马上就镇静下来了。紧张是没有用处的，这不是儿时在家乡与小伙伴"过家家"闹着玩儿的。这是在雁门关的最前沿，一切都必须来真格的。新式战车如果真有问题，早发现比迟发现好，如果到了战场上再发现存在的问题，不仅无法弥补纠正，而且还可能影响战斗的胜负，危及同伴的性命。

当这些念头在他的头脑中冒出来的时候,另一个声音又在落下闷心中响起:一个人基本的自信还是要有的。新式战车的构想是符合机械原理的,这一段时间来,好多次的反复试验证明它是可行的。

今天这个新式战车一定不会出纰漏的。

落下闷这样想着,心里也就逐渐踏实下来了。

他走出门时,夕季财已经赶着那辆经过改装的战车在候着他了,庹峙富也早早地爬到车上坐着了。

待落下闷上车后,夕季财将手中的长鞭轻轻一挥,马车缓缓启动。负载着这辆新式战车的藏青色骏马,马蹄敲打在路面上发出"哒哒哒"的声音,在夜晚显得格外响亮。

三个人驾着车出了大营,驶入茫茫夜色。

夕季财一边驾着车,一边回头向身后的落下闷、庹峙富二人问道:"传令官说,将军他们在雁门城外西南方向约二十里地的一个土丘附近,你们知道应该怎么走吗?"

庹峙富听了夕季财的话,一脸茫然,不知所以。而落下闷脑子里却在迅速地思索着,判断着。只见他略一迟疑后说道:"我们的大营在雁门城正北,出城南门向右前方直走就是。"接着他指着车上的定向装置指针,对夕季财、庹峙富二人道:"车上的指针,前指车向南,后指车向北。右指车向东,左指车向西。我们按照车上指针指示的方向去找,一定不会错。"

夕季财听落下闷这样说,心中的底气似乎也比刚才足多了。他一边挥动着手中的鞭子一边道:"你说得对,听你的没错!"

庹峙富一边听着他俩的对话,一边左右环顾着周围的环境。虽然四周一片漆黑,但是凭着几年来对雁门城的熟悉了解,他好像也能看出点什么名堂似的。此时,他对落下闷、夕季财道:"对,在雁门城外的西南方向,好像有一个不是很大的土丘。现在我们一直向前,穿过这条街,向左拐过前面几个弯,再向右拐过两个大弯,出了南门,一直往右前方走,就应该能看见的。"

夕季财听了庹峙富的话,感觉好像坠入了云雾中一样,脑子里完全是一片空白,便对他说道:"哎呀,我的毛娃子兄弟啊!你不说还好一些,你越说我这脑子里越发糊涂了啊!"

落下闷听了他们二人的对话,一脸认真地对他俩道:"现在什么也甭管了,出了城就老老实实地按照车上的指针箭头提示的方向走吧!"

夕季财道:"对,完全按照车上提示的方向走才行!"

庚峙富赶忙赞同地道："对对对！完全按照车上指示的方向走才对！"

夕季财驾着这辆新式战车在雁门城里穿街过巷，七拐八拐，不一会儿就跑到城外来了。来到城外，出现在眼前的是一片杂草丛生的荒郊旷野。此时，除了车上那个指示方向的装置外，周围没有任何参照物可借以辨识方向、方位。

落下闳手举着通明的火把，语气坚定地对夕季财说道："不要怀疑，相信我们车上箭头指示的方向，一直向前。"

庚峙富也将火把高高地举起，为夕季财照着前行的路，说道："对，一直向前！"

夕季财见他俩都这么说，也信心满满地将手中马鞭轻轻一挥道："好，一直往前！"

随着夕季财手中的马鞭发出清脆的响声，落下闳等人驾驶的这辆特别的战车毫不迟疑地向漆黑的旷野里奔去。

在旷野的另一端，李息让随行的军士们灭掉了手中的火把，大家就这么在一片漆黑的夜色里，静静地等待着。

李息一眼不眨地望着雁门城的方向。范翼龙忍不住走到他身边小声地道："算时辰，估摸着这几个人也该来了吧！"

李息虎着脸，回头望望范翼龙，什么话也没说。范翼龙不敢看将军的脸色，他知道，此时将军心里的感受与他应该是一样的，只不过将军的定力比他强得多而已。但他还是自我安慰道：哦，再等等，再等等吧。也许他们马上就会出现在我们面前的。

正在这时，一个军士指着前方对李息道："将军，您看……"

顺着这位军士手指的方向望去，只见一个小火点出现在前方。这个火点越来越大，渐渐地，清晰的马蹄声、车轮声由远而近地传来。

范翼龙高兴地道："将军，他们来了！"

面对这个情况，李息立即抬起手来，对范翼龙等人吩咐道："别出声音，看看再说！"

见将军如此吩咐，范翼龙以及随行的军士们只好乖乖地重新回到土丘后面各自刚才待的地方，不敢发出一点声音。

说话间，落下闳等人驾驶的这辆经过改进的战车离这座土丘越来越近了。落下闳高举着火把在车上四下里张望，这里哪有将军的影子啊！

夕季财忍不住地道："夏弘，将军说的是这座土丘吗？"

庹峙富看看眼前的情景也道:"夏弘,这车上的指示箭头是不是出什么问题了啊?"

落下闳看看战车上司指方向的指针,再看看周围的环境,最后肯定地说:"不会错,就是这里,就是这座土丘!"

夕季财仍然有些怀疑地道:"那怎么不见将军的影子呢?"

落下闳望望夕季财,一时说不出话来,过了好一会儿他才说道:"可能是将军他们还没到吧。我们就在这里耐心地等等吧!"

土丘后面的李息、范翼龙等人听了落下闳他们的此番对话,脸上露出了满意的神情。李息随即挥手让身边的军士们立即点亮火把。霎时间,十几个火把"腾"的一声齐刷刷地全亮了起来,一下子将土丘周围照得如同白昼一般。

李息从土丘后面走出来大声地道:"谁说我没到啊?我们早到了!"

落下闳等人对将军的声音是再熟悉不过的了,大家听到从土丘后面传来的这个声音,一时真是高兴得不得了。

今晚的一切,真的是应了人们非常熟悉的那句:耳听为虚,眼见为实。一切都不用再多说什么了。

李息来到这辆经过改装的新式战车前,围着这辆特别的战车仔细地打量着,最后,他走到落下闳面前郑重地道:"不错!小伙子们,干得漂亮!在这么复杂的环境条件下,你这个新式战车都能准确无误地找到这个地方来,这说明它确实是名副其实的。"

落下闳搞的这个不同于一般的战车展现出来的神奇功能,不仅让李息对他有了进一步的认识,也让很多人感到惊讶。这个落下闳年纪不大,但他怎么就这么与众不同呢?很多事情别人不知道的,他知道;别人不敢想的,他敢想,而且能将它做出来,搞成功。难道他是一个奇人不成?

但此时李息将军无暇顾及这些问题。大战在即,他的全部心思都放在了战前的准备上。自从亲自对这个新式战车进行验证之后,他立刻意识到这个装配了指向装置的战车在即将到来的战斗中的潜在价值。如果每一辆战车都配备上这种能够辨识方向的装置,朝廷大军今后在这茫茫戈壁穿行跑马将如鱼得水,再也不会出现迷失方向的问题。如果再次遭遇突如其来的恶劣天气,汉军也不会因为不辨东西南北,而致大批的将士冻死、困死在暴风雪中了。

为此,李息将军立刻下令将所有的战车都配上这种可以司指方向的装置,以备即将展开的对匈作战。

由此,在雁门关,对军中一些战车的改装,在李息的大力支持下,立即紧锣密鼓地开展起来。

　　正是：

主帅明白好当差,夏弘军中展奇才。

第十三章　大战前夕赴狼窝
　　　　戈壁寻踪匈奴人

　　刘彻决定采纳马邑商人聂翁壹的计谋后，便派遣韩安国、王恢、李息、公孙贺、李广等五员大将率领三十万人马不声不响地进入雁门郡一带备战。

　　与此同时，聂翁壹则需要深入漠北与匈奴人接触，以引蛇出洞。

　　在刘彻看来，聂翁壹这个计谋有它的可取之处，但实施这个计划时，朝廷必须掌握绝对的主导权。在聂翁壹前往匈奴面见军臣单于时，汉军必须有人一同前往，以掌握最直接、准确的情报。

　　与聂翁壹一起深入虎穴的人，应该装扮成他的小伙计，因此，年纪不能太大，但却要智勇沉稳，能够根据情况变化，随机做出恰当的应对。

　　谁适合担当这样的角色呢？李息自然又想到了落下闳。对，就是他了。

　　落下闳第一次与聂翁壹见面的时候，对方将他打量了半天，才问道："你叫什么？"

　　落下闳稍一迟疑，才慢吞吞地回答道："我叫落下闳……"

　　还没等落下闳将后面那个"闳"说完，聂翁壹便道："我走南闯北几十年，从未听说中原还有'落下'这个姓氏啊！"

　　落下闳微笑着机智地答道："以前您没有听说过，现在听我说就好了呗！"

　　聂翁壹见落下闳这样说，只好无奈地微笑着说道："好好好！你叫落下闳，不要今后又叫其他什么名字就好了。"

　　这天，落下闳与聂翁壹赶着两辆马车，带着一些匈奴人比较感兴趣的商品向着匈奴人老巢的方向出发了。

　　匈奴受地理环境的限制，国内生产的物资难以满足日常生活的需求，便离不开对外贸易的辅助。他们经常用自己饲养的牲畜来换取邻邦盛产的布帛丝绸、陶铁炊具、糖酒茶饮以及其他各种物品。

在汉匈两国关系紧张的时候,汉朝廷常常会强化边境贸易管制,禁止边境的汉人与匈奴人做生意。而一些汉人为了用中原特有的物资去廉价地换取匈奴人大批的马匹、牛羊,常常会铤而走险,私自将一些商品偷运到匈奴与之贸易。眼下聂翁壹表面上就是以这样的形式去与对方进行交易的。

匈奴国地广人稀,部落与部落之间往往相距几十里、数百里地。聂翁壹从马邑出发,至少要走三到四天才能找到一个匈奴人的居住点。戈壁大漠,人烟稀少,举目四望,不是一望无际的草原,就是寸草不生的茫茫戈壁。一些地方一年到头几乎从未见到过人,这些地方自然也就很难有一条现成的、平坦的道路供车马行走了。

一路上落下闳赶着马车在草原上颠簸着前行,而聂翁壹则在脑子中搜索着记忆中匈奴部落曾经停留过的地方。他一会儿指挥着落下闳"向左,向左",一会儿又要车子"向右,向右"。两辆马车就这样在茫茫戈壁上缓缓前行。此时,落下闳终于忍不住道:"聂老板,我们这样走,要到何年何月才能找到匈奴人啊?这样可不行啊!"

聂翁壹不明白落下闳话的含意,忙问道:"小将军您的意思是什么?我有些不明白啊!"

落下闳一听对方叫他"小将军",连忙纠正道:"聂老板,您是掌柜,我是您的伙计啊!您可不能这样称呼我呀!"

落下闳说得没错。现在,聂翁壹在两个人之间这样叫,叫错了,倒还不要紧,但如果习惯了,在匈奴人面前还这样叫,走漏了行动的目的,那麻烦可就大了。个人小命弄丢了是小事,整个计划泄露了,可就是天大的事了。

聂翁壹自知说漏了嘴,急忙说道:"对对对!我说错了!我说错了!现在您是我的伙计!哦,应该是你!不是您!"随后他又非常认真地一字一顿地指着落下闳与自己说道:"你是我的伙计,我是你的老板!"

落下闳一边挥动着长长的马鞭,一边回头笑着说道:"这就对了啊!"接着落下闳又对他说道:"您只管将要到达的地方告诉我,别管我向左或者向右走,好吗?这样我们的速度可能就快得多啊!"

聂翁壹不知道这辆马车上装配有经落下闳认真调试好的定向装置,一路上他还像往常指挥他的伙计那样,不放心地指点着落下闳怎么赶车,怎么走路。他心里想,自己在这条路上已经闯荡了好多年了,而落下闳这样年纪轻轻的小伙子却是生来报到头一回,自己应该事必躬亲才行。可眼下对方向他提出了这样的要求,他也就不好再说什么,毕竟人家是李息将军亲自委派来的人。于

是,他很不情愿地将匈奴人卢图酋长的部落所在的大概方位告诉了落下闳后,便倒在车上闭上眼睛沉沉睡去。他心里在嘀咕:

"没有我,你能找到卢图的部落?鬼才相信呢!"

落下闳听聂老板说了要去的地方后,便揭开身旁用一件布衫遮盖住的定向盘,将定向盘上的指针定格在西北方向后,又转身向马儿挥动着手中的马鞭。只见鞭梢在空中画了一个圈儿后,紧接着"啪"的一声脆响在头上炸开,马儿便扬起四只蹄子飞快地跑起来。

"哒哒哒哒",只听见马儿欢快的蹄声不断响起,而聂翁壹此时不知是真睡还是假睡,他的鼻子里不断传出轻微的鼾声。落下闳一边赶着马车,一边回头看着这位有趣的聂老板,脸上浮现出些许笑容,他心中在想:这个侠肝义胆一身豪气的聂老板,正在做着惊天动地的事情,可这脾气秉性有时候却像个小孩子似的。

不知不觉天黑了,夜幕降临了,聂翁壹选择了一处背风的地方停下来露宿。两辆马车四个人点起一堆篝火做饭取暖。两个伙计早早地吃了饭,就在一旁自个儿睡去了。火堆旁就剩下聂翁壹与落下闳二人。聂翁壹看着这个个头不是很魁梧,但人却是绝对精明干练的落下闳问道:"大兄弟,能问你个问题吗?"

落下闳轻松地道:"怎么不可以呢?您是我的老板,有什么问题,您尽管问好了!"

聂翁壹也乐了,便说道:"你说话的语音,几乎与我一模一样,毫无差别,但我认为,你应该不是我们北方的人吧?"

落下闳来到塞北时间也不短了,几乎是一口地道的塞北腔调。这时候他操着浓重的巴郡阆中的口音对他道:"真是什么也瞒不住您聂老板啊!我是南方人,我的家在巴郡,阆中县……"

聂翁壹一听顿时惊讶地道:"巴郡?阆中?那可是一个令好多人向往的好地方啊!"

落下闳道:"聂老板知道这个地方?"

聂翁壹道:"怎么会不知道呢?充国城邑早有'五城十二楼'之传说,一些希望得道成仙的人,都是要从昆仑墟五城十二楼开始上升到天界的。阆中,又作'阆风',也作'凉风',就是昆仑三山之一。古书上说:'昆仑之丘,或上倍之,是谓凉风之山,登之不死;或上倍之,是谓悬圃,登之乃灵,能使风雨;或上倍之,乃维上天,登之乃神,是谓太帝之居也。'"

落下闳一听对方竟然说出这样的话来,吃惊地盯着这个聂翁壹道:"呵呵!想不到聂老板倒是'真人不露相'啊!"

聂翁壹道:"看你说的!'阆风之苑'天下皆闻,谁人不知?哪个不晓哇?"

落下闳见聂老板如此夸耀自己的家乡,内心很是快乐,便道:"是啊!它山围四面,水绕三方。终年林木葱郁,四时光色交错。山、水、城交错镶嵌融合,完美和谐,秀色层集,绚烂多彩,充满生气。在这样一个地方,你居住家中,推窗而望,清澈的江水从眼前流过,而江对岸石壁陡绝的山岩,犹如一道天然的屏风屹立在那里。山上山下,花木错杂,繁花似锦,光彩诱人……"

聂翁壹见对方说得如此沉醉迷人,便道:"你的家乡如此美丽富饶,你干吗跑到这荒凉的塞外来呢?你看这倒霉的地方,冬天滴水成冰,夏天骄阳似火,秋天狂风不断,风沙遍地。三年里头,有两年可能都会遭遇大旱……"

落下闳一听聂翁壹这样说,犹如搂头一盆凉水浇在他头上,让他顿时没了兴致。不过对方说的也是实情,但落下闳却固执地认为,聂翁壹此时对自己说这样的话是很不适宜的。他不禁说道:"聂老板,你怎么这样说话呢?"

聂翁壹一时没回过神来,便道:"怎么了?我说得不对吗?这可是实情啊!"

见聂翁壹仍然如此说,落下闳不禁沉默了很久,才缓缓说道:"哪个人不想待在自己的家乡过安宁快乐的日子呢?谁人不想守在父母的身边,尽自己做儿女的孝道呢?我的父母同其他汉军官兵的父母们一样正在渐渐老去,我多想陪在他们身边,让他们能够安享平静开心的晚年啊!但是,我能这样做吗?匈奴自出现之后,就把对中原的骚扰掠夺作为自己立国安民的不可缺少的手段,年年都要出兵南下烧杀抢夺。一百多年来,匈奴人手中总是高高地举着锋利的弯刀,时不时地就要往你的胸口捅上一刀。为了让匈奴人稍稍收敛一下他们的野蛮行为,朝廷总是主动示好,将美丽的公主送过去与他们'和亲',将大量的物资运过去,让他们无偿享用。但是,这一切总是难以满足匈奴人贪婪的胃口,这些做法总是改变不了匈奴人掠夺他人的本性。民族的兴衰,关乎着华夏每一个百姓的存亡;朝廷的安危,关乎着每一个臣民的生死。有匈奴这样的虎狼之邦存在,你和我这样的男人能泰然自得地蜗居在自己的家乡,而不闻不问吗?"

落下闳的一席话深深地打动了这位长期在江湖上闯荡沉浮的聂老板,他觉得:还真看不出来,在这位年轻人平常的外表下面,还藏着这么一颗对朝廷如此忠贞,对社稷如此赤诚的心啊!此人身上流淌的血,与自己身上的血是一样的滚烫发热，这是一个可以用心去认真交往的好汉啊！他不由得真诚地抱拳，连连向落下闳致意道："说得好！说得好啊！我华夏之邦有你这样的男儿，再凶悍的匈奴人又岂能奈何我大汉啊！"

落下闳道："聂掌柜休要客气！为了铲除祸患，您不仅向朝廷提出了诱使匈奴人出兵马邑的建议，还甘愿冒着生命危险亲自去面见匈奴单于。这需要多大的勇气和胆识啊！"

聂翁壹听落下闳这样说，半天没说话，过了好久才慢慢说道："这也是被匈奴人逼的啊！我从十三岁起，就跟着我的父亲在这边境线上跑，与匈奴人做买卖，那可真是将脑袋别在裤腰带上谋营生的事情啊。匈奴人不但常常发兵南下骚扰偷袭朝廷的边镇要塞，而且他们国内王侯之间为了争夺单于之位，部落之间为了争夺水草控制权，也经常发生战争。二十岁那一年，我与父亲带着大批货物刚刚抵达一个部落，恰逢另一个部落的数万铁骑前来袭击。在这场突如其来的战祸中，我们所带去的货物全部被哄抢，我虽然幸免于难，但是，我的父亲与几个伙计们却惨死在匈奴人的刀下，最后连尸首也没找回来。这次劫难，使我父亲一生的积累化为乌有。为了生存下去，母亲变卖了我们在雁门的房产和她不多的金银首饰，将钱全部交给了我，希望我东山再起。我没有辜负母亲的期望，经过七八年的努力，我的生意又开始渐渐有了一些起色。五原、云中、定襄、雁门一带都设有我的分号，专做边境贸易。不久，我娶了妻，有了女儿。年迈的母亲看着我们聂家终于又开始渐渐生意兴隆，人丁兴旺起来，很是欣慰。她经常面对父亲的遗像，在心里默默祈祷，愿父亲的亡灵安息，愿上天保佑聂家平平安安，生意顺达。可是，天不遂人愿，灾难再次降临我家。十年前，匈奴趁我朝上下国殇之时，率领小股骄兵悍将南下，先后对五原、云中、定襄等地进行了突袭。他们在这些地方烧杀奸淫，无恶不作。在这次浩劫中，我家再次遭到洗劫。匈奴人不仅杀害了我年迈的母亲，还奸淫了我的妻子。可怜我的妻子，当时正怀有六个月的身孕啊！这些狗娘养的匈奴人堪比吃人的禽兽，临了他们还一把火将我家彻底烧毁了。当我的妻子从昏厥中醒过来的时候，原来的家已经变成了一片灰烬，年仅三岁的女儿萳妮也不知去向。妻子不堪忍受这奇耻大辱，最后便用一根白绫将自己挂在了一棵大树上，结束了自己不到三十岁的生命……"

聂翁壹讲到这里，已是泪流满面。落下闳听着他悲痛的诉说，中途也不便插话，此时才小心翼翼地问道："后来，你打听过女儿的下落吗？"

聂翁壹道："后来人们告诉我说，有人看见匈奴人撤走的时候，将我的女儿也带走了。"

落下闳吃惊地道:"你的女儿被匈奴人带走了?"

聂翁壹道:"这么多年来,我冒着生命危险仍然一次又一次地穿行在这条边境线上,就是希望有一天能够找回我失散多年的女儿……"

聂翁壹的故事让落下闳的心情变得异常沉重。此时,他满怀同情地对他说道:"您的女儿现在是您在这个世界上唯一的亲人,我相信您一定能够找到您的女儿的!"

听了聂翁壹的故事,落下闳不仅对这个聂老板有了更深的了解,也更加同情他的人生遭遇。这个三十多岁的汉子,原本的家庭是多么的温馨,多么让人羡慕啊!他上有老母亲,下有乖女儿,还有美丽贤惠的娇妻陪伴,可是,现在他什么也没有了。他现在形单影只,孤苦一人,匈奴人让他原有的一切荡然无存。遭遇这样的悲惨的,在朝廷的北部边镇上,何止是聂翁壹一个人啊?在北部边镇,在汉与匈奴接壤的数千里的边境线上,与聂翁壹有类似遭遇的人比比皆是。

眼下的匈奴人可以说就是北部边镇人民的悲剧之源。匈奴不灭,华夏百姓的噩梦将永无尽头。

多少年来,每当中原人在谈起北部这个邻邦时,都不会有好情绪、好言语,匈奴确实给人们带来了太多的麻烦与太多的苦难。

此时,一颗流星突然从眼前划过,向天尽头坠落下去。

落下闳久久地注视着刚才那颗流星坠落的方向,不说一句话。聂翁壹注视着落下闳那专注的神情,一时竟弄不明白自己面前这个人到底是怎么了。

过了半天聂翁壹才说道:"你看的那个方向,应该是你的家乡所在的地方吧?如果我没猜错的话,这个时候,你应该在想念你的家人!对吧?"

落下闳听对方这样说,才转过头来指着流星坠落的地方缓缓说道:"那个遥远的地方就是我的家乡,作为一个身在异乡的人,怎能不想念自己的家乡和家中的亲人呢?"

聂翁壹道:"你结婚了吧?朝廷要求,汉军中的所有官兵都应该结婚娶妻后才能奔赴边关的,像你这个年纪应该也有孩子了吧。哦,让我猜猜,你的媳妇一定非常漂亮是吧?"

落下闳来到雁门关,一晃已经好几年了,在汉朝,一个二十多岁的男子,年龄实在是不小了。聂翁壹提出这样的问题,做出这样的猜测,是非常自然的事情。

一提到这个话题，落下闳心中就感到十分的难受，在他的心里，他真的不知道谁是他真正的媳妇。凝香是他的媳妇吗？落下闳随大军离开阆中之前，碍于姐姐的面子，难以违抗的父母之命，临离开落阳谷的最后一天，硬是被活生生地与凝香凑在了一起。可是，即使当他醉醺醺地进入洞房时，仍然感到心里实在是憋得难受，在感情上他怎么也接受不了凝香。整整一个晚上他与凝香"井水不犯河水"，就这么坐着，直到雄鸡第一声报晓时，天边刚刚发白，他就第一次逃也似的离开了自己的家，离开了落阳谷。

事后，他在与龚永安谈起这件事情时说："人，是世间一切生物的精灵。只有人才具有用语言和文字表达情与爱的能力。情爱，是人生命中最为珍贵、最为高贵的情感。老祖宗在创造'爱'这个字的时候，中间夹着个'心'字。为什么中间要有这个'心'字呢？这就是说，一对夫妻应该是两个相爱的人，一方要用心去爱另一方，而另一方也应该用心去承受、感受对方的爱意。如果心中根本就没有对方，还怎么谈得上爱呢？一个人可以按照父亲、母亲的要求与意愿去结婚，但这个人心里能不能对另一方产生真正的情感，那就是另外一回事了。"

龚永安听落下闳这么说，顿时觉得他的这些话真有些石破天惊的意味。

在龚永安看来，男婚女嫁不就是听从"媒妁之言"，按照"父母之命"进行的吗？男女之间的婚姻不就是为了传宗接代，延续祖宗香火吗？

这么简单的事情怎么到了落下闳这里，就变得那么复杂了呢？

龚永安打死也不理解，落下闳怎么会有这样离奇的想法。可是落下闳就是这么一个人，心中时刻总有一些别人料想不到的新想法冒出来。

是的，事情就是这样，这么多年来，不管发生什么情况，落下闳心中的那个人从来就没有变过。这个人不是别人，她就是穄馨儿。

每当想起穄馨儿那如花朵般的美丽脸庞，她那银铃般的笑声总在他的耳边响起，那清晰动人的身影总在他的眼前浮现。

与穄馨儿分别算起来也有好几年了。穄馨儿，你还好吗？这几年来落下闳不时总在心里这样呼唤着。

穄馨儿当初作为赵婴齐的太子妃远嫁到南越国，今天想必已经贵为南越国的王妃了，今生今世自己与穄馨儿可能永远也不会再有相见的机会了。可是，他想抹掉穄馨儿在心中留下的美好记忆，却怎么也抹不掉。穄馨儿是他这一辈子最中意、最难忘怀的女孩子。她在落下闳心中的位置，似乎永远也不会有人可以取代。

落下闳这样想着,也就十分酸楚地对聂翁壹说道:"她很美!可她却不是我的媳妇,我怎么可能有自己的孩子呢?"

　　聂翁壹没想到落下闳会这样说,更没想到他的提问会触及对方心里的痛处,一时觉得十分的尴尬,便道:"哦,对不起,对不起。我不该向你提这样的问题。"

　　一种痛彻心扉的感觉早已涌上落下闳的心头。此时,落下闳脸色阴沉,情绪显得十分的低落,再也说不出一句话来。为了掩饰自己内心的痛苦,他随手捡起火塘边的一根树枝,无意地拨弄着眼前这堆火势正旺的篝火。过了半天他才抬起头来,望了望头上的星星后,苦苦地笑着对聂翁壹道:"没什么的!聂掌柜!夜已经很深了!咱们休息,好吗?"

　　聂翁壹一听落下闳如此说话,立即回应道:"对对对!今天赶了一天的车,真的累坏了,咱们休息,明天还要接着赶路啊!"

　　正是:

　　　　巧车向北觅卢图,夜半戈壁吐心声。

第十四章 不辱使命巧应对
引蛇出洞布诱饵

匈奴人的生活规律是由他们饲养的马、牛、羊、骆驼群来决定的。为适应放牧的需要,他们必须经常移换牧地。

他们居住的毡帐,称为"穹庐"。

穹庐是一种需要用木条作柱梁的帐幕。在迁移时,人们将拆下来的毡帐及日常生活用具装在马或牛拉的车上。在宿营地驻屯时,则将这些车子围成一圈,毡帐搭建在圆圈内,圆圈中心由这个部落的酋长居住,其他人再按地位等级从内向外分布。夏季,要选择水草丰美的地方作夏营地;冬季,要寻找可以躲避风寒的山谷作冬营地。当然,营地不是随意选择的,每个部落都必须在一定的地域内按照一定的路线迁徙。

聂翁壹在汉匈边境上穿行多年,对匈奴人的生活习性非常了解,对一些部落的游牧区域也很熟悉。

聂翁壹与落下闳等人来到卢图酋长的部落时,正临近匈奴人的春祭节。

春祭之俗,起源久远,相传与炎帝有关。炎帝不但是农业之神,同时也是医药之神。

匈奴人从血统上讲与华夏族同宗同祖,也是华夏子孙的一脉。

《史记》说:"匈奴,其先祖夏后氏之苗裔也,曰淳维。"当年商汤灭夏之后,夏桀之子淳维带领残部逃往北方。在战胜并吞并了北方一些小部落后,这支夏王朝的残余军队与生活在漠北戈壁滩上的诸多小部落融合,便过起了游牧生活。

经过几百年的发展,这支北逃的夏朝血脉,终于发展成为强大的匈奴人。

匈奴人与中原人是同种同源的黄种人,是华夏族人的后裔。从外表看,他们的身材虽然较矮,但体型却很是粗壮,头颅大都显得肥硕滚圆,脸膛宽阔,高颧骨，宽鼻翼，上胡须一般较为浓密，而颌下仅有一小撮硬须。男人们一般喜欢在长长的耳垂上穿孔，佩戴一只耳环。厚厚的眉毛像两只卧蚕，趴在一双杏眼之上，如炬的目光始终是那样炯炯有神。平时男人们身穿长齐小腿、两边开衩的宽松长袍，腰上系着腰带，腰带两端都垂在前面，由于寒冷，袖子在手腕处收紧。一条短毛皮围在肩上，头上往往都戴着皮帽保暖。

虽然穿戴打扮与中原人大相径庭，但他们的一些节日习俗却与中原人在很多方面存在相通的地方。匈奴人也有春祭的习俗。只不过中原的春祭活动，一般集中在孟春的头几天，而匈奴人的春祭活动，由于其所在的地理位置与北极距离较近，当中原地区早已处于暮春时节，漠北草原仿佛才刚刚苏醒过来似的。因此，其春祭节的时间一般都在五月。

每年匈奴人有三次这样的集体祭祀活动，分别在正月、五月及九月。正月的集会是小集会，参加的人一般是匈奴诸长；五月的集会是最重要的大集会，不仅参加的人多，也是最具宗教特色的祭祀活动；九月的集会则是秋天获得收成后感谢天神的集会。这些祭祀活动，大多是在匈奴单于所在的地方举行。这些集会虽然说都是祭天，或者是秋后感谢天神对匈奴臣民的恩赐等，但匈奴大单于往往也会借此机会，召集各部落酋长坐在一起商讨国家大计，很多重大决策也就会在这个时候拍板决定下来。

当春祭日到来的时候，随水草而居的匈奴人会聚在一起举行一些活动，人们带着酥油、砖茶、牛羊肉等物品聚在一起祭奠先祖、天地及鬼神，他们相信祖宗死后会有神灵，其他人死后也会有神灵，这些神灵是可以降吉凶的。因此，这些祭祀、庆典活动的主题大都离不开祈求苍天和祖宗保佑匈奴人畜兴旺、平安吉祥，等等。

聂翁壹与落下闳来到卢图酋长所在的特怒苏拉鞑部落，他们刚刚将随车带来的货物在部落的毡房前摆开，一群匈奴女人和孩子便立刻从穹庐群里雀跃欢呼着涌来。这些人围在聂翁壹的货摊前叽叽喳喳地问东问西，挑选着自己喜欢的商品，一时间落下闳、聂翁壹和他的两个伙计们忙得不可开交。

聂翁壹忙里忙外脚不沾地，但他心里始终十分清楚此次来卢图部落的真正意图。他一边招呼着落下闳与伙计们应付着货摊前这些匈奴女人与孩子，一边斜着眼睛观察着对面那些用牛车、马车围起来的穹庐里面的动静。此时，终于有一个长得很是壮硕的匈奴男子出现在穹庐群的大门口。这个人正是卢图酋长的亲信蚝史纳百骑长。

蚝史纳走过来对聂翁壹道："聂掌柜，好久不见您过来啊！"

聂翁壹连忙应承道:"啊!蚝史纳兄弟,好久不见啊!哎,您是不知道哇!边关盘查得严呐,过来一趟也是很不容易的啊!眼下草原上春祭节快来了,我总得过来凑凑热闹不是!"

蚝史纳道:"是啊是啊!春祭节到了,不见您聂掌柜的影子,那多让人扫兴啊!聂掌柜是大漠里匈奴人的福星,不管走到哪里,总是能给匈奴人带来满意的物品。"

聂翁壹见对方这样说,脸上顿时笑开了花,道:"哪里哪里!百骑长您过奖了!"

聂翁壹边说边拿起一包上好的茶叶递给蚝史纳道:"来,蚝史纳百骑长,这是我们那儿上好的砖茶,您尝尝。"

蚝史纳见聂翁壹送他礼物,连忙假意推辞道:"你们不是常说那个什么,'没有功劳,无缘奖赏'的吗!这怎么可以呢?"

聂翁壹道:"都是自家兄弟,怎么不行呢?别客气了!"

随即聂翁壹又抱起身边的一坛米酒。"这是孝敬卢图酋长大人的,麻烦您带给他一下?"聂翁壹试探性地向蚝史纳说道。

聂翁壹怀中抱着的这坛米酒香气四溢,蚝史纳早已被这浓浓的香味吸引了。此时,他凑到酒坛跟前深深地吸了一口气道:"啊!好香啊!怪不得卢图酋长天天掰着指头盼着您聂老板的到来呀!"

聂翁壹听了蚝史纳如此说话,更加殷勤地道:"嘿嘿嘿!百骑长言重了,我这不是来了吗?"

俗话说:吃人家的嘴软,拿人家的手短。蚝史纳得了聂翁壹的好处,此时,他明白,聂掌柜肯定有事需要找卢图酋长,这个顺水人情他是应该给的。于是便说道:"他在毡帐里,你自己给他送去吧!"

聂翁壹一听蚝史纳让他自己去,真是求之不得,但他仍然委婉地推辞道:"您看,我这不是脱不开身嘛。"

蚝史纳道:"你一个大掌柜,前台面上这些小事儿,不可以让您的伙计们干吗?走,我陪您见酋长去!"

说着,蚝史纳硬拽着聂翁壹向卢图酋长的毡帐走去。

聂翁壹抱着一坛米酒边走边回头对落下闳道:"一坛酒怎么行呢?好事成双才好啊!"

落下闳一边忙着手上的活儿,一边密切注意着蚝史纳与聂翁壹二人的行动。此时,他一听聂翁壹对他这样说,马上明白对方话中的含意了,便立即放下手上的活儿，抱起身边的那坛米酒跟上来道："是啊！好事成双，两坛美酒才吉利啊！"

蚝史纳见聂翁壹与落下闳都这么说，也道："对呀！好事成双，知道你聂老板就是一个会办事的人。"

春天的草原，草肥牛壮。太阳照在人的身上，一腔的暖意在胸怀，心情也格外的舒畅。

聂翁壹与落下闳各怀抱着一坛米酒，跟随在蚝史纳身后，往卢图的毡帐走去。

聂翁壹清楚地记得，当他第一次将这种米酒摆放在卢图酋长面前时，卢图完全不知道这是什么东西。当他试着喝了一口这种产自中原寻常百姓家里的米酒时，只觉得一种从未尝试过的奇异醇香一直浸透到了他的骨髓深处。

随着浓香的甘露渐入脾胃，他全身每一根血管似乎都灌满了这种无法比拟的甘甜滋味儿，浑身的血液好像也充满了一种浓浓的奇香。他整个身心处在一种从未有过的快感之中。

此后，不管是前往匈奴人的首府龙城参加祭祖先、拜天地，还是参加军臣单于召开的各部落酋长的小型碰头会，他逢人便讲汉人这种酒水的奇异味道与神奇效果。渐渐地，这种产自中原的米酒在匈奴人中间的名气越来越大了。很多匈奴的上层人士常常向卢图讨要这种米酒。而卢图因为首先发现和独自占有采购这种米酒的渠道，在匈奴国内的声望也越来越高。卢图为了保持住他在族人中间的声望，便要聂翁壹为他带来更多的这种神奇的极具诱惑力的米酒。

眼下听说聂翁壹来了，他本想立刻来到聂翁壹面前索要这种米酒，可他的管家突然前来向他报告说，他一直等待的那位从首府龙城过来的不寻常的贵客，马上要到他的毡帐来了。卢图觉得这个时候，他是不能离开自己毡帐半步的。当然卢图也估计到这位人物在春祭即将到来的时候前来自己的特怒苏拉鞑部落，十之八九也是与这神奇的米酒有一定的关系的。

于是他便责成蚝史纳来到了聂翁壹这里。

聂翁壹刚刚在穹庐群外面安顿下来，蚝史纳就迫不及待地出现在了他的面前，并顺利地将酒与人一下子给卢图酋长都带回来了。

可是，当蚝史纳重新回到卢图酋长毡帐的时候，他突然感觉好像不太对劲。刚才一切如常的毡帐门前，现在却站着两个五大三粗的带刀武士，只见这两个彪形大汉虎视眈眈地站在那里，使每一个从此经过的人都望而却步。先前蚝史纳听卢图酋长说过，今天龙城有人专程要到他这里来品尝这种神奇的米酒，但却没告诉他这人到底是谁。现在他一见这阵势，心想：今天从龙城过来的这位人物，不是一位王爷，也是一位侯爷了。正在他这样想的时候，一位匈奴装扮的女孩从毡帐里走出来，径直走到蚝史纳面前道："蚝史纳百骑长，你还愣在这里干吗？我阿大正在里面等着你的东西呢！"

这位年约十二三岁的女孩名叫阿缇雅。

蚝史纳一见阿缇雅出现，心中顿时明白今天从龙城过来的人到底是谁了。阿缇雅是匈奴军臣单于的女儿，她身材苗条，面容姣好，聪明伶俐，很讨军臣单于的喜欢。她的左侧耳垂上有一颗绿豆大小的红痣，让人一见便不能忘记。

聂翁壹一见到这女孩，不知为何，顿时浑身一震。他心中突然产生了一种异常奇特的感觉。他觉得这个女孩子是那么的面熟，总觉得自己好像在什么地方见过似的。但到底在哪里见到过这个女孩子呢？他在脑子里闪电般紧张地思索了半天，却怎么也想不起来。然而，当他看到她耳垂左侧那颗红痣时，他的心中升腾起一种莫名的惊异。他不禁在心底向自己问道：天哪！难道天下真的有这么相像的两个人吗？

阿缇雅的出现，确凿无误地表明：匈奴国至高无上的君王军臣单于来到了这里。难怪卢图先前那么神秘，那么重视今天这位人物的到来。

蚝史纳立即应承道："哦！阿缇雅公主您来了啊！"说着，他回头催促着聂翁壹与落下闳道："快快快！赶快将你们这两坛美酒给大王送进去吧！"

聂翁壹与落下闳各抱着怀中那坛米酒就要往里走，但当他俩来到毡帐门前时，刚才门前那两个武士却往中间一靠，将他俩的路完全挡住了。蚝史纳一见这种情况，连忙回转身来企图向这两个"门神"解释什么，可这两个人却将手一挥，不让蚝史纳说半句话。正在僵持不下的时候，卢图从毡帐里走出来，他看了看聂翁壹与落下闳怀里抱着的米酒，然后道："你们来了？"

聂翁壹急忙回答道："啊！酋长大人，我们来了！"

卢图看了看落下闳，然后对聂翁壹问道："他是……？"

聂翁壹答道："这是我的伙计。"

卢图听聂翁壹如此说，即转身重回到毡帐里去了。不一会儿阿缇雅走出来对两个武士道："我阿大说：让他们进去！"

两个武士听阿缇雅这样说，才闪开一条道让聂翁壹与落下闳进到毡帐里面去。

当军臣单于从卢图这里第一次品尝到这种酒水后，他便迷恋上了这种醇香甘甜的东西。当他得知，经常来往于汉匈边境的商人聂翁壹又要来到这里时，便带着几个随从径直来到了距他并不太远的特怒苏拉鞑部落卢图酋长的毡帐里。

此时,他见聂翁壹等人怀抱着这种美酒来到了他的面前,那种迫切地想再次品尝这种神奇酒水的神情,早已在他的脸上完全显现出来。

这时候,卢图将酒坛上的封皮揭开,从酒坛里溢出的奇异醇香,立刻在整个毡帐里飘荡。军臣单于止不住深深地吸了一口漂浮在毡帐里的香气道:"嗯——,这奇异醇美的气味,真是天上才有的啊!"

蚝史纳将两只用人头雕刻成的大碗拿上来摆在一张小桌上。

匈奴人在战争中有猎头的习俗,在战斗中砍下敌人的头颅是荣誉的象征。而且,匈奴人大都会将从战场上带回来的敌人头颅制作成饮酒的器具。在制作这种酒具时,他们会将敌人的头骨沿眉弓切开,取头盖部分,裹上兽皮,并镶上金属边缘做成饮酒器具。被猎杀者的身份越高,所制成的酒具档次就越高,如果头颅来自很有身份的人,往往还会镶上金边,甚至缀以宝石。匈奴人曾经与邻近的小月氏国爆发战争,小月氏国战败,国王仓皇出逃时没有来得及带上自己的父亲,结果匈奴人冲进小月氏国的王宫,见人就杀,他们没有抓住小月氏国王,匈奴单于就将国王父亲以及几个皇亲国戚的人头砍下来带回去,做成了几只"人头碗"。每逢匈奴单于在龙城设宴招待近臣贵戚的时候,就将这些"人头碗"拿出来使用。这些"人头碗"不仅成了一种摆盛食物的器皿,也成了匈奴人向参加宴会的人炫耀自己武功的一种方式。人们了解了这个人头生前的身份地位,也就了解了这位匈奴主人的赫赫战功与英雄业绩。这个人头生前的地位越显赫,设宴主人便越会受到人们的赞扬与敬佩。

今天卢图理所当然地也拿出了曾经给他自己带来荣誉的这种"人头碗"来款待贵宾。只见他顺势提起一坛酒来,将一些乳白色的酒水倒入碗中,端起碗来毕恭毕敬地双手呈送到军臣单于面前道:"大王,喝上一口吧!那个感觉更不一样了!"

军臣单于接过碗来,先尝试性地喝了一小口,缓缓地吞下这些酒水后,只觉得一股奇香直入心脾。他完全吞咽下这些酒水,顿时胸中好像着了一团火,浑身暖洋洋的。他忍不住连续喝了几大口,才抬起头来道:"啊——,如此琼浆玉液,甘甜醇香,真是美妙无比啊!"

接着军臣单于不再说话,他几乎将自己的整个头颅都放入了这只不大的碗中了。毡帐里的人,只听见他的喉咙里不断发出"咕噜咕噜"的声音,一会儿便连续喝下了好几大碗。

几碗美酒下肚后，一种微醺的感觉袭上军臣单于的头颅。这种感觉又再一次在他身上出现，也让他再一次有了一种全身轻飘飘的奇妙感觉。此时，他转过身来，指着聂翁壹对卢图道："你说的那个聂掌柜的，就是他吧？"

卢图连忙毕恭毕敬地道："哦，对对对！大王，这就是聂掌柜，他那里有好多好多这种上好的美酒。只要大王喜欢，聂掌柜可以经常将这种美酒给大王送来的！"

聂翁壹一见卢图等人对此人如此恭敬，便已经大体估摸到了他的身份与地位了。此时，再听卢图称对方"大王"，他的心里更加清楚对方是谁了。

聂翁壹心想：真是"踏破铁鞋无觅处，得来全不费功夫"，此话一点不假。聂翁壹先前企图通过卢图的引见与匈奴国的君主军臣单于见面接触，可现在看来完全不费周折，整个计划就可以顺利地实现了。

聂翁壹见时机已到，连忙对军臣单于施礼道："大王若是真喜欢这种琼浆玉液，今后有机会我可以争取多带一些过来孝敬您。"

军臣单于道："你一次能带多少过来？"

聂翁壹道："回大王的话，我们马邑县差不多的百姓，家家户户都会酿制这种酒水，可是，现在朝廷管制得严，我过来一趟也是很不容易的啊！"

军臣单于道："你们朝廷的皇上，限制人民在边境上与我大匈奴国进行贸易，不让你们与我们做生意，这个我非常清楚的！"

聂翁壹听军臣单于如此说，即装出一副为难的样子道："大王知道就好，我们小老百姓也没办法啊！"

落下闳此时也附和着道："是啊！毕竟胳膊拧不过大腿的啊！不过，不过……"

落下闳欲言又止，更勾起军臣单于想听他说下去的欲望。

军臣单于盯着他道："不过什么？说下去。"

落下闳看看聂翁壹，又回头看看卢图，做出一副想说又不便说的样子。

卢图也有些沉不住气了，便道："你说吧，大王不会降罪于你的。"

落下闳便小心翼翼地说道："如果大王希望经常喝到这种美酒，完全可以把整个马邑城都给它买下来啊……"

聂翁壹此时也附和着说道："嘿嘿嘿，我也是这个意思，这样马邑城里全部的酿酒作坊就都归大王所有了。大王随时可以喝到这些上等的美酒了，这样岂不更好吗！"

一听这话，蚝史纳立刻就叫起来了："买下来？你们两个不是在开玩笑吧？"

聂翁壹此时显得有些无可奈何地道："那怎么办呢？还有比这个更好的办法吗？"

整个毡帐里一时没有一个人回答落下闳与聂翁壹提出的这个问题。半晌，卢图才说道："买下马邑？那我们匈奴国要付出多少牛羊、马匹、骆驼，才能买下整个马邑城呢？"

毡帐里的几个人面面相觑，人们一时陷入无言以对的尴尬境地之中。整个毡帐里面，一时间静得出奇，没有一点声音。正在这时，这个军臣单于却从牙缝里蹦出两个吓人的字来。

"十万！"

卢图见军臣单于说出这两个字来，不禁用怀疑的口吻问道："十万头牛羊、驼马吗？"

蚝史纳也道："十万头牛羊、驼马？这能行吗？"

军臣单于不动声色，但他那两只圆瞪着的豹眼明显地透出一股杀气来。

军臣单于用一种不容置疑的语调说道："怎么不行！我十万匈奴铁骑可以荡平整个马邑！我们酿制不出这些奇妙的美酒，但我大匈奴国却盛产良驹骏马。天下谁人不知，匈奴人是在马背上长大的，匈奴男人手中的弯刀无惧任何人的大刀长矛；匈奴国无敌于天下的铁骑，可以踏平任何城堡的高墙城垣。"

毡帐里的人听军臣单于说出如此话来，顿时都屏住了呼吸，不敢发出一丝声音来。

正是：

　　　　酒壮人胆豪气生，单于剑指马邑城。

第十五章　功亏一篑亮色在　巧车战场拒顽敌

马邑，人们称它"虽僻一隅，实边陲要害"，其历史悠久。两万多年前旧石器时代晚期，"峙峪人"就在此栖居生息，夏、商时为楼烦之地，春秋战国时系狄人所居。公元前二一五年，秦始皇派大将蒙恬率军北击匈奴，在这里围城养马，始筑马邑城。

西汉时，马邑归雁门郡管辖。它北、西、南三面环山，中部为一盆地，整个地貌形似簸箕状，向东倾斜，桑干河依地势由北向东南流去。雁门郡一年四季降水极少，风沙较大，干旱三年两遇，但马邑却是另一番景象。桑干河流经这里，境内洪涛山脚下那些大大小小的泉眼，终年涌出清澈的泉水，泉水叮咚，潺潺流淌，最后在山脚下形成了星罗棋布的自然湖泊。这为马邑人带来了较为充足的水源，马邑由此也就成了一处塞外"桃源"，让关内外的人们羡慕不已。

刘彻决定在马邑设伏，除了觉得马邑筑有坚固的城垣，守城较为容易，而攻城需要费些周折外，就是考虑到马邑的山势地貌状如簸箕，三面环山，中间那一大块盆地，正好作为两军厮杀的战场。还有一个重要原因就是：马邑的物产较为丰富，匈奴人对此早已垂涎三尺。

军臣单于在卢图的毡帐里得知马邑盛产这种醇香甜美的米酒时，他染指马邑的想法就显得愈加迫切。因此，当军臣单于将一坛米酒喝得差不多的时候，他当即决定，一个月后，发兵马邑，并让聂翁壹作内应配合他的整个行动。

聂翁壹没有想到，这次他能这么顺利地见到匈奴大单于，而且靠一坛米酒，就让军臣单于很容易地做出了发兵十万的决定；他更不曾想到，军臣单于的女儿阿缇雅，长得竟与自己被掳走的女儿聂蕳妮一模一样，连耳垂上的红痣也一般无二！难道女儿真的还活着，而且被单于本人收为养女了吗？在回程中,他将此事一五一十地告诉了落下闳。落下闳听了,也甚为惊异。不过大敌当前,无暇他顾。聂翁壹觉得,还是按计划行事要紧,寻找女儿的事只有暂时搁置。来日方长,以后再慢慢设法寻找女儿吧!

落下闳与聂翁壹回到马邑,立即将情况向汉军统帅部做了详细报告。

汉军得知这些准确的情报后,立即紧急行动起来。前线统帅御史大夫韩安国立即对整个战局做出部署:他命令大行令王恢、卫尉李广、太仆公孙贺、太中大夫李息率领兵马各据一方,待匈奴单于十万大军进入马邑,各路大军即刻从东西南北四个方向纵兵出击,将匈奴人合围在马邑盆地,全部歼灭。

在马邑围歼匈奴的计划,应该说是可行的。如果成功的话,汉朝不仅可以杀死匈奴的当朝君主军臣单于,消灭对方最精锐的十万铁骑,还可以一雪前耻。汉朝与匈奴之间也可能就此签订一纸协议,化干戈为玉帛,再无战事。

但是,世间的很多事情往往是不会完全按照人们的主观愿望发展的。刘彻精心策划的这场对匈奴的战役,最终却以失败告终。由此,汉匈两国彻底"翻脸",拉开了双方长达百年的战争的序幕。汉匈之间的这场战争,最终也使大汉朝"海内虚耗,户口减半",近千万人战死疆场,骄横一时的匈奴人也因此持续向西败逃,最终亡国灭种。

军臣单于率领着十万大军一路烧杀抢夺,向马邑城杀来,此前聂翁壹已经派人向军臣单于报告说,马邑城里的县官及其爪牙们都已经被清除干净,马邑眼下已是一座空城,只等匈奴大军前来接收。

可是,军臣单于毕竟是一个老奸巨猾的人物,他认为"耳听为虚,眼见为实"这句话绝对是有道理的。于是,在他一路向马邑城杀来时,便早早地派出身边的人前去马邑城打探究竟。

聂翁壹见到军臣单于派来的人,便指着马邑城楼上几个死囚犯的头颅说:"你看,这就是马邑县令与他手下的人头!现在马邑城已是群龙无首,毫无防备,匈奴大军只管放心大胆地进城就是了。"

军臣单于派去的使臣并不认识马邑的县令是谁。这几颗人头,到底是不是马邑县令及其手下的人头,他一点也搞不清楚。但是,这个使臣必须回去向大单于报告:聂翁壹已经按照事前约定,将县令干掉了。

军臣单于派人前去打探消息后,又对附近的山势地貌认真地观察起来。当他远远地看到马邑城附近的黑驼山奇峰突起,洪涛山怪石嶙峋,整个山形地貌犹如大海的波涛,潮起潮落,气势恢宏时,他的心里突然升腾起一种奇怪的感觉,只觉得心里突然一阵阵地发紧发怵。当他的队伍来到距马邑城还有一百多里地的一个隘口时,只见路边一块石碑上赫然写着"杀虎口"三个血红的大字,他不由得浑身一阵哆嗦。

此时,派去察看情况的使臣也赶回来向他报告在马邑城下看到的情况。他不仅没有相信来人报告的情况,心中的疑惑反而更大了。他当即命令整支军队在"杀虎口"前原地待命,停止前进。

军臣单于不愧是匈奴国的一代雄主,在行动中,他始终保持高度的警觉。此时,他感觉这次出征以来发生的所有事情似乎都太顺利了。

自从他们进入汉境以来,一路上偶遇小股汉军,毫无抵抗之意,全都望风而逃。他觉得这似乎不太像他所熟悉了解的汉军。特别是临近马邑城,所到之处的村庄全都空无一人,远远近近的山坡上,只见牛羊遍地,而不见一个放牧的人。这一切更加深了他的怀疑。

为了弄清真实的情况,他决定抓个俘虏来问问。

卢图按照军臣单于的命令,很快便攻下了附近不远处的一个亭堡,抓获了一个亭尉。

汉军设置在边境线上的亭堡是用来瞭望敌情、传递消息用的。每一百里设一个亭堡,由亭尉率领一些士兵把守。卢图将这个亭尉带到军臣单于面前。

军臣单于拿出刀架在亭尉的脖子上,吓唬他道:"你把实际情况老老实实地告诉我,我会重重赏你;要是你敢撒半句谎,我便立刻砍掉你的脑袋。"

经过一番严刑拷打之后,亭尉供出了汉军的整个行动计划。

原来汉军早已在马邑张网以待,一旦他的大军全部过了"杀虎口",三十万汉军将立即从四面八方向他合围过来。军臣单于一听,不禁倒抽一口冷气。他在心中暗自叫道:"真是不出我的预料啊,怪不得我这心中一直不踏实啊!"

随即,军臣单于命令各个部落的骑长们带领队伍全速撤退。

当军臣单于的十万大军停滞在"杀虎口"时,王恢率领的三万精兵就埋伏在附近。他的任务是,一旦匈奴人过了"杀虎口",便马上采取一切手段封闭该入口,让军臣单于的十万人马犹如装入一只口袋之中。此时,三十万汉军就可以形成关门打狗之势,将其歼灭。可眼下军臣单于并没有越过"杀虎口",且又开始全线后撤了。

面对近在咫尺,个个凶悍如虎的十万匈奴人,王恢手下仅有区区三万人,此时该怎么办?是主动发起攻击,还是按兵不动,保存实力?

这些匈奴人大头阔脸,颧骨突兀,个个敦实矮壮。他们头戴皮帽,脚蹬皮靴,宽大的裤子用一条皮带在踝部捆扎着。腰上的弯刀闪着逼人的寒光,装满了利箭的弓箭袋垂在左腿的前面。这些人个个虎背熊腰,目光如炬,严阵以待,仿佛浑身有永远也使不完的力气。

王恢紧张地思索着:如果主动向匈奴人发起攻击,数倍于自己的敌人肯定会合兵一处全力对付自己手下的人马,三万汉军岂是十万匈奴人的对手?一旦与匈奴人打起来,这三万汉军包括自己肯定转眼之间都会一个不剩地成为匈奴人的刀下鬼;如果按兵不动,让军臣单于暂时撤退,则可以避免一场自我毁灭的惨斗,将自己的实力完全保存下来,日后再寻找机会与匈奴人战斗。是毁灭,还是生存,全在一念之间。两种念头在他的内心经过一番苦苦的激烈较量之后,他终于没有让自己的军队主动出击。

王恢对匈奴人确实有些畏惧,他不知道军臣单于一听说三十万汉军早已在马邑设伏时,顿时也阵脚大乱,立即掉头后撤。这个时候王恢将军趁势指挥人马冲上去,打匈奴人一个伏击,也是完全可以有所斩获的。但是他没有这样做,而是眼睁睁地看着匈奴人在自己的视线中匆匆远去。

"杀虎口"这三个充满血腥的大字,好像明里暗里在向军臣单于昭示着什么东西,无形中对他构成了一种强大的精神压力,使他在心理上更增加了许多恐惧的感觉。他再也不像刚才来的时候那样从容镇定了。此时,他满脑子里什么也不敢想,只想着尽快撤离。他觉得,如果不尽快从这个地方撤离,一旦大批汉军出现在他面前,那后悔就来不及了。

李息率领的三万人马,则潜伏在马邑外围的代郡黑驼山谷中,他们的任务是:待军臣单于大部人马进入汉军的伏击圈后,立即将匈奴人拦腰切断,并将其后面不多的人马全部消灭。

浓密的灌木丛中布满了整装待发的汉军兵士。落下闳、范美凤、夕季财、庾峙富、鄂贵泉与数万将士们静静地潜伏在那里。此时,鄂贵泉摸摸身边经过改装的战车,小声地对落下闳等人道:"唉!这种经过改装的战车,今天就要派上用场了,不知它是否能抵挡得住匈奴人手中那削铁如泥的弯刀啊?"

夕季财听鄂贵泉这样说,不禁对他说道:"当初,为战车装配定向装置的时候,你怀疑过。现在为战车装上了'转盘飞刀',你又怀疑。你怎么就这样不信任我们呢?"

庾峙富听了他俩的对话后,说道:"这车上的'转盘飞刀'也反反复复试了好多次,模拟攻防也进行了无数次,实际效果你也是清楚的呀!怎么还说这样的话呢?"

战车上的"转盘飞刀",是落下闳为战车增加的又一装置。

经过改进后的新型战车，高一丈，宽六尺，前后布满尖刺，四周布满箭孔。当敌人靠它较近时，必然被车上面的尖刺杀伤，而当对方的弓箭射来时，又会被高大的车身挡住，掩护车内以及后面跟随的士兵。部队进攻时，车内的兵士还能从车上的箭孔向对方射击。

最为特别的地方是，战车的左右两边都配置了两个不大不小的转盘，在转盘上装上了五把特制的尖刀。当战车前进时，车内的人可以视情况让两边的转盘伸缩，并借助人力或车轴的动力让转盘飞快旋转，对敌人构成致命的威胁。

这种战车攻防兼备，最适合以少胜多的战斗，尤其适合对付成群结队冲过来的匈奴马队。

落下闳为这种新型的战车取了一个很好的名字：武罡车。

"武"字好理解，即军中战车，也蕴含着车上左右配备的五把尖刀。"罡"是什么意思？该字的原意是指天上的北斗七星，如罡星煞曜、天罡北斗；也有人用它来形容强劲的大风，如罡风。武罡车，即在战斗中，此车将犹如飓风刮过，横扫一切，所向无敌。

此车虽经多次检验，却从未用于实战，在战斗中是否能达到想象中的效果，落下闳自己也说不好。但是他坚信，这种新型战车一定能在实战中发挥出超乎想象的战力。

落下闳听了几位伙伴的话后，流露出坚定自信的神情。他转过头来对鄂贵泉道："不要急呀！再过一会儿，不就什么都清楚了吗？"

埋伏在黑驼山谷中的汉军们紧张地注视着不远处不断向马邑城进发的匈奴人。可是，这时候落下闳突然发现，刚才这些匈奴人还在一个劲儿地向前赶，可现在整个队伍却在不停地向后撤，而且速度越来越快，人越来越多，队形越来越乱。这是怎么回事啊？

李息与守候在他身边的范翼龙等人一点也不知道这些匈奴人当中到底发生了什么事。面对眼前的情景，人们犹如丈二和尚摸不着头脑，完全不知道是怎么一回事。落下闳定睛观察着前面匈奴人的情况，突然他抬起头来对一旁的李息将军说道："将军！匈奴人好像要跑啊！"

李息道："什么？他们想跑？"

落下闳指着前面大路上从马邑城方向不断涌来的一群群匈奴骑兵，说："将军您看，这些匈奴人先前过来的时候，他们的队形整齐，神态傲慢。现在他们已经没有先前那种整齐的队形，而且行色如此慌乱，步履如此匆忙……"

范翼龙道："难道他们知道了我们的伏击计划？"

李息认真地观察着眼前的情况，最后也十分肯定地对范翼龙与落下闳说道："你分析得不错，这个军臣单于肯定发现了什么！"

现在战场上的情势与统帅部计划中的情况一点都不相同，匈奴人没有进入汉军布好的"口袋"，正在全线后撤。李息此时遇到了与王恢一样的问题。

战场上的情况瞬息万变，战机稍纵即逝，不容等待，必须立即做出决断。

此时，范翼龙也向李息开口问道："将军，打不打？"

是啊！到底打还是不打？李息将军一时也很难决断，只见一颗颗的汗珠早已布满他的额头。正在他紧张思索的时候，落下闳望着正一步步走远的匈奴人对李息将军道："将军，出击吧！再不出击，敌人跑远了，我们的伏击计划就全部落空了！"

李息一听落下闳这样说，终于下决心道："好！出击！让我们装配有'转盘飞刀'的武罡战车全线压上去，截住匈奴人，打他一个措手不及！"

随着李息将军一声令下，落下闳与他身后的汉军兄弟立即策马驾着配备有"转盘飞刀"的武罡车，向不远处的匈奴人全速冲过去。一时间整个山谷里，旌旗招展，杀声震天。

落下闳与庹峙富、夕季财与鄂贵泉与众将士们驾驶着武罡车，向着匈奴人冲过去。

出现在落下闳他们面前的这些匈奴人，正是卢图所部的万余骑兵。本来就有些紧张的卢图等人，一见大批的汉军犹如从天而降，便急忙调转马头过来应战。但是，他们还没接近武罡战车，就被从战车前后左右"嗖嗖嗖嗖"不断飞出的利箭射中，一些向武罡车正面而来的匈奴骑兵纷纷落下马来。而卢图等人放出的箭，在武罡车面前丝毫不起作用，很多箭都被武罡车高高的挡板挡了下来。

卢图一见从正面进攻的人不断中箭落马，便指挥手下的其他人从两侧向武罡车冲杀过来。可是当这些人刚接近战车，正要挥刀向驾车的汉军将士砍杀时，只见落下闳等人将战车上的机关轻轻一拨，战车上的"转盘飞刀"立即飞快地旋转起来，那些冲到战车近前的匈奴骑兵不断被这种"转盘飞刀"砍倒，"转盘飞刀"所到之处血肉横飞。那些被"转盘飞刀"砍倒的匈奴人与他们胯下的战马浑身伤口，殷红的鲜血长流不止。

匈奴人面对汉军这种新型的武罡战车，完全不知道怎么办，一些人由于来不及躲闪，也被冲过来的战车上的"转盘飞刀"砍倒。

一时间，落下闳等人驾驶的装有"转盘飞刀"的武罡车，在匈奴人的铁骑中间所向披靡，纵横驰骋。

匈奴人见汉军这种怪异的战车几乎不可战胜，只有选择躲避退让，扔下那些或死或伤的同伴，飞也似的向北逃去。

正是：

　　　　围歼匈奴成泡影，唯有武罡显神威。

第十六章　马邑战后细盘点　制胜利器受夸赞

在这场突如其来的遭遇战中，不到一个时辰，卢图的人马已伤亡大半。

卢图一看阵势不对，不敢恋战，只好撤了。

当年面对匈奴铁骑的骚扰侵袭，汉朝廷总是显得一筹莫展。司马迁曾指出，匈奴人之所以打遍天下无敌手，主要是依仗自己的三大长处：其一善骑射，其二耐饥寒，其三马精良。此乃匈奴三胜。匈奴人的这三大强项汉朝基本都不具备。

匈奴人的国土百分之九十地处北纬五十度左右，他们的马长期放在空旷的牧区饲养，在漫长的严冬里，马没有避寒的地方，也没有干草或谷物作为补充饲料。在这种环境中饲养出来的马，体格不是很高大，但却非常耐饥寒，在极寒地带有着极强的适应能力；在战斗中不仅爆发力强，在长途奔驰中也有很强的耐力。说它能够日行千里，有些夸大其词，但这样的马即使在不喂食的情况下，日行五六百里是完全可能的。

面对渐行渐远的敌人，落下闳等人仍驾着武罡车在后面拼命追赶。但汉军的马本来就不及匈奴人的马，加之又拖着一个战车，就更追不上了。落下闳、夕季财等人追到一处山垭口只好停了下来。

此时，李息策马上来，望着渐渐远去的卢图所部对身边的落下闳等将士们道："别追了，让他们去吧！"

且说汉军统帅韩安国与李广、公孙贺率大批主力部队一直埋伏在马邑附近的山谷中，静待军臣单于的十万人马进入为其布下的"口袋"。可等了很长时间，始终不见匈奴人的影子。正在众人疑惑不解时，突然接到情报，方得知消息已败露，匈奴人正在全线后撤。面对如此变故，韩安国决定，改变原来的作战方案，立即主动出击。于是他与李广、公孙贺便带着人马直奔李息设伏的代郡而来。

数十万人马一齐出动，整个马邑顿时像翻了天一样沸腾起来。

此时，一传令官跑到李息面前向他报告说："将军，韩将军他们带着大部队赶过来了。"

只听得一片震天动地的马蹄声由远而近地传来，一片黑压压的人马犹如潮水般地向代郡涌来，千军万马驰过处扬起的沙尘将整个天空都染黄了。

李息回头看看越来越近的韩安国、李广、公孙贺身后那数十万人马，不无遗憾地道："可惜，他们来晚了啊！"

匆匆赶来的韩安国等人气喘吁吁，满面汗滴。

韩安国来到李息近前，望着越逃越远的匈奴骑兵半天也说不出话来，过了很久他才自言自语地道："真是太便宜他们了！"

此时，范翼龙策马前来对李息报告道："将军，在刚才的追击战中，我部共击毙匈奴骑兵三百余人，俘虏二十三人。"

李息听了范翼龙的报告后问道："我军的伤亡情况怎样？"

范翼龙道："我军无一人阵亡。"

一旁的韩安国等人听到"无一人阵亡"这几个字，几乎不相信自己的耳朵。韩安国忙对范翼龙问道："你说什么？'无一人阵亡'？你说的可是实情？"

范翼龙道："刚才的战斗规模较小，我军将士不同程度的负伤是有的，但是'无一人阵亡'完全属实，将军如若不信可以马上核查。"

此时一阵阵的呻吟声从附近传来，只见不远处十多个脸上、胸前、手上、腿上满是伤痕的匈奴人或坐或躺，挤在一处，正等待着范美凤与一老一少两个医官为他们处理伤口。

一个矮墩墩的匈奴人一只手抱着自己的臂膀痛苦地道："哎哟——，哎哟——，疼死人啊！"

另一个满脸胡须的匈奴人双手抱着自己的大腿，向两个医官乞求道："哎哟——，医官大人啊！行行好吧！快点给我看看吧，血流完了，我快死了。"

范美凤转过头来对其吼道："嚷什么？死了才好呢！谁让你们动不动就跑到我们汉界边镇来找死啊？"

一个稍稍瘦一些的匈奴人道："不是我们想来啊，是大单于逼着我们来的呀！我不来，我家里的妻儿老小都会没命的啊！"

那个老一点的汉军医官说道："哦，这么说来，你也是被强迫来的？"

几个匈奴人这时都纷纷说道："是的，我们都是被强迫来的。"

范美凤反驳道:"你们的话,谁信呢?"

刚才那个瘦一些的匈奴人道:"我说的有半句假话,就让天上的雷神劈了我……"

李息陪同韩安国、李广、公孙贺等人来到这里,听了几个匈奴俘虏的对话,再看看这些俘虏的伤口,只见这些人身上的刀口不深,但个个伤痕累累,血肉模糊。一个人身上少则有六七处,多的有十多处伤口。韩安国不禁问道:"你们这是被什么兵器击伤的?"

那个矮墩墩的匈奴人道:"长官啊!你们那个战车也太厉害了!那个飞刀旋转起来,杀伤力太大了啊!"

几个匈奴人也一起附和道:"是啊!太厉害了!这样的战车以前我们谁也没见过啊!"

韩安国此时不解地望着李息道:"他们说的是什么情况啊?"

李息连忙对他解释道:"哦,他们说的是经过我们改装的战车,大伙儿叫它'武罡车'。这样的战车不仅车身高,而且还新装配了几把'转盘飞刀'。"

韩安国反问道:"什么?'武罡车'?'转盘飞刀'?怎么从未听你说过呢?"

李息道:"军士们刚刚搞出来的,还没来得及向您报告呢。"

韩安国道:"哦,想不到你这里还藏有这么一个秘密武器啊!那我今天一定要见识见识啊!"

李广与公孙贺也道:"对,让我们都看看啊!"

李息对众位将军道:"好哇!那各位大人,请吧!"

李息一边走一边指着不远处几辆新式的战车对大家道:"经过改装的这种战车,车身比过去高,它的两侧,还装配有尖刀的转盘。在战斗中,转盘借助车轮行进的动力旋转而形成杀伤力。如果战车停下来,转盘也可以用人力来驱动,对敌人形成杀伤力。这样的战车,不仅是一种战场上的运载工具,也可以成为一种攻防兼备的武器。"

李息陪同韩安国等人来到几辆武罡车前。

大家一边饶有兴趣地听着李息的介绍,一边频频点头称好。这时韩安国面对着眼前这几辆从未见过的新式战车,不禁感叹道:"哎呀呀!有了这样的武罡车可不得了啊!"随后他又问道:"哎,李大人,您还未告诉我们,这样不同凡响的杰作是出自谁人之手呢?"

李广、公孙贺也道:"是啊!能将战场上我们长期使用的一种普通运载车辆改造成一种全新的攻防兼备的武器,这还真是一件很不简单的事情啊!"

韩安国又道:"这个人的脑子里竟能产生出这样奇特绝妙的构想,他一定是一个了不起的天才啊!"

李息笑笑道:"这个人不是什么天才,不过他确实有很多过人之处,眼下他只是我的队伍中来自巴郡阆中县的一员骁勇善战的年轻军士!"

此时,落下闳与大家正在擦拭着武罡车转盘上那些尖刀上的血迹,一见李息、韩安国等众位将军来到面前,他们便立刻停下手中的活儿,恭敬地站立在那里,接受这些声名显赫的将军们的视察。

韩安国走过来亲切地向大家招呼道:"大家辛苦了!你们擦拭的就是让匈奴人闻风丧胆的武罡车吧?"

军士们听到韩安国的话,都会心地笑了起来。韩安国如此轻松随和的语气,让大家不再感到紧张,现场气氛顿时变得轻松起来。

李息指着一旁的落下闳对韩安国道:"这种新式的战车就是他发明创造的。"

韩安国看看落下闳,不禁道:"这么年轻啊!真是出乎我的意料!"

李息对落下闳道:"落下闳,你来将这种战车的性能给各位大人详细介绍一下吧!"

韩安国一听李息叫"落下闳",便很是好奇地笑着说:"哦!你姓罗?是吗?"

不等落下闳开口,李息便笑着说:"韩大人!他不姓'罗',他姓'落下',单名'闳'。"

韩安国一听,更来了兴致道:"哦,姓'落下'?哈哈,这个姓氏却是非常稀少哟!"

此时的落下闳在北部边塞经过几年的磨炼,不仅比过去显得成熟,也更加内敛。

经落下闳改进后的战车,在战斗中发挥了显著作用,受到韩安国的高度赞扬,他认为落下闳对战车进行的创造性改进,使战车新增了定向功能和"飞刀"功能,增强了战车的威力,让敌人闻之色变,见之胆寒,使汉军扬眉吐气,军心大为振奋。韩安国决定以汉军统帅部的名义给予落下闳应有的奖赏。朝廷得知此事后,又在全军给予了通令嘉奖。

在雁门关前线,落下闳展现出来的才智引起了将官们的注意,可是当一个又一个荣誉向他涌来时,他一点也高兴不起来。

在这次战斗中,李息所部在代郡的伏击战中虽然有所斩获,但对于整个马邑之战来说，却是微不足道的。匈奴人没有按照汉军事前的设想进入包围圈，刘彻企图在马邑全歼十万匈奴铁骑的计划也由此落空。更要命的是，马邑之战最先的提出者王恢将军面对近在咫尺的匈奴人没有主动出击，而眼睁睁地任由敌人从自己眼皮底下溜走了。

在长安的刘彻了解到这些情况后，大为震怒，立刻责令朝廷彻查整个战役情况。当人们将调查报告呈送到面前时，刘彻非常生气。他责问王恢道："你为什么不主动出去阻击敌人，却眼睁睁地看着敌人从自己的面前溜走呢？"

王恢面对刘彻的严厉质问，无力地替自己辩解道："臣岂敢有违军令啊！按照大战部署，臣的任务是：等单于的大军经过'杀虎口'，与埋伏在马邑的大军交战之后，我再率领手下的三万人马去封堵山口，断其退路。可谁知道，匈奴单于还未过'杀虎口'便识破了我们的计划。当时十多万匈奴人立即回兵，前队变后队，后队变前队，一起迅速往北撤退。他们后撤时，我手下的三万人怎么能敌得过他们十万精兵呢？如果要打，保准全军覆没。我知道我回来是要被陛下追责的，但看在我保全了三万汉军士兵性命的份上，还请陛下恕罪啊。"

刘彻并没有被王恢的一席话感动。根据朝廷律法，王恢在马邑之战中畏敌如虎，临阵怯战，该当问斩。刘彻胸中这一股怨恨之气无处发泄，眼下他最想做的事，就是杀一儆百。因此，严厉惩处王恢，以此达到整肃军纪的目的，是最合适不过的。于是，刘彻容不得王恢进一步解释，便下令把他押入大牢，等待时机将其处决。

韩安国和其他将领虽劳而无功，但也没有什么过错。但当他们看到刘彻对王恢的严厉态度时，每一个人成天都提心吊胆，生怕自己有什么过错被皇上揪住不放，而像对待王恢那样将自己投入大牢。

李息带领部下在战斗中杀敌数百，战果虽然太小，但这几百匈奴人大都是死在李息军中的一种新式战车的刀下，这让刘彻倍感欣慰。

王恢入狱后，听廷尉说刘彻有心要把他办成死罪，心里十分焦急。他急忙让家里人将府宅中所有值钱的东西兑换成一千斤黄金，希望用这些钱来求人帮忙保全自己的性命。

王恢明白刘彻已经不是刚刚亲政时候的刘彻了。时下羽翼丰满的他，除了母亲王太后的话偶尔听两句外，其他人对他已经没有什么约束力了。无奈之下他只好将自己所有的黄金托人悄悄送到田蚡府上，求他在王太后那里为他说话，救他性命。

田蚡是王太后的弟弟、刘彻的舅舅，又是朝廷的丞相，但此时他也不敢直接向这个敢作敢为的外甥为王恢求情，就找到他的姐姐王太后帮忙。

田蚡对王太后说："马邑伏击战最初就是王恢提出来的，可见这个王恢是一心忠于皇上的，是一心向着汉家皇室的。但后来战场上的情势变了，王恢没有主动出击，也不能将责任全部归结到他一个人身上啊！现在把他杀掉了，就等于替匈奴报了仇，军臣单于知道王恢被杀，一定会非常高兴的。"

王太后转过来又把这些话对刘彻讲了一遍，希望饶王恢一死。

但刘彻并不是一个没有主见的皇帝。他听王太后如此说，便道："在满朝文武大臣中，第一个主张废弃对匈奴的和亲政策，主张在马邑设伏，反击匈奴的，就是这个叫王恢的人。可是当朝廷发兵三十万，派了几位将军依照他的计谋行事时，他却畏敌如虎，临阵不前。当时匈奴单于率兵北逃，王恢的三万兵马距匈奴人最近，如果他抓住战机，带领全军将士主动出击，一定会有一些收获的，这样也可以用来安慰朝廷和国人的心。而这个王恢却眼睁睁地看着匈奴单于逃走了。不杀掉王恢，怎么向天下臣民交代！"

王太后见刘彻态度如此坚决，她又一次明确感到：现在的刘彻已经不是以前那个对她言听计从的小孩子了。现在刘彻长大了，成熟了，说话做事，都有他自己的考虑了，他说的这些话也是很有道理的。作为堂堂大汉的一国君主，刘彻已经不是一般的人可以随便左右的了。此时的刘彻作为大汉朝的最高统治者，为了在今后更好地号令天下，统帅三军，为了自己至高无上的皇权，是不会吝惜任何臣民的性命的。

最后，王太后只好把刘彻的话，原封不动地告诉给了田蚡。田蚡拿了王恢一千斤黄金，本想"拿人钱财，替人消灾"，可是刘彻一点不给面子，他也没有办法，便只好明确地回绝了王恢的请求。

王恢在狱中知道此事后，知道自己已经没有生还的可能了，便无可奈何地在狱中自己结束了自己的性命。

王恢之死，引起朝野极大震动。王恢毕竟不是普通百姓，他是朝廷声名显赫的将屯将军，多年来一直驻防在边塞，长期与匈奴打交道，客观地说，过去为保境安民也是做了不少好事的。这样一位将军就因为在这次战役中的失误而没了性命，这让很多人感到不寒而栗。但是在封建专制社会里，皇权至高无上，皇帝一人是可以主宰整个国家的。凡是在这样的国度里生活的臣民，每一个人都是帝王的奴仆，每一个臣民看问题、想事情，一切都必须从帝王的立场、角度出发，顺从皇帝的意志。

刘彻认为，在大汉与匈奴这场不可避免的战争中，如果前线领兵打仗的将军在战场上贪生怕死，那整个军队则将不战自败。几个当兵的贪生怕死，还只是一个局部的问题；如果领兵打仗的将军统帅贪生怕死，那就是军队全局性的问题。这种全局性问题不彻底解决，不坚决纠正，就会如同瘟疫一般在军中滋生蔓延，最后导致一支军队在敌人面前不战自败，不战自灭，不战自亡。要剪除近百年来北部边疆的祸患，在与匈奴这样的强敌较量，大汉要取得最终胜利，必须要做的一件最重要的事情就是：在汉军将士中树立起必胜之信心，每一个将士都必须有为国去与敌人殊死拼杀之气概。只有这样，才能最终战胜穷凶极恶的强大对手，而不是被敌人战胜。

马邑之围虽然没有取得成功，但从此之后，汉朝断绝了与匈奴以和亲为纽带的外交往来，汉匈双方正式撕掉了温情的面纱，一场旷日持久、前后历经一百三十余年时间的战争，拉开了帷幕。

正是：

　　王恢引咎入牢狱，百年大战帷幕起。

第十七章　穷途末路天相助
　　　　　　穹庐情迷匈奴妇

　　且说和见仁在那一次戈壁滩上的暴风雪中与大部队离散之后，当人们都在为其生死担忧时，他却鬼使神差地钻进了一位匈奴妇人的穹庐里。

　　那天的风雪实在是太大了，铺天盖地的大雪夹杂着一些大大小小的颗粒状雹子，砸在人的头上，直叫人头昏眼花，感到天旋地转。随着夜幕的降临，四周漆黑一团。和见仁听见落下闳不住地提醒大家看清方向，向正南方向前进，也不断地勒紧缰绳指挥马儿向正南方向跑，可是，不知道是怎么回事，跑着跑着，他却离大部队越来越远，落下闳的声音也越来越小，最后竟然一点儿也听不到了。他再看看自己的周围，竟然连一个人影儿也见不到。他觉得自己仿佛掉进了一个巨大的漆黑一团的窟窿里。面对这个情景，他的心里不禁一阵阵发怵。怎么？难道我跑错了方向？他拼命地大喊着：

　　"哎——，人呢？你们在哪儿啊？你们都跑哪去了啊？"

　　可是他的喊声却被刮来的风雪吞没、覆盖。只见风雪一阵猛似一阵，呼啸的风从身边刮过，直叫人畜胆战心惊，受惊的马已无法控制，四处狂奔。他的声音喊哑了，再也叫不出来了；他的体力耗尽了，再也没有力量挣扎了。在茫茫风雪中求助无门的时候，他内心那种恐惧便变得异常强烈。啊！难道我和见仁今晚真的要葬身在这个风雪之夜的戈壁滩里吗？此时，几颗杏儿大小的雹子"嘣嘣嘣"地砸在他的头上，算是给了他最好的回答。他只觉得两眼金星飞溅，随即便一头扎倒在他胯下的坐骑身上，什么也不知道了。

　　远离了大部队的和见仁孤独地一个人在暴风雪里任由冰雪摧残蹂躏。所幸他下意识地紧紧抓住胯下坐骑的马鬃才未掉下马来。就这样，失去主人操控的马儿在狂风呼啸的戈壁滩上漫无目标地疯狂奔驰。

　　暴风雪持续了一夜，这匹马承载着一直昏迷不醒的和见仁也奔跑了一夜。

随着天色放亮，暴风雪有所减弱，马儿也跑累了，跑困了，奔跑的速度由快减慢，最后渐渐地停了下来。

不远处，袅袅炊烟正从一座穹庐里冒出。估计是饥肠辘辘的马儿闻到了附近马料的气味，便缓缓地向穹庐这边走来，对着穹庐旁的一堆马料毫不客气地吃起来，一会儿这匹马又将嘴伸进旁边的一只水桶里"咕噜咕噜"地喝起水来。

马儿的举动，惊动了穹庐里的主人，一位三十五岁左右的匈奴女人撩开门帘从穹庐里钻出来，一看到马背上驮负着一个四肢僵硬的汉人，不禁大吃一惊。她忙上前将手指伸到和见仁的鼻翼下面，感觉此人还有些许微弱的气息，便连忙将他从马背上抱下来，搬进暖和的穹庐里。

常年在漠北草原上生存的她知道该怎样处理这种情况。

只见她轻轻敲打着和见仁身上那一层早已变得硬邦邦的衣裤，待这些衣裤变得比较柔软之后，她才再将这些已经与身体粘连在一起的东西，从他的身体上慢慢地一件一件地剥离下来。这之后，她从穹庐外面弄来一大盆冰雪，捧起这些冰雪在他的全身上下不停地揉搓起来。

这样持续了几个时辰之后，和见仁先前已经僵硬的四肢才逐渐地有些活络起来。

她知道这种状况正是已经处于冰冻状态的血液逐渐重新热乎起来的征兆，再坚持不停地这样揉搓下去，要不了多久，此人全身的血流就会热起来，正常流动起来。只要全身的血热起来了，这个人也就有救了。此时，只要继续坚持不懈地用冰雪这样对他全身上下包括手指、脚趾不停地揉搓，自己面前这个人应该是不会留下什么后遗症的。

她就这样从早上一直不停地搓到中午，其间只是简单地喝了一勺马奶，之后又接着不厌其烦地搓揉。搓累了的时候，她就抱着浑身冰凉的和见仁打个盹。这样既可以让自己喘息一下，以待体力恢复，又可以用自己的体温去温暖对方的身子，提升和见仁自己身体的温度。她的坚持不懈终于收到了明显的效果，待到夜幕再次降临戈壁滩的时候，和见仁终于从嘴里呼出一口长气，并从嘴里吐出一个字："水——"

她一听到和见仁说想喝水，连忙高兴地跑过去拿来她早已准备好的生姜黑糖水，小心地一勺一勺地将大半碗姜汤喂到他的嘴里。这种水性味辛温，一旦进入人体内，便能起到散寒发汗的作用。

能进水了，进食也就快了，体能的恢复便是迟早的事情。

三天后，和见仁在女人的精心照料与体温的温暖下，终于完全苏醒过来了。

和见仁问："这是什么地方？我怎么在这里？"

女人道："这里是匈奴腹地的大草原，是天神将你送到我这里来的。"

和见仁道："匈奴腹地大草原？这么说我现在离大汉已经非常遥远了啊？"

女人："先生不用害怕，这里虽然地处匈奴腹地，只要先生循规蹈矩，不要乱窜乱跑，我可以保证先生的生命安全不会受到任何威胁。"

和见仁问："你叫什么名字？为什么说得如此肯定？"

女人道："我叫呼衍氏，我的父亲是匈奴的右尸逐骨都侯，母亲是老上单于的异母妹妹。父亲在一次南下秋牧的征途中阵亡后，右尸逐骨都侯位由我的兄弟继承。我的男人曾经是草原部落的大酋长，我们的部落常年在色拉腾山、乌拉普山草原一带迁徙放牧。我十五岁那年与我的男人结婚，先后生育了两个儿子。在我二十六岁那一年，我男人随老上大单于南下秋牧，结果遭到你们汉人的阻击，从此就再也没有回来。我独自一人拉扯两个儿子生活。两个儿子逐渐长大成人，在大儿子十八岁，二儿子十六岁那一年，他们两人被要求一同南下秋牧，结果我两个儿子的命运也同他们的父亲一样。他们走出这个穹庐的门帘后，我就再也没看到他们回家的身影了。一个原本温馨和睦的家庭，随着几个男人的先后离世，变得支离破碎，现在这个家就只剩下我一个人孤苦伶仃地活在这个世界上。"

和见仁道："你的母亲是老上单于的异母妹妹，这么说起来，眼下的匈奴大单于军臣便是你的表兄了啊！"

呼衍氏点点头道："你说得没错！"

和见仁似乎不太相信地道："你出身显赫，为什么不与你的部族住在一起，而要一个人远离族群，选择这么一个偏远的地方居住呢？"

呼衍氏道："三年前，天神托梦告诉我说：在仙萼河东南方向有一处水草丰美的地方，将是我新的家园。在那里会有一个俊美的男子来找我，这个男子将是我家新的主人。于是，我便来到了这个地方。可是三年来，没有一个人出现在这个地方，直到三天前你在这里出现。难道天神说的这个俊美男子就是先生您吗？"

和见仁道："可我又不是匈奴人，我是一个汉人，何况……"

呼衍氏道："是的，我不喜欢汉人，更确切地说，我仇恨汉人。是他们杀害了我的父亲，我的男人，还有我的两个儿子。可是，我得遵从天神的旨意。

天神将你送到了我这儿，你就是我的男人了。"

和见仁道："可是……"

呼衍氏道："什么也别说了，天色已经不早了，我们睡觉吧！"

呼衍氏边说话边褪去了自己的衣裤，吹灭了身旁那盏酥油灯，就往和见仁的被窝里钻。和见仁一见这个光景，急忙喊道："哎哎哎——，你怎么往我的被窝里钻呢？"

呼衍氏一听这话便不高兴地道："你说清楚了，这里什么东西是你的？你的小命都是我从黄泉路上强拉硬拽给捡回来的，不是我，你可能早就已经死了很多天了。"

和见仁一听到这话，便不再吭声了。

是啊！在这个遥远的人生地不熟的地方，什么是自己的呢？要不是呼衍氏相救，自己早已冻死在这戈壁滩上，让豺狗吃了。

呼衍氏钻进被窝后，和见仁只觉得一团温暖的软玉向他袭来，他内心止不住地一阵兴奋，可是他的身体却毫无反应。呼衍氏进入被窝后转过身来就紧紧地抱着他。和见仁只觉得呼衍氏的身体滚烫，这样滚烫的体温正是他这种刚刚从冰冻中恢复过来的人所需要的。可是，他却不敢大胆地用自己的手去触摸她、拥抱她。他的双手紧紧地护着自己的身体。呼衍氏见他这个样子，不禁"咯咯咯"地笑个不停。

呼衍氏笑毕后道："看你这个样子，好像我不知道你那里有个什么东西似的。你这样做，到底是怕那个'鸟儿'飞了呢，还是怕我将你这颗'蚕豆'吃了呢？"

和见仁一听呼衍氏这样说，便嗫嚅着不好意思地道："你……你都看见了？"

呼衍氏道："这几天你的全身上下都让我摸遍了，我能没看见吗？"

接着呼衍氏进一步抱紧他，凑到他的耳根旁小声地问道："告诉我，它为什么这样弱小呢？"

和见仁见此时也没有再向对方隐瞒什么的必要了，便长叹一声道："我是长安宫内的人啊！"

呼衍氏的家族是匈奴贵族，她也是见多识广的人，一听对方这样说，她一下子就明白了。此时，她撇开他仍然紧紧捂住身体的双手，一把抓住他道："哦——，你是去了'势'的人。可是你的男根还在呀，只不过它比别人的弱小很多罢了。"

呼衍氏的话触到了和见仁的伤心之处,让他半天不知怎样来回答她的问题。呼衍氏伸出手来抚摸他的脸颊,只觉得她怀里这个男人已是泪流满面。

景帝前元二年(公元前一五五年),景帝采用晁错的建议,下诏削夺吴王刘濞、楚王刘戊、赵王刘遂、济南王刘辟光、淄川王刘贤、胶西王刘卬、胶东王刘雄渠等刘姓宗室诸侯王的封地。七个诸侯王不满朝廷削减他们的权利,便联兵反抗。结果因战略失当,反抗失败。除吴王刘濞战败自杀外,其余的人都被朝廷斩杀。参加叛乱的七国,除保存楚国另立楚王外,其余六国皆被废除。

在这场战乱中,很多家庭被毁,一些幼小的无家可归的儿童无人收留。为了处置这八百多在战乱中幸存的儿童,长安朝廷便将他们集中起来,准备阉割后备做宫人。但是由于手术太残酷及医药条件太差,当阉割了六百多幼童时,疼死、病死的即高达二百多人。

为了避免再次出现幼童大面积死亡的情况,从长安来负责操办此事的大内宫人便决定对余下的二百幼童分别采用"绳系法"与"揉捏法"。绳系法是用一根麻绳将男孩儿的睾丸根部系死,这样既不影响溺尿,却又阻碍了其正常发育,久而久之,男童便会失去男性功能。揉捏法是由深谙此道的人每天轻轻揉捏其睾丸,待幼童渐渐适应后,再加大手劲,直至将睾丸捏碎。和见仁就是这样成为宫人的。

和见仁悲惨的经历深深地打动了这个匈奴女人。呼衍氏虽然知道长安宫廷内有这么一种专事负责伺候陪伴皇帝和皇后的人,但她并不知道一个人在成为宫人之前,必须历经这么严苛的程序与磨难。她再看看眼前这个男人,一张俊美的脸庞,五官分明,一头茂密乌黑的头发,浓黑的眉毛下有一双不大不小的桃花眼,这样的眼睛她在匈奴男人里面是不曾看见过的。他的鼻梁微高,厚薄适中的嘴唇让人禁不住想用自己的嘴唇盖上去与他无间地接触。天神说得没错:这确实是一个俊美的男人。可是现在这个外表还算俊美的男人却无法使用,这怎么行呢?

在国土辽阔的匈奴帝国,每一个男人几乎都是壮硕彪悍的,这样的男人不仅是国之栋梁,也是一个家庭的脊梁。匈奴同周边的国家连年不断地征战,太需要大量英勇无畏的男人去冲锋陷阵,去为国家赢得荣誉,去为家庭赢得荣光了。

一个具有英勇气概的匈奴男人,是每一个匈奴女人的梦中情郎。可是现在自己劳神费力地救助的这么一个人,且不说他是否能在征战中为我呼衍氏赢得多少荣光,连在睡榻上都不能有骑士的丝毫表现,我呼衍氏还能指望他做什么呢？想到这里，呼衍氏一时竟像一只泄了气的皮球一样，瞪着一双眼睛望着穹庐顶上中间那一个圆点，蔫在那里。

和见仁见她不开腔不出气地这样躺着，全然没有了刚才哪一股子热乎劲儿，便道："非常感谢您救了我的性命……我会离开这里的，明天我就走吧。"

呼衍氏听了立即正色道："走？你往哪儿走？明天就离开？我让你离开了吗？"

此时，呼衍氏脑海中又出现了三年前在梦境中万能的天神对她说过的那句话："……在仙萼河草原东南方向有一处水草丰茂的地方，那里将是你新的家园。在那里将会有一个俊美的男人来找你，这个男人将是你新的主人。你与她结合后，将会创造世间新的奇迹。"

三年来，万能的天神这句话一直是呼衍氏坚持下来的力量源泉。她相信匈奴人祖祖辈辈所信赖的天神是不会欺骗自己的。这不，三年时间刚满，一个活生生的男人不就从天而降出现在她面前了吗？至于眼下面临的问题，总是可以解决的吧！天神不是也说了，我呼衍氏与他结合后，是可以创造奇迹的吗？这个和见仁刚刚出现在这里的时候，是一个濒临死亡的人，经过自己的努力，不也战胜了死亡活过来了吗？目前只要继续努力，就一定会有奇迹再现的。

呼衍氏想到这里，突然翻身起来，她要和见仁将支在头下面的东西抽掉，将头尽量放低，两腿自然伸直，两脚分开与肩齐。然后，她用左手握住和见仁的身体，轻轻按握着和见仁睾丸曾经存在的地方后，用自己的右手拇指一边按压他的肚脐眼，一边将自己的食指压在中指背上，用中指的指腹沿着肚脐眼向下的这一条直线往返推拿按摩，这样每分钟大约一百次左右。按摩了十分钟之后，呼衍氏要和见仁继续平躺在被褥上，接着她再双手五指并拢，以他肚脐眼为圆心，先用左手按逆时针方向按摩八十一圈，又用右手按顺时针方向按摩八十一圈。

呼衍氏一边推拿按摩，一边对和见仁说道：这是两种极为重要的按摩手法，它是启动真阳并使之正常循环运行的手段，又是强身壮阳的要法。

呼衍氏说，这两种手法是他男人出征乌孙国时得知的。在与乌孙国的战斗中，他们抓住一位乌孙老者，只见此人年过九十仍身轻如燕，强壮过人，睡榻之上的表现更是不同寻常。

当时，匈奴大单于问这位乌孙老者："你年高九十却精力不衰，有何异术？"此人回答："汝不闻土成砖瓦木成炭，千年不朽，这是为什么？皆火力也。"

大单于便许他献出秘法，以保性命。

匈奴大单于得此老者真传后，匈奴的王家贵戚们便纷纷效法，由此，匈奴的男人们也越来越体壮如牛，精力旺盛，女人们也丰腴肥满，颇能生育。对于有病在身者，只要坚持一早一晚两次推拿按摩，一百天左右即可见效。

就这样，呼衍氏不厌其烦地为和见仁反复推拿按摩，不知不觉中和见仁已经沉沉睡去。第二天，天还未亮，和见仁就感到自己的身体又被呼衍氏柔软的左手握住了，她的右手食指压在中指背上，又开始沿着他的肚脐眼向下这条直线，往返来回推拿按摩。

接连好多天，呼衍氏都是这样，晚上睡觉时为他推拿按摩一次，让他在一种极为松弛舒心的状态中入睡，次日一早又让他在一种舒缓柔和的推拿状态中慢慢醒来。

为了使和见仁的身体进一步恢复，呼衍氏不惜跋涉数百里前往匈奴都城所在地——龙城，去为他寻医问药。回到自己的穹庐后，一方面她继续坚持每天早晚的推拿按摩，另一方面她又认真地按照郎中的嘱咐，将从龙城带回的几种药材，该煎服的，每天三次为其熬好服用，该熬水熏蒸的，熬好药水为其熏蒸。

随着和见仁身体的恢复，她不知又从哪里去弄了一些鹿鞭狗鞭之类的东西为他进补。呼衍氏这种做法可称作"三合一复活计划"，即"推拿按摩＋草药调理＋药水熏蒸"。

呼衍氏这样不厌其烦的坚持终于见到了奇效，渐渐地，和见仁的男性特征似乎有了一些复苏的迹象。

见到这个情况，呼衍氏与和见仁都感到很是兴奋。这种情况说明呼衍氏前面所做的一切努力，是正确而且有效的。现在只要继续这样做下去，最终一定会收到理想的效果。

"功夫不负有心人"这句话真的是一点不假，越到后面效果越明显，一百天之后，和见仁不但身体越来越壮，而且男性特征竟几乎恢复到了一个正常成年人的水平。

这天夜里，当呼衍氏像往常那样忙完穹庐里的事情，疲惫地钻进被窝的时候，竟意想不到地遭到了和见仁的主动袭击。

她只感到一股灼热的暖流像电击一样，在一瞬之间便让她的整个身心融化了。啊！好久没有这种感觉了！此时，她一边兴奋地发出梦呓般的呻吟，一边紧紧地抱着他……

多年来，年届三十岁的和见仁在皇宫里，虽然经常听到看到皇帝与他的女人们行男女之事，可那时的他，裤裆里的东西恰如蚕豆一般大小，虽然心中偶尔有一点点涟漪泛起，但假如让他真刀真枪地做一下，那还真犹如"耗子尾巴涮汤锅"，让人实在难以想象。和见仁不敢想象有一天他也会与一个深深爱他的女子，去尝试这种男女之间毫无距离的接触与水乳交融般的爱抚。

眼下当呼衍氏钻进他俩的被窝时，他不再像以前那样紧张自卑，而像一只饥饿了很久的猛兽，本能地扑向了自己的猎物。近几天来，他感到内心一直有一种莫名的躁动，这种躁动尤其在今天变得异常强烈，让他异常地迫不及待。他真的有恨不得将面前这个丰腴的女人一口吞进自己肚腹里的感觉。而这些躁动、这些想法，在他之前却是从不曾有过的。

当他作为一个男人的特征异乎寻常地表现出来的时候，他身上往日那种萎靡佝偻之气便显得越来越少，说话的声音也仿佛比过去粗壮许多，在穹庐内外做任何事情，仿佛也比过去有了更多的底气。

呼衍氏终于在几年之后，又重新体会到一个女人与一个男人在一个穹庐里共同生活的美好与美妙。

她觉得，这是她遵照万能的天神旨意的结果，这是万能的天神给她的回报，这也是万能的天神给她的最丰厚的馈赠。

她欣然地受用着，品尝着。

和见仁则非常感激呼衍氏对他的再造之恩。他知道没有她反复地、不厌其烦地为他按摩、推拿、求药、蒸熏，他眼下所经历的一切，永远只能是在梦中——或者在梦中他也不是在做着眼下的一切，他一定还是以前那个在高墙深宅之内，在那些王公贵戚们及时行乐时，面部毫无表情，眨巴着一双死鱼般的眼睛站立在一边，生理上没有任何反应的可怜的旁观者而已。

正是：

　　　　戈壁绝处现逆转，一枝枯木又逢春。

第十八章　北疆拒匈近十载
　　　　　雁门车辙助反击

汉匈之间的冲突是农耕文明与游牧文明之间的冲突。

定居的农耕文明由家而乡，开垦荒地，逐步扩大，从而与游牧区接触。

游牧民族逐水草而居，每年秋冬季节，大漠一片萧瑟的时候，这些人就会成群结队，到处寻求度过秋冬严寒季节的粮草，匈奴人将这种行为称为"秋牧"。

在这样的情况之下，汉匈之间的冲突自然是此起彼伏，从不间断。

汉高祖五年（公元前二〇二年）前后，匈奴国力达到极盛，单于手中可随意调动的控弦勇士即达三十余万。而刚建国的大汉，却经济萧条，国弱民贫。

在双方力量对比如此悬殊的情况下，匈奴人很看不起汉人，他们的铁骑纵横驰骋，开疆拓土，无人能挡。

在冒顿单于时代，匈奴人向东在老哈河与西拉木伦河流域一带征服东胡、肃慎、濊貊等民族后，又向南剑指楼烦、白羊王，随后西走月氏、乌孙，北服屈射、丁零、鬲昆、薪犁各族。此时，匈奴人也将汉朝的河套地区完全揽入囊中。在与汉朝第一次交锋中，匈奴铁骑以压倒性的优势，让其不得不以"和亲"与每年向其无偿供给大量财物的方式，换取北部边塞暂时的和平。

汉文帝前元四年（公元前一七六年），冒顿单于取代月氏控制西域诸国，垄断了东西方贸易通道后，便写信给当时的汉朝皇帝刘恒说："以天之福，吏卒良，马力强，以灭夷月氏，尽斩杀降下定之。楼兰、乌孙、呼揭及其旁二十六国皆已为匈奴。诸引弓之民并为一家，北州以定。""南有大汉，北有强胡。胡者，天之骄子也。"

匈奴人为了捍卫自己已经取得的生存发展空间，企图与汉朝划边定界，将汉朝死死困于东方一隅，而自己建立一个势力范围东达辽东，西逾葱岭，北抵贝加尔湖，南侵河套的强大帝国。

此时，匈奴单于打的如意算盘是：让北方和西域诸国所有擅长骑马射箭的引弓之民都老老实实地臣服于匈奴人，而南方则交由汉朝管辖。匈奴人继续接受汉朝遣嫁的公主和絮、缯、酒、米等物资。

此时，匈奴人对汉朝，除了叩边劫掠之外并没有进一步的扩张意图。匈奴人经常在汉朝边境烧杀抢掠，仅仅是贪图中原地区独有的一些财物而已。

可是马邑之战后，匈奴人就不这么想了。此时，匈奴人想得更多的是：仗着自己的金戈铁马，让南面这个以农耕为主要经济形态的汉朝彻底臣服。

至此，汉匈之间对决的大幕便完全拉开了。

但是，汉匈之间的对决并没有按照匈奴人的期望发展，战争的天平从一开始就向着有利于汉朝一方倾斜。

短短几年间，汉军先后在数次重大战役中，给匈奴人以沉重打击。

在这些重大战役中，汉军以较小的代价，歼灭了大量匈奴精锐之师，夺取了对方数以百万计的牛、马、羊等各种牲口，致使整个匈奴国力逐渐趋向衰弱。

其间，经落下闳与他的伙伴们改装的武罡战车承载着千军万马，在匈奴腹地纵横驰骋，发挥了很大的作用。

在多次汉匈两军面对面的大战中，面对匈奴铁骑的凶猛进攻，将军们常常将经过改装的武罡车环绕在将士们的周围，使来势汹汹的匈奴铁骑难以靠近，在抵御住这些匈奴人的前期攻击，待其锐气斗志消磨折损得差不多之后，再命令将士们趁其不备奋勇反击。此战法，在与匈奴人的战斗中屡试不爽，常常取得意想不到的战果。

对武罡战车性能的提升与改造，开初是落下闳提出并做成功的。而夕季财、庹峙富两人一个是木匠世家出身，另一个是铁匠世家出身，这两人在从军之前，就是家里木工活儿、铁匠活儿方面的一把好手，一开始又是武罡车改造的参与者，因此，李息干脆就将范翼龙从阆中带过来的这一拨人全部留在了雁门关，把整个军械营的事情交由范翼龙全权负责。

因此，在前线大战、恶战不断的这些时间里，落下闳、夕季财、庹峙富、范美凤等一帮人却都在范翼龙的带领下，一直在雁门关的军械营里忙活着，他们每天的事情就是带领工匠们赶造、抢修、改装大批前线急需的武罡战车。

前方战事如此激烈，人们对武罡战车的需求也变得十分迫切。雁门关军械营里，为赶造武罡车，工匠们常常夜以继日地劳作。每天人们都会看到不断有在战场上被匈奴人砸烂的、烧残的武罡车送来，也会看到刚刚完成的崭新的武罡车，一辆接一辆地从军械营里送出来，被立即运往前线，投入新的战斗。

不管是那些一身橙黄还散发着浓重桐油气味儿的新车，还是那些经过大修小补后粉饰一新的旧武罡车，是否合格，都必须经落下闳逐一审验。他说行，则一路通行无阻；他说不行，则会打回去返工重来。

而夕季财、庾峙富二人分别是木匠组与铁匠组的小头头，也是军械营里不可或缺的人物。二人各自手下都有一帮兵卒，为造出更多更好的武罡战车，每天他们都带着各自的人马挥汗如雨，从早到晚难得有片刻的空闲时间。

这一天早上，雁门关的天刚刚发亮，落下闳便从炕上爬起来了。他穿过一条不太长的小路，来到军械营里。在这偌大空旷的院落里面，远远地就能看见，一边是一大堆亟待修复的残破战车，一边是堆码整齐像小山一样的原木。只见一些粗大的原木已经被切割成板块状的材料，堆码在那里待用。而近前的左侧是一处宽大的木工作坊，这里到处都有或正在制造、或正在修复的武罡车。

落下闳走到这些战车前仔细地查看着，恰在此时，木工作坊的主人夕季财也来到这里。

夕季财一见落下闳在查看他的活儿，便道："这么早你就到军械营来了！怎么？我做的活儿，你还不放心吗？"

落下闳看看对方道："你做的活儿我怎么不放心呢？我想提醒你，要管理好你手下一帮人做的活儿，也同样让人放心，符合前边打仗的要求！"

夕季财道："对呀！我也正是这样想的啊！"

落下闳又道："武罡车是战车，不是庶民百姓用的平板车。不仅车身高度一定要达到要求，而且四面的车板一定不能太薄。车身高度不够，车板太薄，就很难承受匈奴人的攻击。另外车身前后的尖刺一定要用那种坚硬的青冈木来做，这样的战车才具有攻防兼备的能力！"

夕季财听了落下闳的话，笑着道："你呀！做什么都这么认真，这么细心！所以呀，将军们把什么事情都愿意交给你来打理！"

刚刚走到这里的庾峙富听了夕季财这句话也接着道："三狗这句话算是说到点子上了！夏弘啊，心细如麻，干什么事情都有这么一股子认真劲儿。"

落下闳见庾峙富也来了，马上对他道："毛子，来来来，你不来，我还正要去找你呢！"

庾峙富道："找我？有什么问题吗？"

落下闳从旁边一个箩筐里顺手抓起几颗抓钉来道："你自己看看吧！"

庴峙富接过落下闳手中的那几颗抓钉看了看道："怎么了？"

落下闳一脸严肃地道："怎么了？你还不明白吗？季财你说说吧！"

一旁的夕季财这时道："你们打的这一批抓钉里面很多钉矛长度不够！用这样的抓钉打造出来的战车，可能还没有真正走上战场，就会散架的！"

庴峙富不以为然地道："你这话可能也有点言过其实了吧！怎么会呢？"

落下闳道："你们铁匠组打的这一批抓钉很难将车轮及车身一些需要连接的地方固牢嵌死！峙富啊！我们造的可是战车呀！"

庴峙富弯腰从脚下那一筐铁钉里抓起一把来，只见一些铁钉长的长短的短，特别是一些抓钉的钉矛，一看就明显不够长。这一下庴峙富有些生气了，他在口里骂道："狗日的，这是谁干的这些活儿呢？老子一定要将他查个水落石出！"

说完，庴峙富气冲冲地走了。

前方战事再激烈，也总有平静的时候。

这一天，落下闳、夕季财、庴峙富几个人牵着自己心爱的坐骑，来到雁门郡善无城外一处名为"将军洗马潭"的地方为马洗尘。

面对着"将军洗马潭"，几个人你一言我一语说起了有关水潭的传说。原来这是一对夫妇富贵后就忘了贫穷邻里朋友的故事。

从前有一对贫穷的夫妇，守着一口老井，依靠卖水给从此路过的人喝过日子。由于井水又苦又涩，很难卖出去，两夫妇的日子过得很难很苦。这天一位高人从此路过，十分怜悯他们，便施展法术，让苦涩的井水变得香甜可口，犹如浓香醇厚的美酒。从此这两夫妇走出贫困，变成了远近闻名的富裕人家。两夫妇富贵后却变得非常的刻薄，街坊邻里偶尔来讨口水喝，这两夫妇不是严词拒绝，就是恶语相向，挖苦讥讽。高人知道后，非常失望。

这天傍晚，天上突然电闪雷鸣，大雨瓢泼，从天而降。半夜里一个炸雷从天而降把这口井劈了，他们住的房子也被炸雷打塌了。第二天，水井塌陷了，从此处冒出来的水，再也没了过去那种香甜可口的味道。

这对夫妇又变得一贫如洗、一无所有了，渐渐地这口水井就变成了一处水潭。

此时，落下闳道："这个故事告诉人们，人，不能忘记根本。富贵了，也不能忘记身边曾经帮助过自己的朋友。"

庾峙富马上说道:"我们三个当中,今后谁最有可能富贵呢?"

夕季财不假思索地道:"这还用问吗?当然是夏弘啊!"

庾峙富十分赞同地道:"对,我也觉得是你夏弘了!"

落下闳道:"人人都怕贫穷,都希望自己能成为富贵之人。可为什么你们这么肯定是我呢?"

夕季财道:"你看我们一起在边关呆的这几年,将军们都赏识你啊!现在听说朝廷的奖赏又要下来了。今后最有可能富贵的,当然是你了。"

庾峙富道:"哎,夏弘,有一天你发达了,可不要忘了我们哦!"

夕季财道:"对对对,今后可别忘了我们啰!"

落下闳道:"看你俩说的!你们一个叫'季财',季财即'集财';一个叫'峙富',峙富即'持富'啊!你们的父亲早就为你们想好了,还这么说我干啥呢!你们今后富贵了,别忘了我这个兄弟就好了。"

身处抗匈前线的这些年轻军士此时可能很难明白,一个人的命运往往是自己无法左右的!特别是当你处在一个大的潮流中时,往往只有极少数人知道顺应趋势,顺着潮流的方向,主动适时而为;而大多数人则只能随波逐流,被动任由命运之神安排。但不管主动而为也好,被动而为也好,人与人不同,有的人依靠天赋加运气,做事容易成功,而有的人天赋差一些,又选错了行当,可能就不太容易成功了。

此时,三个人一边说笑着,一边牵着洗刷完毕的战马走出水潭。

登上高坡,只见山坡上林草丰茂,极目远望,苍茫群山,奇峰竞秀。

远处的白石山,一座尤其显眼的石峰,恰似一位正在赶着上朝的大臣,衣冠楚楚,惟妙惟肖。白石山对面层峦叠嶂,蜿蜒起伏的山势形貌,犹如一位仰天安睡的天仙神女,这位天仙神女头朝东身朝西,神态十分安详。天上的彩云像是覆盖在她身上的锦缎被盖,地上嶙峋的山岩像是她安睡的床榻。山是天仙神女,神女天仙又是山峰,神女与天地、天地与女神完美一体,美丽无比,生动非常。

在白石山腰有一处名曰"喷云洞"的山洞,天气晴好时,洞内便会喷出阵阵白色烟雾;若天将下雨,洞内便又会喷出许多乌云般的气体。人们欲知当天的天气情况,只需注意山洞里喷出了什么样的气体就可以了。现在滚滚白雾正从洞内喷出,天气自然十分晴好。

面对如此美好的景致,落下闳不禁感叹道:"这里的山,这里的水,真的是一点也不比咱们家乡的差呀!"

夕季财道:"是啊,可是它却处在一个随时都可能爆发大规模战争的边缘地带,一场新的厮杀随时都可能将这些东西毁灭。"

落下闳听了这句话若有所思地道:"唉,要是不打仗,该有多好啊!"

落下闳不经意间说的这句话,真是说到大家的心里去了。一时间大家都不再言语了,就这样静静地面对着这高山,悄无声息地站在那里,他们似乎都在用自己的心灵,感受着山中这难得的宁静时光。

可恰在此时,范美凤骑着快马向这边疾驰而来。

范美凤来到近前,对着落下闳道:"夏弘,你们几个还在这里磨蹭啥呀?赶快回营吧!朝廷犒劳前线将士的钦差大臣到了,将军要大家立即回营待命!"

范美凤说的将军就是他的哥哥范翼龙,眼下在军械营里范翼龙的军阶最高,所有事情范翼龙自然是一言九鼎了。

范翼龙对落下闳、夕季财、庾峙富这些小伙子们在军械营里的表现很是满意,他常常在心里赞叹道:如果汉军没有这种经过改造的武罡战车用于实战,真不知道在与匈奴人的战斗中还要多付出多少将士的性命啊!

在军械营里,范美凤每天与大家一起忙着,每每看到落下闳忙碌的身影,她总是那样若有所思地久久注视着这个背影,不忍移开视线。

范美凤人称"军中美凤凰"。在汉军这个男人的世界里,女性寥若晨星。因此,她身边时常也会有一些男人围着她转,可她总是对这些人嗤之以鼻,不予理睬。

哥哥范翼龙对此却有不同看法,常常提醒范美凤道:"差不多就可以将自己嫁了!难道你还真看上了这几个小同乡不成吗?"

范翼龙说的小同乡自然是指的落下闳、夕季财、庾峙富他们几个。范美凤听哥哥这样说,便不服气地道:"我就看上了这几个小同乡了,不可以吗?"

范翼龙听了妹妹的话,便再次提醒她道:"一般的男人总是喜欢与比自己小很多女子结亲的,可你的年纪与他们几乎是一样大的啊!"

范美凤又道:"看您这个当哥哥说的,谁说一样大小的男女就不能结亲呢?朝廷法律中也没有这样的规定啊,更何况一些男人娶比自己大的女人,也不是什么稀罕的事情啊!"

范美凤说的是有道理的,民间不也常说"女大三,抱金砖"吗?何况范美凤与落下闳他们是一般大小的同龄人呢。

当初,范美凤跟随哥哥到阆中大象山学堂里教授军武课的时候,确实也是一个小姑娘,但当时她是随教头哥哥一起出现在人们眼前的。有哥哥的光环在身上罩着,她在与人们相处时,人们总要高看她一截,似乎她比与她一般大小的年轻人高傲许多。

在北部边关这么长的时间里,范美凤对落下闳确实有一些欣赏。像范美凤这样的军中女子本来就不多,但落下闳对来自范美凤的好意总是视而不见,对范美凤总是那么不冷不热,从不去主动靠近接触。不是落下闳不食人间烟火,也不是他心高气傲看不上像范美凤这样的女子,实在是落下闳心里有他自己的考虑。在生活中,落下闳也确实不是那种朝秦暮楚的人。

但是夕季财与庚峙富二人却不像落下闳那样,这二人对范美凤总是有求必应,常常与范美凤待在一起。他们二人如果久没看到范美凤的身影,心中总会有一种若有所失的感觉。范美凤对二人的心思似乎也很明白一样,但夕季财、庚峙富两个人到底哪一个更好,她却一直弄不明白。于是,几个人就这样心照不宣地耗着。

眼下落下闳几个人一听到范美凤告知的情况,一刻也不敢怠慢,立即翻身上马,一起向营房驻地奔去。

匆匆赶回营房的落下闳怎么也想不到的是,这个从长安来雁门前线犒军的"钦差大臣"不是别人,竟是自己非常敬重的谯隆大哥。

正是:

　　修造战车忙不迭,忽闻朝廷来犒军。

第十九章 赵氏王室生事变 安国少季赴岭南

自樛馨儿成为赵婴齐的太子妃后,长安朝廷与南越国之间的联系比过去显得更加紧密了。刘彻觉得这得益于谯隆在南越国问题上的正确做法,便将谯隆从阆中县衙直接调任长安,专司南越国事务。

赵婴齐与樛馨儿在长安正式成婚后没多久,突然得知其父赵胡的身体状况每况愈下,赵胡期望赵婴齐速速回归南越,继承王位。在得到刘彻的同意后,赵婴齐便带着樛馨儿与大儿子赵兴、二儿子赵兹公一起回到了岭南。

不久,赵胡病逝,赵婴齐顺利承继王位,成为南越国第三任国王,樛馨儿也被册立为王后,南越国与朝廷之间的关系迎来了最好的时期。赵婴齐不仅派遣樛馨儿所生的二儿子赵兹公替自己去长安充任皇帝的宿卫——与其说是宿卫,不如说是人质,还常常精心挑选一些岭南独有的地方特产送往长安。

但赵婴齐生性古怪多疑,当上国王后更是疑神疑鬼,总觉得王宫里面有人想造反,想加害于他。只要他看谁不顺眼,就感觉此人形迹可疑,灾难也将随时降临到这个人的头上。他通常的做法是:先将此人抓起来投入牢狱,随后再找个理由将其杀掉。如果他觉得此人可恨可恶,或许会杀掉其全家,甚至灭其九族。南越国在赵婴齐执政的短短时间内,举国上下血雨腥风,人人自危,每一个人都生怕被国王抓住投入大牢。

远在长安的刘彻知道这些事情后,便派人前来番禺委婉劝告,希望赵婴齐前往长安疗养治病。从赵婴齐自身的情况来看,他的病情确实需要一个较好的医疗条件与环境,而番禺的条件明显没有长安的好;可赵婴齐对此却一直犹豫不决,他觉得前往长安治病风险实在是太多了,毕竟眼下自己作为南越国的第三任国王,身份与过去大不一样了。以前赵婴齐只是一个太子,赵胡健在的时候,赵婴齐对南越国来说无足轻重。可是眼下赵婴齐作为一国之君,如果前去长安，皇帝依照汉律对其滥杀无辜治罪，南越国就此失去了国君，不仅会招致国内一帮早已对国王宝座虎视眈眈的人相互争夺与残杀，也会让长安朝廷借此轻而易举地将南越国从地图上抹去。

"事天子期毋失礼，要之不可以怵好语入见，入见则不得归，亡国之势也。"这是赵婴齐的曾祖父赵佗当初作为一代雄主临终时留给后世子孙们的遗训，意即作为南越国的一国君王，不要被人的甜言蜜语所诱惑而轻易远离岭南前往中原；在与大汉打交道时，只要不失礼数就好。当年赵胡在南越国相当困难的时候，自始至终也没有亲自前往长安的原因也就在这里。

为此，赵婴齐一方面以种种借口拒绝去长安，另一方面为了表明自己对汉朝廷忠贞不贰之心迹，又主动废黜了南越籍妻子樛氏所生儿子赵建德的太子位，立樛馨儿的儿子赵兴为新太子。

此举虽然是赵婴齐向大汉朝廷示好的一种手段，但舍长立幼却不符合"立长不立幼，立嫡不立庶"的宗法准则，也为后来南越国丞相吕嘉叛乱留下了口实。

羸弱多病的赵婴齐回到南越，熬到第十年的时候便一命呜呼了。

此时，大汉与匈奴的战争正进行得如火如荼，当漠北战场正捷报频传的时候，刘彻也得知了赵婴齐在番禺病死的消息。

这一天，丞相石庆像往常一样，将一摞奏章报送到宣室殿呈请刘彻御览，并向他报告一些政务最新的执行情况。

石庆道："河西大捷后，朝廷在匈奴浑邪王故地新置酒泉郡，在休屠王故地新置武威郡，两地的第一任郡守，已分别前往福禄、武威赴任；中原向西北大规模移民之后，河套平原引黄河灌溉工程已经建成；朝廷的马政在各州郡全面铺开，官用马匹的采办、牧养、管理、使用等方面各有分工又相互配合的局面正在形成；另外，据各地送来的情况看，在天下郡国推行均输法后，朝廷获利丰厚，财税大幅增加，大大解决了朝廷对边境用兵和防御的问题……"

刘彻坐在那里微闭着眼睛，听着石庆的报告。

此时，刘彻见石庆没有再说话了，便睁开眼问道："还有吗？"

石庆道："没有了啊！"

刘彻道："南越国赵婴齐死了，十多岁的儿子赵兴继位，其母辅佐料理国事，这正是朝廷以和平方式对岭南行使管辖的好时机。"

赵兴继承王位后，王室上下暗流涌动，一些人对王权虎视眈眈，尤其是那个手握实权的老丞相吕嘉，他随时都有可能将赵兴取而代之。为避免赵氏王室家族内斗、自相残杀，在赵兴一登上王位后，樛馨儿便向赵兴提起了南越国内属长安的事。

刘彻得知这些信息后非常高兴，便想派一个阵容整齐的使团出使南越国，去协助樛馨儿实施南越国内属长安朝廷的计划。可是到底派谁好呢？他心中一直没有一个合适的人选。

石庆一听刘彻提起南越国这件事，连忙道："陛下说得极是！"

刘彻又道："我们应该立即派人专程前往番禺一趟才好。"

石庆听刘彻这样说，即恭敬地询问道："可是，到底派谁去合适呢？"

是啊，在这个时候，派谁出使南越国较为合适呢？

张骞第二次出使西域，随行而去的多达三百余人，朝廷一些优秀的对外交际人才几乎都随张骞去了。眼下要选派一位像当年贾谊那样睿智的人出使南越国，一时还真没发现合适的人选。

正在刘彻举棋不定之时，已是京都右内史的安国少季主动表示，愿意作为朝廷特使出使岭南。

安国少季为什么主动请缨出使南越？个中奥秘只有他自己心中明白。

十多年前，安国少季作为朝廷命官前往阆中协助赵婴齐办理婚事时，第一次见到樛馨儿，这么多年来，那张纯净俊俏的脸庞总在他的眼前时隐时现。

当初，他第一次见到樛馨儿时，心中便猛然一震。他在心里叹息：这宛若天仙的女子，怎么居然被这该死的赵婴齐捷足先登了呢？他后悔没有在这之前发现樛馨儿，没有在赵婴齐之前遇到这绝世的美人儿！可作为朝廷专职负责周边少数民族事务的官员，即使有一百个不情愿，他也只有老老实实地按照朝廷的要求，尽心竭力地帮助赵婴齐办理好与樛馨儿的婚事。

在这期间，他对樛馨儿极尽呵护，也获得了樛馨儿很多的好感，使樛馨儿原先悲伤愁苦的心情大为好转，但仅此而已。樛馨儿仅仅将安国少季作为一个朝廷的好官员来看待，樛馨儿对安国少季给予的关心帮助仅仅是表示感激而已。但对安国少季来说，樛馨儿的一颦一笑却是那样的迷人心窍，樛馨儿身上散发出来无穷魅力是那样的勾人魂魄，以至于安国少季对樛馨儿身边所有的人与物，樛馨儿所触摸过的任何物事件儿，都觉得是那么亲切，那么让人爱怜。

樛馨儿离开阆中时，手里一直拿着一只色彩斑斓的鸡毛毽儿，安国少季见了也觉得特别的新鲜神奇。从阆中到长安，一路上樛馨儿总是将那只鸡毛毽儿放在身边不离左右，看得出来樛馨儿是十分喜爱这只鸡毛毽儿的。于是，安国少季不知为什么，心中总是千方百计地想得到樛馨儿手中的那只鸡毛毽儿。安国少季明白，如果他公开向穄馨儿索要这只鸡毛毽儿，只能被人笑话。更何况他没有任何正当的理由向穄馨儿索取这只鸡毛毽儿呢！此时安国少季自己也弄不明白这究竟是怎么回事。是爱屋及乌吗？得不到穄馨儿这个人儿，就希望得到她身边的一件东西，以此来安慰自己那一颗躁动不安的心？哦，也可能就是这样吧！

安国少季此时就像一个陷入单相思的少年一样，整个人的情绪已经陷入了一种深深的迷恋之中。

或许是上天对他特别眷顾，也或许是上天就此布下了一个陷阱，最后他还真的如愿以偿地得到了穄馨儿十分钟爱的那只鸡毛毽儿。虽然如此，但它却不是穄馨儿自愿送给他的，严格地说是他悄悄地从穄馨儿身边"偷"走的。

当送亲的马车从阆中到达长安后，穄馨儿与赵婴齐受到朝廷派来迎候的人们的热情接待。在人们众星捧月似的簇拥下，穄馨儿与赵婴齐搬进了朝廷在长安城里为他们专门准备的宅院里。待安定下来之后，穄馨儿却怎么也找不到那只鸡毛毽儿了。而此时，那只被穄馨儿视若宝贝的鸡毛毽儿，却神不知鬼不觉地出现在了安国少季的手上。

原来穄馨儿在与赵婴齐忙于同前来迎接的朝廷官员们应酬的时候，将这只鸡毛毽儿遗落在马车上了。而安国少季在马车里发现这只鸡毛毽儿后，并没有及时地将它送交给穄馨儿，而是私自将它截留在了自己的手里。

虽然安国少季不知道怎么玩这个当时在长安人们还未曾见过的东西，但他却将这只鸡毛毽儿视作自己身边最为珍贵的一件东西，不许任何人随意触摸移动。穄馨儿在长安短暂留居期间，安国少季为了能时常见到穄馨儿的身影，也以种种借口前往赵婴齐的府邸探视。但遗憾的是，此时出面来与之接触的大都是赵婴齐，而非穄馨儿。

来到长安，穄馨儿变得深居简出，一点也不喜欢在人多的时候抛头露面。随赵婴齐来到长安，远离了自己的亲人与儿时的玩伴之后，穄馨儿常常更喜欢静静地待在府邸的后院内室，做一些女红来打发时光。

可有人就是这样：愈是得不到的东西，心中想得到的欲望就愈加强烈。不久，穄馨儿随赵婴齐回到岭南去了，安国少季再也见不到穄馨儿了，那只小小的鸡毛毽儿在安国少季手里也就尤其显得珍贵神奇了。见物思人，这只鸡毛毽儿在很长一段时间里，也成了安国少季寄托相思的唯一物件，每天他看到它就仿佛看到活生生的美人儿一样。

时间一年一年地过去，安国少季对穄馨儿的单相思也由最初的狂热渐渐冷静下来，原来一想起樛馨儿就躁动不已的心，也逐渐开始安宁下来。可就在这时，却突然传来赵婴齐的死讯，朝廷正考虑委派特使出使南越国！

安国少季顿时觉得：这不是上天有意要成全他与樛馨儿的好事吗？自己怎么能放过这样一个机会呢！

于是，他对刘彻言辞恳切地表示：很多人都贪恋长安城的繁华与舒适安逸的生活，而他安国少季却愿意以天下为重，抛开这一切，远赴岭南蛮夷之地，为国家的统一，为南越内属朝廷去奔走操劳，其间纵然有千难万难，他也会肝脑涂地，绝不辱皇上使命。

刘彻想到，十多年前，赵婴齐与樛馨儿新婚盛典时，安国少季与赵氏王室及谯氏家族的人比较熟络，樛馨儿对此人也颇有好感，觉得让安国少季前往番禺，协助新任国王内属中央朝廷应该还是合适的。

为此，刘彻特为安国少季配备了一个阵容整齐的使团，其中有能言善辩的谏大夫终军、勇士魏臣等。考虑到南越国内属这件事情可能会遭遇到来自南越丞相吕嘉等人的阻挠反对，刘彻又派了卫尉路博德率领军队驻守在长沙国边郡桂阳郡，以密切关注汉使团进入南越国后番禺城内的动向。在安国少季一行启程前，刘彻还特别嘱咐他：如果樛太后和赵兴前往长安觐见，朝廷使团所有人员一定要留在番禺城，以力求在此期间保持南越国全局平稳安宁。

安国少季一行长途跋涉来到番禺城，未在驿馆住下，便被人直接带到了樛馨儿与小国王赵兴等人的面前。

在番禺城的朝堂上，只见安国少季手持纯赤色的使节，当即代表皇帝向南越国王赵兴、王太后樛馨儿表达了深切的慰问。

安国少季手中持有的使节，是武帝在他出使南越国时给予他的出使凭证。

这种凭证也叫"符节"，是古代派遣使者或调兵时用作凭证的东西。"符节"一般用竹、木、玉、铜等制成，上面缀些牦牛尾等装饰品，刻上文字，分成两半，一半存在朝廷，一半给外任官员。

"符节"根据任职地区的不同，分别铸成不同动物图像。《周礼·地官·掌节》说："凡邦国之使节，山国用虎节，土国用人节，泽国用龙节。"在山区任职的，授其带虎豹图像的"虎节"；在平原地区任职的，授其带人物图像的"人节"；在湖泽地区任职的，授其带龙蛇图像的"龙节"。

安国少季出使岭南，其手中持有的"符节"，就是带虎豹图案的"虎节"。

此时，安国少季盼咐随员们将朝廷送给国王赵兴、王太后樛馨儿的大批礼物抬上来，又将礼单呈送过去，供其过目。

秚馨儿与赵兴对远道而来的长安特使一行很是热情，也十分感谢皇帝对赵氏王室的关心、关怀。

一番礼节性地客套之后，安国少季等人才被领到番禺城驿馆住下。

秚馨儿远嫁南越后，远离父兄亲友，倍感孤独，心中一直对中原故土怀着深深的眷恋，多年来，她总是在对巴郡阆苑亲人的思念中消磨时光。好在赵婴齐对她不错，秚馨儿也有背靠大树好乘凉的感觉。后来随着儿子赵兴渐渐长大，她一颗孤寂的心才慢慢复苏过来，有了在岭南继续生存下去的信心。可是，突然间赵婴齐死了，以前的靠山不在了，秚馨儿与年幼的儿子一下子成了没有人庇护的孤儿寡母！此时，虽然儿子赵兴贵为国王，秚馨儿自己也贵为王太后，但她心中明白，在赵氏王室中自己势单力薄，要很好地完成赵婴齐的托付，与儿子赵兴一起料理好国事，也不是一件容易的事情。

当秚馨儿面对诸多矛盾与问题不知如何是好的时候，皇帝派遣的使臣亲临番禺，这对秚馨儿来说无疑是一个巨大的鼓舞。

秚馨儿对安国少季是再熟悉不过的了。十多年前秚馨儿与赵婴齐大婚，就是这个安国少季代表朝廷直接出面张罗的，当时婚礼不仅办得圆满，也很风光。阆中秚、谯两家陪同秚馨儿前往长安的一大帮子人，在长安也受到了非常周到细致的安排与照顾。对此，秚馨儿对安国少季的感激一直是铭记在心里的。眼下当秚馨儿与南越国正处于风雨飘摇之中时，这个安国少季又不远千里来到南越国。此时，秚馨儿内心深处更是对此人充满了友好的感情。

因此，当安国少季向秚馨儿转达皇帝要南越国内属长安，并比照内地诸侯惯例三年一次进京朝拜的旨意时，秚馨儿没有表示丝毫的异议。

长安使臣走后，秚馨儿、赵兴、吕嘉三个人便议论起安国少季刚才提出的问题来。

秚馨儿转过头来向一旁的吕嘉道："朝廷使臣要南越国内属长安，丞相对此有何想法？"

吕嘉年逾七十，先后侍奉过赵氏王国的三位国王，将赵兴算在内便是四位国王了。因此，秚馨儿很想知道吕嘉心里究竟是怎么想的。但吕嘉向来城府极深。此时他见秚馨儿向他发问，便谦卑地弓着身子道：

"大王、太后在上，微臣愿听其详……"

吕嘉在不知道秚馨儿的想法之前，不愿意轻易地说出自己内心真实的想法，这也充分体现了他作为一个宫廷政客老谋深算的一贯作风。秚馨儿斜眼瞟了瞟他，很不满意地道：

"你是丞相！现在大王和我想听听你的意见，你却不说？那你这个丞相有什么用呢？"

吕嘉是南越国的开国元老，从赵佗之时起，便为丞相。对赵氏王国的事务，他不是一个没有想法的人。赵婴齐死后，赵氏王国的王位由樛馨儿所生的儿子继承，而这个中原女子来到南越国时间不长，他向来就是不看好的。但没有办法，现在国王赵兴是这个女人的儿子，樛馨儿贵为王太后，大权在握。吕嘉知道自己虽然是南越国的一国丞相，但"伴君如伴虎"，在眼下国君更迭这个非常时刻，稍有不慎便有可能招来杀身之祸，为了自己这颗项上头颅以及数百吕氏族人的安危，他觉得自己还是应该处处留意，加倍小心，这才是他作为一个"四朝老臣"眼下最明智的处事之道。

吕嘉见樛馨儿这样说话，立即又道："微臣该死！请太后恕罪！"

樛馨儿又道："依我看来，南越国内属长安是可以的。"

吕嘉一听这话，急忙躬身道："启禀大王！启禀太后！万万不可啊！"

樛馨儿见吕嘉反对，便道："为什么不可？"

吕嘉道："南越国自武王立国距今已近百年，武王在时，中原汉朝总是企图吞并我国，都被武王坚决拒绝。这么多年来，我南越国雄踞岭南，已成为一个完全自主独立的王国，我们为什么要内属长安呢？"

樛馨儿道："可丞相别忘了，在秦始皇帝时期，这个地方本来就是中原朝廷管辖的土地。"

吕嘉道："太后说得没错！但南越国作为实实在在的一个国家已经存在九十多年，快一百年时间了呀！眼下岭南已今非昔比，它确确实实已经是我越族百姓自己的家园了呀！"

樛馨儿又道："丞相！你说的南越国，在前朝的时候它的名字叫'南海郡'！说白了，今天的南越国本来就是朝廷走丢的'孩子'！不管过去多少年，这个孩子总归是要回到父母身边的！一百年怎么了？时间的长短，就能改变越族人与中原人原本就是一家人的事实吗？"

吕嘉道："可是太后啊！自越王勾践建立越国以来，越族人多灾多难，先后数次被灭国，而自赵氏建立南越国以来，岭南在几代先王的苦心经营下，国力日益强大，令周边各国从不敢小觑。即使是中原朝廷数次用武力也都没有征服过我们！眼下我们为什么要将自己的土地与国民，主动拱手献给汉朝皇帝呢？这没有道理啊！"

樛馨儿道："丞相应该知道，眼下中原朝廷已今非昔比，汉室天下国富民强，长安帝王威震寰宇！天下归心，终将一统。这是当今大势所趋的事情！地处岭南的南越国怎么能偏居一隅，自得其乐呢？岭南内属长安，一定是或迟或早必须要做的事情！"

在吕嘉与樛馨儿说这些话的时候，十多岁的小国王赵兴的态度自然是偏向自己母亲的。

吕嘉见樛馨儿的态度根本就没有商量的余地，便转而向着国王赵兴道："大王呀！老臣觉得南越国内属一事，一定要慎之又慎，切不可轻率为之呀！"

吕嘉说完这句话后，便躬身退后，拂袖而去了。

樛馨儿见吕嘉如此无礼，根本没有将她这个王太后放在眼里，一时气愤异常，便对着离去的吕嘉大声喊道："你站住！回来！"

可吕嘉像是没有听见一样，仍然自顾自地向王宫外面走去。

吕嘉跨出王宫时，刚好与卫士郄宗擦肩而过。

郄宗看着一脸阴沉的这个人，心里大概也知道了，丞相吕嘉与太后之间可能又出现了不愉快的事情。

吕嘉与樛馨儿的这次争吵，是赵婴齐死后，两个人之间最为明确的意见分歧，也是在重大国事问题上最激烈的一次正面冲突。但是，樛馨儿不能因为吕嘉的反对，便放弃她心中南越国最终内属长安的决定。

郄宗来到赵兴与樛馨儿的面前，看到太后还是一脸怒容，便劝道："太后不必生气，也不必在乎丞相个人的态度，南越国之军国大事，大王与太后当有独自处置的权利！"

樛馨儿看看郄宗，觉得对方说的也很是在理，心中的一腔怒气才逐渐平息下来。

三天之后，樛馨儿再次主动邀请安国少季前往王宫访问。

南越国都城，处于北高南低的一处台地上，赵氏王宫楼阁布局，也随这种地势精心设计建筑。王宫御花苑内，一条引城外甘溪活水入苑的水渠，由西向东，迂回曲折，水波粼粼。东头弯月形石池中，龟鳖爬行，鱼翔浅底。御花苑内，廊榭、凉亭点缀其间，曲渠上下，石桥、步石穿插其中。

御花苑里里外外，枝繁叶茂，花果飘香，雅致异常。

在王宫花苑的回廊中，面对着岭南特有的一派园林景色，樛馨儿与安国少季一边漫步其中，一边随意地交谈着。

叙谈中，樛馨儿关切地向安国少季询问中原的诸多情况。确实，离开故土太久了，过去的一切虽记忆犹新，但毕竟是多年以前的事了。眼下皇帝的身体还好吗？他还像过去那样健康、精力充沛吗？

话题很自然地来到了朝廷与匈奴之间的战争。

樛馨儿对安国少季道："汉兴以来，匈奴数入汉边，小入则小利，大入则大利，他们攻城屠邑，掠夺畜产，让北疆一带的边民苦不堪言。为了求得片刻安宁，朝廷只得以'和亲'方式换取边界的暂时和平。那个时候人们视匈如虎，谈匈色变，可如今朝廷对匈奴的反击，却一路捷报频传，凯歌高奏。这是为何？"

安国少季点点头道："孙子曰：'胜兵先胜而后求战，败兵先战而后求胜也。'当今圣上亲政之后，为了彻底剪除北部边患，凭借着中原几代人积累起来的物质财富，积极从事反击匈奴的准备。他健全军制，大力发展建设强大的骑兵队伍，选拔培养善于指挥骑兵队伍的青年将帅走向实战；他实施'推恩令'，保障朝廷对天下各州郡的有力管辖；他实施盐铁官营，积极增加物资储备，充分保障前方战事所需。由于朝廷提前做好了这些准备，当战争正式打响的时候，其实谁胜谁负，便早已经注定了！"

樛馨儿很是感慨地道："当今圣上，真是一神人也！"

安国少季道："是的！朝廷对匈奴的战争，在开初几年，相互之间你来我往，还各有胜负，但是自朝廷先后取得河南、漠南、河西战役的胜利后，匈奴人的精锐力量就所剩无几了。漠北战役之后，曾经雄踞北方大漠不可一世的匈奴国更是出现了'漠北无王庭'的局面，此时，危害大汉百余年的匈奴边患也基本上得以遏制。"

樛馨儿听了安国少季这些话后，内心一时振奋不已，她在心底为大汉的强大而高兴，为皇帝的雄才大略而骄傲！

她心里在想，真该让吕嘉这些人来听听安国少季所说的这些情况，真该让赵氏王室中那些大小官吏们认真地了解一下当今长安王朝的真正实力。吕嘉口口声声说，过去赵氏王室怎么怎么抵挡住了长安朝廷的武力威胁，可是面对今天巨人般的大汉，寰宇之内还有谁能望其项背，还有谁可与其争锋，还有谁敢与其相逆而行呢？

想到这里，樛馨儿更加坚定了南越国内属长安的信念，应对来自吕嘉等一帮老臣的反对与阻挠时便有了更大的信心。

此时，樛馨儿与安国少季穿过长长的回廊，来到一处叫七曜宫的地方。二人跨过七曜宫的门槛，安国少季便见到正面一排书案上整齐地摆放着各式精美的盒子。只见这些盒子里一些由金银、珍珠、玛瑙、珊瑚雕琢而成的稀世珍品巧夺天工，璀璨夺目。一些候在那里的侍女与差役们见樛馨儿到来，便纷纷恭敬地对着樛馨儿道："太后安好！给太后请安！"

樛馨儿对这些王宫侍女与差役们点点头道："你们下去吧！"

樛馨儿走到这些宝物前，对安国少季道："这些珠宝或由金银制成，或由珊瑚、珍珠、玛瑙雕琢而成，都是眼下不可多得的稀世珍品。像这只点翠鎏金珍珠玛瑙簪与这只玲珑点翠草头虫镶珠银簪，巧夺天工，绝非一般的工匠可以造得出来！"

安国少季面对着这些奇珍异宝，赞不绝口道："啊！真是太美了！太美了！"

樛馨儿见安国少季如此说，便转过头来道："汉使阁下也觉得很美，是吗？"

安国少季道："这么美的珍品，我确实是第一次得见！它们真的是这个世界上绝无仅有的珍品啊！"

樛馨儿笑盈盈地道："你觉得南越国将这些稀世珍品送给高贵美丽的皇后，她会喜欢吗？"

安国少季高兴地道："啊！太后要将这些奇异的珍品，送给天下最高贵美丽的皇后啊！我想，她一定是非常喜欢的！不过……"

樛馨儿道："不过什么？"

安国少季道："太后不能只送皇后礼物啊！太后打算送皇上什么呢？"

樛馨儿道："阁下说得很对啊！那阁下可知道，当今皇上最希望得到什么礼物吗？"

安国少季望着樛馨儿道："这个问题……太后心里应该是最清楚的吧？"

樛馨儿笑笑道："阁下说得太对了，我心里是最清楚的！我眼下可以明确告诉阁下：不管王室内部的阻力有多大，我与大王的信念，是不会有丝毫改变的！"

安国少季一听这话，非常高兴地道："啊！那可真是太好了！我就知道，在太后的辅佐下，大王一定会做出最为明智的选择的！"

樛馨儿道："这一批宝物，南越国近日将派专人送往长安，大王与我也会比照内地诸侯的礼仪，尽快前往长安朝拜天子！"

安国少季兴奋地道："太后真是英明啊！"

正是：

太后辅佐南越王，不战归属有希望。

第二十章 南越内属遇阻拦 少季怯懦难决断

樛馨儿向安国少季表明了自己的决定后,接下来便以小国王赵兴的名义向皇帝上书:南越国内属朝廷的意愿不变,即刻开放南越国与长安的边界关塞,愿意同内地诸侯一样,每三年前往长安朝拜天子。

樛馨儿给长安的国书与礼品,派专人经朝廷设置在长沙国北部与南越国南部交界的驿站,飞也似的向长安传送着。很快,这些东西就出现在了刘彻面前。

刘彻得到樛馨儿的书礼后,心中大喜,立即下诏予以勉励,并赐给南越丞相银印以及内史、中尉、太傅等印信,还册封赵兴同父异母之兄赵建德为术阳侯。

诏书传到番禺后,樛馨儿一边帮助赵兴按刘彻的要求,改革南越国官制,推行汉法,废除原有的野蛮黥刑和劓刑;一边与赵兴整理行装,打算不久便前往长安朝觐天子。

可是,丞相吕嘉却坚决反对。他不满赵兴完全受控于樛馨儿的局面。他认为:一个嫁到岭南赵氏王室时间不长的中原人,怎么可能与南越人一条心呢!

吕嘉的看法没错,中原优秀的传统文化早已在樛馨儿的身上留下了深深的印记。从小樛馨儿便受到孔孟之道的熏陶,她骨子里一直流淌着"忠君报国"的正统思想。她当初为什么愿意离开她熟悉钟爱的故土远嫁他乡?为什么愿意离开生她养她的父母来到蛮荒的南越?就是想有朝一日能够报效国家,实现让离开中原已久的岭南大地重归长安朝廷的愿望。

眼下这样的机会终于来了。樛馨儿觉得,赵兴是南越国名正言顺的国王,自己按照赵婴齐的临终嘱托辅佐儿子料理国事,正是实现南越国回归长安的绝佳机会。

但是，刚刚当上国王的赵兴毕竟年纪太小，阅历太浅，在生活中很多做人做事的道理他还搞不懂，宫廷中错综复杂的人事关系他更是不甚了解。樛馨儿则从小生长在一个和谐的官宦大家庭中，从未见过奸佞小人，更从未与这种人有过交往。对吕嘉这种老奸巨猾之人，她思想上缺乏清醒的认识，行动上也就缺乏足够的防范。

吕氏宗族与赵氏王室沾亲带故的王家贵戚多达七十余人。多年来，为了夯实这种关系，吕氏家族"男尽尚王女，女尽嫁王室"。吕家男性娶的都是赵氏王室女性，而女性一律只嫁赵氏王室男人。吕嘉还与赵佗族弟的后人——眼下南越国王侯中势力最强的苍梧王赵光有姻亲关系。在吕嘉眼中，南越政权的存亡就是自家的事。他拼命反对内属的原因，就是希望永远保持家族的荣华富贵，保住自己操控南越王室的绝对权力。他多次劝谏赵兴，但都未能奏效。

吕嘉越来越失望，便经常在私下里曲意宣传解释樛馨儿内属长安的目的，编造很多与樛馨儿有关的坏话，从而使一些越人对樛太后和新国王赵兴产生越来越多的积怨。

尽管刘彻也赐给吕嘉丞相银印，但他心中仍然十分抵触，经常托病不理国事，反叛之心在胸中日益膨胀。

面对如此状况，樛馨儿逐渐意识到要在南越国推行新政，吕嘉这个坎无论如何也是绕不过去的。解决吕嘉的问题，除了年幼的儿子与长安使臣，眼下她没有值得信赖的同谋者可以依靠。

无奈之下，樛馨儿只能时常将安国少季请到王宫密谋对策。

樛馨儿希望得到长安使臣更多的协助与支持。同行的辩士谏大夫终军不是很能说吗？让安国少季与这个能言善辩的终军去见见那个"老顽固"，或许有一些作用吧！

可是，事情却不像樛馨儿想的那样简单。

安国少季终于可以与他十多年来一直迷恋的人近距离地接触了。他在心底暗暗地告诫自己，一定要把握好这个难得的机会。以前樛馨儿身边有赵婴齐护着，安国少季无法靠近。眼下在番禺城，樛馨儿身边只有她自己未成年的儿子，没有一个成熟的男人可以依靠。这不正是老天给我安国少季靠近美人，获取美人芳心的绝佳机会吗？

自来到番禺见到樛馨儿后，安国少季成天脑子里想的就是这些东西，他一点也没有意识到，眼下的番禺城早已处于危机四伏的境况之中，樛馨儿与小国王赵兴以及整个汉朝使团的人员，实际上都已经处于相当危险的境地。

樛馨儿出于对汉朝使臣的尊重，主动在王宫单独召见过安国少季几次，之后，安国少季整个人仿佛都发生了变化，一天到晚总是显得有些魂不守舍。特别是到了夜晚，安国少季的眼前全是樛馨儿那飘来飘去的身影。

　　樛馨儿真的是越发美丽迷人了。十多年前，当安国少季负责张罗樛馨儿的婚礼时，樛馨儿还不满十六岁。那时的樛姑娘虽然也是风姿绰约，但毕竟是一个情窦初开的姑娘。可眼前的樛馨儿确如古诗中说的那样：手像春荑柔嫩无比，肤如凝脂异常白润，颈似蝤蛴是那样的优美，齿若瓠子显得非常齐整，额角丰满，蛾眉细而修长。这样的人儿，只要嫣然一笑便可以动人心魄，秋波一转真的是能够摄人魂灵的啊！

　　想到这里，安国少季脸上露出微微的笑意，竟情不自禁地一边踱着方步，一边如痴如醉地吟诵起《诗经·硕人》中那些赞扬美丽女子的诗句来："手如柔荑，肤如凝脂，领如蝤蛴，齿如瓠犀，螓首蛾眉。巧笑倩兮，美目盼兮。"

　　他不由得在心中深深地赞叹道：啊！这样的女子，真的是好一副超凡脱俗、貌若天仙的样子，又怎能不让她近旁的男人心生万般怜爱呢？

　　就这样，安国少季成天沉醉在对樛馨儿的想入非非之中，竟完全忘记了他是在什么地方，他眼下最应该干的事情是什么！

　　安国少季系关中霸陵人氏，其祖上世代为官，与刘氏王朝有着较为深厚的渊源。安国少季自幼头脑活络聪明，二十多岁便在其父的保荐下出入未央宫。来番禺之前，不到四十岁的安国少季已是长安城里位高权重的朝廷大臣。在长安他也是一个有头有脸的人物，其府宅内妻妾成群，什么样的女人他没有见过呢？可是偏偏像樛馨儿这样的女人他真是少有见到。同是一个女子，十多年前，她是一朵含苞待放的花蕾，清纯典雅；十多年后，她却成了一束花开正艳的牡丹，散发着让人痴迷的魅力。

　　此时，安国少季眼前不禁又出现几天前他与樛馨儿交谈时的情景。

　　这一天，安国少季应邀又来到王宫，在交谈中，他对樛馨儿道："时间过得真是快呀！太后殿下从中原来到这岭南，一晃也已经有这么多年了啊！"

　　樛馨儿对此也深有感触地道："是啊！真是岁月催人老啊！"

　　安国少季一听樛馨儿居然也说起"老"来，便笑了笑道："孔圣人曰：'吾十有五，而志于学。三十而立，四十而不惑，五十而知天命，六十而耳顺，七十而从心所欲不逾矩。'太后怎么能说自己'老'了呢？"

　　樛馨儿笑笑，自嘲地道："哦，让阁下见笑了啊！……是的，三十而立。处于这个年纪的人应该是各方面业已成熟，人生的志向已经确定，能够自立的人了。可是，我总是感觉自己离圣人说的那种境界，相差太远啊！"

安国少季道："太后殿下对自己不必太苛求了！您芳华溢彩之际便离开故土来到南越，您为促进朝廷与岭南之间的亲睦，已经尽心竭力，做出很大的努力了。刚才在前来王宫的路上，我看到番禺城的孩子们眼下也时兴玩一种'鸡毛毽儿'的游戏。据我所知，这种游戏应该是太后殿下从中原带到岭南，亲自传导给这些孩子们的吧？"

樛馨儿一听对方提起鸡毛毽儿的事，很是高兴地道："哦，您看到番禺城里的孩子们玩鸡毛毽儿了啊？"

一说起鸡毛毽儿，樛馨儿一下子显得很是兴奋，这么些年来，在远离家乡故土的南越国，如果说还有什么值得高兴的事情的话，那就应该是与这个鸡毛毽儿相关联的一些事情了。这个小小的鸡毛毽儿不仅给她带来了无尽的快乐，也给番禺城的孩子们带来了许多的欢乐。

此时，她口里不自觉地又唱起了小时候在故里与儿时玩伴们所唱的那些儿歌。随着这些儿歌的响起，她眼前仿佛又出现了儿时在阆中她与一些小姑娘玩踢鸡毛毽儿游戏的情景……

只见她们一边唱着儿歌，一边将鸡毛毽儿高高踢起。樛馨儿与这些姑娘们唱道："一锅底；二锅盖；三酒盅；四牙筷；五钉锤；六烧卖；七兰花；八把抓；九上脸；十打花。"其中一个姑娘随着小伙伴唱的歌词节奏，唱一句，踢一下，做一个动作，让踢起的鸡毛毽子依次落在：伸直的手心上；伸直的手背上；五指窝成的"酒盅"里；伸直的两指（中、食指）上；握紧的拳头上；撮起的手掌中；手指有曲有伸的"兰花瓣"上；抓取的手心中；仰着的脸上；跳起的一只脚上。

樛馨儿不时与大家一起为踢鸡毛毽儿的姑娘喝彩鼓掌，那场面真的是让人开心畅快，且又无拘无束。

樛馨儿沉浸在对往事无限的遐想中，动人的脸庞上更显露出一副让人怜爱的神情。

面对樛馨儿真诚无邪的神态，安国少季像欣赏一幅迷人的画卷一样，痴痴地盯着对方。

此时，只听樛馨儿轻轻地叹口气道："那时候我踢的鸡毛毽儿，像是与自己身心相通的灵器一样，想怎样踢，就能怎样踢，还能踢出许多的花样来。"

安国少季饶有兴趣地道："现在呢？"

樛馨儿懒懒地道："现在，我已经很久不踢它了！"

安国少季又问道:"为什么呢?"

稆馨儿情绪有些低落地道:"以前家人给我做的那只鸡毛毽儿,也是我多年来最喜欢的一只鸡毛毽儿,可不知怎么回事就不见了!来到南越,我曾试图重新做一个与以前一模一样的鸡毛毽儿,可是连续做了好多个,踢在脚上都不能找到原来的那种感觉。就这样,踢鸡毛毽儿的兴致也就渐渐淡了!"

稆馨儿说的那只鸡毛毽儿,就是落下闳曾经送给她的那一只。这么多年过去了,她有意地将落下闳视为家人,可见在她的心里,落下闳这个人大概是永远也无法完全抹去的。

安国少季见稆馨儿仍然念念不忘她以前曾经拥有的那只毽儿,心中真是太高兴了。此时,他像变戏法儿一样从身上拿出一只鸡毛毽儿来,道:"我这儿有一只鸡毛毽儿,太后看看,还能找到先前那种感觉吗?"

安国少季从身上拿出的,正是稆馨儿多年前遗留在长安的那只鸡毛毽儿,也就是稆馨儿刚才提到的那只鸡毛毽儿。

稆馨儿见安国少季从身上拿出这只鸡毛毽儿,一时疑惑不解。她盯着眼前这个人,难道这个作为大汉朝特命全权使臣的安国少季大人,也喜欢踢鸡毛毽儿不成?

可当她从安国少季的手上接过这只鸡毛毽儿时,却仿佛觉得眼前一亮。她将毽儿拿在手上,轻轻地这么掂了掂,一下子便有那么一种似曾相识的感觉。

稆馨儿抬起头来,惊奇地对安国少季问道:"这是您从中原带来的?"

安国少季微笑着,望着此时像少女一般纯真的稆馨儿,认真地点点头。

稆馨儿将手上这只鸡毛毽儿轻轻地抛向空中,随即再用脚将它轻轻踢起来。她觉得这只毽儿拿在手上是那样的得心应手,毽儿的轻重是那样的适度,踢起来是那样的顺心省力。

稆馨儿停下来,拿着这只鸡毛毽儿向安国少季问道:"汉使阁下!我想知道,您咋会有这样的鸡毛毽儿呢?我总觉得您的这只鸡毛毽儿,怎么像是我多年前曾经丢失的那只鸡毛毽儿呢?"

安国少季觉得眼下也用不着隐瞒什么了,便笑着说道:"太后说得没错!这只鸡毛毽儿就是您刚才提到的在长安时您最钟爱的那只鸡毛毽儿。当年,当我发现它时,我非常希望亲手将这只毽儿送交给它的主人,可是那个时候,安国少季已经无缘再目睹太后殿下您的芳容了啊!"

稆馨儿听安国少季如此说,一时感动不已。但她还是用充满怀疑的目光盯着他道:"阁下说的可是实情?"

安国少季充满柔情地赌咒发誓道："苍天在上，安国少季说的有半句假话，当天打雷劈而死！"

穄馨儿听着安国少季居然说出这种话来，只觉得心里有一种怪怪的感觉，但她一时也不知怎样来回答他。

穄馨儿拿着这只鸡毛毽儿不踢则已，一踢起来便不可收拾。接下来这只鸡毛毽儿就像被赋予了生命一样，一直在她的脚上脚下灵动地腾跃翻飞。穄馨儿就这样一口气轻巧地将这只鸡毛毽儿一会儿高高地踢向空中，一会儿又反身向后侧着身子用脚底踢起来，让它自如地飞落到自己的正面来。穄馨儿不断地踢出了许多新花样，让安国少季在一旁看得眼花缭乱，惊诧不已。

这只鸡毛毽儿就是穄馨儿在阆中大象山学堂读书时，落下闳亲手制作并送给她的。在这只小小的鸡毛毽儿上凝聚着落下闳对穄馨儿的一片真情，也见证着穄馨儿与落下闳二人真诚淳朴的友情。因此，穄馨儿心中一直对这只鸡毛毽儿怀有一种独特的情感，特别是与落下闳分开之后，这只鸡毛毽儿在她心中更是成了一种寄托与念想。可是，这只鸡毛毽儿突然间不见了，为此，这么多年来穄馨儿心中一直隐隐地有着一种莫名的惆怅，有一种说不清楚的伤感。眼下这只鸡毛毽儿重又回到了她手上，穄馨儿一时真是开心不已。

踢鸡毛毽儿是一种简单的游戏，又是一种健身强体的运动。穄馨儿一踢起毽儿来像变了一个人似的，久违的青春活力在她身上顿时又充分展现出来，使她整个人充满了蓬勃的朝气，让人仿佛又看到了许多年前那个清纯甜美的姑娘的身影。

此时，穄馨儿显得有些疲累了，她停下来，面对着从地上捡起鸡毛毽儿向自己走来的安国少季认真地道："汉使阁下，谢谢您送还给我这个鸡毛毽儿，我真的好久好久都没有这样开心过了！"

安国少季将鸡毛毽儿递到穄馨儿手上，不失时机地向对方说道："馨儿姑娘！你真是太美了！"

此时，安国少季没有称呼她"太后殿下"，而是叫她"馨儿姑娘"。穄馨儿听到对方这样叫她，顿时不觉浑身一颤。

这个安国少季作为堂堂大汉朝的特命全权使臣，怎么能这样称呼她呢？须知穄馨儿眼下可是南越国一国之君的母亲，是辅佐国王赵兴的王太后啊！这样的称呼是极其不妥、不该，也是极其轻浮的！

这个安国少季，他想干什么？

穄馨儿警觉地抬起头来，见到眼前这个男人那热情似火的目光，似乎明确地意识到了一些什么。樛馨儿心中虽然对安国少季这样称呼她极为不满，但在这样一个时候，她实在是不便冒犯这个朝廷的特命全权使臣，她还有求于这个安国少季，她还需借助这个人的力量来度过眼下这个非常时期。

于是，樛馨儿像根本就没有听到对方说什么一样，客气地向对方下了"逐客令"，道："汉使阁下，感谢您送还我曾经丢失的东西！今天有些累了，阁下请回吧！您也该休息一下了！"

安国少季望着眼前这个在南越国权倾朝野而又如此美丽动人的女人，说真的，他心中非常非常希望与其有一些亲密的接触。可每每他想如此的时候，樛馨儿冷峻的表情、漠然的眼神，让他不得不停止了进一步尝试的举动。

樛馨儿绝不是一个轻佻的女子。自幼良好的家风，使她嫁入南越国后就明白，作为一国王后应该做到为妇表率。特别是在赵婴齐逝去，年幼的儿子赵兴刚刚承继王位，王室内外一团乱麻，很多事情亟待处置，赵氏王朝正处于危急之时，她怎么可能有心去留意一个陌生男人内心里那许多的柔情蜜意呢？樛馨儿是一个失去了丈夫的女人，面对着明里暗里的反叛者，她与儿子赵兴势单力孤，内心非常渴望得到外部力量的支持协助。樛馨儿痛失丈夫之后，在举国伤悲的三年服丧期间，又怎么可能去迎合像安国少季这种人的非分之想，与这个男人干出一些令人不齿的苟合勾当呢？！

但对于安国少季来说，绝色的美女总是令人垂涎的。

男人希望得到美女的青睐不是一个错误，但也得分个时候。安国少季过多地沉醉在对樛馨儿的遐想之中，竟完全不知道孰轻孰重，樛馨儿与他商议的事情他也久久不能实施。安国少季这些非分之想，不仅日后为樛馨儿带来了难以洗清的不白之冤，也为自己与南越国最终走向灭顶之灾埋下了伏笔。

安国少季无心去往吕嘉的丞相府邸，便派遣终军前去与吕嘉说合。可当终军来到丞相府邸时，却碰了一鼻子灰。

小国王赵兴坚持要内属长安，吕嘉认为这完全是樛馨儿在其中怂恿的结果，对此他心里恨得咬牙切齿，但实在又找不到更好的办法来与国王赵兴沟通。赵兴毕竟还是一个年纪不大的孩子，吕嘉有再好的意见、建议说与他听了，他转过身到了樛馨儿那里，一切也都化为乌有了。吕嘉想不到自己在南越国丞相这个位子上，几十年来在赵氏王室上下玩得都是风生水起，得心应手，可眼下往日的那些玩法竟然一点儿都不灵验了。

吕嘉连日来闷闷不乐，借口身体不适，闭门谢客。虽然对外宣称谁也不见，但自家兄弟吕氏族人却是他丞相府的座上客。吕豨等人出入于丞相府如出入自家宅院，没有任何人阻拦。

吕豨是吕嘉的亲兄弟，多年来他忠实地执掌着南越国军队的大权。吕氏兄弟二人，一个把持着朝堂政务，一个严控着王国军务。整个南越国表面上是赵家的江山，实质上却是吕氏一族在操控着。

这一天吕豨再次来到丞相府。在相府的书房里，吕豨对着愁眉不展、一语不发的吕嘉道："大哥，您放心！如果这个姓樛的坚持要内属长安，最后大不了与这个姓樛的分道扬镳罢了！"

听吕豨这样说，吕嘉抬起头来看了他一眼，也不搭话，又闷声不响地在书房里来回地走着。

吕豨此时又对吕嘉说道："我们有什么可怕的！您是南越国四朝元老，朝堂上下大大小小的官员不是姓吕，就是与吕家沾亲带故的人，南越国十几万大军都让我掌控着的！我们何怕之有？应该是那个姓樛的怕我们才对！"

吕嘉听到这句话，又抬起头来盯着他，此时他走到吕豨面前，抓住对方的肩膀，半天从口里吐出几个字来："嗯，说得好！你真是我好兄弟！"

可正在这时，一个差役突然走上来向吕嘉禀报道："相爷！门外有汉使求见！"

吕嘉一听"有汉使求见"，心中不免一颤，随即他在吕豨肩上重重地拍了两下道："当下最最重要的是掌控好我南越国的大军，密切关注事态发展！你赶快回去吧，眼下需高度戒备，切勿出现半点闪失！"

吕豨点点头道："大哥尽管放心，吕豨绝不会让大哥失望的！"

吕嘉让其速速从后门离开后，这才回过头来对一旁的差役道："汉使求见？他可曾通报姓名？"

差役道："他说他叫终军。"

吕嘉一听，立即轻蔑地道："什么终军，他叫终童！一个毛头小子，也想搅和南越国的军国大事，这个长安朝廷硬是没有将我堂堂南越国当一回事儿啊！回了吧！"

吕嘉说的"回了吧！"就是"不见！让他回去吧！"

差役一听此话，赶快来到大门外，向一直在大门外等候的终军说道："丞相身体不适，不便见客！你请回吧！"

吕嘉不仅拒绝出来与终军相见，竟然连大门都不让他进去。

终军在吕府受到冷遇与羞辱，感到异常愤怒。不管怎么样，我终军也是大汉皇帝派来的使臣啊！吕嘉老儿指使家奴如此对待远道而来的汉朝使臣，这不仅是对个人的羞辱，更是对长安朝廷的蔑视。

怎么办？

樛馨儿内属心切，面对吕嘉这种态度，她觉得只有采取最后一招，以彻底了结这个姓吕的。做这件事，汉使魏臣应该是最合适的人选。魏臣不仅威猛高大，而且武艺高强，对付七个八个吕嘉应该也是绰绰有余的。让此人操刀，不仅可以保守秘密，成功的把握较高，也可以借助长安使节的威慑力，降服南越国大小官员。只要除掉了吕嘉老贼，所有企图生乱的人则将群龙无首，剩下的事情也就好办多了。

樛馨儿在心中这样盘算着。

按照她的计划，这一天樛馨儿以国王赵兴的名义在宫中大摆酒宴，隆重款待长安使臣，欢迎远道而来的安国少季一行。樛馨儿要丞相以下诸位官员一同到宫中赴宴。吕嘉虽称病在身，但没有什么好的理由拒绝，也只好硬着头皮来了。

但吕嘉毕竟是一个老奸巨猾之人，为防意外，他在前往王宫参加宴会前，特意让吕豨率领大批卫士，在王宫内外警戒巡视。这些人表面上是护卫王宫，暗地里却担负着对吕嘉的警卫任务。

吕豨明白无误地告诫自己严密掌控的王室禁卫军中的每一个人："一旦发现情况异常，务必拼死保护丞相的生命安全。"

安排好这一切之后，吕嘉这才姗姗来到王宫宴会现场。

对于吕嘉背地里的这些举动，樛馨儿浑然不知。

在赵氏王室经常举行酒宴的大殿里，樛馨儿面向南方坐在上面，南越国的开创人赵佗是中原人，南越国建国后，其文化习俗无一不深深地烙印着华夏传统文化的符号。华夏文化以南向为尊，以右为先，古人常把称王称帝叫作"南面"。

赵兴面北对坐。二人坐定后，安国少季一行则面东而坐，吕嘉及其他一众南越臣工则面西而坐。

樛馨儿待所有人一一坐定后，便下令行酒。

酒过三巡，一番客套之后，樛馨儿回头对吕嘉问道："南越内属长安，本是一件有利于越国百姓的好事，上下臣工并无一人异议，可丞相一人为什么偏偏反对呢？"

吕嘉一听这话，不觉心中一震，他没曾想到樛馨儿会当着满朝文武大臣与长安使臣的面这样来质问他。他立即警觉地意识到，这是樛馨儿有意借此话题来向他发难。他觉得此时他最为妥当的做法就是不搭话、不发声、不进一步激怒对方,以此达到暂且自我保护的目的。于是吕嘉像一只温顺的小羊羔,低着头一言不发,眼睛只盯着酒杯,静静地任凭樛馨儿数落。

按照樛馨儿的设想,安国少季是持有汉朝符节的使臣,在汉代,"节"象征皇帝与国家,凡持节出使的朝廷命官,即代表皇帝亲临,非常情况下可行使皇帝赋予的特权,如持节分封诸侯、持节镇压叛乱、持节出使签约议和等。樛馨儿在酒席间公开谴责吕嘉,安国少季就可以借题发挥,命令魏臣动手,将吕嘉就地正法,以大汉的天威镇住所有在场的人员。

可临到此时,安国少季却犹豫不决,难以做出任何决断。眼下他的脑子里正飞快地闪现着刚才入宫时,在宫门外看到的情景。此时,宫门外吕豨正领着全副武装的王室禁卫军在四处警卫巡行。他觉得王宫内外的这一切表明,吕嘉今天完全是有备而来的,如果眼下对吕嘉动手,恐难有胜算,反会授人以柄,招致越人一致反抗。

自从来到南越国后,安国少季对吕嘉的所作所为确实也很恼怒,但此时他却不敢轻易对魏臣下达诛杀吕嘉的命令。面对樛馨儿对吕嘉的谴责,他也没有表明自己的态度,就这么无言旁观着,没对樛馨儿的行动做出任何明确的声援。

面对樛馨儿的质问,吕嘉不敢多说,只有弓着身子坐在那里,大气也不敢出。毕竟樛馨儿是国王赵兴的母亲啊!吕嘉感觉到整个宴会厅里,人们的脸色都有些异常,这使他更感到危机四伏。

整个宴会大厅里一时出现了可怕的沉默。樛馨儿说完后,再也没有一个人发出其他的一丁点儿声音。所有参加宴会的人对樛太后的话都感到错愕不已,每一个人似乎都不知道对樛太后谴责丞相吕嘉的这些话语,是该完全赞同,还是该给予明确的反对。

而此时,樛太后所谴责的人物——吕嘉,却适时冷静地做出了他最为明智而正确的选择。吕嘉眼看大势不对,觉得眼下自己最应该做的事情,就是尽快离开这个随时都可能给他带来杀身之祸的地方。

让樛馨儿没想到的是,在这个节骨眼儿上,那个从长安远道而来的大汉朝廷使臣安国少季居然坐在那里一声不吭,毫无反应。她一时恼怒至极,面对马上就要溜走的吕嘉,一把抓起身边卫士手中的长矛,就要向吕嘉掷去。

一旁的赵兴见母亲做出这种举动,担心由此引起整个宫廷的哗变,慌忙起身过来阻拦。吕嘉借机逃出了王宫。

吕豨见到铁青着脸从王宫里逃出的哥哥，情知大事不好，便立即招呼身边的人护卫着吕嘉匆匆离开了王宫这个是非之地。

从此，吕嘉更是闭门不出，拒绝朝见赵兴，拒绝与樛馨儿和汉朝使臣见面，并联络亲信准备发难。

正是：

汉使私情剪不断，馨儿发难无人援。

第二十一章　随军南行凶险多
　　　　　一路坎坷进山谷

　　远在长安的刘彻一直通过有关渠道密切关注着南越国内的形势，掌控着有关情况的发展变化。

　　当刘彻得知安国少季错过惩处吕嘉的大好机会时，非常生气，大骂安国少季太无能。

　　刘彻觉得眼下南越国政权危机四伏，应该有所防备，但鉴于赵兴和樛馨儿已经明确表示归附长安中央朝廷，如果兴师动众，又不太妥当，遂决定仅派遣小股人马进入南越国。刘彻传来大臣庄参，要庄参带小股兵马前往岭南，协助樛馨儿与赵兴镇抚国内。可是庄参却觉得不妥。庄参对刘彻说：如果朝廷是以友好的姿态前去，带几个人就够了；如果要去动武，小股兵马怎么能够去降服一国之武力呢？

　　这时，曾做过济北王丞相的韩千秋自告奋勇要求前往。韩千秋信心满满地对刘彻说："今天的南越国，本是我中原的属地。在秦汉交替之初，赵佗乘中原战乱，在岭南自立为王，建立了南越国。在臣看来，此等小国根本不足挂齿，更何况眼下的国王赵兴与太后樛氏已明确表示愿意内属我朝。只有吕嘉老儿捣乱，这不值得朝廷大动干戈。我请求陛下让臣带三百人前去番禺城，韩千秋一定能斩下吕嘉的首级回来献给皇上！"

　　韩千秋在向刘彻说这番话的时候，完全不了解番禺城内的情况，更不了解吕嘉在赵氏王室内部有多么深厚的人脉根基，而小国王赵兴与樛馨儿根本就不是吕嘉的对手。

　　而此时，已经被四处征战不断取得的胜利冲昏了头脑的刘彻，有一种盲目自大的心理状态正日益膨胀起来。他听了韩千秋的话后，很是满意，觉得这才像大汉王朝领兵打仗的将军。可他还是觉得区区三百人实在太少了，率领两千精悍的汉军将士前往岭南也许是合适的。

当刘彻征询谯隆意见时，谯隆说："越国山高林密，地形复杂，条件艰苦，而巴蜀的兵卒能征善战，不怕吃苦，最好让巴蜀的军士们前往南越国。"

刘彻同意了谯隆的请求，便让韩千秋与谯隆及樛馨儿的哥哥樛乐一起，准备领兵前往岭南。就这样，韩千秋随谯隆来到了雁门前线，一来代表朝廷前来犒劳北征的将士；二来带领范翼龙手下那些他最熟悉的家乡子弟兵，随他一同南下，帮助南越国稳定局势。

当落下闳得知谯隆说的这些情况后，他的心里是又惊又喜。惊的是樛馨儿正处于一种异常险恶的环境中；喜的是多少年过去了，现在终于知道了一些她的近况。

落下闳现在与樛馨儿相隔千山万水，此时，他真的是恨不得自己生出一双翅膀，马上飞到岭南，飞到樛馨儿身边，为她提供最好的庇护。

落下闳当然明白，这些良好愿望，一时是难以实现的，作为一个普通的汉军将士，眼下自己唯一能做的就是听从朝廷的调遣，服从长官的指挥。他时刻都在期盼着队伍早一点、快一点开拔。

谯隆与韩千秋带着范翼龙这一支主要由巴蜀兵士组成的汉军队伍，离开雁门关前线后便一路南下。

谯隆心里明白，眼下身处异乡的樛馨儿处境十分艰难，如果自己带领这支队伍早一点赶到，樛馨儿就会多一分安全保障。

一路上他不敢怠慢，不敢停留，带着队伍昼夜兼程向着岭南全速奔驰。

越往南走，山越大，林越密，人迹越少。

这一晚，韩千秋与谯隆率领的大队人马来到一片空旷的荒野驻扎下来，在这片较为平坦开阔的地方，汉军的营帐星罗棋布，遍地开花。

落下闳、夕季财、庹峙富、鄂贵泉等几个军士同挤在一个营帐内。

夜已深了，长途奔袭了一天的将士们渐渐睡去，可落下闳却辗转反侧，久久不能入睡。

他的脑海里完全是樛馨儿的影子，他似乎看到那个他最熟悉的女孩儿，变得比以前更加柔弱。此时，樛馨儿独自一人带着年幼的儿子孤独地待在偌大的南越国王宫里，面对着一群心怀叵测的大臣们充满敌意的目光，这母子俩显得那么渺小孤单。在朝堂上，赵兴坐在前面的王位上，樛馨儿则坐在他的背后，在赵兴与樛馨儿之间隔着一道竹帘。此时，只见吕嘉满脸杀气，指着小国王赵兴厉声质问，咄咄逼人的气势一时竟将小国王赵兴吓得"哇哇"大哭起来。

赵兴的哭声一下子将落下闳从睡梦中惊醒，只见他大汗淋漓，狂跳的心脏"咚咚咚"地响个不停。

同帐的庹峙富受不了蚊虫的叮咬，翻身起来捉蚊子。他对准一只在空中"嗡嗡"飞来的蚊虫，伸出两只手臂慢慢地向中间靠拢。他抓住时机，两只手掌猛地向中间合围而去，一只蚊虫成功地被他捉住了。他轻轻地、慢慢地打开手掌，只见这只蚊虫早已倒毙在他的手掌之中，留下一摊污血。

庹峙富看看自己手掌中这只蚊虫，吃惊地叫道："哎呀！你们看这里的蚊虫也太大了点吧，这长长的嘴，加上这又粗又长的腿……这可是我今生见过的最大的蚊虫啊！"

庹峙富的话道出了营帐里人们辗转反侧无法入睡的原因。这个时候，人们才注意到帐内四处乱飞的蚊虫，都爬起来抓蚊虫。大家一边抓蚊虫一边说道："唉啊，这么多的蚊虫，怎么睡觉啊！"

落下闳、鄂贵泉等人对着正在自己身上叮咬的蚊虫"啪啪啪"一阵乱打，顿时被打死的一只只蚊虫在他们的身上留下了一堆堆可怕的残骸。

落下闳他们营帐内的吵闹声，招来了正在大营里巡察的范翼龙。他掀开帐帘走进来问道："吵什么？怎么还不睡觉呢？"

人们正打得起劲，一听范翼龙责问，一时竟愣在那里盯着他不敢吭声。韩千秋这时也走进来了，帐内的军士们更没有一个人敢作声了。韩千秋看看帐内的人，走到落下闳、鄂贵泉等人身边，看到他们身上那一堆堆蚊虫的残骸，一时间什么都明白了。

有人说：对人类来说，最大的杀手不是凶残的猛兽，也不是人类相互之间的战争，而是蚊虫带来的疟原虫给人们造成的病痛。

看似凶残的老虎、狮子、花豹这些大型猫科动物一年给人们带来的死亡寥寥无几。人类相互间的残杀，一年内大多带来几千、几万或者几十万人的死亡。而生活中人们最忽略不计的蚊虫，每年却可以导致多达百万人死亡。

被蚊虫叮咬后，留下的疟原虫在人体内滋生，导致人体发热发冷，一会儿大汗淋漓，一会儿寒冷不已，随着病情加重，被感染的人还会出现昏迷、衰竭的症状，最后只有死亡！

这就是蚊虫带给人们的灾难——疟疾。

韩千秋从落下闳他们的营帐出来，便对身边的范翼龙吩咐说："明天整个大营之内一定要多加些堆烟。"

千里行军本来就是一件十分艰苦的事情，长时间地在路上行走更是枯燥乏味。

落下闳他们的队伍行进在崎岖的山路上，首尾难以相见。经过长途跋涉，队伍已经不能成形，军中人困马乏。

庹峙富大汗淋漓，拖着疲惫的身躯一拐一拐地从后面走上来，对着落下闳问道："'参军大人'啊！我们这到底是往哪儿走啊？"

落下闳牵着马，看了看庹峙富道："走了这么久，你还不知道往哪儿走？"

夕季财道："亏你庹峙富还是个什长，手下还管着十多个人呢！"

庹峙富道："不是说回阆中的吗？怎么越走山越高，林越密，路越难走啊？"

鄂贵泉牵着马从后边走上来对庹峙富说道："你小子，是真的不知道，还是假的不知道啊？我们都快走出长沙国的地界，马上进入南越国了，你才来问是去哪里？"

国都设在临湘城的长沙国，系当年汉高祖分封的异姓诸侯国，其封地南面紧邻南越国。汉朝开国功臣吴芮被封为第一任长沙王。文景两帝时期，朝廷削减诸侯的封地和特权后，长沙王的封地逐渐缩小。长沙王"唯得衣食租税，不与政事"，也就成为名义上的国王了。

庹峙富听鄂贵泉这样说，又哭丧着脸道："马上进入南越国？哎哟，我的个妈呀！那可是个蛮荒之地啊！"

岭南这个地方，人称为"瘴疠之地"，当年秦军进入岭南时，一路上"士卒多疫死"，据悉，当时"兵未血刃而疫死者十之六七"。这些地方由于阳气过盛，炎热潮湿，大山里密林中，不仅滋生大量蚊虫，而且到处是有毒的山溪、草木、虫蛇，毒气弥漫。初到岭南的中原人，一时难以适应，一接触到这里的草木，呼吸到这里的空气，即会出现一些奇怪的病症，严重的过不了多久就会死亡。

韩千秋麾下的汉军要顺利到达番禺城，必须首先战胜这些困难，度过这些难关。

几个人说话间，只见庹峙富一直捂着自己的肚子。

落下闳见状不禁问道："怎么了？肚子不舒服啊？"

庹峙富道："嗯！这肠子里一股一股地绞着痛，像是要拉肚子了啊！"

这时一信使快马从远处疾驰而来。此人跑到韩千秋与谯隆面前禀报道："启禀二位大人：朝廷派人送来急件！"

韩千秋接过信使呈上来的公文急件，仔细看了看后，交给一旁的谯隆道："看来吕嘉这个老贼是铁了心要与朝廷对着干了，我们还需做最坏的打算啊。"

谯隆看过韩千秋递给他的信件后说道："如果是这样，我们还得加快行军速度才行啊！"

这两千人的部队越往南走，山越陡峭，树林越茂密，路越崎岖难行，绵延的山路望不到头。

正在这个时候，天空忽然洒下几颗蚕豆大的雨滴，紧接着便是电闪雷鸣，一阵瓢泼大雨说来就来。

落下闳、鄂贵泉等人正行进在一处山岩附近时，只见远处传令官对着整个队伍大声喊道："停止前进，躲避暴雨！"

听到传令官的喊声，一些疲劳至极的军士眼瞅着越下越大的雨，顺势就坐在了那些枝叶繁茂的大树下面躲避风雨。落下闳、鄂贵泉、庹峙富、夕季财几个则在一处山岩下停了下来。

天上的雨倾盆而下，闪电挟着雷鸣，顿时一片天昏地暗。

随着一道闪电划过，一声震耳欲聋的炸雷在耳边响起，只见一道闪电像一把利剑一样向一棵大树劈去。火光闪处，那棵大树下，立即传来一阵令人毛骨悚然的惨叫。一瞬间，几个刚才还鲜活的人就变成了一个个焦尸。

这情景令所有的汉军将士惊得目瞪口呆！

南方雨林地区的暴雨来得快去得也快。一阵铺天盖地的暴雨之后，太阳又出来了，似乎刚才根本就没有下过暴雨一样，气温又逐渐开始升高。整个队伍又开始顶着烈日在山路上艰难地前行。

走过一段深山密林中的山路，天色已经完全暗下来。韩千秋与谯隆带领部队来到了一个叫野狼谷的地方。面对着眼前一块开阔的空坝，韩千秋命人将随身携带的军用地图摊在地上，对谯隆道："我们早已进入越国腹地，再往前，越国的大小城镇就近在咫尺了，接下来番禺城也就不是很遥远了。为了应对可能发生的一切情况，队伍需在这里休整一下，再往前走。"

谯隆道："好的！我们就在此地搭帐宿营吧！"

一听说搭帐宿营，一些疲惫不堪的汉军将士顿时像散了架的柴火一样东倒西歪地躺倒在地上，任同伴怎么吆喝也不想起来了。

落下闳、鄂贵泉、夕季财等人正忙着搭建营帐。而庹峙富却极度疲惫地斜靠在一块大石头上，肠胃翻腾，呕吐不止。只见他一张煞白的脸上，满是异常痛苦的神情。他使劲地捂着自己的肚子，只觉得腹中一阵痉挛，实在难忍，翻身就向一边跑去。

庾峙富的状况似乎也传染给了正在搭建帐篷的鄂贵泉，他也感觉自己有一些不对劲，身上似乎一点力气也没有了。面对着马鞍上的帐篷，他不知怎么搞的，半天都卸不下来。

落下闳见平时身强力壮、行动敏捷的鄂贵泉此时动作竟如此缓慢，连忙走过来问道："怎么？你也出状况了？"

鄂贵泉听了落下闳的话，无可奈何地摇摇头。

庾峙富跑到一处杂草丛生的地方，迫不及待地解开裤带蹲下去，"哗哗——"像水泻一样的声音立刻响起。此时，他脸上才稍稍露出了些许轻松的神情。拉完肚子后，庾峙富站起身来，系好裤带正要离开，突然又感觉不对，急忙又跑了回去，解开裤带蹲下，结果那"哗哗——"的水泻声又响起来。

鄂贵泉终于也忍耐不住了，他与一些兵士也不断地向庾峙富这里跑来，心急火燎地解开自己的裤带，蹲了下去。

自进入南越国地界后，韩千秋所率领的队伍里总有人腹泻不止，以致脱水。

致命的瘟疫正在军中肆虐。

落下闳不解地望着鄂贵泉的背影道："连鄂贵泉这么好的身体都扛不住了！这瘟疫也太厉害了吧！"

一场事前没有丝毫征兆的瘟疫，此时正在韩千秋率领的这支队伍中迅速蔓延开来。面对这突然而至的情况，人们顿时显得有些手足无措。一些往日里身强力壮的军士，现在却变得手无缚鸡之力，一些人由于腹泻不止，无法进食，没过几天就丢了性命。

这一边，一位随军医官面对着一位奄奄一息的军士，手忙脚乱地为其把脉，范翼龙站在一边候着。随后，医官站起身来，无可奈何地摇着头。

远处有几个兵士将已经咽气的同伴抬到刚刚挖掘好的土坑里掩埋。

范翼龙回过头来威严地对医官大声喝道："你是大军的医官，现在眼看着瘟疫在军中蔓延，你却无能为力，你可知罪？"

医官道："将军息怒，这种病症来势凶猛，实为岭南之独有，在下以前从未接触过啊！"

韩千秋在他的行营大帐内，眼看着瘟疫在军中蔓延，医官却毫无办法，不由得心急如焚地对一旁的谯隆道："一天就减员我四五个士卒，照这样下去，过不多久我两千多将士，将会不战而亡的啊！"

谯隆也很沮丧。阻止这股来势汹汹的瘟疫，是眼下最迫切的事情。看到韩千秋心急火燎的样子，谯隆心里更加焦急。但干着急是毫无用处的，得想办法才行啊！谯隆只得跨出大帐，又到医官那儿去了。

这一边眼窝深陷、唇舌干燥、烦躁不安的庾峙富躺在帐内，一个兵士守在他的身旁，用一块粗布做成脸帕，沾了些凉水后搭在他的额头上为其降温。而在另一边，鄂贵泉一直处于昏睡的状态中，往日生龙活虎的身体显得极度虚弱。

落下闳摸着庾峙富的额头道："这高烧怎么就降不下去呢？得想办法退烧啊！"

落下闳从庾峙富身边站起来，看着大帐里这两个正在向着死亡边缘滑去的同伴，再看看营帐内所有人那无助的神情，他心急火燎地冲出帐外。

落下闳明白，这一股瘟疫来势汹汹，正在军中迅速蔓延。如果不能有效止住这股瘟疫的流行，这两千人马很可能未到番禺，就会全部倒毙在这人迹罕至的大山里。

落下闳来到帐外，牵过一匹马来跨上去，向营帐外面奔去。

夕季财见状急忙跑出来问道："你到那里去？"

落下闳回头道："坐在帐篷里等死，总不是办法，出去碰碰运气吧！"

夕季财急道："你等等，我与你一起去——"

落下闳与夕季财二人骑着马漫无目的地在大山里跑着，找寻着有炊烟升起的人家。也不知跑了多久，他俩经过的地方，放眼望去不是浓密的山林，就是一片丛生的荒草。

突然，在天边密林与大山的尽头，似乎有一股小的烟雾升腾而起。他俩立即策马向着那股烟雾驰去。可等他们跑到近前看时，出现在他们面前的情景，真是令他们不寒而栗。只见几栋庄户人家的茅草屋早已变成了一堆堆灰烬，已经倒塌的房屋外有几具老人、妇女、儿童的尸体横卧在那里。地上的血已经变黑了，凝固了。已经腐烂发臭的尸体正招惹着大批苍蝇赶来叮咬。看得出来，这里在前不久刚刚被官府洗劫过……

在来的路上，落下闳他们便得知，吕嘉为了阻止汉军前进的步伐，将场镇周边的青壮年全部抓到附近的城里去了。不能为他们所用的老人、妇女、儿童，便一律就地处决。

刚刚听到这样的消息的时候，落下闳他们一点也不相信会是真的，现在看到眼前这几家人的悲惨遭遇，才相信真有其事。这使他对吕嘉其人的心肠之狠毒、手段之凶残有了更多的了解。

落下闳面对眼前这一幕悲惨的景象，心中不禁对稷馨儿的命运愈加地担忧起来。

夕季财此时叹道："唉，这几家人的遭遇真是太惨了！"

落下闳与夕季财跳下马来，走到一旁的草垛边，将一些草木抱过来掩在这些尸体上，最后点燃。

望着尸体在熊熊的大火中燃烧，落下闳的心情异常沉重。

……

落下闳与夕季财骑着马一边跑一边向四下里茫然瞭望着，他们企望在这无穷无尽的大山里发现奇迹，以帮助他们走出困境。可是，他俩漫无目的地驱赶着胯下的马儿在这莽莽大山里跑了几个时辰，却什么也没发现。

正在他俩不知到底该怎么办的时候，突然隐隐传来一阵阵犬吠声。从这只狗一阵紧似一阵的疯狂吠叫声中，落下闳似乎感觉到，这只狗一定正处在十分危急的境况之中。也许它遭遇到强敌的攻击，正在与其作顽强搏击；也许它已经竭尽全力，此时正在作最后的挣扎。这种绝望的嘶吼容不得落下闳二人迟疑，他俩不由分说便立刻策马，向着犬吠的方向疾驰而去。

在一处密林中，一只浑身血迹的花斑狗正对着一棵大树疯狂地吠叫着。只见这棵树上，一只雄性金钱豹正用它那锋利的爪子抓住树干向上攀爬。而它那血盆似的大口，已经咬住了树杈上一位老人的脚后跟。金钱豹毫不松口，正一点一点地将树杈上这位衣衫褴褛的老人拖下树来。从那只黑白相间的花斑狗身上的血迹可以看出，为了保护主人，这只狗已经拼尽了全力。此时，眼见着主人即将被金钱豹吞噬，花斑狗没有其他办法，只有对着那只凶残的已经高高地爬上树杈的金钱豹拼命地吼叫。

落下闳、夕季财循着狗叫声找到这里，面对如此险情，夕季财立即从身上摘下弓箭，向那金钱豹射去。但是没等夕季财的箭射到金钱豹身上，从落下闳手上飞掷出的两颗铁弹子已经重重地打在了金钱豹的脑门上。只见金钱豹脑袋上鲜血伴着脑浆一起迸出。随着一声长长的哀号，刚才还龇牙咧嘴凶残无比的金钱豹，已经从树上滚落下来毙了命。树杈上那位本已经绝望的老人，见金钱豹确实死了，这才缓过劲儿，从树上掉落下来，随即便晕了过去。

老人的家位于野狼谷半山腰，那是两间破败的茅草房，房内陈设极其简陋。

茅草屋的左边是一条从山上流下来的溪水沟，右边是几拢毛竹。茅屋的前面是一个不太大的院坝，一条蜿蜒的小路通向远处。老人的两间茅草房，一间供睡卧休息，一间供烧火煮饭。屋内光线十分暗淡，没有任何值钱的东西。可见茅屋的主人平时的生活极其贫寒。

柴房里，几根树权撑起的一截木棍上吊着一只不太大的瓦罐，这便是老人平时用以烧制饭菜的家什。夕季财从屋外的马背上取下自己随身携带的米袋，将少许小米倒进这只瓦罐里，熬着米粥。这边卧房里，落下闳正在一只土碗里将一些采摘来的羊蹄草揉碎捣烂，将这些东西涂抹到老人脸、肩、臂、脚的伤口上。可能是落下闳在涂抹这些东西的时候弄醒了他，老人看到自己身上到处涂抹着糊膏状的东西，便用怀疑而警觉的眼光盯着落下闳。

落下闳见老人那神情，忙解释道："我看你这房前屋后都是羊蹄草，便弄了一些给你涂上了。这东西对伤口止血、消炎镇痛特管用，要不了几天，你的这些伤口就会痊愈的。"

老人听了落下闳的话，稍稍迟疑了一下，问道："我的背篓呢？"

落下闳道："你放心，给你带回来了。"

老人听了这句话后似乎放心了，随即又昏睡了过去。这时，夕季财将熬好的米粥端过来。落下闳接过米粥，小心翼翼地将这些米粥一勺一勺地喂进老人的嘴里。

老人沉沉地昏睡过去。

落下闳忙完这一切后，才仔细地环视起老人这简陋的房间来。他见在这卧房那张用木块拼起来的桌子上，几片竹简上清晰地写着一些算式；另一片竹简上写着"××考析"，前面两个字模糊不清，后面两个字却是十分醒目耀眼。

看到这些书简后，落下闳的眼睛一亮。他惊讶地回头仔细地端详起床榻上这个鹤发银须的老人来。他越看越觉得这个人与他早先听一位老先生讲过的一个叫简兮危的人十分相像。

落下闳心里这样想着的时候，这位老人的脸庞与脑海中那位叫简兮危的人的模糊形象就在他的眼前一直相互交替着浮现出来。

这个时候，他的耳边仿佛又响起了老先生介绍简兮危的话："简兮危，字道古，是一位了不起的数术家。他博学多闻，对天文、星象、算学、乐律、营造等事，无不精究。他曾在京城任职，由于秉性刚直，得罪了同僚，多次被贬，身居两任闲职，才干专长无用武之地。最后终因得罪朝廷，而被免职流放南方。"

落下闳此时在心里对自己发问道："难道此人就是传说中的简兮危老先

生吗?"

随着一阵阵的咳嗽声，老人又醒了过来。落下闳赶紧走过去，俯身问道："好些了吧，大爷?"

老人道："嗯，好多了，谢谢你了，年轻人……"

落下闳又问道："大爷，你这背篓里都是一些什么东西啊?"

老人说道："这是'离蕊金花'，它生长于岭南的崇山峻岭之间，植株极为稀少……"

此时，正在屋外整理着马鞍的夕季财来到屋内，对落下闳道："我们走吧!出来都一整天了，还不知道军中那该死的瘟疫又会夺去多少兄弟的性命啊!"

落下闳听夕季财这么说，顿时心情也沉重起来，于是也站起身来，向老人告辞道："大爷，我们得回去了……"

老人忙拉着落下闳的手问道："你们是朝廷南征的大军吧?"

落下闳道："大爷，你知道我们是朝廷南征的大军?"

老人道："前几个月，老夫夜观天象，见荧惑光芒大盛，紫微星同频闪耀，七杀、破军、贪狼三星暗淡无光，蚩尤之旗划天而过，我就知道朝廷南征的大军快到了!"

落下闳道："是吗？大爷！您是……"

落下闳本来想问：您是简兮危先生吗？但没等"简兮危"这三个字说出口，老人就打断了他的问话。

老人用手阻止住落下闳，又道："现在有一股瘟疫正在军中流行吧?"

落下闳道："是的!"

老人道："这背篓里的'离蕊金花'，你们将它带回去吧！它可以阻止大军中蔓延的瘟疫。"

落下闳道："什么？'离蕊金花'可以阻止瘟疫蔓延……?"

老人道："这'离蕊金花'是岭南独有的珍稀药材，历来被人们视为强身健体、解毒祛病的稀世珍品，它一定能消止军中正在肆虐的瘟疫。"

落下闳道："真的吗？那真是太感谢您了!"

夕季财道："是吗？那真是太好了啊!"

老人道："只可惜它太少了。"

落下闳道："太少了，没关系啊！我们可以再到山里去采啊!"

老人道："是可以到山里去采，但是它非常稀少，也十分难找啊。"

落下闳道："是吗?"

夕季财道："咱们先别管那么多,先把这些现成的拿回去,用起来再说吧。"

落下闶道："现在也只有这样了。"

落下闶从老人那里得到"离蕊金花"后,立即返回驻地,将它熬成汤药,盛了一碗端到庹峙富这里来。只见落下闶将庹峙富扶起来,将一小碗药汤喂到他的嘴边。庹峙富喝下这碗汤药后,没过多会儿,便感觉浑身轻松了许多。

韩千秋、谯隆以及军营医官等人,得知庹峙富汤药一下肚,时间不长,整个人便有了好转,大家的脸上都露出了惊讶的神情。

此时,夕季财突然跑进来兴奋地对韩千秋等人报告道："将军!鄂贵泉他——他也醒过来了!"

韩千秋道："什么?鄂贵泉也醒过来了?!"

谯隆道："什么?连鄂贵泉这个快要死的人也活过来了?!"

落下闶道："看来这'离蕊金花'真的具有非同一般的神奇功效啊!"

韩千秋兴奋地抓住落下闶的肩道："落下闶啊!还是你的脑子好使!居然找到了治疗这瘟疫的灵丹妙药!"

范翼龙、范美凤也被这"离蕊金花"的神奇功效深深地折服了。范美凤也对落下闶投以赞许的目光。

接着韩千秋又转过身来对范翼龙命令道："立即给落下闶多配备一些人手,分头到山里寻找这种'离蕊金花'!"

范翼龙高声应诺道："是!将军!"

韩千秋跨出营帐,抬头仰望着蔚蓝的苍天,高声喊道："这真是苍天助我啊!我军有救了!"

正是:

    瘴疠滞阻晦气弥,寻来仙草危转安。

第二十二章 吕嘉反叛南越乱
　　　　　　逃出王宫躲诛戮

　　谯隆、韩千秋与樛乐率领的两千人马离开野狼谷后,便一路向南越国都城番禺疾驰而来。

　　消息传到一直称病在家,拒绝与樛馨儿合作的吕嘉耳里时,他立即将执掌兵权的弟弟吕豨召到相府密谋对策。

　　吕豨一听吕嘉召唤,心想肯定有重大事项要与他商议。他不敢怠慢,立马赶到丞相府来了。

　　此时,吕嘉正坐卧不宁地在书房内来回地走着,急切地等待吕豨到来。

　　吕豨见一向老成持重的哥哥如此焦躁不安,情知一定有重大变故,便急切地问道:"发生什么事了?"

　　吕嘉阴沉着脸对他道:"刚得报:汉军正昼夜兼程向番禺城奔袭而来!"

　　吕豨顿时鼓着两个"二筒"问道:"什么?汉军正向番禺城奔来?那……来了多少?"

　　吕嘉道:"听说人不太多,只有两千人。"

　　当吕豨听说只有两千人时,刚才一颗已经冒到嗓子眼的心才又回到肚子里去,便道:"哦?两千人?那还好!他们来,想干什么呢?"

　　吕嘉道:"两千人是不多,可据说这两千人个个骁勇善战,都是从北边与匈奴人激战的战场上,精挑细选出来的精兵啊!"

　　吕豨人称"虬髯将军",他个子不高,长得敦敦实实。如果单从才干来说,他根本就不配担当南越国最高军事长官这样一个角色,但由于吕嘉的原因,吕豨虽德不配位,也长期替吕氏家族掌控着南越国的军事大权。

　　吕豨有勇无谋,一听吕嘉此言,便豪气冲天地道:"想当年武王在世的时候,汉军十数万大军压境也将我南越国奈何不得!更何况区区两千汉军呢?俗话说:'强龙压不过地头蛇',凭两千汉军就企图令我南越国屈服吗?这也太小瞧我吕氏族人了吧!"

吕嘉沉吟片刻又道:"这些人必是樛氏母子串通汉朝使臣,招引汉军前来剿灭我吕氏家族的。来者不善,你我兄弟岂能坐以待毙?"

吕豨道:"大哥在上,您是南越国吕氏家族当家掌舵之人,您说咋办就咋办!我吕豨与南越国数十万将士誓死唯大哥马首是瞻!"

吕嘉走过来一把抓住吕豨的肩膀,随即在肩上重重地拍了几下道:"好!好!好!'打虎亲兄弟,上阵父子兵',我要的就是你这句话!看来当初我执意让你掌控军权,是非常正确的!"

吕豨一听对方这样说,将胸脯一挺道:"大哥栽培之恩,吕豨没齿难忘!大哥!您就赶快说怎么办吧!"

吕嘉此时神情凝重,他觉得眼下情况紧急,也没时间考虑什么后果了,便道:"樛氏既然对我不仁,岂能怪我不义?看来小国王赵兴这出戏也该收场了!废了小国王赵兴,另立新主,樛氏这个王太后也就该卷铺盖走人了!"

吕豨当即赞同道:"对!先王妃橙氏所生的长子赵建德本是合法的王位继承人,就是这个樛氏所生的赵兴剥夺了原太子的继承权。另立新主,赵建德是最为合适的人选!"

吕嘉点点头道:"眼下你马上带人,将整个王宫围起来,立即将樛氏母子抓起来,听候发落!"

吕豨立即应声道:"大哥放心!我即刻便将这母子二人给您抓来。"

吕豨转身离开相府,迅速率领南越国三军浩浩荡荡向王宫杀去。

郄宗曾经是赵婴齐生前的贴身侍卫,他武艺高强,深得赵婴齐的宠信。当年就是郄宗随赵婴齐一起到长安迎娶樛馨儿回南越国的。

赵婴齐生前虽然性情残暴,喜欢杀人,但对郄宗却总是仁爱有加,十分关照。郄宗为报答知遇之恩,一直对赵婴齐忠心耿耿。眼下赵婴齐死了,他便将对赵婴齐的忠心转移到了樛馨儿母子身上。面对宫廷日益严峻的斗争形势,他总是少言寡语,处处提防,小心翼翼地保护着樛馨儿与赵兴。

当他得知吕嘉兄弟终于起兵反叛时,便立即来到王宫向樛馨儿禀报。

樛馨儿完全没有料到吕嘉会公然起兵叛乱。面对如此突发的变故,她一时竟不知如何应对。郄宗不愧是一位久经沙场的将才,此时他冷静地对樛馨儿道:"吕嘉手中掌控着王国的军队,情况危急,只有长安朝廷能保太后与大王的安全。眼下,唯一的办法只有前往长安,请求皇上庇护了!"

樛馨儿一听"前往长安,请求庇护"几个字,便道:"你不是说吕嘉已经将王宫团团围困了吗?怎么出去呢?"

郏宗道:"太后别急!一切郏宗自有安排!"

郏宗带着樛馨儿与小国王赵兴从寝宫出来,拐过几道长廊,来到一间赵佗在世时曾经使用过的书房里。只见他走到一处靠墙的书柜前,蹲下身来,在其底部摸索了一阵,沉重的书柜便缓缓地移开,一间不大的密室随之出现在他们面前。郏宗走进密室,轻轻地用脚移开一块地板,一个地道入口出现了。

郏宗道:"顺着这条密道一直往前走,我已经安排可靠人员,在那里等候,以接应太后与大王!"

郏宗待樛馨儿带着赵兴进入地道后,又将地道口慢慢地合上,将沉重的壁柜重新搬到原处,待一切恢复原来的样子,确认一点也看不出破绽后,才放下心来。他转过身来,只听得王宫内外阵阵喊杀声不断传来。吕嘉与他弟弟吕豨带着大批手持刀枪剑戟的武士冲进后宫,见人就砍,见东西就砸。但他们冲进樛馨儿平时所居的寝宫后,却怎么也找不到樛馨儿的影子,他们便一路向着郏宗走过的长廊寻来。

此时,这些人终于看见郏宗提着大刀早已在那里候着了。吕嘉一见早有防备的郏宗,不觉一愣。他知道郏宗有一身好武艺,不是一个好对付的主儿,但此时已无退路,只好硬着头皮向对方喊道:"郏宗,识时务者为俊杰,交出樛氏与赵兴,我可以免你不死。"

为了报答先王的恩德,郏宗早已将生死置之度外。他轻蔑地看看吕嘉等人道:"吕嘉,你也是南越国的四朝元老了!几十年来三代先王对你恩重如山,没想到今天你居然胆敢起兵造反,带人追杀先王遗孤!今天我不替先王宰了你这个不仁不义的东西,我誓不为人!"

说着,郏宗挥刀就向吕嘉砍来。

吕豨见状急忙扑过来拼死挡住郏宗向吕嘉砍来的大刀。

这两个人就在偌大的宫殿里你来我往地厮杀起来。两个人都是南越国一流的武将,几个回合下来也难分出胜负。在场的士卒们一时间全都在那里傻愣愣地站着看热闹。吕嘉知道郏宗身怀绝技,生怕他的弟弟有个什么闪失,便对着身旁的士卒们吼道:"你们还愣着干什么!还不赶快杀了这个叛贼!"

在场的士卒们这才纷纷上前,围着郏宗砍杀起来。

郏宗虽然武艺高强,但无奈寡不敌众,他与吕嘉带来的人战至几十个回合之后,便渐渐地体力不支,已多处负伤。此时,他只觉得腿下一软,便跌倒在地。军士们趁势一拥而上，挥刀向他一阵乱砍……南越国一代勇士，最终就这样惨死在吕嘉等人的刀下。

且说稷馨儿带着赵兴进入密道后，只见密道里漆黑一团，什么也看不见，母子俩只好一路摸索着往前走。

这条密道是当年南越国的开创者赵佗在世时修建的。

南越国立国之初，国王赵佗深知自己作为一个开国者肩上所承担的责任。此时，他克勤克俭，大力将中原汉文化和先进生产技术引入南越国，使岭南生产迅速发展，人民也得以安居乐业。这个时候，岭南不仅出现了城堡，也开始有了文字。赵佗健在时，对任嚣当初所建的番禺城进行扩建，使城邑规模大幅度扩展，所以番禺城也被人们称为"佗城"。

当时，南越国作为一个地方诸侯国的发展进入相对鼎盛的时期。

赵佗麾下的军队更是扬威于岭南一带，使得闽越、西瓯和骆越都纷纷归属南越，其领地迅速扩张，赵佗也开始以"南越武帝"的身份对周边诸小国发号施令。

整个王国逐渐稳定下来后，赵佗开始对享乐兴致越来越高。他开始变着法儿地去追寻一些新鲜的、刺激的玩意儿，以满足自己心底的欲望。是啊，大半辈子四处征战，出入疆场，一路从死人堆里走来，再不抓紧享乐，或许明天生命就不再了。在玩腻了成百上千的嫔妃美女后，赵佗觉得后宫里的女人也都没味儿了，没有感觉了，而番禺城青楼中那些独具风韵的风尘女子却逐渐引起了他的兴致。

那一年，他偶然听说番禺城最大的那家名叫怡春堂的青楼中，来了一位名叫凌虹嫣的绝色美女。该女子冷艳孤傲，据见过该女子的人讲，此女根本就不是人间的美女，而分明是上天的仙女来到凡尘。这样的美誉一传十，十传百，一时间整个番禺城的富家子弟全都像疯了一样，整天乐不思蜀，有的则十天半月地泡在怡春堂，再也不愿返家归宿。

但是，该女子只卖艺，绝不卖身。每每出台弹琴演唱，整个番禺城的王公贵族、大贾富商，都趋之若鹜，蜂拥而至。是什么样的女子有这等魅力，竟将偌大一个番禺城搞得如此神魂颠倒呢？赵佗想亲眼见识一下该女子的尊容。

于是他轻车简从，乔装打扮，来到该女子卖艺的怡春堂。这天晚上，只见凌虹嫣怀抱琴瑟半遮面，一双白净的小手，几根纤纤玉指，轻轻拨弄着琴弦，一阵悦耳的琴声犹如天外飘来，让人回味无穷。

入夜之后，赵佗不知道自己是在什么时候离开怡春堂的，也不知道自己是怎样回到王宫里的。总之，从怡春堂回来后，他茶饭不思，夜不能寐。凌虹嫣俊俏的脸蛋、洁白的皮肤、柔软的腰肢总在他的眼前晃来晃去，他的整个身心全被凌虹嫣塞满了。他不得不承认：她确实是一个奇女子。此时，他觉得自己的心成天"怦怦怦"地狂跳不止，一种久违的躁动在浑身上下乱窜，搞得他心神不定。说真的，这个时候他确实有一种想将这女子揽入怀中与她亲近一番的冲动。

于是赵佗派人去怡春堂向老鸨传话，可是当老鸨将赵佗的意思告知凌虹嫣时，凌虹嫣却仍然明确地告诉老鸨道："大王如若要听曲，小女子愿意效劳，但如果有其他的非分之想，小女子宁死不从！"

原来，凌虹嫣并不是普通女子，而是有着显赫的家族背景和非同寻常的身世。

凌虹嫣出生于秦国一王侯世家。周慎靓王五年（公元前三一六年），秦惠王应巴王的要求，派大军从石牛道纵横千里，南下灭了蜀国、充国，两年后又挥师向东，将当初邀请秦军攻打蜀国、充国的巴国给灭了。当时秦国统领这支大军的主帅是司马错，这个声名赫赫的司马错就是凌虹嫣的高祖父。但是随着农民起义的爆发，秦王朝受到巨大的冲击，凌虹嫣的家人在农民的暴动中几乎全部被诛杀。母亲带着她改名换姓，好不容易躲过了起义军的追杀，逃出了咸阳城。为了躲避战乱，她与母亲相依为命，一路流浪，几经坎坷，才终于来到了远离战乱的南越国番禺城。

凌虹嫣有过显赫的家庭背景，也有着如花的容颜与聪颖的大脑，她琴棋书画样样精通，更重要的是她身上有一种在其他女子身上看不到的独有的高贵气质，再加上她犹如天仙一般的柔软身姿，就使她显得愈加迷人，对男性更具有一种不可抗拒的魅力。

在改朝换代频繁的时代，像凌虹嫣这种出生于显贵大家族，因为王朝覆灭而家族败落，千金小姐沦落风尘的境况并不稀罕。当赵佗听闻凌虹嫣这不同寻常的经历时，感到大为惊讶，特别是当他得知司马错即是她的高祖父时，便对自己心中曾有过的非分之想更加感到汗颜了。谁都知道，当年司马错在为秦王朝开疆拓土的征战中是建立了盖世功勋的。他是战国后期著名的纵横家，当年秦惠王在朝中最为倚重的两位大臣，一位是丞相张仪，另一位便是大将司马错。由于司马错的赫赫战功，秦国百姓一提起他的名字，无人不敬仰。司马错自然也是赵佗心目中最崇敬的英雄之一。自己哪能乘人之危，强人所难呢？赵佗堂堂七尺男子汉，也曾是秦国大军中一员让敌人闻风丧胆的将军，如果在这个时候去欺辱一个人们最为敬仰的老前辈的后人，那他赵佗还是人吗？

赵佗当即以对王公贵戚的礼遇，将凌虹嫣母女二人迎进王宫，设宴热情款待，并当着所有在场人的面认凌虹嫣为自己的"干闺女"，当即与凌虹嫣以父女相称。

为了使自己的"干闺女"不再出入风月场，赵佗便将当年夜郎国商人留下的一套叫绛泓苑的宅子赠予凌虹嫣母女居住。由此，凌虹嫣母女便成了赵氏王朝的座上宾。在接下来的一些日子里，赵佗对凌虹嫣母女关怀备至。为了博得凌虹嫣的欢心，赵佗常常豪掷千金也在所不惜。

正所谓日久生情。随着时日的渐渐流逝，这个凌虹嫣最后竟然真心爱上了名义上为自己"干爹"的南越国国王。

赵佗也并不是一个不食人间烟火的君子，对此他当然是求之不得的。但凌虹嫣讨厌王宫里嫔妃们之间的争风吃醋，不愿意踏入深宫去与她不喜欢的人为伍。赵佗为了能经常与自己心爱的"干闺女"见面，又避开一些人的耳目，便命人悄悄地开凿了这条从王宫到绛泓苑的秘密通道。

赵佗常常通过这条秘密通道，到绛泓苑来与凌虹嫣幽会。

但是，好景不长，赵佗毕竟年事已高，不久便撒手人寰，驾鹤西去了。

赵佗离世的时候，汉王朝立国已达三十余年，大江南北呈现一派太平盛世景象，凌虹嫣母女此时便也重新回到中原去了。人们看到凌虹嫣母女走的时候，随身带走了五只沉重的箱子，据说箱子里面装满了黄金与白银。至于凌虹嫣母女是否真是司马错的后人，也成了一个永远无法解开的谜团，此后也无人再去过问了。

从那以后，南越赵氏王朝像走马灯似的连续换了几个国王，但这条秘密通道，却无人再使用过。

几十年过去了，密道里原有的一些采光通风设施早已经废弃。因此，当樛馨儿带着自己的儿子赵兴再踏入这条秘密通道时，密道里漆黑一片，十分阴森恐怖。

樛馨儿紧紧地拉着小国王赵兴的手，一路摸索着往前走。

樛馨儿自幼生长在一个充满祥和氛围的大家庭里，像这样充满腥风血雨的场面她哪里经历过。她的儿子赵兴从小在王室深宫里长大，对王公权贵们突如其来的叛乱杀戮闻所未闻，更不曾想过这样的情况会突然降临到自己的头上。此时，他们母子俩在密道里一路前行，头顶上刀枪的撞击声不断传来，仿佛那些杀红了眼的叛乱兵士随时都可能出现在他们面前，那些沾满血迹的刀枪随时都有可能结果了她们母子两人的性命似的。赵兴此时早已吓得魂不附体，浑身像筛糠一样颤抖不已。他紧紧地抓住母亲樛馨儿的胳膊，似乎只有这样他才能勉强支撑自己的整个身躯，挪动自己的脚步往前走。

他们就这样在密道里走了不知多久，也不知再往前走到底是凶还是吉。正在他们又怕又累，惶恐不堪的时候，突然在密道的前方出现了一片若隐若现的火光。随着这片火光越来越亮，一阵杂乱的脚步声由远而近地传来。

一见这个情况，樛馨儿本能地想找个地方躲起来。可是在这样狭窄的密道里，还可能往哪儿躲呢？樛馨儿母子二人显得十分绝望。眼下到处都是叛乱的兵士，如果是吕嘉派来追杀自己的人，他们母子两人就死定了。可死在这谁也不知的密道里，樛馨儿心中很是不甘啊！但她转念又想：没有办法了！事到如今，即便是死，也要像一个王国的太后一样死得体面，死得堂堂正正！

想到这里，樛馨儿对身旁不断颤抖的赵兴说道："有为娘在你身边，别怕！你是南越国王，不管在什么情况下，你都应该保持一个国王的尊严！"

樛馨儿一边说一边为赵兴拭去脸上的污迹，弹去身上的尘灰。

赵兴听母亲这样说，似乎情绪也稳定了一些，他也像樛馨儿一样将身板挺直起来，紧靠着樛馨儿站立在密道中央，单等着前方来人的出现。

火光越来越明，急促的脚步声越来越近。不一会儿，只见一高一矮两个壮实的汉子左手举着一只用松明子做成的火把，右手提着一把大刀出现在他们面前。这两人一见到樛馨儿和小国王赵兴，立即跪下，一起禀报道：

"参见大王、太后殿下！我二人救驾来迟，请大王、太后恕罪！"

樛馨儿一听对方如是说，一颗悬着的心才放下来。来人正是郏宗派来接应他们的。个子高一些的是郏宗的结拜兄弟耿虎，个子矮一些的是耿虎的侄儿庄尧。早先他两人奉郏宗之命一直在绛泓苑守候，伺机行动。

当看到吕嘉等人带着大批手持刀枪的兵马杀气腾腾地向王宫杀去的时候，他们明白，郏宗说的"非常时刻"到了，是他们该出手的时候了。于是，他们一直守在密道出口等待，可是等了几个时辰，一直不见密道内有动静，他俩不放心，便举着火把一路寻了过来。现在终于见到国王赵兴与太后樛馨儿，他们才放下心来。

赵兴连惊带吓，早已浑身瘫软，无法行走了。他见耿虎、庄尧二人是来搭救自己的，便长长地吁出一口气来，一下子瘫坐在地上。

耿虎、庄尧二人见国王如此，忙上前一左一右将赵兴扶起来。耿虎指着自己刚才来的方向回头对樛馨儿道："太后，前边不远即是出口，我们还是赶快走吧！"

秽馨儿道："好！壮士前面带路吧！"

秽馨儿虽然和来接应她与赵兴的人取得了联系，但此时她并未摆脱吕嘉的魔掌。

吕嘉血洗王宫后，索性一不做二不休，又领兵向驻有长安使臣的驿馆杀来。

这些被谎言蒙蔽、被仇恨激发起来的南越兵士个个如狼似虎，安国少季等人毫无准备，哪里是这些人的对手。汉朝使臣中仅勇士魏臣及几个随从与"武"字沾点边，可他们几个人再勇猛，武艺再高强，也难敌大批训练有素的精锐南越兵轮番攻击。在番禺城用以接待汉朝使臣的驿馆处，数千南越精兵里三层外三层地将驿馆团团围住，对居住在驿馆里的汉朝使团的所有人员不分青红皂白地一律展开杀戮。经过一番砍杀，驿馆里血肉横飞，尸横遍地。勇士魏臣等人再勇猛也难以抵挡蜂拥而来的南越兵的轮番砍杀，最终他们也如安国少季、终军等人一样，不明不白地倒毙在南越人的刀下。

这些汉朝使臣中，最可惜的是被人们誉为"一代神童"的终军，遇难的时候年仅二十岁多一点。这之后，人们在谈起这段故事的时候，也不再称他为终军，而习惯地谓之"终童"。

在叛乱初步取得成功后，吕嘉把安国少季所持的使节等物包好函封，置于汉越交界的横浦关上。他在给武帝的信函中，细叙了自己反叛的理由，并假惺惺地恳求武帝宽恕他的行为。之后，他便调兵遣将，加强各关隘和岭口要害处的防守，又一边伐木筑城，加固番禺的城防工事；一边忙不迭地又派出使节同周边小国联络，企图让这些小国与他一起共同对抗长安。

为了稳定南越国内的局势，获得赵氏族人的同情、支持，吕嘉不惜编造各种下流无耻的谎言，极力将秽馨儿的形象丑化、妖魔化。他不仅公开贴出告示，将早已编造好的谎言在南越国人中间广泛散播，还利用各种手段争取赵氏宗亲的同情支持。

苍梧王赵光是赵佗的孙子、赵胡的兄弟，在赵氏宗亲中有着很高的威望。吕嘉找到他说："国王年纪太轻，而秽氏这个中原人，趁先王驾崩，举国陷入巨大悲伤之际，却公然与先前的相好安国少季勾搭成奸，苟且偷欢；她浑身妖气环绕，生活糜烂，淫荡成性；她阿谀谄媚，贪图小利，一心想归附中原朝廷；他罔顾赵氏建国艰苦，欲将先王的国土、宝器全部献给长安。所以我起兵除奸，另立嗣主，以保我南越国江山社稷永远归属于赵氏王朝。"

苍梧王赵光见吕嘉大权在握,对吕嘉所说的这些话也难辨真伪,一时也不便多说什么。

吕嘉在番禺城里,从上到下、从内到外地将平时与樛馨儿、赵兴亲近的人全部铲除后,又将赵婴齐和原配妻子橙氏所生的儿子——术阳侯赵建德立为国王,他自己则仍然担任相国,执掌着实权。

吕嘉在王宫里没有抓到樛馨儿与赵兴,他觉得这母子俩一定没有走远,一定还在这番禺城里,于是他责令吕豨对番禺城几个城门严加看守,绝不能让任何可疑人员逃出城外。

但是,这一切耿虎与庄尧并不知晓。耿虎领着樛馨儿从密道出来后,便上了一辆早已在门口等着的马车,向北大门飞驰而去。此时,夜已经很深了,往日番禺城的人在这个时候早已进入梦乡了,可是今天整个番禺城却处于腥风血雨之中,城中的所有百姓不敢睡觉,也不敢出门,人们提心吊胆地从门缝里窥视着街面上的情景,只见大街上随处都可以看到持刀带剑的士兵。耿虎深知自己这样赶着马车载着太后与国王在街面上跑是极其危险的,如果被这些不明真相的兵士们抓住,那等于是将樛馨儿与赵兴送上了断头台,自己也不会有什么好的结果。为躲避这些叛乱的兵士,他只好赶着马车在小街小巷中走走停停。

终于,北大门快到了,可是这时庄尧却从前面跑过来报告说道:"叔,不行了!几个城门吕嘉都已经派驻了重兵加强了守卫,没有特别的通行腰牌,一律不得出城!"

耿虎一听庄尧此话,只觉得脑门上的汗珠一颗接一颗地往下滴。怎么办?硬闯,自己肯定寡不敌众,无异于自投罗网;而车上的国王赵兴年纪尚小,又需人保护,太后也很柔弱,手无缚鸡之力。想到这里,耿虎觉得自己要完成郄宗的重托,保护国王与太后的生命安全才是最重要的事情。

他看了看庄尧,最后说道:"你也上车吧!"

庄尧从另一边跳上马车后,耿虎一挥马鞭,又将马车赶回到了刚才的起点。

耿虎无奈地对樛馨儿道:"大王、太后殿下,眼下要想出城已是不可能了。我们只好暂时在绛泓苑里先住下来。好在这个地方比较隐蔽,目前看起来还是比较安全的!"

樛馨儿觉得耿虎说得有理,且一时又无更好的选择,便道:"也只好如此了!"

绛泓苑地处番禺城内一条十分僻静的小巷深处,这条小巷里居住的大都是与南越国有贸易往来的夜郎国、滇国等地富商大贾的家眷、小姐。这些商人一年四季往来于本国与南越国之间，将本国一些特有的物产通过水路或陆路贩运来南越国销售，然后再将南越国独有而本国百姓又喜欢的一些东西运回国内贩卖。他们这样来回倒卖赚取差价，从中牟利。有些人由于长期在外奔波，便将自己的家眷接来，在番禺城长住下来；有些没能接来家眷的，为了排解长期在外的寂寞，便找一个相好的本地女子在一起生活，打发时日。

名为绛泓苑的这套宅子，从外面看很不起眼，但宅子里面却很是宽敞，院内植株整齐，环境优雅，长满了烽火树。

烽火树，又称木棉花，属热带树种，喜高温高湿的气候环境。烽火树属于速生、强阳性树种，树冠总是高出周围的树群，以争取阳光雨露。

烽火树是番禺城特有的一种花树，盛开的花朵叫木棉花，其花冠呈红色或橙红色。五片曲线轮廓分明的花瓣，包围一束绵密的黄色花蕊，收束于紧实的花托，一朵朵有饭碗那么大。每年元宵节刚过，烽火树就开始了它盛开的花季，花簇自树顶端向下蔓延。

木棉花，红艳却又不媚俗，它躯干壮硕，姿态壮观，红色的花苞犹如鲜血染红了树梢。

高祖十一年（公元前一九六年），刘邦派陆贾出使南越，回程中，南越王赵佗曾委托陆贾将烽火树献给长安。后来，东晋道教学者、炼丹家、医药学家葛洪在《西京杂记》中说，当年赵佗敬献给高祖的烽火树"高一丈二尺，一本三柯，至夜光景欲燃"。清朝陈恭尹在其《木棉花歌》中形容木棉花"浓须大面好英雄，壮气高冠何落落"，从此，人们又把木棉花叫"英雄树"，称其三月花开时节，"落叶开花飞火凤，参天擎日舞丹龙"。

《说文解字》曰："绛，大赤也。"泓，指水深而广的湖或者潭。绛泓苑即是一个种满火红的木棉树，且里面又有一个不小的湖泊的宅院。

绛泓苑当初是夜郎国一位贩卖蒟酱酒的大富豪在番禺城购置修筑的房产。

毗邻南越国的夜郎国曾是西南地区的一个泱泱大国，是一个由许多部落组成的部落酋长国。夜郎国的地域主要在牂牁江一带，这里气候温暖潮湿，土地含钙丰富，喜水喜钙的构树在这里生长茂盛。构树有些像桑树，其构椹长二三寸，味道微酸甜。人们将构树的聚花果采集起来经过加工处理，酿造成一种浑厚不清的醇香液体，称其为"蒟酱"或"蒟酱酒"。由于蒟酱的酿造技术仅为少数人所掌握，每年产量又不太大，所以这种酒便成为当时夜郎国王族的专用酒。

古夜郎国地处高山峡谷之中，与外界的交通很不方便，与外界联系较少，但与南越国、巴蜀水路相通，联系较多。南越国王闻知夜郎国王室饮用的蒟酱酒珍稀味美，便重金购买这种美酒。于是，夜郎国专门贩卖蒟酱酒的商人来到了南越国，并在番禺城购置了这套名为绛泓苑的宅院。后来这位夜郎国商人告老还乡时，为了感谢多年来南越国王室对自己的关照支持，便将这宅院赠送给了国王赵佗。

绛泓苑所在小巷里的这些商贾巨富的女人们，平时只关心自己的男人赚了多少钱，而对隔壁人家是谁或是谁的女人并不是太关心，这些人家平日里大都关门闭户，互不来往。

赵佗接手绛泓苑后，仅将这套宅子的内部做了一些翻新处理，因此，从外面看，它普普通通，平平常常，一点儿也不起眼。

叛乱成功的吕嘉大权在握，他立即通令各地一致武装抗御长安朝廷，单等韩千秋、谯隆带领两千汉军前来送死。

为了全歼韩千秋的两千人马，他下令南越国境内沿途各地士卒不予抵抗，一律大开城门，主动开道供食，尽可能地让两千汉军向番禺城靠近。

在南越国，平时人们属望吕嘉，无人敢与他作对。此时，举国上下的越人大都听从他的调遣指挥。

吕嘉安排好这些事情后，便以逸待劳，单等韩千秋带领的汉军前来。

正是：

    铤而走险生事端，张网以待千秋来。

第二十三章　暗道藏匿绛泓苑
　　　　　情势危艰时日难

郐宗企望让稷馨儿从密道逃离吕嘉的魔掌，去向长安求救，这是一个正确的选择。但要做到这一点却非常艰难，不说长安距番禺路途遥远关隘重重，现在几个人连番禺城也没能出去，还怎么去向长安求救呢？没有办法，眼下只有在绛泓苑住下来，看看情况再说。

吕嘉在王宫里没有发现稷馨儿与赵兴的踪迹，便下令严守番禺城几座城门，没有特别许可通行腰牌的人一律不得离开番禺城半步，如果有人企图闯关出城，一律杀无赦。

吕嘉认为，眼下稷馨儿已成了他真正的心腹大患，如果按照稷馨儿的计划让南越国臣服长安，自己长期独霸南越国相位的局面就会彻底结束，吕氏家族近百人在赵氏王朝中独揽大权的局面就会戛然终止。

他觉得眼下长安朝廷四处用兵，刘彻与北部匈奴交恶，汉匈之战必将旷日持久，而南越国层峦叠嶂，关隘重重，长安如果真想对岭南用兵，刘彻怎么会不考虑这些因素呢？当年，第一任南越国王赵佗在世时，不也先后三次与中原朝廷撕破脸皮发生对峙，后来不也没怎么样吗？

正是基于这些考虑，吕嘉才敢于铤而走险，发动叛乱。

可是，此时的吕嘉犹如井底之蛙，对眼下的长安朝廷一点也不了解，尤其是对执掌大汉朝权柄的刘彻，更是一点认知也没有。他不知道，刘彻面对近百年来在大漠戈壁所向披靡的匈奴人，为了雪洗匈奴人强加给中原人的耻辱，敢于同最强大的敌人全面开战对决；他不知道，刘彻为了得到一匹传说中的汗血宝马，也会派出大军不远万里去索取；他不知道，眼下长安朝廷的这个皇帝，做梦都在想着怎样收复因战争、因内乱而分离出去的国土，让大汉朝的儿女们重归长安朝廷怀抱；他不知道时下大汉朝这个皇帝年富力强、雄才大略，他与生俱来就有着宏大的韬略、钢铁般的意志与果敢的决断能力。

几十年来，吕嘉在南越国也算是一个老谋深算、聪明透顶的人了，可是他竟然对眼下的大汉，对长安朝廷，对当朝皇帝，一点也不了解。对眼下的天下大势，他不知道的事情太多了。他根本不清楚，也不相信眼下的情形与赵佗当年举旗反汉时已经完全不相同了，反而愚蠢地认为时下南越国实力比赵佗时代更强盛，只要倾其举国之力，便完全可以抵挡住汉军进攻。吕嘉的叛乱从一开始就是在为自己挖掘坟墓，只不过他自己浑然不知而已。

吕嘉想，只要诛杀了樛馨儿与赵兴，再来慢慢与长安周旋，还是有较大胜算的。

眼下他将查找樛馨儿与赵兴的下落作为一件大事对待，他对吕狶说："樛氏是南越国最危险的敌人，一天不将她捉拿归案，吕氏家族就一天不要想过安稳日子。眼下搜寻樛氏与赵兴的下落是最重要的大事之一。"

吕狶行伍出身，秉性憨直，而吕嘉却是一个老奸巨猾、足智多谋的人。因此，吕狶对吕嘉总是言听计从，非常认真地执行。为了抓住樛馨儿与赵兴，吕狶按照吕嘉的要求，动员各种力量，想尽了各种办法，整日在全城四处查找樛馨儿的下落。

吕狶觉得，既然樛馨儿活不见人死不见尸，她就一定还在番禺城内。现在是瓮中捉鳖，不怕找不到这两个人。他指挥手下大批兵士反复在城内挨家挨户地逐一排查搜索。

赵兴毕竟是一个十几岁的孩子，从王宫仓皇出逃，在阴森恐怖的密道里又受到惊吓，他的精神承受力已经达到极限了，现在又听说大批如狼似虎的兵丁一天到晚都在城内对每家每户逐一严厉排查，被查的人稍有不从，即刻就会大祸临头，轻者被鞭责，重者则会被关进班房，直至砍头，赵兴就更加受不了了。一天到晚，他神情恍惚，宅院内外稍有一点响动，他就胆战心惊，魂飞魄散。樛馨儿见儿子这个样子，便耐心地开导他说："不要怕，事情总会过去的，你是南越国王位的合法继承人，是当今南越国的国王，吕嘉他不敢把咱们怎样的！"

不知道这些话赵兴听进去没有，樛馨儿说这些话的时候，他总是一言不发地盯着她，一双眼里仍然流露出惊恐的神情，四肢总是不停地颤抖。樛馨儿心中担忧不已，她想改变赵兴的状态，一直在努力，但所收到的效果却微乎其微。

樛馨儿心里清楚，赵兴这个身体状况怨不得他自己，当初他的父亲赵婴齐身体就十分羸弱。赵氏家族自从建立南越国后，后宫嫔妃一直多达数百上千人，几任国王都不仅在宫内将自己的大量时间与精力耗在女人身上，而且还在宫外到处寻花问柳，与众多的女人厮混。当初赵婴齐在长安宿卫的时候，本来在南越国是有妻室儿女的，不是也看上了她樛馨儿，并借助朝廷的权威强人所难让她做了他的后宫妻室吗？一个男人长期过多地贪恋床笫之欢，阳气必然大伤。这样的男人身体能好得了吗？赵兴的爷爷赵胡继承王位后仅仅十五年就病死了，赵婴齐当上国王后，也仅仅九年就撒手人寰。赵胡死的时候未满五十岁，赵婴齐死的时候才四十多一点。赵氏家族几代人的身体都是这个样子，还怎么能责问赵兴说：你怎么是这个状态呢？你这个样子哪一点儿像个国王？

以前在王宫里，赵兴身体偶有不适，可以随时传唤宫里的御医过来为国王把脉诊治，可眼下不行啊！现在吕嘉公开悬赏，四处搜捕捉拿他们母子二人，赵兴即使身体有病，也不能随便请大夫前来，更不能像过去那样让宫里的御医来看病拿药了。

连日来，樛馨儿与赵兴就一直这样陷在绛泓苑里，不能走动一步。他们经常可以听到街坊邻里的院落里传来兵士们如狼似虎的喝斥声。每逢这个时候，耿虎总是让他们到那个连接着密道的地下室里躲藏起来。当这些人也来到绛泓苑时，兵卒们在上面对每一个房间仔细搜查，樛馨儿、赵兴二人躲在地下室里对外面的一切听得真真切切。

就这样，躲在绛泓苑里的人，十多天来心始终悬着，神经天天绷得紧紧的，没有一丁点松弛的时候。这一切，在精神上对赵兴形成了巨大的压力。开始赵兴在母亲的安慰劝导下还能忍受，但随着时间的推移，赵兴越来越无法忍受这种囚徒般的生活，便成天吵吵嚷嚷着要出去，要重新回到王宫里去。

这一天赵兴又对着母亲嚷道："不行了！这样的日子我再也无法忍受了。我要出去，我要回到王宫去。我是国王，我怕谁呀？整个南越国都是我的，都是我们赵氏家族的。我的曾祖父、我的爷爷、我的亲生父亲，他们都曾经是南越国的国王，我也是南越国的国王。现在即便是赵建德夺了我的王位，但他也是我同父异母的大哥啊！难道他还会不念手足之情杀了他的亲弟弟吗？吕嘉算个什么东西？他一个七十多岁的老朽，他又不是国王，他又能把我怎么样呢？这种整天提心吊胆的日子，我实在是不能忍受了！……"

赵兴不仅每天对着他的亲生母亲樛馨儿这样吵，还对着想方设法保护他们母子的耿虎、庄尧吵。樛馨儿的话他听不进去，耿虎、庄尧二人的话更是一点用处也没有。看到这个状况，樛馨儿只有暗自垂泪，耿虎、庄尧也不知道如何是好。

赵兴白天吵吵闹闹还不算，过了不久，半夜里也说起胡话来。这一天夜里他突然大声喊道："我是国王！我是国王！……"喊声将耿虎、庄尧从梦中惊醒过来，他俩赶紧披衣起床，急急地向赵兴这边赶过来。赵兴的叫声同样惊醒了陪伴在一旁的稷馨儿，她赶紧起身，伸手一摸赵兴的额头，心中不禁一惊："啊！怎么烫得这样厉害呀！"

赵兴已经被自己的高烧"烧"糊涂了。

耿虎一听稷馨儿这样说，连忙说道："啊！这得赶紧想办法退烧啊！"

稷馨儿何尝不知道要赶紧退烧，但在目前情况下用什么方法才能让赵兴的高烧退去呢？稷馨儿实在无计可施了，只有对一旁的耿虎道："你先去打一盆凉水来吧。"

耿虎正要转身离开，庄尧早已端着一盆凉水进来了："太后，凉水来了。"

稷馨儿将一张白色的土布面巾浸透后，拧干，展开，再折叠成一个长方形，放在赵兴的额头上。只见赵兴嘴唇干裂，满脸潮红，神志已经有些不太清醒，口中仍在嘟哝着那一句话："我是国王，我是国王……"

凉水能够暂时降低身体表面的温度，却不能治愈赵兴的疾病。稷馨儿几个人都明白，眼下赵兴的高烧如果持续不退，对他的生命将是一个很大的威胁。

怎么办？

耿虎、庄尧二人觉得，必须尽快找个大夫来为赵兴号脉拿药。即使有天大的危险，也必须这样做，此事不能再犹豫了。

稷馨儿眼见赵兴的身体状况一天不如一天，眼下又高烧持续不退，只好同意了他俩的主张。

为了躲避番禺城内吕嘉兄弟设置的明岗暗哨，耿虎与庄尧在傍晚时分悄悄地赶着马车，寻到一个叫"济世堂"的药铺门前停下。耿虎悄无声息地从车上跳下来，轻轻拨开本已紧闭的店门，神不知鬼不觉地突然挡在一位头发花白的郎中面前。此时，这位郎中手里掌着一只摇曳不定的昏暗油灯，正欲离开前屋店堂，向后屋走去。在自家宅院这个狭窄的通道里，面对突然出现在自己面前的耿虎，这位郎中三魂早已被吓掉了两魂。只见郎中睁着两只惊恐的眼睛，浑身颤抖不已地道："你你你！是是是……是人？还是鬼啊？"

耿虎面对惊魂未定的郎中，客气地道："先生，您别怕！我不是鬼，我是人！"

郎中一听对方说话还算和气，一颗惶恐不安的心才稍稍安宁下来，道：

"壮士深夜前来寒舍，要钱要物，尽可随便取之！可千万别害我家人性命啊！"

耿虎知道对方将自己当成了打家劫舍的盗贼了，便连忙拱拱手道："先生千万别误会！在下不会索取贵宅中一文钱、一件物，在下只想请先生随我走一趟！"

郎中一听耿虎如此说，一时愣在那里，不知如何回答。郎中当然明白，眼下整个番禺城血雨腥风，此时黑灯瞎火地跟一个犹如鬼怪般的人走出去，到时候是死是活，还能不能回来，谁能说得清楚呢？来者是何方神圣？随他要到哪里去？去干什么？对方秘而不宣，根本就不告诉你。

正在郎中疑窦丛生的时候，耿虎又诚恳地道："先生别害怕！我家主人身染疾患，在下是想烦请先生前去为我家主人瞧瞧！"

郎中这时才借着昏暗的油灯光亮，定睛打量对方。只见来人身材魁梧，仪表堂堂，眉宇间透出一股英武之气，心中便也多少有一些明白，此人一定有着不凡的来历。郎中便用试探的口气说道："现在天色已晚，可否明天前去？"

耿虎拱一拱手，十分客气但又不容置疑地道："我家主人病情危急，明天恐怕是不行的。"

郎中一听耿虎说话的语气，心中就更明白许多，便道："那……好吧！壮士请带路吧！"

郎中返回前屋店堂，收拾起药箱便要随耿虎离开。可此时，内屋里走出一老妇与一小女，惊恐地望着耿虎。小女恐惧地扑过去，拉着郎中的手臂不让他离开："爹爹……"

耿虎见了便道："你们二人尽管放心，我保证先生怎么出去的，一定会怎么归来！"

郎中对一旁的老妇人道："你们先歇息吧！我去去便回。"

说罢，郎中又拍拍小女的肩膀道："别怕！安心在家里陪着你母亲，不要担心父亲……"

耿虎与郎中走出"济世堂"药铺。隐蔽在一旁暗处的庄尧一见耿虎与郎中出得门来，即将马车悄无声息地赶过来。

耿虎让郎中坐上马车后，即拿出一条黑丝带对郎中道："先生，不好意思了，只有委屈您一下。"

郎中见耿虎如此小心，便对他说道："壮士尽管放心，济世堂只管治病救人，其他的什么也不知道。"

耿虎道："先生是个明白人，这样便好！"

庄尧小心地赶着马车,尽量避免与夜巡的城防兵相遇。马车穿街过巷,一路疾行,一会儿便来到了绛泓苑的门口。

耿虎将蒙着双眼的郎中从车上带下来,跨过几道门槛,直到走进了赵兴的房间后,才将郎中头上的黑丝带摘下来。

郎中慢慢睁开双眼,环顾四周,只见一盏浑浊的油灯泛着暗淡的亮光,房间里一只薄薄的帐幔罩着一张大床,一个十多岁的男孩躺在那里难受地呻吟着。床前一个三十多岁的妇人焦灼地反复用一张白布巾为这个男孩擦拭着额头和脸颊。

郎中并不知道这两个人是谁,当然耿虎也不可能主动向他说出病人的身份。

穄馨儿一见耿虎将郎中请来了,赶紧让其靠近到床沿。赵兴因为高烧持续不退,人已经显得更加迷糊了。此时,他的口里一直叽里咕噜地不知道在说着一些什么话。

就着昏暗的灯光,郎中一摸他的脉象,不觉心中一惊,再摸摸他的额头,着实烫得吓人。郎中脸上顿时掠过一丝不祥之色,便道:"啊!这高烧持续三四天了吧?怎么不早点请人把脉诊治呢?"

谁不想早一点请人把脉诊治呢?全城戒备森严,四处的兵丁都在搜寻这两个人,随便出门找郎中,无异于自我暴露,自投罗网。再说赵兴不适初起的时候,大家都寄希望于过几天他会自然痊愈,谁知道竟会越来越严重呢!

赵兴的情况时好时坏,持续不退的高烧,使他的神智已经完全迷糊了。现在他又说起胡话来了,而且声音越来越大地喊着:"我是国王,我是国王!我要回到王宫去……"

一听到赵兴又这样喊起来,穄馨儿立马伏下身子,一边轻轻地拍着他的胸口,一边低声地哄他道:"好好好!我们回去。眼下好好让先生给你看病,吃了药你就会好起来的!"

郎中开始就觉得这母子两人相貌不凡,一听到赵兴这样叫,突然醒悟过来:噢,这母子两人正是被废黜的国王赵兴和他的母亲穄太后啊!

郎中明白这两人的身份后,心中顿时更加恐惧,他立即跪在穄馨儿面前,浑身像筛糠一样,战战兢兢地说道:"启禀……太……后……、大……王,如果高烧再这样持续不退,将对身体造成极大的伤害……我开个方子,回药铺取药来……只有让体温尽快降下来,才有好转的希望啊!"

面对赵兴越来越严重的病情,穄馨儿已经毫无办法了,便道:"你是郎中,就依你说的办吧！"

当晚，郎中将药方开好，耿虎、庄尧又赶着马车去济世堂取回草药，为赵兴煎熬服下。

几个人来来往往，一直忙到大半夜才消停下来。

郎中的草药很是灵验，两服药后，赵兴的高烧就完全退下去了，没几天，精神也好多了。高烧是退下去了，但是从这以后，赵兴口头上总是常常挂着那句话："我是国王，我是国王……"

每每赵兴这样大呼小叫的时候，绛泓苑里的每一个人都恐惧到了极点。耿虎、庄尧两人生怕这声音被邻近的人听见，将情况捅到吕嘉、吕豨那里，而招来杀身之祸。但赵兴是国王啊！此时他又是一个神志不太清醒的病人！耿虎、庄尧怎么能跟他说："大王，您不能这样大声喊叫啊！您这样大声喊叫，会给自己招来杀身之祸的啊！"

因此，耿虎与庄尧只有眼巴巴地瞅着太后，希望作为母亲的樛馨儿的安抚，能让一直躁动不安的赵兴平静下来。

樛馨儿面对神志迷糊的赵兴，此时只有反复地耐心劝慰："兴儿啊！你是国王，大家都是你的臣民，可是现在吕嘉叛乱了，夺了你的王位，让你同父异母的哥哥赵建德做了国王。现在他们正四处张榜悬赏捉拿我们啊！现在你不能这样说，你再逢人便说你是国王，会招来杀身之祸啊！"

听着樛馨儿这些话，赵兴似懂非懂，仍然每天逢人便说："我是国王，我是国王……"

面对赵兴这个疯疯癫癫的样子，樛馨儿只有暗自落泪。

耿虎与庄尧一直在想办法，企图让樛馨儿母子逃出番禺城，去向长安求救。可现在赵兴这个样子，一走出绛泓苑的大门，不就等于将自己的情况主动地告知敌人了吗？这还怎么能出得了番禺城呢？

正是：

<blockquote>赵兴受惊情智迷，困居绛苑难见天。</blockquote>

第二十四章　留守山谷间隙时　老少山洞论古今

因瘟疫滞留在野狼谷的韩千秋与谯隆、稷乐突闻吕嘉公开叛乱，稷馨儿与小国王赵兴生死不明，更加坐不住了，当即决定，将危重病号留在野狼谷，交由落下闳、范美凤等人负责照看，其余人马立即开拔，向番禺城方向前进。

落下闳非常想随大部队一起奔赴番禺城，特别是闻听稷馨儿不知去向，生死不明时，他更加担忧稷馨儿的安危。可他得服从军令，为了拯救军中这些仍然被瘟疫缠身的兄弟们的生命，他必须留在野狼谷。

韩千秋率部走后，落下闳将剩下的十几个危重病号转移到简兮危老人的茅屋安顿下来。每天，他背着小背篓与老人一起到山里寻找那十分珍贵而又稀少的离蕊金花。开始，他对离蕊金花的生长特性一点也不了解，但在简兮危老人的指点下，很快便知道了这种稀少的草药的生长习性，知道在什么样的环境中最容易采摘到这种草药。

这天落下闳与简兮危老人又背着背篓到山里采药去了。可离蕊金花本来就比较稀少，为救助汉军这些危重病号，落下闳天天随简兮危在野狼谷一带采集，离蕊金花在这一带就越发显得稀少而难以发现了。

简兮危带着落下闳在大山密林里，走过了一坎又一坎，爬过了一坡又一坡，却总是难以采集到满意的离蕊金花。眼看日过晌午，却仅有可怜的几枝草药静静地躺在背箩里。

落下闳与简兮危累得满头大汗，坐在一块石头上喘着粗气。

怎么办？茅草屋里还有十多个危重病号，都眼巴巴地等着他们采回这些药草治病，采不到离蕊金花，难道要让这些兄弟们等死吗？

落下闳眺望着远处连绵不断的山峰，心里想着：如果继续在山里寻找，简兮危老先生年纪这么大，他的身体能承受得了吗？落下闳回过头来想对简兮危老人说点什么。可是转过身来，刚才与他还在一起的简兮危此时却不知跑到哪里去了。

正在落下闳站起来四处寻找时，简兮危从一旁的灌木丛中走出来。只见他手捧着一些野山果对落下闳道："小伙子，肚子该饿坏了吧？来来来，这些山果可是很好的食物啊！"

落下闳一听，顿时感觉腹中饥肠辘辘。从早上出来一直就没有进食，怎么会不饿呢？落下闳一看到这些山果，饥饿的感觉更甚。

简兮危道："人是一副空皮囊，全靠食物作横梁。没有吃的怎么受得了哟！吃了这些果子，我们再继续在山里找吧。"

落下闳听简兮危这样说，心中一阵感动，便道："先生已经走了大半天了，您老的身体吃得消吗？"

简兮危爽朗地笑道："怎么，小伙子，你瞧不起我？要知道老夫可是在这大山密林独自生活了十几个春秋的人呐！别说一天，就是三天五天，对老夫来说也不在话下啊！"

落下闳一边拿起山果往嘴里送，一边有些歉意地道："真是难为先生您了！"

简兮危道："古人云：'投我以木瓜，报之以琼琚。匪报也，永以为好也。'我这条老命是你们给捡回来，老夫理当重谢回报啊！"

落下闳道："先生言重了！要是没有先生您的帮助，我们还真不知道怎么来对付这该死的瘟疫呢。"

落下闳这话仿佛触动了简兮危心中一股敏感的神经。他停下正在擦拭山果的手，意味深长地道："小伙子，咱们可是一家人啊！老夫眼下虽然不在官场，但即使身居天边，也是大汉的臣民啊！助大军解困，亦是老夫分内之事。"

简兮危说到这里戛然而止，似乎不愿意再将话题深入下去。他举着手中的山果对落下闳问道："怎么样，小伙子？能吃吗？"

落下闳见简兮危发问，忙道："很好吃的呀！味道很不错啊！"

简兮危道："俗话说：靠山吃山，靠水吃水。这么多年来，老夫在这大山里就是这样过来的。吃饱了咱俩接着在这大山里找，不采集到足够的离蕊金花，家里那些小伙子们怎么能痊愈呢！"

落下闳听简兮危这样说，心中很是感动，连忙应承道："对对对！今天不采集到足够的离蕊金花，我们就不回去。"

简兮危听了落下闳的话，心中十分满意，便道："嗯，你这个小伙子也是一个爽快人，做事有头有尾有毅力。这样很好啊！"

　　落下闳与简兮危二人，就这样在深山密林里转来转去，寻找那极其珍贵的离蕊金花。在那些陡峭的悬崖边、山岩上，他们终于发现了一些零星的离蕊金花。遇到这种情况，落下闳总是主动地爬上山岩、跑到悬崖边，采下这些离蕊金花。这样，背篓里也开始有了一些小小的收获。

　　当他俩离开野狼谷越走越远的时候，先前还晴朗明亮的天空，却已经笼罩在一片灰暗中。

　　简兮危抬头看看越来越暗的天空，觉得应该是返回的时候了。他与落下闳正欲收拾背篓踏上回程，天边一大团乌云飘来，接着就是几颗蚕豆大的雨滴下来，很快噼里啪啦的大雨说来就来。

　　一见大雨倾盆而下，落下闳与简兮危只得赶紧就近寻找能够避雨的地方，可是附近不是悬崖陡壁，就是茂密的山林，这些都不是可以避雨的地方。二人只有向远处一块突兀的山岩下面跑去。落下闳一边搀扶着老人，一边护着背篓里那些费尽周折才采集到的离蕊金花。

　　两个人就这样冒着倾盆的大雨跌跌撞撞地向山岩下跑。当二人来到山岩下时，浑身早已湿透了。

　　简兮危对这一片山林的气候情况是了解的，他抬头看看天空，觉得这场雨一时半会儿根本就停不下来。落下闳此时也觉得，今天要想回去是根本不可能的了，眼下最要紧的是找一处可以安全栖身的地方，以保夜晚到来时不至于受到猛兽的袭击。

　　落下闳看了看突兀的山岩，发现那一片岩石上面似乎有一处洞穴正好可以做栖身之所。趁雨势稍稍小了一些，落下闳爬上高高的岩石一看，果然有一处较为宽大的山洞。此洞不但宽敞而且干燥，仿佛是专门为他俩避雨准备的。落下闳与简兮危来到山洞，就近捡来一些树枝、干草，用火石点燃，便脱下身上的衣物烤起来。衣服烤干了，夜也深了，累了一天的两个人，已是筋疲力尽，只得靠着火堆沉沉入睡。

　　第二天，山里的雨不仅没有停下来，反而越下越猛，越下越大。如在往常，天早已大亮了，可是眼下天地灰蒙蒙一片，昏黑的天空暗淡无光。天像被人戳了一个大窟窿，倾盆的雨水像被人从天上直接倒下来一般。

　　面对如此天气，落下闳与简兮危二人无法离开，只好老老实实地在山洞里待着。

　　明明是上午时分，天色却像是到了傍晚，一片昏黑。简兮危久久地站立在洞口，望着洞外的暴雨，不说一句话。

此时，简兮危的思绪像一匹神力无比、身有双翅的天马，早已飞离他的身躯。这匹天马一忽儿飞上九天，转瞬就已经跑到十万八千里之外去了；一忽儿又从九天之上飞落凡尘，堕入深不见底的无尽深潭。

简兮危向着洞外的天边极目远眺，虽然洞外一片昏天黑地，除了噼里啪啦从天上砸下的雨滴外，看不见任何东西，可这天地间正在发生的景象却勾起了他无尽的遐想，引发了他太多的感叹。

简兮危面对山洞外那铺天盖地而来的狂风暴雨独自吟诵道："天地未形，冯冯翼翼，洞洞灟灟，故曰太昭。道始于虚霩，虚霩生宇宙，宇宙生气。气有涯垠，清阳者薄靡而为天，重浊者凝滞而为地。清妙之合专易，重浊之凝竭难，故天先成而地后定。"

随后，他沉吟半晌，才又缓缓地自言自语道："古人说：很久很久以前，在还没有天地的时候，星云纵横漂浮，宇宙一片混沌，是盘古开辟了天地，是女娲炼五色石堵住了天漏……当初，古人描绘的情景，与眼前的情形何其相似乃尔！"

落下闳坐在火塘边，正将新找来的一些柴草放到火塘里。听见简兮危这么说，他放下手里的事情，也慢慢地向洞口走过来。只见山洞外面从天而降的大雨，气势是那样磅礴，似乎没有任何一种神力可以控制，没有任何一种方式可以阻挡。

简兮危没有理会已经走到他身旁的落下闳，又自言自语地道："随着远古的人们结束了茹毛饮血的历史，随着华夏文明的开启，先民们根据直观感觉，认为天在上旋转不已，地在下静止不动，由此逐渐产生了'天圆地方'的思想。商周之际，有人提出'天圆如张盖，地方如棋盘'的说法。人们认为，人所居住的这个地方是一块平坦而并不太大的土地，天空则是一个固定的圆形屋顶，它从远处自下而上，和人看到的远处的地面融为一体。因此，天是圆的，地是方的，穹隆状的天是覆盖在呈正方形的平直大地上的。可是，很多年以后，孔子的弟子曾参首先对此表示怀疑，便问：'天圆而地方，则是四角之不揜也。'如果天是圆的，地是方的，圆形的天，怎么去遮掩地上的四个角呢？"

落下闳听简兮危借曾参的话，发出了这样的疑问，便从容地接过话头道："曾参老先生提出这样的疑问后，就有人出来辩解说：天并不与地相接，而是像圆顶凉亭那样是由八根柱子支撑着的。"

简兮危回过头来，见落下闳对他的话题如此感兴趣，便微微笑了笑道：

"是的，持有这种看法的人，他们的依据就是传说中共工氏怒触不周山和女娲炼五色石补天的故事。他们说：当时共工氏与颛顼争夺管理天下的帝位，共工氏盛怒之下头撞不周山，把擎天的柱子撞断了，系地的绳子也被扯断了，才出现了天倾斜于西北方，日月星辰也都倒向西北方向的现象。由于大地向东南方塌陷，水流自然也都向东南方向奔流了。对此，楚人屈原便在《天问》中大声向这些人发问道：'斡维焉系？天极焉加？八柱何当？东南何亏？'如果天地像圆顶凉亭那样由八根柱子支撑着，那么天体的轴绳系在哪里？天极不动设在哪里？八根支柱撑天对着何方？东南为何缺损不齐？"

对简兮危说的话，落下闳深表理解，便微笑着呼应道："针对屈原的这些疑问，主张'盖天说'的人又辩解说'天象盖笠，地法复盘'。他们说：天在上，地在下，天地相盖，二者都是圆拱形，中间相隔足有八万里之遥。"

简兮危见落下闳对古人在天象认识方面的主张分歧如此熟悉，一时感到有些惊讶，于是又说道："嗯，为了解释天体的东升西落和日月星辰的位置变化，这些人还设想出一种类似蚂蚁在磨盘上爬行的模型，借以说明：天体都附着在天盖上，天盖旋转不息，带着诸多天体东升西落。但日月星辰又在天盖上缓慢地东移，由于天盖转得快，日月星辰运动慢，便被带着旋转，这就如同磨盘上几个缓慢爬行的蚂蚁，它们虽然向东爬，但仍被磨盘带着向西转。太阳在天空的位置时高时低，冬天在南方低空中，一天绕一个大圈子；夏天在天顶附近，一天绕一个小圈子；春秋则分介于其中。而北极位于天穹的中央，日月星辰绕之旋转不息。他们认为，日月星辰的出没，并非真的出没，而只是距离远了，人们的眼睛就看不见了，距离近了，人们就看见了它们。由此，形成了白天、黑夜与一年的四个季节。"

简兮危一边说，一边眯缝着双眼看着自己眼前这个小伙子，似乎想看看他如何作答。可是，落下闳并没有注意到简兮危的这些细微的表情，他已经完全被简兮危提出的问题吸引，他的思绪也早已经在古今之间游弋。他正在打开自己心底的天文知识宝库，将这么多年储存积累在自己脑海中的天文理论知识和自己对一些天文现象的观察与认知倒腾出来，以便向面前这位博学的老先生求证。

落下闳认真地听完简兮危的话后，点点头表示赞同，便接着说道："为了说明太阳运行的轨道，秉持'盖天说'的人后来设计了一个'七衡六间图'，以此证明，太阳在'天盖'上的周天运动在不同的节气是沿着不同的轨道进行的。他们以北极为中心，在'天盖'上间隔相等地画出大小不同的同心圆，形成太阳运行的七条轨道，即'七衡'。七衡之间的六个间隔区为'六间'。每年冬至时，太阳出于东南没于西南，沿'外衡'运行，日中时地平高度最低；夏至时，太阳出于东北没于西北，沿'内衡'运行，日中时地平高度最高。春分、秋分时，太阳出于正东没于正西，沿'中衡'运行，日中时地平高度适中。在各个不同时节，太阳都是这样沿着不同的'衡'运动的。这种主观臆想的日月星辰周天运动与昼夜长短变化以及四季各个节气的循环运行关系，显然是不可信的。"

简兮危见落下闳将这个"七衡六间图"说得这样清楚，不禁十分惊讶，向其投以赞许的目光。

但是，简兮危立刻又将话题引向更加深入的领域。他说道："但是，这些看似天衣无缝的说辞，在两百年前就受到人们的怀疑。当时天下名士，云集齐国都城，展开百家争鸣。在争鸣中，齐国著名的天文星象大师甘德便正式提出：天不是一个圆盖，地也不是一个方盘，我们所居住的这个地方，是一个类似球形的天体。甘德将自己经过长期观察得出的这些看法，写在了他的《天文星占》与《岁星经》这两本天文学著作里。"

落下闳依然不紧不慢地从容回应道："是的，当时齐国的甘德、鲁国的石申甫将自己观察到的五颗星，按照齐国人邹衍的'五行终始说'的先后排序，命名为木星、火星、土星、金星、水星，并将所发现的这些行星的情况记录了下来。甘德与石申甫两人，代表了那个时期华夏族人在天文方面的最高成就与水平，是他们两人首先提出：我们所居住的大地，是一个类似于球形的天体。"

简兮危见落下闳对古往今来的天文知识竟如此了解熟悉，不由得对这个年轻人刮目相看了。他觉得自己眼前这个年纪不大的小伙子真的是一个十分罕见的睿智之人，像他这般年纪就对这些天文知识如此熟知，确实是不多见的。简兮危对落下闳说出的观点打心眼里认可，又说道："可是，在那个时候，甘德、石申甫的这些思想与著述却受到人们广泛的质疑。在以后很长一段时间里，他俩的这些思想才逐渐被极少数人认同、接受。"

落下闳道："当时宋国名家学派的开山鼻祖惠施大师也说过：'南方无穷而有穷''今日适越而昔来''连环可解也''我知天下之中央，燕之北，越之南是也'。惠施完全赞同大地是一个球形的观点，他说，一直向南走可以周而复始，无穷无尽。他又说，大地是没有中央的，或者说任何地点都可看作中央，天下的中央完全可以在'燕之北''越之南'。这些流传甚广的论述，都表达了大地是一个球形的观点。而人们非常熟悉的《慎子》一书中也说：'天体如弹丸，其势斜倚。'楚国的屈原先生更是在其著名的《天问》中仰天发问：'圜则九重，孰营度之？'其中'圜'字，也是'天球'的意思。"

简兮危沉思半响后，才接过落下闳的话道："这些古圣先哲们的观点与思想是建立在对天体的长期仔细观察、研究基础之上的。他们同样知道：天球不是静止不动的，而是始终处于周而复始的运动变化中的。天圆，则产生运动变化；地方，则是说其收敛静止。"

落下闳点点头道："人们常说'天地不可分'，即是说天的变化，影响着地，天稳定了，地才能安全稳居。"

简兮危认真地审视着眼前这位年轻人，十分欣赏又赞许地道："说得正确！观天象变化，实际关系着天下苍生的命运。"

落下闳道："先生说得太对了。但是，让我弄不明白的是，为什么时下仍然有许多人对'盖天说'深信不疑，而对甘德、石申甫老先生关于天象的这些探究成果却不屑一顾呢？"

简兮危听了他的话，沉默良久后道："'盖天说'源远流长，而另一种全新的思想与观点要人们普遍接受，总是一件不太容易的事情啊！"

山洞避雨的这段时间里，简兮危对落下闳有了更多的了解，他从心底喜欢上了这个聪慧的年轻人。从此之后，简兮危完全将落下闳当作了一个可以深入交谈的朋友。由此，两个年龄如此悬殊的人，成了一对难能可贵的忘年交。

在天文、历法、算学方面，落下闳与简兮危都有很多谈不完的话题。

三天后，落下闳与简兮危终于回到野狼谷。

在家的人一见他俩安全返回，真是高兴坏了。

人们见他们采回了那么多的离蕊金花，一切都明朗了。范美凤与庾峙富连忙将这些草药拿过去淘洗干净，熬制成汤药，分别送到每一个病员面前，让他们尽快地喝下去。就这样，十多个本已奄奄一息的汉军兵士在他们精心的照料下逐渐地痊愈了。

看着大家渐渐康复，落下闳与范美凤心里十分高兴。

随着康复的人越来越多，简兮危老人两间小小的茅草屋里渐渐充满了朗朗笑语。

落下闳他们留居的这个山谷，平时野狼出没频繁，山谷因而得名"野狼谷"。这一天，已经完全康复的庾峙富兴奋地从外面回来，只见他的肩上扛着一只血淋淋的狼。接连几天，庾峙富外出狩猎，都是空手而归，今天终于满载而归了。

范美凤看到庹峙富猎回一只狼，高兴地跑过来道："嗨！毛娃子！真有你的，今天大家可有肉吃了！"

在家的人们一听到范美凤说"有肉吃"，都一起从屋里跑出来帮忙。大家一起动手，一会儿工夫就将这只狼剥了，放到瓦罐里炖了起来。

夜，一片漆黑。

柴房里，火塘中火势正旺。两根粗壮的树枝扛起一根横木，中间吊挂着一个瓦罐，里面装满了狼肉。水在沸腾，肉香味儿飞溢出来，弥漫在整个房间里，刺激着每一个人强烈的食欲。

人们围着这只瓦罐，眼巴巴地盯着罐子里的块块肥肉。好久没沾油荤了，肉到底是个什么滋味儿，对于这些长途征战的军士们来说，都好像没有什么印象了。现在看到大块大块的狼肉在锅里煮着，浓浓的肉香味儿在屋里飘来飘去，他们真的是再也无法忍受，再也按捺不住心头强烈的欲望，便纷纷举起手中用树枝、木棍临时做成的筷子，伸向中间那口瓦罐，捞起狼肉，你一块我一块大嚼大咽起来。

范美凤也是巾帼不让须眉，乐呵呵地与大家一起争抢狼肉。吃了半天，庹峙富好像感觉不对，就对身旁的落下闳说道："夏弘，简兮危大爷怎么没来吃啊？他不想吃肉吗？"

范美凤也道："哎呀！怎么把简大爷给落下了呢？"

是啊！只顾自己吃肉，怎么竟把简兮危先生给忘记了呢？落下闳站起身，来到简兮危老先生睡觉的卧房这边。简老先生这个卧房，由于没有窗户，即使有太阳的白天，光线也是比较暗淡的，现在天色漆黑，卧房里自然更是黑咕隆咚，伸手不见五指。但厨房火塘里跳跃的火苗溢出的亮光，让人可隐隐约约看到卧房里的一些情况。

简兮危老人半卧在床上，微微闭着双眼。此时，他眉头紧锁，似乎显得十分痛苦。落下闳见状，便轻轻地唤道："先生，您不舒服吗？"

简兮危听见声音，慢慢睁开眼睛，见落下闳站立在自己床前，忙伸出自己枯槁的老手，拉住对方的手，却半天说不出话来。

"您怎么了？"落下闳关切地问道。

简兮危此时缓缓地向落下闳问道："韩将军他们走了有多长时间了？"

落下闳不解何意，便道："大概有十多二十天了吧。"

简兮危听了落下闳的回答后，用自己的右手大拇指在几个指头上掐来掐去，一会儿左手又像右手那样，大拇指在几个指头上掐来掐去，口中念念有词。过了半天，他才长叹一声道："唉！韩将军他们恐怕凶多吉少啊！"

落下闳一听这话，非常惊讶，禁不住问道："凶多吉少?！先生，韩将军他们不会有什么事吧？"

面对落下闳的发问，简兮危眼睛里已溢满泪花。他愣愣地盯着落下闳，半天说不出话来。过了很久很久，简兮危才缓缓说道："军人出入在刀光剑影里，穿行在生与死的边缘。有事，大惊小怪于事无补；无事，平安归来最好。……你们吃好了，就赶紧睡吧！"

简兮危说完，便只顾倒头睡去，不再理会落下闳。

正是：

　　　　　天涯地垠两分明，掐算感知凶邪临。

第二十五章　南进汉军遭伏击
　　　　　谯隆突围险归来

事实印证了简兮危老人的担忧。

韩千秋与谯隆、穊乐率领两千人马离开野狼谷后，便急速向番禺奔驰。一路上他们如履平川，根本就没有遇到南越人的任何阻拦。每到一个地方，南越国的吏卒对他们都是毕恭毕敬，殷勤接待，并自愿为他们带路做向导。韩千秋见南越人如此友善热情，先前思想上绷紧的那根弦也彻底地松弛下来。

韩千秋觉得，皇上要他用两千兵马解决南越问题，看来实在是多虑了。看看眼前这个情势，三百人也是绰绰有余的。南越国虽然偏居一隅，可大汉天威四海皆知，这些越人也是应该知道的。吕嘉虽然发动了叛乱，但他终究不敢与大汉朝廷对抗，这才有了眼下汉军所到之处城门洞开，一路畅行的局面。

想到这里，韩千秋愈加得意起来。

可是，谯隆对此却有不同看法。一路上谯隆总觉得心里不踏实，越往前走，他的心里越是忐忑不安。他心中以为：如果吕嘉真的惧怕朝廷，他就不敢造反，更不敢诛杀皇上亲自派往南越国的安国少季等使臣。眼下他赶跑了樛馨儿，废黜了小国王赵兴，擅自将赵建德立为新国王，这一切大逆不道的举动，都表明他与大汉朝廷对抗是铁了心的。眼下汉军一路畅行无阻，其中一定有更大的阴谋。吕嘉向来老奸巨猾，对此一定要保持高度警惕，切勿掉以轻心，这才是上上之策。

韩千秋与谯隆不能说到一处，也就不愿多说。韩千秋心想：反正南越国的国都番禺城都快到了，谁对谁错很快就会见分晓的。

谯隆见韩千秋如此，也不便再与他论理。这支队伍虽仅有两千士卒，但韩千秋是主帅，军事上的事只能是他说了算。谯隆嘴上不说，但他心里那根绷紧的弦，却不敢像韩千秋那样松弛下来，越往前走，他心里越担心，越警觉。他暗地里一再告诫范翼龙要加倍小心，并将夕季财、鄂贵泉等人叫到身边，要他们保持高度警觉，时刻注意应对突发情况。

就这样，韩千秋所部在南越国向导的带领下，一路向南，很快番禺城就要出现在他们眼前了。事实最终证明谯隆的担心是对的，他们越往南走，危险离他们也就越近了。

就在离番禺四十余里一个叫石门坝的地方，吕嘉与吕豨带着南越国的大批人马突然出现在汉军前后左右的山坡上。

只见吕嘉站立在一处高高的山坡上，洋洋得意地对着山坳里的韩千秋、谯隆等人道："韩将军、谯大人：诸位千里迢迢远道而来，真是辛苦得很啊！吕某在这里已经恭候诸位多时了！"

韩千秋一听此话，才知中了吕嘉诱其深入的诡计。他后悔当初没有把谯隆的话听进去，而只当作耳边风一样，丝毫不在乎。

但眼下一切都已经晚了。

韩千秋循着声音望去，只见不远处的一个山坡上，一大帮南越国军士簇拥着一个干瘦且弱不禁风的老头儿。韩千秋明白这个老头儿大概就是叛军首领吕嘉了。于是，韩千秋便对着他道："吕嘉！你可是胆大妄为呀！居然敢向大汉皇上叫板，诛杀朝廷派来的使臣，难道你就不怕天威震怒，灭了你吕氏族人的祖宗八代，给南越国人带来灭顶之灾吗？"

韩千秋见自己所率领的汉军已深深地陷入南越人的包围中，心中自知两千汉军很难敌得过这漫山遍野的南越国兵丁，便强作镇静地扯着嗓门与吕嘉周旋。他怀抱着万分之一的期望，希望吕嘉在最后关头幡然醒悟，收兵回城，并与他握手言和，从而化干戈为玉帛。

可是，吕嘉对韩千秋的话根本听不进去。他对韩千秋等人道："好一个'天威震怒'！韩将军以为吕某人不知道，时下整个朝廷的数十万大军正穷于应付北部大漠的战事吗？我南越国十万大军，数十万越人，难道面对你两千人马就该缴械投降，俯首称臣吗？"

韩千秋仍然怀抱着那一线希望，耐心地说道："今天我韩千秋奉皇上之命，仅仅带两千汉军前来，其目的不是要与你兵戎相见，而是想给你留一个改弦更张的机会，如若再执迷不悟，你可就连后悔的机会都没有了！"

吕嘉听了此话，冷笑着道："恐怕是韩将军没有后悔的机会了吧？韩将军若是怕死，就赶快与你的手下一起缴械投降吧！如若不然，明年的今日可就是你们的忌日了！"

韩千秋、谯隆等人一听此话，顿时肺都气炸了！缴械投降？简直是痴心妄想！堂堂大汉军纵横天下无人敢挡，纵然是面对匈奴铁骑也所向披靡，岂能屈从于南越国一帮乌合之众？两千汉军面对数万南越兵卒，即使粉身碎骨，也不会主动放弃手中的刀剑！

韩千秋还未答话，谯隆就对着吕嘉高声喊道："吕嘉老儿！别痴心妄想了！今天你敢对我两千汉军下手，明天大汉皇上一定会荡平整个南越国！如若不信，你就等着瞧吧！"

谯隆的话掷地有声，重若千斤，让人胆寒！吕嘉听了也不免心惊胆战。

稷馨儿的哥哥稷乐站在谯隆身边，当他得知眼前这个干瘦苍老的人就是残害妹妹的仇人时，心中恨得咬牙切齿。面对着吕嘉一副傲慢的样子，他早已经憋不住了。

稷乐大叫道："吕嘉老儿，你休要啰嗦！看我一箭结束了你的狗命！"

只见稷乐从身边拔出利箭，一边大叫着，一边向吕嘉射去。

吕嘉身旁的人唯恐稷乐的利箭伤到他，急忙提着盾牌来挡。吕嘉见此情景，唯恐夜长梦多，便急忙对身旁的吕豨道："吕豨，眼前这两千汉军就是两千两黄金，你是知道应该怎么处理的吧？"

吕豨一听吕嘉此话，立即将大手一挥，对着自己身边的数万南越国兵丁道："弟兄们！丞相说了，眼前这两千汉军就是两千两黄金！杀死一个汉军，赏一两黄金；杀死两个汉军，赏二两黄金！大伙儿就赶快动手吧！"

俗话说："重赏之下，必有勇夫。"吕豨话音刚落，数万南越官兵立即呼啸着从四面山坡上一起向山坳里的两千汉军杀过来。

韩千秋等人前无去路，后无救兵，只有拼死一搏。但是两千人马哪能抵挡得了如潮水般涌来的南越军呢？很快，韩千秋的人马就被吕嘉的士卒冲散。刚才还是寂静无声的南越国山林中，震耳欲聋的喊杀声响成一片。

韩千秋一边砍杀冲上来的南越兵，一边大声地对兵士们命令道："就近向丛林里撤退！"

眼下出现的情况，早就在谯隆的预料之中，只不过他没有料到会来得这样快，这样猛。事已至此，指责、埋怨韩千秋当初的疏忽大意、一意孤行，都是毫无用处的。眼下唯一能做的，只有拼死抵抗。杀开一条血路冲出去，就是最好的办法。

此时，韩千秋砍倒几个敌人后冲到谯隆面前道："谯隆大人！您赶快带人向丛林里撤退，一定要想办法冲出去，将情况尽快报告给皇上！"

谯隆见韩千秋如此说，便道："韩将军，死不足惜，要死大家就死在一起吧！现在正是你我为皇上尽忠，为国捐躯的时候啊！"

韩千秋又对谯隆道："你我别争了，你赶快向丛林深处撤退！再晚就来不及了！"

随即韩千秋又对一旁正杀得起劲的范翼龙喊道："范将军，你带几个人保护谯隆大人赶快向丛林撤退！"

范翼龙听韩千秋这样说，也扯着嗓子对他喊道："韩大人，我来断后掩护，您与谯隆大人一起撤向丛林吧！"

韩千秋一听范翼龙这样说，立即非常严厉地对他吼道："服从命令！立即执行！"

范翼龙见战场上的情况越来越危急，多说已是无益，便对身旁正在与敌人搏杀的夕季财、鄂贵泉喊道："夕季财、鄂贵泉你们二人随我保护谯隆大人撤退！"

夕季财、鄂贵泉听到范翼龙的命令后，边打边跑过来，一左一右地护着谯隆向丛林深处撤去。

南越兵看谯隆等人撤向丛林，便一边喊一边尾随着向他们杀来。韩千秋见状立即带着几个勇猛的军士扑过来一阵猛砍，几个南越兵应声倒下。

韩千秋手下的汉军虽少，但个个身手敏捷，武艺高强，勇猛善战，兵多将众的南越人很难占到便宜。

战斗从下午一直持续到傍晚，异常惨烈。

韩千秋的两千汉军毕竟难敌吕嘉手下的数万士卒，当天色渐渐暗下来的时候，韩千秋、穄乐及所部汉军将士，除极少数人冲出重围外，其余全部英勇战死。

范翼龙一边与尾随而来的追兵搏杀，一边指挥夕季财保护着谯隆向密林深处撤退。

南越国追兵虽多，但他们毕竟不是范翼龙等人的对手，已经杀红了眼的范翼龙与鄂贵泉以一当十，无人能敌。冲在前面的追兵完全就是前来送死的料，在范翼龙与鄂贵泉面前，他们的刀枪还未举起来，只见寒光一闪，范翼龙的大刀早已经将他们的咽喉割断。剩下的追兵见范翼龙、鄂贵泉二人如此神勇，早已吓得魂飞魄散，只好放弃对他们的围追堵截，掉头逃窜。

范翼龙确认周围再无追兵，这才放下心来。可是，当环顾四周时，他才发现自己的人早已被冲散。

谯隆、夕季财、鄂贵泉都已不知去向了。

在野狼谷的落下闳听了简兮危老人的话后,当晚忧心忡忡,躺在床上翻过来覆过去,久久不能入睡。

他担忧稌馨儿的生死,更担心韩千秋、谯隆以及随行的所有汉军兄弟们的安危。整整一夜,他都瞪着一双眼睛,只盼着天快快亮起来。

他想:天亮之后,一定要将一些基本痊愈的汉军兄弟们动员组织起来,向着番禺城方向搜寻,如果有个什么情况,也好给前方的兄弟们提供支持接应。

他正迷糊着快要进入梦境的时候,只听得门外花斑狗狂叫不止。

落下闳从睡梦中惊醒。花斑狗一般是不会乱叫乱咬的,特别是这种狂叫是非常少见的,除非遇到什么紧急情况。

想到这里,落下闳从床上翻身跃起。当他打开柴门的时候,只见简兮危老先生已经喝住了花斑狗,但是花斑狗仍然向着不远处狂叫不止。

借着天边微弱的亮光,落下闳发现有两个模模糊糊的人影儿相互搀扶着正一瘸一拐地向着茅草屋这边艰难地走来。

屋里的庹峙富等人也纷纷出来了,大家都围了过来,一起向远处张望。还是范美凤眼尖目明,她盯了一会儿道:"好像是谯隆大人与夕季财啊!"

落下闳一听范美凤这样说,再联想到昨晚简老先生说的那些话,一时间他好像什么都明白了。

落下闳立即向着来人的方向奔去,跑到近前一看,谯隆与夕季财浑身上下伤痕累累,破烂不堪的战袍早已被殷红的鲜血浸透了。九死一生的两个人,好不容易冲出重围,又在岭南的雨林中连续行走了几天几夜,终于又见到自己的人了。夕季财鼻子一酸,大声喊道:"夏弘兄啊!全完了!两千多人啊!全死在这狗日的吕嘉手里了啊!"

落下闳一听,大惊道:"什么?两千多人全完了?"

大家一听夕季财如此说,顿时抱住谯隆、夕季财二人大哭起来。

范美凤一边哭一边问道:"我大哥呢?他怎么样啊?"

夕季财道:"范将军带着鄂贵泉断后,掩护我与谯大人突围,现在也不知他俩到底是死是活啊!"

范美凤一听,立即拔出身上的佩刀大叫道:"吕嘉这老贼,我与你拼了!"说着便向番禺方向狂奔。

落下闳叫道:"美凤,切不可莽撞啊!"

范美凤似乎被落下闳这句话叫醒了,这才停住了脚步。是啊!韩千秋将军率领的两千将士都以身殉国了,自己一个人又哪能挽回狂澜呢?现在只有忍耐、等待。相信朝廷一定会为死去的汉军将士报仇雪恨的。

落下闳等人将二人扶进茅屋。由于流血过多,加之几天来征战跋涉,又粒米未进,谯隆一直处于一种迷迷糊糊、昏昏沉沉的状态中。夕季财年轻体壮,尽管身上几处伤口阵阵剧痛,但吃下范美凤为他拿来的食物,昏睡了几个时辰后,便完全清醒过来了。

落下闳根据夕季财讲述的情况,立即组织大家分头向着大军前行的方向搜寻。他觉得凭着范翼龙将军一身的武艺与胆识,他一定会带着鄂贵泉摆脱南越军队的围追堵截,顺利返回的。

范美凤也不相信,久经沙场的哥哥会栽在吕嘉这个风烛残年的老头儿手里。

事情还真的如他们所料想的那样。第二天,他们在搜寻中,即发现了范翼龙与鄂贵泉二人,但是两个人的遭遇,却是任何人做梦也难以料想到的。

就在谯隆安全抵达野狼谷时,范翼龙与鄂贵泉正在返回的路上,但是,他俩却没有谯隆他们那么幸运。

鄂贵泉在与追兵的搏杀中,与范翼龙失去了联系,只得独自向着野狼谷走来。为了避免吕嘉派人继续追杀,他不敢走大路,也不敢呼喊寻找范翼龙,只好昼伏夜行,摸索着在密林中穿行。但是,野狼谷,这个地方与它的名字一样,是一个野狼成堆成群的地方。人们经常可以看到一群群的野狼穿行在密林中,可以发现虎豹在林中游荡着寻觅食物。鄂贵泉在与追兵的砍杀中浑身多处留下了深深的刀伤。一路上,他一次又一次地停下来包扎这些伤口,但丝毫不起作用。从伤口渗出的血,仍然一滴一滴地随他走一路洒一路。血腥的气味儿被风一吹,便迅速地在密林中四处飘散开来,招来了饥饿的狼群。鄂贵泉在前面走,一只饿狼在后面远远地跟着,接着,两只、三只饿狼尾随出现。当鄂贵泉发现身后的野狼时,七八只饥饿的野狼上前将他团团围住,这些野狼个个张着血盆似的大口盯着他,向他逼近。鄂贵泉艰难地抽出佩刀左砍右杀,可是,身负重伤的他怎能抵挡得了一群饥饿的野狼长时间的纠缠。当鄂贵泉耗尽最后一丝力气时,一只硕壮的公狼猛地从他身后扑上去,咬住他的脖颈,将他扑倒在地。群狼顿时蜂拥而上,一阵乱撕乱咬。刚才还是活鲜鲜的一个人,顷刻间,便化为一堆面目全非的血肉。

范翼龙也穿行在密林中。他看到沿途地上殷红的血迹,感到大为惊讶,便加快脚步沿着血迹向前赶。跑着跑着,突然他听到了不远处群狼撕咬争抢的声音。他不敢轻举妄动,便停下来向前瞭望。啊!只见一群饿狼已经将鄂贵泉扑倒,正疯狂地对着他撕咬。范翼龙目睹眼前的惨景,早已将自己的生死安危置之度外,张弓搭箭向着狼群射去。那只硕壮的头狼立即应声倒毙在地。狼群受到惊吓,立即四下里逃去。范翼龙迫不及待地向鄂贵泉倒下的地方跑去,只见倒在地上的鄂贵泉已经完全没有了人形。如果不是一旁他随身的刀剑、衣物,范翼龙根本不能确认,这堆血肉就是自己从巴郡阆中城带出来的爱将鄂贵泉。

范翼龙面对鄂贵泉的遗骨,不禁悲从心起,泪流不止。

正在范翼龙为鄂贵泉的惨死悲恸不已之时,致命的危险又向他袭来。刚才四散逃去的狼群,见有人横夺了口中之食,岂肯善罢甘休,见范翼龙独自一人,便纷纷折返回来向他靠近。范翼龙不觉心头一惊,他目睹了刚才群狼围咬鄂贵泉的惨景,难道现在要步鄂贵泉的后尘?我范翼龙走南闯北,历经二十多年戎马生涯,屡屡出入枪林箭雨,都不曾有过丝毫闪失,不曾战死在千军万马的战场上,而今天却要倒毙在这谁也不知的野狼谷里,成为这群饿狼的口中之食吗?如果是这样,那真是苍天无眼,阎王爷错打了算盘啊!

范翼龙对天悲叹,那些穷凶极恶的野狼却顾不了那么多,它们像刚才围攻鄂贵泉一样,井然有序地又从四面八方围了上来。刚才围攻鄂贵泉的是七八只野狼,而现在狼群扩大了,十几只饿狼一步一步地向他靠近。范翼龙觉得这一次他可能真的要成为这群饿狼的口中之食了。但是,汉军将士即使是死,也要像条汉子,不管是在战场上,面对完全丧失人性的敌人的进攻,还是现在,面对贪婪凶残的狼群的袭击!

范翼龙现在只有一条路:拔刀相向,奋力一搏。

正在范翼龙绝望地与群狼奋力搏杀的时候,落下闳、范美凤等人正急速地穿行在密林中。他们离范翼龙越来越近,随行的花斑狗一边向着范翼龙的方向狂叫不止,一边飞快地向前奔去。

落下闳等人见花斑狗状况异常,纷纷拔出腰间的佩刀,跟着花斑狗向前飞跑。他们发现了正在与群狼恶斗的范翼龙。落下闳一见此等危情,立即从身上掏出几颗铁弹子,对准狼群掷去,只见"嗖嗖嗖"如闪电般飞出的铁弹子,颗颗击中野狼的脑门。随着几声哀鸣,几条野狼即刻毙命。顿时,狼群如鸟散一般飞也似的逃去了。

竭尽最后一丝力气奋力砍杀群狼的范翼龙,在群狼四散逃去之后,还高高地举着手中的大刀,屹立在那里纹丝不动。他高度的戒备一丝也没有松懈,时刻准备着反击群狼新的攻击。

由于连日来过度的疲惫与紧张，范翼龙此时神志已不太清醒，双眼布满的血丝，导致他的视力异常模糊。他已经看不清周围的景物，只能凭着本能对周围出现的异常情况做出反应。因此，只要身边稍稍有一点响动，他的大刀随时都可能狠命地向下劈砍。

范美凤见群狼散去，急切地向哥哥奔去，可还没等跑到范翼龙的近前，只见范翼龙大吼一声，紧接着就将大刀向范美凤头上挥去。范美凤只觉得眼前一道耀眼的白光闪过，一缕发丝已经从自己的头上飘落下来。这一谁也没料想到的情景着实把大家吓坏了。落下闳赶紧上前来将范美凤护住，并将她拉回到原来的地方后，饱含深情地对着几丈开外的范翼龙轻轻地喊道："范将军，我是您的属下落下闳啊！您已经到家了，我们是来接您回家的！"

范美凤见哥哥神智混沌迷离的状态，伤心不已，泪流满面。

她一边哭一边对范翼龙道："哥哥，我是美凤啊！我是你的妹妹美凤啊！"

过了半晌，范翼龙一直紧绷的面部才出现了些许松弛。也许他终于听明白了对方的话语，也许他真正感到对方确实是自己的姐妹兄弟，这些人确实对他没有一丝的威胁。只见他手中高高举起的大刀一下子滑落下来，随即，原先令人感觉刚强无比的身躯松软下来，整个人也仰面向后倒去。

众人见状，立即跑上前去，七手八脚将已经昏迷的范翼龙抬回驻地。

在落下闳、范美凤等人的精心照料下，三天后，谯隆、范翼龙先后醒来。谯隆见范翼龙安全归来，一颗悬着的心才终于放下来。

正是：

    出师未捷入狼腹，悲歌一曲向天诉。

第二十六章　吕嘉逆行惊长安
　　　　　　天威震怒伐岭南

　　谯隆与范翼龙商议，眼下最要紧的事是立即将南越国的真实情况向朝廷报告，以便皇上迅速做出新的决断。于是谯隆不顾落下闳等人的劝阻，决定与范翼龙立即出发，亲自前往边关桂阳城，向长安火速传送军情，请求朝廷立即发兵南越国。

　　在华夏族的历史上，汉武帝刘彻绝对是一个值得大书特书的人物。他十六岁登基后，攘夷拓土，使国威远扬。两千多年来，武帝表现出来的深谋远虑及英武豪迈之气，一直激励着华夏子孙为民族的再次崛起而奋进。

　　樛馨儿远嫁南越，应该说最初也是依照刘彻的思路进行的。

　　当初，朝廷在处理周边关系时，面临着不可回避的"北南问题"。其中北边匈奴的威胁最突出、最棘手，也是亟待解决的问题；而南边几个异姓诸侯国相互攻伐争斗，给中央造成的麻烦却并不太突出，是比较容易解决的问题。

　　但是为防不测，刘彻仍然以主动出击的姿态加以应对。

　　西汉立国之初，东南沿海一带除南越国外，还有其他诸多异姓诸侯小王国，其中的东瓯国与闽越国也是汉高祖刘邦所封的两个越族小王国，当时的东瓯王驺摇与闽越王驺无诸，同系越王勾践的后裔。

　　武帝建元三年（公元前一三八年），闽越国与东瓯国发生争端，闽越王郢基出兵围困了东瓯国都城。在战斗中，东瓯王贞复马失前蹄，战死在海涂中。为此，东瓯国向长安求救，刘彻即派中大夫严助从会稽发兵，驰援东瓯国。闽越国面对长安朝廷的干预，即刻撤退。东瓯国新君迫于闽越国的压力，向刘彻提请"举国徙中国，乃悉举众来，处江淮之间"后，即率领族属军队四万多人北上，被朝廷安置在江淮流域的庐江郡，并被降封为"广武侯"，东瓯国从此消失。

东瓯国归顺朝廷后，恰遇南越国赵佗辞世，病恹恹的赵胡被立为王，野心膨胀的闽越王郢基又将兼并的矛头指向南越国，屡屡在闽越国与南越国边界制造事端，挑起战事。在闽越国向岭南大举进攻之时，刘彻应赵胡的请求，派遣王恢率军从豫章出发，韩安国从会稽出发，各带十万大军，水陆并进攻打闽越国，激发了闽越国内部政变，促使郢基的弟弟余善与大臣合谋，击杀了郢基，向汉军投降。一场两个诸侯国之间的战争这才暂且平息下来。

由于当时汉军必须全力以赴应对来自北部匈奴的威胁，大军不能在闽越国长驻，刘彻便暂时将闽越国保留了下来，并立余善为王。

其后，刘彻在西南地区又征服了滇、夜郎诸国，将中央控制区边界推移到哀牢山和高黎贡山一带。

而在对待南越国的问题上，刘彻深知《孙子兵法·用间篇》"内间者，因其官人而用之"的道理。他不失时机地促成了赵婴齐与樛馨儿的婚事，在丝毫不露痕迹的情况下，让樛馨儿进入了赵氏王室，为其日后掌控南越国埋下了伏笔。

赵婴齐死后，樛馨儿的儿子赵兴如愿以偿地当上了国王。这个时候南越国回归中央朝廷，自然是水到渠成的事情。为此，刘彻应樛馨儿、赵兴的请求，派遣朝廷要员安国少季作为特命全权使臣前往番禺城，并明确下令：南越国从此内属长安朝廷，国王赵兴与樛馨儿比照内地诸侯惯例进京朝拜天子。

刘彻派安国少季前去南越国宣谕朝廷意旨时，便为其配备了很强的阵容，文有能言善辩的谏大夫终军等人辅佐，武有勇士魏臣等扈从。刘彻这样安排也表明，他对南越国顺利归附长安充满了信心。他觉得不管怎样，必须抓住时机，结束南越国与中央朝廷长期分离的状态。

后来，刘彻采纳韩千秋意见，让其率部进入南越国。为了应对不测，武帝又派遣卫尉路博德率军，进驻与南越国接壤的五岭要塞附近的桂阳城，以便随时给予韩千秋等人策应支持。

眼下谯隆来到桂阳城，将详细情况说与路博德听。路博德顿时怒火冲天，想不到吕嘉居然吃了豹子胆，不仅杀死了皇上派去的使臣安国少季、终军、魏臣等人，又对韩千秋所部痛下杀手。于是他接过谯隆的奏章，立即派人火速向长安传递。同时，路博德又以自己的名义向刘彻请求：立即出兵，平定南越，剿灭吕嘉等贼寇。

南越国公开叛乱，吕嘉反水，刘彻派往番禺的两千汉军精兵全部被偏安于岭南的一个异姓诸侯国给灭了，这样的事变来得太突然、太猛烈了，它绝对大大超过了大汉臣民可以接受的底线。

谯隆与路博德报请武帝的奏章，一经交付传送军情的信使，便以十万火急的速度向长安传递。

一路上，信使紧催战马向长安狂奔。

每到一个驿站，信使匆匆地补充一些食物和水，将原来跑累了的战马留下，换上驿站提供的精力充沛的马匹，又踏上了奔向长安的路途。就这样，几天后，谯隆等人的奏章终于送进了长安城。

当丞相牧丘侯石庆接到这两份呈送给刘彻的奏章时，已是午夜时分了。石庆早已经睡下，听说岭南有十万火急的军情送达，他片刻也不敢怠慢，连忙从床上爬起来，接待了传送军情的人。他知道刘彻派往番禺的两千精兵启程已经几个月了，在这段时间里，一直有各种各样的消息不断传来。这些从各种不同的渠道传来的消息，总是给人一种不祥的预感，无形中使石丞相的心里对韩千秋此去南越国有一种凶多吉少的感觉。此时，他得知吕嘉公开反水，韩千秋所率领的两千汉军几乎全部为国捐躯，异常震惊。眼下他再也无法安睡了，明白现在自己最应该做的事情，就是尽快地将谯隆与路博德二人的奏章送到宫里去，让皇上及早做出正确的决断。

刘彻前后任用过十三位丞相。在刘彻登基之初，由于皇帝年纪尚小，丞相资历较深，大都比较强势。刘彻的第一个丞相建陵侯卫绾即是一个具有多方面才能的智者。他精通儒学和文学，颇受景帝的赏识。当初刘彻被立为太子，景帝便让卫绾作为太子傅教授刘彻。景帝后期，卫绾始任丞相。之后，刘彻临朝，卫绾也就成了他的第一任丞相。

刘彻的第二个丞相是窦婴，他是窦太后的亲侄子，当年曾作为大将军，勇破吴、楚，被封为魏其侯。建元元年六月，由于卫绾生病，不能履行丞相职责，刘彻采纳了籍福的建议，任命窦婴为丞相。之后刘彻采纳董仲舒的主张，"罢黜百家，独尊儒术"，窦婴也积极附和，大力支持。所以，刘彻与窦婴两人合作之初，很是愉快，并办了不少事情。可是，由于刘彻的奶奶窦太后只喜好黄老学说，厌恶儒学，而丞相窦婴、御史大夫赵绾、郎中令王臧等人却独推举儒术，漠视黄老之道，这让窦太后很是不满，对这几个人也很不喜欢。建元二年，御史大夫赵绾因为建议刘彻不用对窦太后奏事，惹得窦太后大发雷霆。于是赵绾、王臧被罢官治罪，先后自杀，窦婴也因此被免除了丞相职务。

刘彻的第四位丞相是田蚡，他是刘彻母亲王太后的亲弟弟，是刘彻的舅舅。由于这一层特殊的关系，田蚡做丞相的时候十分骄横。他大肆扩建府第，建造的住宅比任何大臣的都好，家中的金子、古玉、美女、犬马、珍贵玩物多得数都数不清。每次上朝奏事，他一开口便喋喋不休地说上大半天，让同朝议政的其他大臣一点也插不上话。这样的情况多了，一些大臣为了让自己负责的事情也有机会被皇帝关注，便常常在朝议之前，私下与田蚡通融，希望丞相让皇帝临朝的时候听听自己说话。逐渐地，整个朝廷的权力便开始向田蚡集中。

开初，刘彻考虑到他是自己的亲舅舅，听信他的话；他推荐人做官，刘彻也从不驳他的面子，大都照准。可是，后来田蚡胆子越来越大，手伸得越来越长，权力快要比皇帝大了，刘彻便开始有些反感了。

有一次，田蚡向刘彻推荐人做官，一口气便推荐了十几个人，有的人直接就要任命为二千石级别的大员。刘彻终于忍不住了，便问他道："你都将朝廷所缺的官职任命完了，我打算任命的人，他们又担任什么职务呢？"

还有一次，田蚡要刘彻将朝廷准备修建官署的土地拨给他，以扩建他的私人住宅。刘彻问道："你的丞相府已经够大、够宽、够气派的了，怎么还要扩建呢？"

田蚡回答说："这不是打算迎娶燕王的女儿为您的新舅母吗，新人进门总不能住原来的旧宅吧？"

刘彻此时终于发怒了，他生气地说道："你干脆将朝廷的武器库拆了去给她修建新宅院吧！"

田蚡见刘彻如此对他说话，此后才开始收敛了一些。

刘彻早年在景帝的众多皇子中并不得宠。其母王娡出身低贱，在景帝还是太子时被母亲送入东宫，在一个较短的时间内受到景帝的宠爱，其后由于美色衰退而渐渐失宠。

在景帝众多的嫔妃中，美人栗姬最为得宠，其儿子刘荣深得景帝宠爱，成为未来皇帝人选。但栗姬生性善妒，言语尖刻，难得人心。景帝的同母姐姐馆陶长公主刘嫖有意将女儿阿娇许配给刘荣，但栗姬却记恨她经常向景帝献美女而严词拒绝了。刘嫖恼羞成怒，遂改向王娡求亲。王夫人成功地让刘彻上演了一出"若得阿娇为妻，当金屋贮之"的好戏，让馆陶长公主欣然决定将阿娇嫁予刘彻。在刘嫖和王夫人的共同作用下，景帝于前元七年废黜太子刘荣，改立刘彻为太子，并最终让他登基成为皇帝。

刘彻承继汉室大统，无疑是靠了阿娇及馆陶长公主的裙带关系才实现的。他即位之初，外有淮南王等诸侯王的压制，内有祖母窦太后、母亲王太后、岳母馆陶长公主野心勃勃的掣肘，而皇后阿娇又骄横跋扈，不可一世，这让刘彻在很长一段时间里相当苦闷。后来他得到了姐姐平阳公主的支持，才一步一步地稳固了自己作为一个皇帝的地位。为此，他废皇后阿娇，清除了馆陶长公主、王太后、窦太后等外戚及众多诸侯王的势力，才真正掌握了汉朝的实权，坐稳了汉室江山。

刘彻侥幸登上皇帝位，坐稳了江山，其中的凶险自是不言而喻的。这段经历给他的一生造成了极其深刻的影响，让他变得多疑、专横。从此，他不相信身边任何一个人，也变得非常忌惮外戚、诸侯及大臣们势力的膨胀。

在随后的岁月里，当刘彻对朝廷的事务越来越熟悉时，对很多军国事务他都喜欢亲力亲为，渐渐地，他的强人风格越发展现出来。一个强势的君主是决然不喜欢有任何人凌驾于自己头上的。当他年富力强时，他身边的丞相便开始像走马灯一样地更换起来。

这个时期，在考察任用丞相时，他更倾向于选拔那些有着良好家风的世家子弟出任丞相。御史大夫石庆一家父贤子孝，家风敦厚，石庆本人做御史大夫多年，为人低调，办事谨慎，这样的人正符合他心中对丞相的要求。

元鼎五年九月，刘彻的第九任丞相赵周因为列侯献给朝廷的黄金不足而未及时报告，被捕下狱后自杀，刘彻便任命石庆做了其第十任丞相，并封石庆为牧丘侯。

石庆得知南越国反叛的消息后，睡意全无。他手中拿着还余有信使体温的奏章，犹如捧着一颗滚烫的山芋，不知如何是好。午夜时分，皇帝也许睡眠正酣，这时将这个重大的军情禀报给他，肯定是不合适的。

石庆明白，汉朝与匈奴公开决裂以来，一直战事不断。这两年朝廷北击匈奴，西平西羌，东定朝鲜，四处用兵，东征西伐，能派出的兵力几乎已经全部派出。眼下不光是兵力紧张，而且前线所需的粮草物资也极度匮乏。眼下朝廷再也不像前朝两帝时那样，整个国家仓廪充实，国库丰盈。而今的大汉朝正处于多事之秋，作为一国之君的刘彻每天身上都似乎承载着千斤重担，这十万火急的军情来得可真不是时候啊！皇上得知这个情况后，肯定又要龙颜大怒，气愤异常啊！

整整一夜，石庆就这样在心里反复地揣摩着。他瞪着一双眼睛望着窗户，只盼着天色快快地亮起来，亮起来。

当天色渐渐发白，窗户上微微地有一丝亮色的时候，石庆便早早地起来了。他催促家奴备好马车，便匆匆地向未央宫赶去。

此时，长安城里的许多人都还在睡梦中，偌大的一个长安城仍然犹如死一般的寂静，街上偶尔才能看到一两个人影儿。

石庆来到未央宫前，催开宫门，便直奔皇帝的寝宫而去。可是寝宫里根本不见皇帝的影儿。石庆急问身边的宫人、侍女，才知皇帝早已去御花园中晨练了。

石庆在宫中侍女的指引下，来到御花园，却被宫人挡在了一旁。石庆只好在一旁候着。他远远望去，只见刘彻手持一柄雪亮的利剑舞得正酣。随着利剑划过，一道道白色的光圈在他四周环绕，让人感受到大汉朝一代君王身上焕发出来的阵阵豪气。

对于刘彻的剑术，石庆早有所闻，却从未见识过，今天亲眼看见，真的是大开眼界。

刘彻临朝以来，大力倡导习武之风，极力推崇尚武精神，正是这样，全国上下的男子一扫萎靡佝偻之气。人们习武成风，自然，汉朝的男人们也都腰圆膀粗，身形彪壮，行伍之中也就有了像卫青、霍去病这样出类拔萃的军事天才。

刘彻每天闻鸡起舞，风雨无阻。每天晨练最直接的效果就是让他有了强壮的体格，有充沛的精力去处理与应对来自各方面的挑战。

刘彻远远地看到了在回廊等候的石庆，不免有些诧异：这么早，丞相便直接来到后宫找他，这可是从未有过的现象啊！他觉得丞相一定是有非同寻常的事情要向他禀报，不然这个本分老实的人是不会这么早便来打扰他的。

刘彻结束了练习，一边接过侍女递过来的布巾擦拭着额头上的汗水，一边招呼人将石庆叫到近前。

石庆来到皇帝身边，即将谯隆、路博德二人的奏章呈上，并向皇帝作了详细的报告。

刘彻听了石庆的报告，看了奏章后，异常震怒。特别是得知吕嘉居然将象征着汉皇权威的"符节"包裹着送回，并无耻地为自己叛乱行为狡辩开脱时，他胸中愤怒的波涛便剧烈地翻滚，心中那一团怒火便熊熊燃烧！可内心的怒火与仇恨却并没有在他的脸上明显地流露出来。经过这么多年的历练，刘彻眼下已经是一个城府很深、遇事冷静、处事果断的当朝天子了。眼下朝廷虽然战事不断，四处用兵，以至于常常出现让人料想不到的危局，但这些情况一旦汇聚到他这里，他总有办法巧妙应对，轻松化解。在局外人看来本是即将满盘皆输的残局，经他轻轻几招，马上即可转危为安，四处征战的将士们终可以高唱凯歌，胜利返还。

眼下南越国反叛，谯隆、路博德二人请求武力征讨，丞相石庆对此一筹莫展。朝廷的战线拉得太长了，摊子铺得太宽了。岭南这个小小南越国陡生事变，前线的将军们又要求派兵，这到哪里去调兵遣将，来平定这个该死的叛贼吕嘉呢？

但是，刘彻已经彻底打消了原先和平解决南越割据问题的想法。他在认真地看过两份奏章之后，即扭头向石庆说道："马上给谯隆、路博德二人回话，准许他们的奏请，朝廷即刻发兵十万，踏平南越！"

石庆一听刘彻这样说，连忙道："东征西讨的大军刚刚出发不久，而在北部大漠我们与匈奴的战事正酣，也不能从那里抽调兵马进剿南越。现在我们哪里还有足够的兵力派往岭南？这十万兵马到哪里去调集呢？"

刘彻斜眼瞧瞧石庆，想：这个石庆真是一个老实到家的人啊！在我大汉朝几个丞相里面，这可真是一个难得的好人！在眼下这种非常时期，让这样的人担任丞相，我怎么会担心大权旁落，怎么会担心有人存异心要造反呢？

刘彻脸上微微露出一丝让人不易察觉、说不太清楚的神情，轻松地说道："犯我大汉者，虽远必诛！泱泱大汉何愁十万兵马。眼下立刻调集二十万、三十万兵马也是易如反掌之事。"

石庆见皇帝如此说，也就不再说话了。石庆对刘彻的雄才大略、果敢坚毅，心中是深深钦佩的。皇上既然这样说话，那一定就是有他自己的考虑。

处于非常时刻的大汉朝，在北塞南疆漫长的边境线上，几乎天天都有大小战事发生，几乎天天都有将士阵亡的消息传来。对于战事正酣的疆场来说，没有源源不断的兵源补充，那是最为可怕的事情！

经过与匈奴几次大的战役后，在给匈奴军队重创的同时，汉军士卒也折损过半，各州郡县的青壮年兵源也大为减少。要保证前线战役的胜利，各州郡县还必须有足够数量的人力从事农耕生产，以为前线提供必不可少的粮草。

非常时期，刘彻往往会以非常规的手段，采用非常规的征兵办法。他曾几次发诏书大赦天下有罪之人，允许那些被判死罪或关在牢狱中的人入伍充军，戴罪立功。这些人中，有京城里杀人越货的亡命之徒，也有各州郡县游手好闲、恃强斗勇的恶少。刘彻曾在用兵的关键时期，将这些人大赦出狱，充实到行伍之中，收到了很好的效果。当这些人从前线得胜而归时，朝廷也会论功行赏，大封有功兵士。那些原本有罪在身的人，不仅不计前过，免除了罪名，还成了从军报国的勇士。

在汉匈战争中，刘彻曾下诏，命"天下七科谪及勇敢士……出朔方"，北击匈奴。七科谪,指七种人,即犯了罪的官吏、杀人犯、入赘的女婿、在籍商人、曾做过商人的人、父母做过商人的人、祖父母做过商人的人。这七种在汉朝受轻视的人,在刘彻看来正好可以为战争发挥作用。在当时,这七种人知道自己社会地位低下,有的人本也是朝不保夕,有心上战场去拼一下,如果能拼出来,或许自己的人生会发生逆转。故由这些人组成的军队,战斗力非常强。

石庆从未央宫回到自己的官邸,刚刚端起摆上餐桌的饭碗,便得知武帝已下诏:在全国征召正在服刑的有罪之人,并且调遣粤人和江淮以南楼船将士,组成共十万大军,进攻南越国。

汉军从水上分五路进军。平南越的主力为伏波将军路博德,率军从长沙国桂阳城出发,下湟水,直达南越国四会县,再顺流过石门,直捣番禺;另一主力为楼船将军杨仆,从豫章郡下横浦关,入浈水,再顺北江而下到番禺;第三、四路领军郑严、田甲,原来都是越将,后投降汉朝,分别被封为戈船将军和下濑将军,他们率军从长沙国零陵县出发,一路走漓江,另一路走贺水,然后取道西江,直迫番禺城下;第五路为驰义侯何遗,也是一个越国降将,他率领由巴蜀罪人及夜郎国人组成的队伍,沿牂牁江向番禺城进发。

刘彻是一个赏罚分明的君主。他十分赞赏谯隆、范翼龙二人在同以吕嘉为首的反叛势力的斗争中的英勇表现。在五路进剿南越的行动中,他下诏任命谯隆为南征大军前线监军,任命范翼龙为伏波将军路博德的副将,协助路博德进剿南越。

正是:

　　谯隆军情入京城,舟师即刻向南进。